信客

天涯 —— 著

宁波出版社

图书在版编目（CIP）数据

信客 / 天涯著. -- 宁波：宁波出版社，2024.10.
ISBN 978-7-5526-5458-5

Ⅰ.I247.5

中国国家版本馆CIP数据核字第20248NY907号

信客
XINKE

天涯 著

责任编辑	詹孪芳
责任校对	邵晶晶
装帧设计	马 力
出版发行	宁波出版社
	（宁波市甬江大道1号宁波书城8号楼6楼　315040）
印　　刷	宁波白云印刷有限公司
开　　本	787mm×1092mm　1/16
印　　张	22.5
字　　数	300千
版　　次	2024年10月第1次
印　　次	2024年10月第1次印刷
标准书号	ISBN 978-7-5526-5458-5
定　　价	69.00元

如发现缺页或倒装，影响阅读，请与出版社或印刷厂联系调换
电话：0574-87248279（出版社）
　　　0574-87328764（印刷厂）

信客，送信的人。此职业自古就有，也称信差、信使。

清朝末年，随着宁波、上海等处分别被辟为"五口通商"口岸，"宁波帮"迅速崛起，他们目光远大，开拓创新，经营足迹遍布全国、南洋、欧美各地，财富日增。其时，四明七邑旅沪谋生经商者日众，其货物、书信、金钱往返日见频繁。因而，社会上逐渐出现专门代理甬沪两地运递的个体从业者。

光绪十九年（1893）一个寒冬的早晨，信客常走挑着两箩筐货物，带着十二岁的儿子常行走出家门，他们要去上海。这一日，天特别冷，泊在陈家渡口的船，都被河面上的冰给冻住了……

目录

001　第一封信：来自宁波的家乡味

023　第二封信：斗米恩　升米仇

043　第三封信：送灵柩到南浔

063　第四封信：天灾人祸

077　第五封信：家有丧

095　第六封信：兵荒马乱的日子

111　第七封信：家事国事事事操心

127　第八封信：抉择

141　第九封信：诡异的嫁娶

155　第十封信：收蚕茧与魂断

175　第十一封信：购粮

189　第十二封信：婚事

205　第十三封信：埋雷

225　第十四封信：新生与死亡

241　第十五封信：离心与京师行

261　第十六封信：破与立

279　第十七封信：命运的钟摆

293　第十八封信：改朝换代

307　第十九封信：寻找春天的路

第一封信：来自宁波的家乡味

『阿洋吾儿，你上次来信言今年有外国朋友来沪，不回宁波过年，不知是否有变？阿姆准备了一些年货，叫常信客送来。家中除了你阿娘健忘之症日渐严重，其他都好，勿念……』

冯晚秋写给沈洋河的信

......

公鸡叫第三遍的时候，常走打开房门，挑起沉甸甸的担子走了出去。常行随后跟了出来，他把手中的油布伞靠墙一放，扯出挂在脖子上的钥匙，关门、上锁，一气呵成。锁好门，常行背着包袱拿起油布伞，一脚高一脚低地跟在阿爹后面朝陈家渡走去。此刻，村庄还没苏醒，四周很安静，只有北风吹过茅草屋的怪叫声，听起来有点瘆人。

天很冷，常行没走几步，就感觉自己的耳朵和手指头要冻落了，脸蛋更是被风刮得生疼，他忍不住打起了寒战。他身上的棉袄已穿了好几年，即便阿姆做的时候特意做得又长又大，但袖子如今仍短了一大截，棉裤也是，露出的脚腕很快冻得像冰块。阿姆曾说今年给他缝一套新棉衣，谁知还没买来棉花，她就病倒了，原以为吃几帖药就能好起来，不料越来越严重，拖了三个月永远离开了。从此他只有阿爹，再也没有阿姆了。想到这里，常行低下头，心里有说不出的难过。阿爹是个信客，每天早出晚归很辛苦，他已长大，到了该为阿爹分忧的年纪。这次阿爹去上海送信送货，能带他去，让他非常惊喜，这可是他第一次出远门。想到这里，常行不由加快了脚步。

中等身材的常走，上穿灰色薄棉袄，腰系一根黑色布带子，灰色裤子，腿裹着黑色绑带，脚上是一双半旧的黑色布鞋，显得很利索。他四十出头的年纪，皮肤黝黑，盘发，五官端正，胸前系着一只装信件的蓝布包袱，肩上挑着重担。他并没有因为儿子在后面而放慢脚步，行色匆匆朝前走去。妻子去世后，他清醒意识到一个残酷的现实：自己已不再年轻。而身为信客，谁也无法保证哪天不突然出意外，所以他迫切希望常行能早日自立,这样即便他不在了,常行也能好好活下去。思来想去,他决定让常行也成为一名信客。做这行当只要识字、脚勤、讲信用,就能找得到一口饭吃。当初他咬咬牙送常行去私塾读书,就深知识字比不识字能多一点机会。常行已读了四年私塾,读封信,简单帮人写封信,没多大问题,他准备让常行以后就跟着他送信。这次能带常行一起去上海,还要感谢沈家太太,她听说他家里的事后,生好心,说这么冷的天,这么重的货,专程跑一趟上海很辛苦,他既然不放心孩子一个人在家,就带上,运资多加两元,这才有了父子同行。父子俩各怀心事,谁也没有说话,只听到脚踩在青石板上的"哒哒"声。

陈家渡到了。

这里地处浙东运河末端,在此坐船可以沿着西塘河前往绍兴、杭州、京师等地;也可到三江口,换坐海船,经甬江出海,去上海及世界各地。此刻,渡口静静停泊着几艘木帆船,有大有小。河面结了厚厚的冰,整个渡口在晨曦的微光里有一种水墨画般的静谧美。

听到脚步声,其中一条靠近河埠头的客货两用木船忽有了动静,棉帘子掀开,伸出一只脑袋,朝父子俩招手:"常走叔,就等你俩了。"

"阿牛哥好!"常行跳上船,主动去拉帘子,等他爹上了船,进了船舱才放下。

这艘木船分两舱,前舱可以放货物和坐人,后舱是阿牛和他弟弟阿发的生活区。阿牛今年二十岁,阿发十八岁,正是年轻力壮的时候。兄弟俩平时吃住在船上,一个摇橹,一个撑篙,相互配合。若遇货物重,又不是顺风,一人还要负责拉纤。这条船是阿牛父亲为他们兄弟挣下的唯一家当。父母去世后,兄弟俩相依为命,靠送人送货,赚些劳力钿过日子。

常走进了船舱,见到俩熟人,兴源木器行老板陈兴源和吕记米店东家吕进宗，忙向他们打了声招呼，就在最外边坐下，两只箩筐并拢放在脚边，扁担放身后。箩筐里是沈家太太捎去上海的年货，怕被雨雪淋湿，已被他蒙上油布。幸好两人有两张船票，行李没有超重，不然还得去托运，麻烦。常行乖巧地坐在父亲身边，把伞竖着放在两腿之间搂着，竖起耳朵听船上人闲聊。

阿牛见人都到齐了，上岸解开系在缆船石上的船绳，一步跃到船头，拿起木桨用力在埠头上一撑，随着清脆的破冰声响起，船离岸了。

"各位坐稳了，出发啰！"阿牛吆喝一声，给船调了个头，开始朝宁波城划去。阿发从后舱出来，拿起长长的粗竹篙，在船尾给阿哥助力。

"今年气候实在怪异，年初大雪冻死了不少人，夏天又连续干旱，很多稻田都绝收，秋季又久雨成灾，入冬这段时间，先是和煦如春至，后又熏热如夏，隔一日又风雨来袭，晚上下雪。更要命的是江潮陡涨，老江桥一带的沿江房屋皆被水淹。真武宫前桃花渡口地势最低，那水深竟然有尺许。我那日出去办事，水大走不了，只好花四文钱请人背了过去。冬潮盛涨成这样，我活这个岁数还是第一次见到。这两天又冷得彻骨，看样子又要下雪了。"身穿灰色厚棉袍，外套毛边皮褂子，戴着暖帽，刚到知天命年纪的陈兴源对吕进宗说。

"唉，一年到头都是灾。我昨天刚去了一趟西乡，人人鹄面鸠形，令人心痛，官府也不想想办法，难道不怕灾民走投无路成了盗贼？"与陈兴源同龄的吕进宗一脸忧虑，发起愁来。

常走对这两位老板很熟悉，陈老板的木器行开在宁波大来街上，专做宁式木器家具，住在陈家村。吕老板是隔壁吕家村人，在宁波城里以及陈家村老街共开有三家米店。

"每次有灾，官府都会要求各商家捐赈灾银，可事实上会有多少银子到灾民手上？还不如直接买粮食救济他们。"一位约莫二十来岁剑眉星目的年轻人接过话头。

常走打量了一下这位年轻人,有些面熟,一时却想不起来,估计不是附近村庄的人。他插了一句:"再不救助,冻死的老弱病残恐怕会更多。"

"我们还是像往年一样,直接施粥吧,米到时候我让人去你家米店买。"陈兴源建议道。

"没问题,等上海回来我就去办。"吕进宗一口答应。

"两位老板都是大善人,年年施粥,我都喝过很多回。"常走笑着说,"吕记米店童叟无欺,质量保证,价格公道,比那些在米里掺水增重的无良商户不知要好多少倍。"

常走这张脸四乡八镇很少有不认识的,信客身份虽低,却不可缺少。见他这么讲,吕进宗说:"做生意诚信第一,至于施粥,我们就尽点微薄之力。"

"是啊,不值一提。"陈兴源接过话头,又指了指常行,"这是你儿子?介冷的天,你舍得让他这么小就跟着你去送货?"

"过了年就十三岁了,不算小了,这次带他去上海认认路。"常走说。

"小顽不错。"吕进宗见常行坐下后屁股就没动过,对他印象很好。

常行红着脸,低下头不说话。常走知自家小子虽算不上多聪明,但从小到大很懂事,一点不需要父母操心,这让他很欣慰。

那位陌生的年轻人显然对常走的职业很感兴趣,好奇地问:"你是不是信客?在哪家信局?"他瞄了一眼箩筐,油布遮得严严实实,看不到里面装着什么东西。

常走还没回答,常行抢着说:"我阿爹是信客。"常走补充道:"我是信客,跟信局也有点关系,算是他们非专雇的脚夫。"

"哦,那你们信客收费是不是要比信局高?"

说到营生,常走很健谈,他解释道:"收费是照路程远近、东西重量以及送什么东西、是否专送来定,有标准的。仅信件,就分火烧信、插羽信、么帮信、挂号信等，收费皆不同。我们比信局更灵活，送的范围更广，可以这么说，任何东西我们都送，连人都可以送，这也是我们信客的优势。"稍做停顿，他又接着说："我就是个跑腿的，各位老板，你们以后有任何跑腿的活都可以来找我。"

"术业有专攻，果真如此。"年轻人感叹道。

"你很不容易，说起来我以前还听说过你阿爹的事，可惜了。"陈兴源对常走说。

常走想到常家村与陈家村这么近，当年事故算大了，陈兴源知晓不足为奇，苦笑道："我除了识几个字，一无所长，只能赚点辛苦钿。"

"一晃三十年过去了。"陈兴源记得很清楚，那是同治二年（1863），也是这样一个寒冬腊月，陈家渡附近发生了一起翻船事件，船上的人全都落水，其中就有常走的阿爹。虽说救得还算及时，但天实在太冷，一个个全都冻得不轻，寒气入骨。常走阿爹回到家就发高烧，没熬住，很快就去世了。他是事后才听说，常走阿爹在上海做小本生意，因家中老母亲过世，从上海急急回来奔丧，不料遭此大难，留下孤儿寡母，令人不胜唏嘘。

听到陈兴源提起自己的阿爹，常走有些恍惚。从小他就跟着阿姆和阿娘（祖母）一起生活，阿爹一年回家一到两次，不过只要同村的信客常伯去上海，碰到了总会捎个口信或一封夹着家用银两的书信。阿爹还送他去村里的私塾读书，希望他将来能考个功名。只是这一切在他十二岁那年戛然而止，阿娘去世，阿爹出意外，阿姆硬撑着办好两人丧事，再也承受不了这样的打击，一病不起。阿爹去世之前，他家算不上富裕，但日子还是比周围普通农家要好，不然家里也不可能供他读书。阿爹不在了，家里没有了收入，书是读不成了。他想去城里做工，又不放心病重的阿姆，想着等阿姆病体痊愈了再出去找事做。为了给阿姆治病，家里能卖的都卖掉了，除了两间小屋，阿姆坚决不同意卖，她不想儿子最后居无定所。最终阿姆还是走了,他就成了一名孤儿。接二连三失去亲人的打击让他很沮丧,一个人常常坐在空荡荡的家里发呆。常伯很同情他的遭遇,知晓他读过书,识字,就给他指了一条路——当信客。想到阿爹留在上海的遗物也是常伯帮忙找那边的宁波同乡处理后带回来的,有这份恩情在。再说他一时确实不知道该干什么,有常伯指路,他没理由拒绝。常走就这样跟着常伯开始送信送物,二十岁那年,常伯跑不动了,他就接替了常伯的工作,用自己的诚信赢得了乡邻们的信任。

常走正回忆着,忽听陈兴源问那位年轻人:"你是不是张宏伟的外孙?感觉很面熟。"

"是的,老伯认识我外公?"年轻人一脸意外。

"认识,张叔跟我父亲是朋友,你外公走的时候,我还去送过。你长得很像你母亲。你是家里老几?当年你父亲成亲前,你爷爷在我们木器行专门定制了一批家具,你母亲聘礼里的那些木制品就是我们木器行做的,没想到一晃孩子都这么大了。"陈兴源边说边仔细打量眼前这位年轻人,见他长相出众,不愧是那位以航运业发家,赫赫有名的李非凡的孙子。

"我是老五李思侠。"李思侠一听是兴源木器行,知老板姓陈,忙朝陈兴源行了一个礼:"陈伯好。"比起四位哥哥,他确实最像母亲。

"原来是你啊,上半年你们李家开仓赈灾,听说粮食不够,是你想方设法买来万担粮食救济灾民,不得了,你今年多大?"陈兴源问。

"我今年十八岁。买粮食是奉了父母之命,我没做什么,就跑跑腿。"李思侠谦虚地说。

"年轻人前途无量。"吕进宗一脸赞许。

陈兴源很健谈,听李思侠说这次来张家村是代母探望生病的老外婆,直夸他孝顺。"你们李家太不简单了,一个个都这么有出息。你哥他们在上海事业做得这么大,你没打算去上海发展?"

李思侠笑着回答:"我大哥和四哥在上海,三哥在京师,我和二哥在宁波,这里也有生意。我暂时没打算去上海发展,不过以后应该会去。"

"上海是要比宁波有更多机会。"吕进宗接过话头。

一时,船舱里你一句我一句很热闹。常走深知自己跟这几位身份悬殊,便和陈兴源、吕进宗的小厮们一起做个旁听者。这位李家五少爷谈吐不俗,身上没一点富家子弟的习气,可见李家的家风清正。常行亦听得津津有味,投向李思侠的目光里写满了羡慕与崇拜。李思侠似乎感觉到了,朝他一笑,常行一愣,腼腆地咧了咧嘴。

渐渐地,船舱里没有了声音,大家都闭目养神起来。常行盯了一会儿挂在篷壁上晃动的防风灯,觉得无聊,把伞放在脚边,偷偷掀开棉帘子一角钻了出去。见阿牛哥站在船头正奋力摇着船桨,"吱嘎吱嘎"的声音在这寂静的水面上显得特别响亮。

"阿牛哥,你不冷吗?"常行见阿牛没穿棉袄,纳闷地问。

"不冷。常行,你以后也准备当信客吗?"

"是啊,阿牛哥,我以后会跟我阿爹一样,当一名信客。"

"当信客挺好的。天冷,快进去,别给冻着了。"

常行很听话地回到船舱,悄悄坐下,想着一会儿可以坐大轮船,不禁有些隐秘的兴奋。

到了濠河头航船码头,天刚刚亮,阿牛找了个位置把船泊好。阿发钻进船舱收钱,每人八文。大家交了钱,上岸,急急赶往轮船码头。此刻,天空飘起了雪花,像柳絮在空中飞舞,让人睁不开眼睛。北风太大,常行没有打伞,他怕伞被吹走,就这样紧紧抱着,跟在父亲身后。到了码头,常走挑着担,带着常行跟在李思侠后面,进了候船室。

里面全是人,熙熙攘攘,很嘈杂。轮船还有一会儿到,李思侠一时无事,便和身旁的常行聊了起来,他问常行的名字,问他以后想做什么。

"跟我阿爹一样,当一名信客。"常行语气肯定地说。

"除了当信客,你也可以去城里药铺或钱庄做学徒。"李思侠提议道。

"我阿爹说信客很重要,那些出门在外谋生的人,就靠信客与家人传递音信。"常行认真回答。

李思侠有些意外,笑着说:"你说得对,我相信你以后一定会成为一名很好的信客。"

"李五少爷,以后你们要送信送货,找我阿爹啊!"

"哈哈,好。"

上船了,跟李思侠不同,常行跟着父亲来到轮船的统舱。常走找了个角落,把两个箩筐放在最里面,常行解开身上的包袱,那里装着这次要送的两双布鞋,他把裹着鞋的一块油布拿出来,铺地上,和父亲一起靠着箩筐席地而坐。

"呜呜",轮船响着汽笛声驶出三江口,朝大海驶去。

在船上很无聊,常行站起来,贴着封闭的舷窗,看窗外涌动的海水。这是他第一次看到大海,海水从近处的混浊到远处的蔚蓝,无边无际,看不到尽头,他一时竟呆在那里。

统舱很嘈杂,人挤人,常走坐在那里,思绪飘得很远。这么多年下来,他早已积累了一批固定客户,附近哪些人家有亲友在上海,哪些人家经常有信和包裹送,哪些商铺跟上海有业务往来,上海又有哪些人每个月月底要带补贴家用的银票回宁波,他心里清清楚楚。除了跑宁波与上海这条线,他还跟永发信局合作,帮他们送信送货,虽辛苦,但收入比普通佃农和打长工的要高,家里日子还过得去。谁知妻子病了,一碗碗汤药喝下去,掏空了所有积蓄,又借了钱庄二十元钱,最终还是没能救回妻子的命。花尽钱财,他并不后悔,心痛的是妻子还是离开了他们。妻子去世后,想到欠下的债务,他不敢有丝毫的偷懒,抓住一切机会,扩大业务,无论多僻远,只要资费到位,都会送。事实证明这个方法有效,他的收入比过去有所提高。只是半年前他问钱庄借的那二十元，利息按天算，一天要收七十五文息。运气好的时候，一个月能把利息给还了，运气不好时，最多只能还一半，他现在的主要压力就是这笔债。

经过一天的航行，轮船到上海十六铺码头时已是晚上。常走带着常行上了岸，挑着箩筐急急往沈公馆而去。

常行第一次见到这个叫"电灯"的东西，非常新奇，嘴巴不停地问父亲。常走一边很有耐心地解释，一边让他加快脚步跟紧："太晚了，主家都要休息了。"

天已经很黑了，常走有些急，他得把这两箩筐东西先送了才放心去住旅馆，其他信件可以明天再送。走街串巷，走了一个时辰左右，终于到达目的地，常走已累得气喘吁吁，担子实在是太重。这里是租界富人区，全是洋房加院子，外面有镂空的大铁门。常走熟门熟路地来到一幢洋房前，还没放下担子，旁边的安保室便走出一位仪表堂堂的年轻人，见是常走，又看了看常行，笑着打开门问："常信客，太太又让你送东西过来了？这是你儿子？"

常走说："是的，阿昆先生，沈少爷在吗？"

"进来吧，少爷在。"

常走挑着担子跟在沈昆身后，常行的目光扫过灯光下"沈公馆"三个字，赶紧跟上。院子有些大，靠墙边种了几棵树，光线有些暗，常行只看到树上黑黝黝的一团。来到一间耳房，常走放下担子，解开系在胸前的包袱，从里面取出一封信交给沈昆。沈昆接过，让常走父子俩稍坐，他拿着信去了主楼。

"阿爹，那位大哥哥是谁啊？"虽没有第三个人，常行仍有些拘谨，站在桌子边问。

"阿昆先生是沈少爷的助理，沈管家儿子。"常走每个月至少要来一趟沈公馆，很熟悉。

主楼的客厅里，壁炉里的火正在熊熊燃烧，屋里温暖如春，长相英气的沈洋河一身浅黄色缎面长袍，坐在沙发上慢慢品着咖啡。身为鄞县茶商世家未来的掌门人，他不喜欢喝茶，却爱喝这中药味似的咖啡，这要归功于他的爹爹沈儒行。十岁那年，爹爹的生意越做越大，为了更好的发展，爹爹决定带着他来上海。阿姆留在乡下侍奉阿爷、阿娘，同时留下的还有三岁的妹妹。到上海后，爹爹请英国人做家教，十六岁那年送他出国，接受西式教育。十九岁他从英国回来，进了自家的茶行，三年锻炼下来，已能独当一面。

"少爷，太太叫常信客送来两箩筐东西和书信。"沈昆走进来，把书信递给沈洋河。他比沈洋河小一岁，当年老爷沈儒行定下到上海发展的计划，在族里挑选了十位品学兼优、十五岁以下的少年带到上海来培养，身为管家之子的他是其中之一。到上海后，因他年纪最小，沈老爷没有让他去立信茶行当学徒，而是让他跟着少爷一起读书，哪怕去国外，他也一直陪伴在少爷身边。回国后，他以助理的身份和少爷一起进了茶行，平时就住在沈公馆。两人名为主仆，感情上亲如兄弟，但他谨记父母的叮嘱，不会忘了自己的本分，也会牢记是沈家给了他一个改变命运的机会。

沈洋河接过信拆开，匆匆看了一遍。母亲来信是想确认他回不回宁波过年，怕他们不回去过年，特叫人送来年货，嘱他收到东西后付五元送货费和号金给常走，里面还附了一张清单。想到母亲提到的阿娘健忘之症，沈洋河决定年后有空多回几趟家。

"走，过去看看。"沈洋河拿起清单，和沈昆一前一后走出客厅，朝耳房走去。

耳房里，常行正在咬一只硬邦邦的饭团，他实在饿极了。常走则把箩筐里的水磨年糕、汤团、咸蟹、泥螺、鳗鱼干、风鸡、酱肉、冬笋、大黄鱼，还有一坛雪里蕻咸齑等年货一样样取出来，小心放在八仙桌上，很快就堆满了一桌子。见沈洋河和沈昆进来,他忙恭敬行了一个礼:"沈少爷好,阿昆先生,麻烦你核对一下收到的货。"

沈洋河相信常走的为人,让他送东西送信不是一次两次,从未出过差错,不过当面交接清楚是规矩,他把手上的清单递给沈昆,自己拿起一瓶泥螺,说:"其实这些东西'邵万生'南货店都有卖。"

"老爷就喜欢吃这个,太太送来的不一样。"沈昆很快核对完毕,"没错。"

"常信客,辛苦你了,这是运送费。"沈洋河从口袋里掏出五块银圆给常走,又让沈昆在送货清单上按了个手印,见常行手上那只还没吃完的饭团,对沈昆说:"你去厨房看看有什么吃的拿点过来。"

"谢谢沈少爷。"常走小心接过,把银圆和清单装进钱袋,钱袋的分量让他的心一下子充实了许多。

"常信客,这是你儿子啊,今年多大了?"

"过了年就十三岁了,带他出来见见世面,以后我跑不动了就让他跑。沈少爷,我坐明天晚上的轮船回宁波,如果有东西和书信要带给太太,我明天下午去茶行取。"常走说。

沈洋河说:"可以,到时候找阿昆。"

常走很高兴,这表示他又可以赚一笔运送费。沈昆拿了一袋包子过来,递给常走:"趁热吃吧。"

常走激动地伸出双手接过,弯着腰连声道谢,常行也跟着道谢,父子俩在这寒冷的冬夜,吃着热乎乎的肉包子,心里充满了感激之情。各吃了两只,余下两只常走收了起来,准备留到明天早上吃。

离开沈公馆,父子俩的脚步都轻快许多。"送货送信,最好能做成来回生意,只要有钱赚,不要怕辛苦,更不要怕麻烦。送信,不是简单地把信送到,你在送信过程中要记住路线,要观察这条路上有哪些商铺。比如接到送上海的信,信收来上时就要理一理,哪些信相距不远,从哪条路走更方便,可以顺着送。你不能这封信是城东,下封信跑城西,第三封信又是城东。好记性不如烂笔头,你一定要记下来,学会画路线图,多动脑筋,这样送信送货就能既快又准,不会耽搁时间。还有,以后你若一个人来上海,可以住到如归旅馆,宁波人开的,他家的多人间价格还比较实惠,再加上离巡捕房很近,相对安全。那老板外号叫'笑面虎',只要不把他惹毛了,还是很和气的。"常走边走边教儿子。常行用心记着父亲的话。

到了如归旅馆,常行见到了旅馆的老板,他三十多岁的年纪,一口宁波话。看到人笑眯眯的,态度果然非常好。因这次有一封夹着重要票据的信,常走没有像以往那样住十人通铺,而是交了一元住宿费,住六人间。

常走父子走了,沈昆叫人把年货送到厨房去,沈洋河回到主楼客厅,咖啡已经冷了。父亲平时住在别院周姨娘那里,很少过来这边。当年母亲和妹妹没有来上海,父亲刚开始并没有想过要纳妾,后来阿爷去世,他出了国,父亲以身边没有人照顾为由偷偷纳了个年轻的小妾,只比他大三岁,当年就生了个儿子。报喜信送到家里的那天,恰好他可怜的妹妹溺水身亡,母亲正哭得昏过去。两件事双面夹攻,给母亲沉重的打击,病了多日,痊愈后,母亲一边照顾家里老人,一边吃斋念佛,整个人变得很清冷。父亲知晓后,很内疚,可事已至此,无法挽回。这些事家里都瞒着他,等他回国后才知真相。看到那个打扮妖娆的女人,还有同父异母的弟弟,再想到乡下心如死灰的母亲,他就气不打一处来,和父亲狠狠吵了一架。最后,那对母子搬出沈公馆,住进沈家另一处房子,父亲也跟着住了过去。这几年也算是相安无事,只是他实在心疼母亲,想着哪天等阿娘不在了,他定要接母亲来上海好好孝顺。

"少爷,明天要不要给老爷送些东西过去?"沈昆处理好事情来到主楼,见沈洋河坐在那里发呆,猜到定是太太来信让少爷又想起那些不愉快的往事。

"不用，他总会过来，我还是想想给阿娘和阿姆带点什么回去。"沈洋河想到茶行那几位同族兄弟，对沈昆说，"明天你拿些年糕给阿刚他们尝尝家乡味，问他们有没有信件要带回去。"

"好的。你上次专门去静安寺给老祖宗和太太各请了一串佛珠，这礼物她们肯定喜欢。我明天早上去'沈大成'店里买几盒糕点，老祖宗最爱吃他家的寿糕和条头糕。"沈昆建议道。

沈洋河说："可以，我去写封信，今年我们都不回宁波过年，阿娘和阿姆要冷清色。"沈昆说："没办法，马克先生来谈生意，这是大事体。""是哪！等年后找个时间回去看看。""我也给阿爸去写封信，可以顺道带走。""好。"

天亮了。

常走问旅馆伙计讨了两碗热开水，和常行一人一只肉包子下肚。收拾好，挑起箩筐，父子俩走出旅馆，开始一家家去送信。这次他一共带来二十三封信加两双布鞋，每封信收七十文资费，两双布鞋收一百文。常走记得光绪初年，宁波和上海之间的信件与小包一律每件收四十文，重一点的包件加倍，普通民众带运小额银圆每十元收费二百文，后来信资涨到五十文。光绪十一年（1885）初法舰侵扰镇海，海上交通中断，沪甬两地信资涨至一百文，中法战争后稍有回落，现在维持在七十文这个价。这次倘若没有沈家这两箩货，他还真跑不了，路费都不够。每次来上海，都是集中送一批。当然，火烧信、插羽信、幺帮信除外。另外，还有指定专程送的货，那种是随收随送。常走耐心告诉常行这里面的学问，让他好好学。常行这会儿的注意力不在这上面，他感觉自己的眼睛不够用，他去过宁波城里，上海比宁波要热闹多了。挑着担的小商贩，坐着轿子的老爷，金发碧眼的洋人，一切都让他新奇不已。

"你有没有在听?"常走讲了半天,没听到常行一句话,转过头问。常行连忙说:"阿爹,我在听。"看着儿子可怜巴巴的眼神,常走降低音量:"阿爹相信你一定能学好。"

父子俩继续往前走,突然,常行看到街对面走来一个男人,奇怪的是,那男人肩膀上居然坐着一个年轻女人,"阿爹、阿爹,你快看。"常行扯了扯常走的衣角,他真的太好奇了。

常走一看,知那女人应该是烟花女子,而男人估计是龟公。他怕常行问那两人是什么人,赶紧呵斥道:"小孩子别多嘴。"

常行见阿爹一脸严肃,吓了一跳,不敢再问,老老实实低头走路,再也不敢东张西望。

这一日,父子俩把一封封信送到收件人手中。常行发现除了有几封信是送到家里,大多数信件都送到不同的商铺。走进一家钱庄,常走招呼一位伙计:"阿四,你阿姆给你做了两双布鞋,叫我带过来。"阿四上前接过,立马脱了旧鞋试了一下脚,走几步,很合适,又赶紧脱了,把新鞋小心放在一边,从钱袋里掏出两元银圆加四十文铜钱,对常走说:"常信客,麻烦你把这两元钱带回去给我阿姆,让她不要舍不得花。"常走说了一声好,把银圆和资费都收了起来,让常行在本子上做记录:地址、姓名、所带物件和口信内容,等伙计按好手指印,就把本子收了起来,以备交付查询。

走出药铺,常走告诉常行,在上海的宁波人,有做各种生意的,也有当学徒的,还有当掌柜的。像这种捎钱回去,有的为了省七十文信资,就直接口信,因大家都彼此信任,又有据可查,还是比较多。"所以当信客,诚信是第一位。"常走说。常行认真点头。

送完信,父子俩在路边小摊各吃了一碗阳春面当午饭,再转到沈家的立信茶行。沈昆交给常走一个袋子,里面装着两只锦袋、三盒糕点和一封信,交代道:"这是给太太的,锦袋里装的是大少爷亲自求来的佛珠，千万别搞丢。"又把手上的五封信递给常走："这几封信都送到沈家村，有一封是我的，麻烦你带给家父。"上午去买糕点时，沈昆犹豫着要不要也买一盒带回去，可看着昂贵的价格，他还是放弃了，觉得这钱还不如下次回去直接给父母用来得实在，故而只写了一封信。

"阿昆先生放心，我会按时送到。"常走接过信和袋子，核对了袋里的物件，这半天下来，常行已很熟练地在本子上做起了登记。常走问："阿昆先生，这些东西挺高级，要不要加号金？"

沈昆想了想说："加四角号金，一共多少资费？"

"六封信加点心、佛珠，算一元吧。"

沈昆从钱袋里掏出一元银圆递给常走："路上小心。"

"我会的，谢谢阿昆先生。"

常走谢过，挑起担子和常行一起告辞离开。他还要去另外一家拿包裹，上午送信时约好的。

到宁波后，常走带着常行坐小船前往鄞县董家渡，上岸后步行前往沈家村。一路过去，满目萧瑟，路上还有积雪，踩上去"吱嘎吱嘎"响。

走了约两炷香的时间，沈家村到了。这个村庄比较大，有一条河绕村而行，相比邻近几个村庄，村民们的生活条件要好些，这跟沈儒行有关。宁波山多田少，土产以茶叶为大宗，沈儒行的爷爷靠做茶叶生意发了财，买了五座茶山，并以租赁的形式交给族人打理，所有茶叶采摘后统一由他请来的专业炒茶师傅炒制，并负责收购，让族人们有了一份稳定的收入。到了沈儒行的父亲这，除茶山租赁不变外，还买了五百亩义田作为族里公共财产，专门用来救济残弱孤寡人家和供族中子弟读书开支。而沈儒行则在此基础上扩大了私塾，除了族中子弟免费入学，外村的孩子只需交少量束脩也可以前来读书，这让受益者很是感激。

在村口，常走拿出四封信，让常行去送："找不到就问，别送错，送完信就到这里等,你可以做到吗?"

"我可以做到,阿爹。"常行接过信,兴奋地朝村里跑去。

常走挑着担,慢悠悠来到位于村中心的沈宅。沈宅坐北朝南,整个宅院用围墙给围了起来,门面并不大,石门框,枣红木门,门口还蹲着两只石狮子。常走上前敲了敲铜门环,很快有小厮出来开门。

"请问沈管家在吗?沈少爷有东西叫我带回来。"常走放下担子,对小厮说。

"稍等,我去请沈管家来。"

没过多久,管家沈恒出来了,他四十多岁,中等个子,一脸精明相,看到常走,和气地招呼:"常信客,大少爷叫你带信回来了?"

常走从箩筐里拿出一只袋子和一封信,递给沈恒:"沈管家,袋子里的是沈少爷叫我带回来的,里面是两只锦袋、三盒糕点和一封信,你点点。这一封信是阿昆先生给你的。"

沈恒笑着接过信和袋子,检查无误,常走拿出印泥盒,请沈恒在登记本子上按个指印。沈恒说:"我家大少爷就是孝顺。"

"沈少爷和阿昆先生人特别好,沈管家你也是个大好人,难怪人家都说你们沈家是积善之家。"

"哈哈,常行,你也会拍马屁了,放心,有跑腿的活一定找你。"

"谢谢沈管家,那我走了,有事尽管吩咐。"

沈恒把沈昆的信塞进口袋,提着袋子进门,朝老祖宗和太太住的院落走去。自从老爷和大少爷去上海定居,老太爷去世,这宅子里只剩下老祖宗和太太两位主子,太太觉得没必要养太多家仆,遣散不少,平时这宅院就显得过分安静了些。现在老祖宗年纪大了不管事,太太整日吃斋念佛,这里里外外的事都是他在打理。他是沈家旁枝,十三岁那年,父母双亡的他被老太爷带进沈家,就再没有离开过,一直到今天。三十多年过去了,他在这座宅院里娶妻生子,早已把这里当成自己的家。妻子李小妹是太太从娘家带来的丫鬟,对太太忠心耿耿,比他小五岁,二十岁那年由太太做主嫁他为妻。一年后,怀孕生产,却遇上了难产,命悬一线,是太太出重金请医师救回了母子俩的命。李小妹伤了身子后,也是太太拿出珍贵的药材给她养身子,后来又让她管宅院里的小丫鬟,不用再伺候人,这点点滴滴的恩情他和妻子一直铭记在心。更何况独子还跟着大少爷,吃有份,穿有份,连读书出国都有份,现在是大少爷的得力助手,有看得到的好前程,他和妻子心怀感激,哪能不尽心做事。

"老祖宗、太太,大少爷叫人捎回来礼物和书信了,还有点心。"沈恒站在内院门口,朝里喊了一声。

太太房里的丫鬟绿枝出来了,她上前接过沈恒手中的袋子,道了一声谢。沈恒转身回前院,当年他成家后,老太爷专门拨了一个小院给他们一家三口住。回屋看了一遍儿子写来的信,沈恒把信放在桌上,以便妻子李小妹一回来就能看到,自己又去忙了。

"绿枝,把大少爷的信拿给我看。"太太冯晚秋跟着走出来。四十岁的她眉目清秀,梳了个简单的发髻,上面插了一根银簪子。她上身穿一件黑色滚毛边团花纹绸棉袄,下穿米黄地三蓝绣马面裙,走路的时候,裙底就露出一角尖尖的绣花鞋。

"是,太太。"

绿枝还没打开袋子,冯晚秋就听到婆婆蒋氏在屋里叫她,急忙走过去。绿枝提着袋子跟上。

进了屋,冯晚秋让绿枝把袋子里的东西取出来,对老太太说:"阿姆,这是阿洋特意叫人带来的你最爱吃的沈大成糕点。"冯晚秋把糕点放在婆婆的床头柜上,又拿出锦袋里的佛珠:"还有这礼物。"

"你说谁?"老祖宗蒋氏六十多岁,是个很富态的老太太,但耳朵有些背,再加上健忘,跟她说话比较累。

"这是你大孙子给你买的点心。"冯晚秋俯下身子,在婆婆耳边重复。

"哦哦，是阿洋啊，好好。"蒋氏让丫鬟绿叶伺候她起床，冯晚秋帮忙，等老祖宗穿戴整齐，冯晚秋才坐下来看信。"阿洋确定今年没法回来过年了，说有外国朋友到上海来谈生意，他们要等着。"放下信纸，拿起佛珠，走过去给老祖宗套在手腕上，"这佛珠是阿洋亲自去静安寺求来的，保佑老祖宗长命百岁。"

"真是我乖孙。"蒋氏举起手腕，满意地说，"阿洋有事不回来，阿行也不回吗？我都有两年没见小洋江了。"

"阿洋没说。"冯晚秋很平静地回答。对丈夫的偏心，她无话可说，长子取名洋河，庶子却叫洋江，是想压她儿子一头？虽说比起人家三妻四妾，沈儒行只有一妻一妾，已经很不错了。可她出身书香门第，家境殷实，嫁到沈家十里红妆，各方面并不差。她不想跟丈夫形同陌路，可只要一想到这边她抱着女儿僵硬的身体哭得死去活来，丈夫却在上海抱着新生儿笑逐颜开，她就过不了心里那个坎，无法原谅。为了儿子，她不会和离，但也拒绝去上海，眼不见为净。

这会儿蒋氏又清醒了，她自然知晓儿媳妇心里有个永远解不开的结，平心而论，这个儿媳妇无论从哪方面讲都不错，若不是儿子偷偷纳妾生子，再加上孙女夭折，儿媳妇也不会年纪轻轻就心灰意冷，在这老宅陪着她守活寡。"你放心，这家业只有阿洋有资格继承。"

"阿洋不是败家子，沈家在他手上一定会更好。"冯晚秋自信地说。见蒋氏已洗漱完毕，她吩咐绿叶去厨房端吃的来，自己提起放在柜子上的一只小巧铜火熜，打开盖子，从炭盆里夹几块炭放进去，盖好，套上布套子，双手捧给蒋氏："阿姆暖暖手。"

蒋氏坐在铺着厚厚棉垫子的红木椅子上，接过铜火熜，目光落在冯晚秋的脸上，叹一口气："都过去这么多年，你该放下了，家和万事兴。"

"媳妇明白。"冯晚秋低下头，恭敬回答。

常行是第一次来沈家村。他进村后,拿着信,见人就问,送第四封信时,碰到一位热心的老人家,老人带着他去了村尾,在一间小屋前停下,朝里喊:"阿刚娘,有人找。"

"谁啊?"一位身形瘦弱、打扮朴素的妇人走了出来,招呼老人:"沈老伯,麻烦你了。"

"小事体。"老人笑眯眯地说了一句,不多打扰,自顾自走了。

"我是替我阿爹来送信的。"常行上前,把手中的信交给妇人,"我阿爹叫常走,他去给沈太太送信了。"

阿刚娘接过信:"谢谢你,我找人读信去。"说完,她拉上门,准备去私塾找人。

"我识字,可以帮你读。"常行犹豫了一下,鼓起勇气说。

"那再好没有了。"阿刚娘高兴地请常行进屋,小心剪开信封,抽出信笺,轻轻展开,用手指抚平,放在桌上:"你帮我看看。"

常行走到桌边,他没有去拿信笺,怕自己的手不干净弄脏了,低下头一句句念道:"阿姆好,天气冷了,不知近来一切可好?儿记挂在心……儿在上海诸事顺利,老爷很器重我们,勿用担心。茶行事务繁忙,儿不能常回来探望阿姆,还请阿姆多保重身体,儿给你的钱你要用,勿要省,等下个月儿再给你寄几元过来……"

阿刚娘抬起胳膊,用衣袖擦了擦眼泪,喃喃道:"那就好,那就好。"想他们孤儿寡母,倘若不是沈老爷选中儿子,给了这么好一个机会,阿刚估计就只能去茶山当个茶农,哪能像现在这样在上海跟着沈老爷,体体面面,她当娘的脸上也有光。

常走挑着担在村里转了一圈,经过沈刚家时,听到屋里传来儿子读信的声音,微微一笑。等他读完,在门外喊:"小行,好了吗?我们要回去了。""好了,阿爹。"

阿刚娘跟着出来,笑着对常走说:"常信客,你儿子小小年纪介能干,大了不得了。"常走不好意思地说:"他就识几个字。阿刚娘,那我们走了,过几天我又会过来,如果你要写信寄信,到时候交给我。"阿刚娘说:"好的,我有需要找你。"

父子俩离开沈家村,又去了三十里外的李家村,还有一只大包裹需要送过去。阿四家在陈家村,顺路,最后送。

"阿爹,我可以帮你送信了。"常行的心房像被注入了一股活水,鼓胀鼓胀,有一种无法压抑的自豪感。

常走笑着说:"是,我家小行能帮阿爹忙了。"

到了李家村,常走指着一排有马头墙的房子对常行说:"这是李五少爷他们的家。"常行发出一声惊叹:"李五少爷家好有钱。""那是他们凭本事赚的,小行,我们没那本事就踏踏实实做好自己的事。""我明白,阿爹。"

父子俩来到包裹的主人家,门开着,常走朝里喊:"李大哥,有上海包裹。"

一个身材高大的中年男人走了出来,笑眯眯接过系得紧紧的大包裹问道:"我家小子有什么话让你捎来?"

"他说今年过年不回来了,省点钱,让我带来一件棉袍子,是他老板送他的,还有两套他自己省下来的衣裳,说是改一改给两个阿弟穿,你打开看看。"常走说。

"好的,常信客。"李大哥解开包裹,一一查看,"肯定没问题。"

常走就让他在送货单上按了指印,父子俩去渡口,他们要坐船回家。

李大哥拿着包裹进屋,一家人开始试衣服。虽半新不旧,但总比身上穿的要好。尤其是那件棉袍子,李大哥拿着在身上比画,"嘿嘿"地笑,像他这种整日干活的人,哪有机会穿棉袍子。他感叹道:"幸亏走出去,我看明后年找个机会让俩小的也去上海当学徒,熬几年就熬出来了。"

李大嫂说:"下次写封信问问阿大。"李大哥说:"他这个当哥的总要帮衬自己阿弟。"

常走和常行回到家,天都黑了。这一天折腾下来,两个人早已饥肠辘辘。进门,常行去灶间煮粥,常走收拾。等粥煮开,常行熟练地把柴火灭了,这粥还需要焐一会儿,见常走进来,常行说:"阿爹,米缸没米了。"

常走走到米缸边,提起木盖子,缸底还剩下一酒杯这样的糙米。又去看了盐罐,也见底了。想到儿子身上穿的短小棉衣、棉裤,得赶紧请人做一套,处处都要花钱,不禁有些头痛。以前妻子在,他负责在外挣钱,家里的事不用操心,现在妻子不在了,他得学会精打细算才行。幸好儿子懂事,可以帮他分担一些。常走现在只寄希望于跑腿的活多一点,再多一点。他不怕苦不怕累,只要能挣钱就好。肚子"咕咕"叫了起来,实在等不了太久,父子俩就着豆腐乳喝了一大碗热乎乎的薄粥,空汤汤的胃终于舒服多了。

喝完粥,常行去洗碗,常走回到房间,从床底下拨拉出一只瓦罐,捧到桌上,又取下身上钱袋,开始算账。这一趟来回他一共收了八元五十文运资,其中四元付了来回轮船费,再除去两个人住宿吃饭加坐船的费用,还赚了二元多,已经非常不错了。他又把瓦罐里的钱倒出来,数了数,全部家当只有五元多点。他明天先去还一部分利息,余下的作生活开支。想到明天是集市日,常走犹豫着要不要去割一斤猪肉,最好再买块板油熬猪油,孩子在长身体,他干的也是力气活,长年不沾荤不行。还要买米和盐,钱真不够用。

"阿爹,我困了。"常行眼皮开始打架,嘀咕道。

"上床吧,阿爹也睡了。"常走站起来,把瓦罐放好。天冷,父子俩一个被窝,很快就进入梦乡。

窗外的北风扯得更紧了。

第二封信：斗米恩 升米仇

「实在贤婿、菊香吾儿，今日为父嘱常信客送来二百根年糕，另附五十元银圆票一张，补贴家用。知你们夫妻恩爱，孩子们又听话懂事，为父很是欣慰……」

吕进宗写给女婿王实在的信

……

早上，常走挑着箩筐，里面放着纸与笔墨，还有一张小方桌和一条方凳等物，带着常行去集市。附近几个村庄，属陈家村最大，故而集市就设在陈家村一条百米长的老街上。走到陈家村路口，父子俩看到两个施粥摊前已排起长长的队伍，每个人手上捧着一只碗。常走认得一家是善堂；另一家应是陈家，他看到在一边维护秩序的中年人是陈兴源家的管家。

"阿爹，我要不要回家去拿碗？"常行摸了摸肚子。早上起来他把昨晚剩下的一点薄粥又加了些水烧开，和阿爹一人一碗喝下去，这会儿不拍他都能感觉到肚子里面晃荡着的水声。

常走看了看还在不断扩大的队伍，摇摇头："算了，我们是来办事的。"

常行见阿爹不同意，只好恋恋不舍地把目光从施粥摊收回来，跟着走进老街。集市日的老街很热闹，除了街两边那些固定的商铺，还有不少流动小摊贩在使劲吆喝，与顾客讨价还价。陈家村有两家大户，一家是兴盛药行的陈兴广家族，另一家就是兴源木器行陈兴源家族，陈兴广和陈兴源是堂兄弟。这条街上的商铺两家各占一半，统一样式，两层木结构，楼下商铺，楼上住人，显得很整齐。

常走找了一个空位置，让常行守着箩筐，自己去街尾的财来钱庄。这是个小钱庄，只有一间门面，里面一个掌柜、两个伙计，主要服务对象是这条街的小商户和附近乡民。伙计看到常走进来，笑着招呼。常走说来还利息，伙计拨了一通算盘道："你现在连本带息欠二十五元五角八十八文,这次还多少?"常走苦涩地说:"还三元五角八十八文。"

伙计收了款,重新给了常走一张借据。常走看着新借据上的借款日期和二十二元欠款,想着这半年他都还了十多元利息,居然还欠这么多,心情郁闷地走出钱庄,来到常行摆摊处,见他已把箩筐里的东西一一摆好,桌上放了一块木牌子,上面写着"代写代送书信及各种货物"字样。常走坐下来等客,常行站在一边,闻着旁边点心店飘出来的香味,几根脚趾在布鞋里来回搓着,装作不经意的样子用鼻子深深吸几口。常走坐了半天,没有人来写信寄信,只好让常行守着摊,他去买了半斤盐、一斤肥肉、两棵大白菜,花了一百二十文。又去吕记米店买米,最便宜的陈糙米一升要十五文。担心接下去灾情严重还要涨价,常走犹豫了一下,还是决定买两斗陈糙米。买完东西,摆了半天摊,没有人来,常走只好收摊。

经过施粥摊,常行见排队的队伍一点都没变短,不由嘀咕一句:"不知道明天还有没有?"恰好有人在问管家同样的问题,管家说会施粥三天。常行想到可以替阿爹省下两餐饭,很开心。常走抬头看了看天色,灰蒙蒙一片,他担心晚上又要下雪,儿子的棉衣无论如何都要请人做了,可又没有钱买棉花,只能让儿子穿妻子留下的一件旧棉袄,外面套件罩衫,先把这个冬天熬过去再做打算。

到家了,常走把米倒进米缸,让常行在家收拾,自己挎上送信专用的铁皮箱出去转悠。出了村,常走朝吕家村走去,边走边吆喝:"送信送货有需要的吗?送信送货有需要的吗?"沙哑的声音划过村庄上空,消散在风中。

正准备出门去米店的吕进宗听到常走的吆喝声,忙走出来叫住他:"常走,我正要去找你,我有二百根年糕要送去杭州,打听到三日后陈兴广陈老板包了阿牛的船去杭州,你跟他商量一下,看能不能让你搭个便船,替我跑一趟。"

第二封信:斗米恩 升米仇

"谢谢吕老板,我等会回去就问。"

"好的,你那边确定了跟我说一声。"

常走很高兴接了一单大业务,这下有钱过年了。吕进宗则心里有自己的小九九,去杭州走的是运河,一路都要收费,若租船,成本太高,有便船可搭能减不少费用,像陈兴广这样的老板,没特殊情况不会在意船上多带个人。吕进宗边想边朝陈家村走去,他和陈兴源商量过了,两家错开时间施粥,一个前三日,一个后三日,这样可以施粥六天。虽解决不了大问题,但好歹能让村民多领几顿。

常走继续在村里转悠,想着去一趟杭州,倘若还能顺带几封信,那就更好了。想到这里,他吆喝得更起劲。从一个村庄到另一个村庄,喉咙喊得又干又疼,可惜没有人要寄信到杭州。常走艰难地咽了一口口水,迎着怪叫着滚过田野的北风继续朝下一个村庄走去。

转悠了半天,常走没接到其他业务,只好悻悻而归。晚上,他去渡口找阿牛。阿牛答应帮他一起去征求陈老板意见,两个人去了陈兴广家。没进门,让小厮传了个话。一会儿小厮出来回复,陈老板答应了常走的请求,同意让他搭便船,常走又去找吕进宗,约定三日后下午来取货。

下雪了。

这一场雪下了整整两天两夜才慢慢停了。常走忧心忡忡,怕耽搁去杭州的事。第三日大清早,喝了一碗薄粥,就出门去看外面情况,顺道找吕老板和阿牛。刚出门,阴冷的北风就直往脖子里灌,地上是厚厚的积雪,行走困难,还没出村,他就发现有几间黄泥糊墙茅草屋的屋顶已被积雪压垮,这会儿没看到人影,应该是已换了地方。走到河边,看着结了厚厚一层冰的河面,常走担心这船还能不能动。路上的行人很少,大家都被雪阻在家里了。到了陈家渡,见一排大大小小的船果然都被冻住。常走站在河埠头喊了一声阿牛,阿牛从船舱里钻出来,对常走说:

"晚上出发时间没变。"

"这么厚的冰会不会有影响?"常走问。

"到时候我们跟着大船就可以了。"阿牛有经验,他不是第一次遇见这种情况。

常走在阿牛这里得到确切消息,放心了,又去老街找吕进宗,约好上船前来挑年糕。这次他没法带常行同行,主要是天太冷,家里有米有菜,应该没什么问题。常行对阿爹的决定没意见,保证会好好待在家里不出去。

傍晚,常走难得煮了一锅干饭,父子俩吃得饱饱的,剩下的捏成一只只饭团装在盒子里,又装了一罐咸齑和小半瓶豆腐乳,这是带着路上吃的干粮。常走收拾好行李,挑起箩筐准备出门。他怕常行出去玩,留了任务:一是练字,二是打扫卫生。马上要过年了,这里里外外得清扫一遍。上午他已拜托隔壁邻居,万一有什么事,让常行去找他们帮忙,毕竟他这一趟出去不是两三天就能回来。常行站在屋前目送阿爹离开,直到常走转弯不见人影,他才回屋关上了门。

常走来到吕记米店,吕进宗当着他的面清点年糕数目,送货单一式两份,交接清楚,顺带着还有一封信,里面夹了一张五十元面额银圆票,"那里你熟悉,以前去送过货。"吕进宗爽快地拿出六元银圆给常走,那是运资。年糕一斤按一角收,银票是每十元收二角。如果常走搞丢了,需要全额赔偿。

常走接过,把送货单和信装进包袱。考虑到外面灾民多,常走用油布把年糕都给包了起来,挑着担来到渡口。这一路他走得很小心,地上的雪都已冰冻,非常滑,稍不注意就要摔倒。就这点路,他走出了一身汗,脚趾因太过用力而酸胀。

上了船,常走找了个角落把东西放好坐下,考虑到在船上要好几天,他又把油布给揭开,怕把年糕给闷坏了。陈兴广来了,后面跟着背着铺盖行李的小厮。常走忙站起来恭敬招呼。四十多岁的陈兴广体格健壮,神情严肃,他朝常走微微点了个头,便上了船,拎过一把竹椅子坐下,伸直两条长腿。这几年他把发展重心移到了上海,兼顾杭州,宁波的药行和老街药铺都交给弟弟负责。这次杭州那边有急事需处理,不然他也不会临近年关出门。让常走搭个便船,陈兴广并不在意,一年到头家里总有几封信或海鲜之类的货由常走送往上海,算是老熟人了,给个人情无所谓。

涨潮了,渡口的船都动了起来,河中心的冰层已被前面的大船破开,阿牛扯起帆,和阿发一前一后开始撑船。船从大西坝翻过姚江,又到对岸的小西坝"挽舟而过",进入刹子港,再向东进入慈江。船上三人已各自找好位置,打开铺盖躺下。虽然有厚帘子遮挡,但风还是无孔不入。特别是常走,他的铺盖很薄,只好将全身裹起来,像一只蚕蛹缩在里面,牙齿在不停打战,心里惦记一个人在家的儿子,只盼着这一趟一切顺利。

晚上行船,精神需要高度集中,虽说顺风顺水让阿牛和阿发省了不少力,但他们不敢有丝毫的松懈,直到下半夜实在疲惫困乏,才找了一个埠头,将船泊于江边,收起帆,两人到后舱休息。

当常走睁开眼,天已亮了,船上几个人,就着冰冷的江水洗漱。隆冬季节,两岸呈一片枯败之色,望过去,四周灰蒙蒙一片,而江面因雾气显得有几分缥缈。常走主动帮阿发去生炉子烧开水,陈兴广则带着小厮去岸上找吃的。等水开了,阿发把昨夜的剩饭加鸡蛋用猪油炒了一大盆,和阿牛分而食之。常走则拿出两只饭团放在随身带的碗里泡开,夹几筷子咸齑,闻着那香味把泡饭下肚。等陈兴广和小厮上船,船又起程。

天气太冷,三个人躲在船舱里,陈兴广刚开始没多大兴趣跟常走聊天,在他的意识里,两个人虽然年纪相仿,但人生经历完全不同,似乎没有可以聊的话题,可船上实在无聊,就有一搭没一搭地说着话。让陈兴广意外的是,常走比他认为的有见识。

"陈老板,不怕你笑话,当年倘若我阿爹没出意外,我应该会去考科举,还梦想当一名为民请命的好官,谁知天意弄人,现在只能赚点辛苦铜钿。回过头来看,那时的我真不知天高地厚。"常走苦笑道。

陈兴广听了常走的话,有些意外,也叹道:"人这一辈子啊,不到闭眼就定不了局,起起落落像这潮水,谁也说不准。"

"是的,不过像我这样不太可能有什么大的变化了,这信客就做到走不动为止。至于我儿子,我这个当爹的没能力,也不奢望他有多大出息,只要能自食其力就好。"常走以前不是没想过让常行替他实现科举梦,可最终还是学会了面对现实。自从不做那个梦后,日子反而过得更踏实了。

陈兴广对常走的心态很欣赏,他深知底层人的不易,并非每个人在遇到挫折时都能坦然接受,常走年少丧父,却没有怨恨命运的捉弄,没有自暴自弃,硬是靠一双脚走出一条养家糊口的路来,这点就值得别人高看一眼。常走提到了儿子,陈兴广想到自己的两女一子,两个女儿已出嫁,他现在全部精力都放在培养幼子上,他相信,儿子能争气。

傍晚,船到了余姚,阿牛宣布在此过夜,等第二天早上再出发。陈兴广没意见,带着小厮上岸去住客栈。

常走舍不得花这个钱,就留在船上,围着炉子依然吃咸齑泡饭。阿牛看常走这么省,夹起一片糟肉直接放进他的碗里,常走很不好意思,想把肉夹回去。阿发说:"常走叔,你不用跟我们客气,我阿爸说过,有一次他在船上突发急病,如果不是恰好你在,恐怕那一次就没了性命。你还帮他请医师,等他醒来,才离开去送信。这份恩情,我们兄弟都记着。"阿牛说:"就是,你还要养小行,我们兄弟又没家小,日子比你好过。"常走说："这都过去多少年的事了,你们还记着。阿牛、阿发,你们早晚要成家,有钱还是存一点。吃要吃好点,不然没力气撑船。"

常走夹起糟肉咬了一口,糟香与肉香立刻盈满口腔,忍不住说："真是人间美味。"

"是啊,我和阿发都喜欢吃糟货,天冷,也放得久。"阿牛喝一口温过的黄酒,"啧"了一声,笑着回答。晚上若要行船,他不会喝酒,以免误事,今晚不走,喝一点暖身,但也不会贪杯,分寸把握得很好。阿发不好这一口,只埋着头吃饭。

"小行一个人在家没事吧?等我们回来就过年了。"阿牛关心地问。

"家里有吃的,他也比较懂事,我放心。"常走嘴上这么说,心里很牵挂,恨不得立马就能送完货回家。

"下次能带还是把他带上吧,我们不收他的钱。"阿发插话道。

常走摇摇头说："你们兄弟的情,我领了,但不可以的,你们靠这个吃饭,这次去杭州已经让我占大便宜了。"阿牛说："带个孩子没什么,好了,不讲了,吃完我们早点睡。"常走说："好。"

夜渐渐深了,三人收拾好就各自躺下。天太冷,常走靠着炉子的余温,又撑了一夜。

从睡梦中醒来,常走和阿牛、阿发先后走出船舱,难得的好天气,大清早阳光已驱散薄雾,在江面洒下粼粼金光,三人都很高兴。行船最怕遇恶劣天气,尤其是大风,最容易造成翻船事故。陈兴广和小厮来了,阿牛对陈兴广说："陈老板,今晚我们到项家埠停宿。"

"可。"陈兴广点了点头,昨晚他休息得比较好,这会儿精神抖擞,站在船头赏了一会儿江景。恰好有渔船经过,陈兴广问渔夫有没有新鲜的鱼卖,渔夫说有。陈兴广买了几条交给小厮去打理,还问阿发要了点咸齑,说中午煮鱼汤喝,听得常走暗暗咽了一口口水。阿牛看了一眼潮水和风向,请大家入船舱,他要准备升帆出发了。

棉帘子放下了,小船向西驶去。

旅途寂寞,但常走跟陈兴广不可能有很多话说。他惦记着常行,不知道小家伙一个人在家是否一切都好。心里有事,人就显得更加木讷寡言。

被常走牵挂的常行自从阿爹出门后,睡了一个不太安稳的觉。第二天起来把一天要喝的粥都给煮上,又敲开门口结了冰的水缸,舀了一盆水,拿来一块抹布,把房间里有限的几样旧家具擦拭了一遍。倒脏水时,又看见墙角那堆河沙,那是他用来练字的,练字的"笔"是一根竹筷子。他想练会儿字,风有些大,没一会儿手就冻僵了,只好作罢。回到屋里,他把以前读过的《千字文》找出来,一个字一个字念:"天地玄黄,宇宙洪荒……"

突然,有敲门声传来。

常行放下书,打开门一看,外面站着一位陌生大叔。他问常行:"你阿爹在家吗?"

"大叔,我阿爹去送货了。"

"你阿爹回来跟他讲一声,别忘了他还欠着钱庄的钱。"

常行抿了抿唇,说了声知道了。来人也不想跟一个孩子多言,说完就转身走了。常行关上门,坐在椅子上发呆。他知道阿姆生病花了很多钱,明天集市日,他要不要去摆个摊帮人家写信?只是恐怕也没有人敢把信交给他写,他太小了他从来都没有像现在这般热切地盼着快快长大。

"阿爹,你早点回来。"常行低下头,喃喃自语。

阿牛的船在第四日早晨离开项家埠,交了过坝钱,渡曹娥江。常走第一次去杭州经过此处时,就听说了有关曹娥这位小女子的故事,十四岁的少女为寻父投江，最后抱父尸首浮出江面，这样的孝心确实感天动地。常走想，倘若有一天他出了意外，他是万万不希望儿子为了自己而丢了性命，他只希望儿子能好好活着。

船到了江对面，又一次过坝，进入内河。棉帘子已被拉开，常走看着两岸的房子，有的素墙黑瓦，有的黄泥糊墙，也有石头堆砌。经过时，见有妇人蹲在埠头浆洗衣衫，不由自主想起已去世的妻子，也是在这样的大冷天，去村口的河埠头洗他们父子俩的衣衫。在他的印象里，妻子很聪明，为人温和，从不与人发生争执，一家人虽清贫，但日子过得其乐融融。遗憾的是，他不知妻子的家人在何方，十三年前他去苏州送信，途中遇到一个瘦得脱了形，看不清长相和年龄的乞丐，他给了对方一只馒头，那乞丐就跟着他不肯离开。他很无奈，直到对方开口，他才发现是个女人。想到自己三十岁了还没有娶妻，他就试探着问她愿不愿意跟自己回家，没想到对方一口答应。送完信，他带她去街上买了一套衣裳，又去小客栈开了间房，让她里里外外好好清洗一遍。等出来一看，竟是一个长得挺耐看的姑娘，自称汪氏，十八岁，家乡遭了灾，跟着家人出来逃荒，失散后沦为乞丐，怕被人发现是女子故意在脸上抹灰乔装。那一刻，他感觉自己捡到宝了。后来他问过妻子为什么会相信一个陌生人，妻子说他是个好人，明明自己也很饿，还愿意给她馒头吃。想到妻子年纪轻轻就离开人世，常走的心像被一只无形的手给揪了起来，拉扯着痛。

船在晃动中向前，进入柯桥大荡河，眼前的景致发生了很大的变化，两岸有树木，高大挺拔，即便在寒冬腊月，依然带着绿的生机，舒缓了在船舱里待久了的压抑情绪。

第五日傍晚，船从萧山抵达西兴。陈兴广带着小厮上岸，常走挑着担随后。陈兴广的药行就开在西兴，这里是南来北往的中转码头，商家云集，热闹非凡。常走还要坐船，渡过钱塘江才能进入杭州城去送货，阿牛和阿发在西兴一边揽客一边等他。

去杭州城里的船很挤,大家都是在这里中转,常走还有两只占位置的箩筐,只好交了双份船钱,船夫才同意他上船。到杭州草桥门,常走不敢耽搁,趁天还没有完全黑,挑着年糕担前去送货。走了约一个时辰,来到一个巷子深处一户人家门前,放下担子上前敲门。

"谁啊?"木门打开了,出来一个三十多岁,穿灰色棉袍的瘦弱男子,见是常走,招呼道:"常信客,你来了。"

常走说:"王先生,吕老板让我送年糕过来,你清点一下,这里还有封信。"这位男子是吕老板的女婿,信封上写着他的大名王实在。

王实在把常走引进小院,拿着信进屋,匆匆看一遍,又出来,请常走把年糕放到灶间的一只大瓦缸里,他在旁边数数。这时,从屋里跑出两个小姑娘,睁着好奇的眼睛看了一眼常走,很快注意力就被这白生生的年糕给吸引了。王实在一边数数,一边挥手让孩子回屋,姐妹俩似乎有些害怕父亲,不敢逗留,又跑回屋去。等年糕全部入缸,常走请王实在在收货单上按上手印,他要带回去给吕老板交账。收好单子,常走告辞。他虽不知王家具体情况,但从这几年时不时送东西和银圆票过来,再加上刚才俩孩子的穿着看,吕老板女婿的家境应该比较普通,不然这当丈人的也不会三天两头补贴外嫁的女儿了。

屋里,王实在的妻子吕菊香盯着桌上的五十元银圆票暗暗垂泪,旁边站着三个小姑娘,最大的九岁,最小的五岁。对父亲,吕菊香的心情很复杂。三十二年前,父亲在杭州遇太平军攻城,幸得当渔夫的公公相救,躲在船舱,护送过江,才逃过一劫。救命之恩无以回报,父亲留下信物,约定等战事平息再来重谢。三年后,太平军撤出杭州,父亲去寻恩人。刚开始没有找到,可父亲不死心,继续打听,终于找到了王家,才得知公公和两个儿子已死于太平军手中,只留下幼子王实在与寡母艰难度日。父亲当即决定资助王实在读书，并把刚出生的她许给了比她大六岁的王实在，等成年后成亲。父母之命，媒妁之言，她无力抗争。十八岁那年，婆婆生病怕好不了，捎信给父亲，希望自己死之前能看到儿子娶妻，父亲就让她带着一船嫁妆嫁进王家。婚后，她才发现婆婆金氏是个非常厉害的女人。丈夫虽读过几年书，因王家只剩下他这根独苗，婆婆无比溺爱，偏王实在体弱，手不能提，肩不能扛，一点用场都派不了。成亲一年后她怀了孕，那个时候婆婆的身体已经调理好了，起初以为她怀的是儿子，对她很是疼爱，谁知生下来是女儿，婆婆和丈夫都很失望。隔两年，又生一胎，仍是女儿。又隔两年，没想到第三胎仍是女儿。从那以后，婆婆再也没有好脸色给她，丈夫整日长吁短叹。要命的是，生了三女儿后，她就一直没有再怀孕。由于没有儿子傍身，在婆婆和丈夫面前她总直不起腰来。婆婆每天在耳边阴阳怪气，指桑骂槐。丈夫一边接受她娘家给的好处，一边又要维护他那可怜的自尊，即便没有打骂，可那张没有表情的冷脸实在令人心寒。她有太多的苦闷在心里，又无处可以诉说。

吕菊香刚想把银票收起来，婆婆金氏从里间出来，她是个身材矮小的妇人，头发花白，颧骨很高，脸上无肉，一双吊眼尽显刻薄。一眼看到放在桌上的信与银票，急忙上前把银票捏在手上，对吕菊香说："银票娘替你们收着，明天你去买条鱼，实在身体弱，要好好补补。"说完，解下系在腰上的钱袋，摸出一只银角子，又把银票折好装了进去。

"娘，马上要过年了，我想给孩子们做身新衣。"吕菊香很疲惫，家里唯一的收入就是丈夫在书肆做工的工钱，可就这一个月一元钱婆婆都要捏在手里，每天要点菜钱像割她肉一样。可这银票是父亲给的，凭什么不能由她保管？难道她还会乱花不成？这一刻，吕菊香内心的怨气到了极点，就差那么一粒火星子，她就要炸了。她让大女儿带着两个妹妹去里间，准备好好跟婆婆争一争。

王实在关好院门回屋,见桌上银票已不见了,又听妻子说年货的事,知晓是又被他娘收走了,见妻子脸色不太好,忍不住说:"娘,这五十元够我们用很长一段时间了,你再多给点。"他不是不知道妻子的付出,那一船嫁妆大多已送当铺,他也不想伸长脖子要妻子娘家救济,可自己就这点本事,若不收,一家人只好等着饿死。

王金氏很不高兴地再次打开钱袋,掏出一元,对吕菊香说:"省着点花,什么时候你给王家生了大胖孙子,这个家就由你来当。"

吕菊香很想反驳,可生不出儿子是个魔咒,让她发不出声音,她跌坐在椅子上,泪流满面。王实在皱了皱眉头,他最烦夹在两个女人中间,一甩手就去了书房,重重关上门。王金氏"哼"了一声,不满地瞪了儿媳妇一眼,转身回房去了。

夜深了,吕菊香还坐在那里,她的心好冷。她不知道自己为什么会活成这样,说起来这套房子还是她的嫁妆之一,可她在这里反倒像个外人。王家母子住她的,吃她的,还嫌弃她生不出儿子,她好恨,恨自己糊涂,这些年给父亲的信里从来都是报喜不报忧,时时维护王实在,让父亲误以为他们夫妻感情好,婆婆通情达理,一家和乐。难道就这样过一辈子?吕菊香的手在微微颤抖,不知不觉握成了拳。

常走回到草桥门,坐船过钱塘江到西兴。这个点,很多店铺还开着,码头上不断有船到岸,有的要住宿,有的寄存货,非常热闹。常走找了一家面馆,要了一碗素面。吃好面,挑着担子找到阿牛的船。兄弟俩也正好吃完晚饭,三个人絮叨一会儿,便抓紧时间休息。

这一晚,常走又没怎么睡着,除了冷,主要是码头很吵闹,下半夜还有船过来。好不容易等到天亮,常走起来上街去。这里有很多家专为客商转运货物服务的"过塘行",都是早开门,晚打烊。街两边摆着各种小摊,常走买了三棵大白菜,一斤咸肉,又买了十只厚实的粗麦饼,回到船上，把菜和肉递给阿发："给你们，到时候让我蹭一碗白菜咸肉汤，就着粗麦饼吃。"阿发也不客气，接过："常走叔太客气了，是我们蹭你吃的。"常走笑道："那我们就互相蹭来蹭去。"

阿牛和阿发都笑了起来。吃好饭，两兄弟站在船头扯着嗓子喊："有没有去绍兴、上虞、余姚、宁波的客人？"喊了半天，没有应答。阿牛说："常走叔，如果今天没有客，我们只能多留一天。"

常走点头，无论从宁波到杭州，还是杭州回宁波，由于沿途要收各种费用，所以一趟总船资是八元，按人头分摊，他这次送货，一共才六元，若就他一人，那不但赚不到一文钱，还要倒贴，不禁忐忑起来。

"奇怪，不是要过年了吗？怎么没有人去宁波？"阿发嘀咕道。

"可能不凑巧，我们再等等。"常走说。

"我听说昨天上午刚好有一艘船去了宁波，那就多留一天看看。"阿牛说。

常走虽心急如焚巴不得早点回家，可让他以租船价回去实在吃不消，只能等了。在船上坐一会儿，实在坐不住，常走对阿牛说："我和阿发去各客栈问问，看看有没有同行的客人。"

"辛苦常走叔。对了，不一定到宁波，只要是我们的船沿途经过的地方都可以，明天辰时出发返程。"阿牛提醒道。

常走一拍脑袋，他真糊涂，这船可以在沿途几个地方上下客，他咋给忘了？于是和阿发一起动作利索地上岸去找客源。两人分头行动，那些客栈大多在巷子深处，离码头不远，很古朴的门面，各种档次都有，为南来北往的客商服务。常走来到宾至客栈，对胖乎乎的掌柜说了自己的来意。生意人讲究和气生财，对常走的请求，掌柜没有拒绝，不过就一句话的事。常走感激道谢，站在大堂，大声说："有没有去绍兴、上虞、余姚和宁波的客人，有船，明天早上出发。"

客栈两层楼，常走这么一喊，楼上有位中年男人走出来，站在走廊的护栏边问:"我要去白鹤铺,明天你们船哪个时辰出发?船停在哪里?"

常走忙答道:"先生,我们船停在三胖面馆门口,辰时出发。"

"好,我明早去找你们。"

"谢谢先生。"常走很开心,向掌柜道了谢,朝下一家客栈走去。他看到这里很多人家都在编灯笼,想着有一技之长确实太重要了。

转悠一上午,找到四位顺路的客人,常走安心了许多。经过兴盛药行,常走停顿了一下,心想这个位置实在好,主街的中央,离码头又近,三间门面,很是气派。闻着从里面飘出来的药香味,常走想着回去后要不要去配两帖补药吃吃,让自己身体好些,少生病,等于省钱。忙了半天肚子也饿了,走进面馆,要了一碗牛杂面,把汤汁都喝得干干净净,很满足地回到船上,见阿发已回,把客人的情况跟他俩一说。阿牛高兴地说:"太好了,阿发也找来两位去余姚的客人。"

常走悄悄松了一口气,站在船头,看着码头上一个个站在寒风中等生意的脚夫和拉板车的汉子,感叹大家生活都不易。

第二天一早,六位客人带着行李按约先后上船,根据路程的远近交了船资。阿牛兄弟等人都齐了,开始返程。常走归心似箭,恨不得长出翅膀飞回去,可也知急不得,只好强迫自己平静下来,观察船上的六位客人。有四人他昨天在客栈见过,都是中年男子,估计是生意人,穿着厚实的棉袍。去余姚的一位是年轻后生,肩上驮着个灰布包袱,很老实地坐在角落不吭声。另一位是神情阴郁的老先生,很清瘦,留着花白的羊胡须。坐船就是这样,只要有一位起了头,你一句我一句,话题就打开了。四位中年人很谦虚地说自己只做点小本生意,问年轻后生是做什么的,后生说他是西兴一家过塘行的伙计。常走则说自己是名信客,而老先生从头至尾都没有参与,坐在那一言不发。

从萧山西兴返回宁波将近四百里，中午，船到了白鹤铺，除了常走、老先生和那伙计在船上吃干粮，四位中年人都下了船，其中两位在码头的小饭馆吃了饭又返回船上。船继续前行，深夜到了绍兴，又有一位客人下船。年轻后生和老先生留船上，去东关驿的客人则上岸去住客栈，依然约定辰时出发。船上的人也赶紧休息，常走犹豫了一下，分了一半铺盖给那位老先生，老先生有些意外，动了动嘴巴，吐出一个谢字。阿发拿了一件破棉袄给年轻后生，年轻后生很感动，就这样把破棉袄盖在身上，坐着过夜。

等到东关驿的客人下船，船上除了常走，就剩年轻后生和老先生了，那年轻后生话多些，老先生依旧沉默寡言。到了余姚，两人都下了船，那后生还有些依依不舍，跟阿发说，希望下次有机会还能坐他们的船。

"这后生真懂礼，我们也快了，争取今晚到西坝，明天下午就能到家了。"阿牛说。这一路，他和阿发都感觉有些累。

常走站在船头伸了一个懒腰："我们这次运气很好，没有遇到雨雪天气，不然有苦头吃。"

"是的，出发前我最担心的就是这天气。"

这里离西坝还有六十里，阿牛怕太晚到，双臂不由加快了速度。可即便这么赶，到西坝也已经半夜，阿牛累得一动都不想动。阿发说："明天船我来撑。"常走让阿牛好好睡一觉，晚点出发。阿牛答应一声，回后舱倒头就睡。常走反而睡不着，离家这么多天，不知道家里咋样了，折腾许久才迷迷糊糊睡过去。

随着岸边停泊的船先后发出各种声响，常走和阿牛兄弟跟着醒来。三个人吃了早饭出发，午后终于到达陈家渡。回程阿牛收了常走两元船资，常走上岸前邀请阿牛和阿发除夕夜到家里吃年夜饭，兄弟俩一口答应。

挑着空箩筐,常走先去了吕记米店,把送货单交给吕进宗。吕进宗问道:"我女儿没让你捎话吗?"常走摇摇头:"我没见到吕小姐。"想到那两个孩子的穿着与胆怯的神情,他犹豫一下,补充道:"吕老板,我觉得你有空可以去杭州看看吕小姐和你的外孙女。"

吕进宗心一沉,常走不可能无缘无故提这样的建议,而他这些年多少也有些了解王家母子的为人,所以不会拿大笔银钱去补贴出嫁女:"等年后有空去一趟。"

"那我回去了,谢谢吕老板!"常走转身,准备离开。

"来,这袋年糕片拿回去给你家孩子吃。"吕进宗把一袋年糕片放在常走的箩筐里。常走不好意思,吕进宗让他不用在意。常走只好收下,想着晚上父子俩就吃年糕汤。

到家了,常走敲了敲门,喊:"小行,阿爹回来了,快开门。"没有回音。常走慌了,开始拍门,邻居阿婆听到声音走出来,惊讶地问:"怎么了,小行不在家?"

"门外面没上锁,他肯定在家。"常走扔了扁担与箩筐,急着找石头,他想破门。

这时,门开了,常行满脸通红,一副睡迷糊的样子,很努力地睁大眼睛,有气无力地说:"阿爹,你回来了。"

常走吓一跳,手一摸常行额头,被烫得弹开。他顾不了许多,赶紧背起常行朝老街的兴盛药铺跑去。他的心很慌,妻子已经不在了,如果儿子再出点意外,他活着还有什么劲?

药铺到了。

郎中是位精瘦的老先生,姓赵,见常行满脸通红,精神萎靡,批评常走太大意,都病成这样了才将人送过来。常走非常内疚,他很怕妻子的悲剧重演,紧张得手都在抖。被路上的寒风一吹,常行已有些清醒过来,只是感觉身上很冷。赵郎中让常行坐下,他仔细把脉,观察他的舌苔,又详细询问症状,常行一一作答。常走才知晓,儿子这几日每天去渡口等自己,受了风寒,倘若今天他仍没有回家,不知道会发生怎样让人无法承受的后果。

"你帮他把右手袖子提上来,我先给他推一下退热。"赵郎中站起来说。

常走上前,把常行的右手臂露出来,赵郎中伸出左手握住常行的右手腕,又用右手食指和中指的指腹沿着常行的右前臂内侧正中开始连续推,推了好一阵才停下,对常走说:"我给他开个方子,你回去就给他煎药,一帖两次,饭后服用,孩子出了汗一定要及时换掉衣服。"

"我记住了,谢谢赵郎中!"常走说。

赵郎中坐下来开方子:"玉竹四钱、桔梗三钱、白薇三钱、甘草二钱、大枣三钱、豆豉二钱、薄荷二钱、葱白二钱",又根据常行盗汗明显、口渴等症状,加了煅牡蛎、糯稻桶以及沙参、天花粉等药材,对常走说:"先喝五日再过来看。"

常走小心翼翼接过方子,先去交费。伙计算盘拨得噼里啪啦响:"诊治费加药费一共一元。"

看病真看不起,常走在心里叹了一口气,交了钱,拿着盖了收费印鉴的方子到柜台抓药。配好药,又背着常行回家。到家后,常走摸了摸常行的后背,里面的衣服全湿透了,他急急去烧水,又生炉子煎药,幸好邻居阿婆来帮忙,才不至于手忙脚乱。等常行喝了药沉沉睡去,天都黑了,常走拿着常行换下来的衣服去河边清洗。蹲在河埠头,手伸入刺骨的河水,想到不在人世的妻子和生病的儿子,常走突然有流泪的冲动,又生生抑制住了。

天已黑了下来,河水静静流淌,不知源头,也看不到终点。

除夕到了。

阿牛拎着一条鱼，阿发手里是一块肉，两个人高高兴兴地到常走家来吃年夜饭。常走说："你们这是吃咸齑还肉价。"阿牛说："一年忙到头，过年总要吃好点。"

常走的厨艺一般，不过阿牛和阿发也不是讲究人，四个人就着油灯的光，围桌吃饭。常走给阿牛和阿发各倒了一碗温黄酒，给自己也倒了一碗，三人边喝酒边闲聊。常行一场风寒过后人瘦了不少，显得一双眼睛更加大了，这会正捧着碗美滋滋喝着鱼汤。桌上除了一大盆鱼汤，还有红烧肉、肉丝白菜羹、咸齑烧老豆腐、红烧大头菜，难得的丰盛。

"常走叔，你以后出门还是把小行带上，不能再留他一个人在家了。"阿牛说。那天得知常行病了，他都跟着吓一跳。

"是的，这次给我提了一个醒。"常走说。他就这么一个儿子，若真出了事，他一辈子都不会原谅自己。

"还是我和阿哥这样好，没拖累。"阿发酒意上头，没顾及常行坐在旁边，开口道。

常行偷偷看了阿爹一眼，暗下决心，不能成为阿爹的拖累。常行怕儿子多想，对阿发说："你们现在还年轻，再过几年，若有合适的还是要成个家，以后总得有个摔盆子的。你们看我，虽然你们嫂子不在了，但只要有儿子，日子就有盼头。"

"常走叔，我和阿发商量过了，我们兄弟以后谁先娶了妻，谁上岸生活。娶不到也没办法，光棍多的是，一个人生活总比遇到骗子好。"阿牛说。其实去年他差点成家，哪知道遇到了"仙人跳"，那女人把他们两兄弟省吃俭用攒下的钱都给卷走了，这件事给他们造成了严重的伤害，一说到女人，两人心里就直打鼓。

常走听阿牛这么说，突然想起去年那件糟心事，忙给他添了一点酒说："来来来，喝酒喝酒，我们不说那些烦心事。"

"对对,过年了,不说这些。"

碗与碗碰撞,发出了清脆的声响,三个男人仰起头,把酒倒进喉咙,一切尽在不言中。

吃好年夜饭,阿牛和阿发回船上去,常走把残羹冷饭收拾好,父子俩听着窗外的炮仗声,迎接新年的到来。

"希望明年能多接点活,早日把债还清。"常走在心里祈祷。

第三封信：送灵柩到南浔

「金宝贤侄，令尊不幸在宁波突发急症去世，令人心痛。今老夫派常走与阿毕伙计一起，租船护送令尊灵柩回乡，不周之处，望贤侄谅解，请节哀……」

陈兴源写给金宝的信

……

过完年,常走又开始为日常的生计奔波,他把常行带在身边,跟着跑腿学习。为了多接业务,常走的送信送货范围越来越广,只要有钱赚,路再远,货再多,他都接。常行很聪明,会吃苦,他虽然年纪小,但记性好,除了力气不够大,还是能替常走分担不少。

这一日晚上,常走父子刚回到家,正准备煮点番薯稀饭吃,门被敲响了。常行去开门,见门外站着一个年轻人,他认识,是那位木器行老板的小厮,问:"你找我阿爹吗?"

"是的,常信客在吗?"

"阿爹,有人找。"常行朝灶间喊了一声。

常走闻声走出来,笑着问:"是不是陈老板有货要让我送?"

"是的,常信客,陈老板有个外地做生意的朋友在宁波突发疾病去世,他想找人护送那位朋友的棺材回老家,让我来问问你,你愿不愿意走这一趟?"

"送到哪里?"护送棺材一趟至少有二十元资费,这送上门来的生意,常走不会往外推。

"湖州南浔。"

"陈老板在家吧,我想跟他面谈。"常走曾送货到过湖州,像送棺材这种特殊情况肯定要租船,他想把这钱给阿牛兄弟赚。

"可以。"

走到渡口,常走把阿牛叫上,两个人去了陈兴源家。陈兴源忙了一天,正疲惫地坐在椅子上。金老板昨天下午到宁波,晚上他尽地主之谊给金老板接风洗尘，酒足饭饱，送去客栈，万万没想到金老板躺下后再也没有醒来。大清早，他才到店里，金老板带来的伙计就惊慌失措跑来找他，把他吓得半死。报了官，仵作查了半天，最后得出结论，金老板可能是醉酒呕吐造成了窒息，因伙计住在另一间房，没有及时发现，白白丢了性命。陈兴源闻听，心里很愧疚，虽说酒席上他并没有劝酒，但不管怎样，总是他请的客。怕引来后续麻烦，他悄悄塞了一张银票给官府的人，让仵作在写结论时，只说是突发疾病，没写醉酒这个因素，对金老板带来的伙计也是这么讲。事已至此，他只能尽力做好善后事宜。考虑到天气渐渐热起来，得尽快把金老板的尸身送回去。说起来，他跟金老板并无太深的交情，他做宁式家具，金老板做丝绸生意。去年冬季他去上海办事，经朋友介绍才认识。金老板说自己每年都要到宁波来收购蚕茧，他就留了店铺地址，欢迎金老板到宁波了来找他，谁知这接风宴竟成了金老板最后一餐饭。想想金老板比他还小三岁，陈兴源不禁摇头感叹世事无常。

小厮带着常走和阿牛来见陈兴源，陈兴源见两人一起进来，开门见山道："你们两位商量过吗？送棺材去一趟湖州南浔，多少费用？"

常走说："陈老板，送棺材的资费按惯例是二十元，租船费你要问阿牛。"

阿牛搔了搔头皮说："陈老板，若是平常的话，去一趟南浔租船价十二元，但运棺材不一样，要翻倍。"

陈兴源现在只想尽快把这事给办了，也不计较费用，点头答应，不过提出要签个简单的协议，先付一半，平安送到再付另一半。他倒不是不信任这两人，他是觉得有制约，事情才会办得更好。常走和阿牛都没意见。

"还有，金老板的伙计阿毕会跟你们同行，明天晚上出发前船先到陈家义庄，接上棺材就出发。常走，你帮我带封信给金家大少爷，记住，到时候你就说你是我派去的人，专程护送，气势一定要足，要让他们明白，我帮这个忙是情分，不帮是本分。"陈兴源说。他想过不派人或派个家里的小厮去送棺材，反正有金老板的伙计在，后又转念一想，人情已经做了七八分，干脆做到底。派谁去？想来想去，还是常走合适，他比家里的小厮要见多识广。万一发生冲突，常走肯定比小厮处理得更好。

签好约，收了定金和书信，常走与阿牛告辞离开。"阿牛，这次我要把小行带上，路上跟你们搭伙吃。"常走说。

"没问题，是要把小行带上，不然不放心。"

第二天一早，常走揣着钱袋先去了钱庄，连本带息还了六元，可仍旧欠着二十元。又在集市上买了米、咸鱼、墨鱼蛋和大白菜，把东西送到阿牛船上，回到家再把铺盖和换洗的衣服整理好。常行想到能跟阿爹一起去湖州，很兴奋，听说船上还有棺材，他又有些害怕。

晚上，人和棺材都上了船，趁着涨潮，阿牛两兄弟开始扯帆启程。常行看着黑漆漆的棺材，脸色发白，他缩在船舱的一个角落，一声不吭。常走安慰道："阿爹在，不用怕，你就当他睡着了。"常行没说话，干脆钻进铺盖里闭上眼睛装睡觉。常走也想养精神，跟着躺下。

金老板的伙计阿毕是个二十多岁的年轻人，此刻，他紧紧抱着一只包袱坐在另一个角落，神思恍惚。东家为人慷慨大方，对他们这些伙计一向和善，他做梦都没有想到，东家这次出来收购蚕茧会出这样的意外，平时也没听说东家身体有什么病，他看到那些呕吐物，猜测这意外可能跟醉酒有关，可他没证据，也怕担责，只能沉默。见常走父子已睡下，他发了一会儿呆，才放下包袱休息。

防风灯灭了，随着船的摇晃，三人渐渐有了睡意，只是船舱中间放着的漆黑棺材给人一种莫名的阴森感，即便胆大如常走，也时不时惊醒，毕竟棺材里躺的不是自家亲人，更不用说阿毕和常行了。下半夜，阿牛找了个埠头靠岸停船,和阿发进后舱休息。船停了,大家才又迷迷糊糊睡了过去。

天亮了,阿牛和阿发各吃了一大盆猪油拌饭,常走父子与阿毕则草草吃了点干粮,继续出发。和上次去杭州沿途灰扑扑景致不同的是,现在是暮春时节,两岸草木郁葱,和风畅快,坐船的感觉还不错。只是大家都没什么心思,盼着早点抵达目的地。令人郁闷的是,从第二日开始,由于温度上升很快,棺材里隐约有臭味散发出来,常走只好把炉子移到船尾,米和菜放在后船舱。白天,三个人都坐到船尾,吃喝拉撒全在那。晚上进舱休息,只是棉帘子一放下,气味就变得非常明显。可若不放下,怕吹了夜风生病,只能憋着气躺下。黑夜放大了五官的感触,常走总觉得有一股味道通过口鼻,钻进他的脑袋,让他头昏脑涨。

到第三天,味道更重了,阿牛实在受不了那股直冲过来的味,只好把原本撩起来的棉帘子放下,遮住一点气味也好。阿发在船尾要稍微好些。只是这样一来,到晚上常走他们已无法进舱,臭味实在太过浓烈,感觉眼睛都要被熏瞎,三个人趴在船舷吐个天昏地暗,苦胆水都吐出来了。常走觉得这样不行,和阿毕商量,他们打算上岸去客栈睡。阿毕举双手赞成,他真怕自己没到湖州已经给熏死了。常行更是脸色苍白,无精打采。可这个时候船已经过了一个驿站,离下一个驿站还很远,阿牛原本的计划是半夜船到哪就停哪。常走和阿毕没办法,只好捏着鼻子进舱把铺盖拿出来,准备睡在船尾。谁知那铺盖也沾满了臭味,只好摊开晾着,期盼江风把这些味给吹散。睡是不敢睡了,最后常走和阿毕决定坐一夜,两人背靠背坐着,常行熬不住,常走就让他躺在自己怀里,用两人的铺盖把三人给围起来,耐心等待天亮。阿牛让常行去他那睡,常走没同意,后船舱的空间并不大,摇船可是实打实的体力活,他不能让常行影响阿牛他们休息。阿牛见常走坚持,没再说什么,继续摇船前行。

午夜，阿牛和阿发去休息了，常走跟阿毕迷迷糊糊打起了瞌睡，一会儿又硬撑起精神。两人想好了，接下来几日就白天睡，晚上坐外面。谁知下半夜天空竟飘起了雨丝，常走叫醒常行，和阿毕一起手忙脚乱卷起铺盖，把放在船尾外的东西都搬到船舱。棉帘子拉起来，三个人坐在帘子边，面朝外，谁也没有说话，怕一张嘴，那味就窜进口腔又要吐了，只能忍着苦等天亮。

雨越下越大，江风带着丝丝寒意吹过来，这对又困又累的三人来说实在太煎熬。常走想生炉子烧壶开水喝，风大，火燃不起来，阿毕和常行站起来在旁边替他挡着。三人配合，总算成功了，舀来江水倒进瓦罐里烧，等水开了，每人喝了几口热水，感觉稍稍舒服些。好不容易等到天亮，阿牛起来，看这情形，对常走说："常走叔，这样吧，你们轮流去躺会儿，不然还没到湖州，一个个都要病了。"

常走也意识到这样不行，同意了阿牛的建议，说："阿毕，你先去睡。"

"让小常行去休息，我还好。"阿毕看常行的脸色不太好，有些担心。

常走怕常行发烧，摸了摸他的额头，不烫，松了一口气："那你去躺会儿。"

常行是有些不舒服，他怕阿爹担心，没有说，乖乖去后舱。常走想到他们身上的衣服都沾了气味，就让常行把衣服脱了放外面再进去，常行很听话地照办。

这一天，三个人就这样轮流去后舱休息，到晚上，雨停了，他们又开始煎熬，深切体会到什么叫度日如年。谁知到半夜，常行发起烧来，整个人烫得不行，常走急得团团转。阿牛见此，一咬牙，和阿发一起，连夜朝西兴赶去，终于在天亮时到达。怕船上异味引来其他船家不满，阿牛把常走父子送上岸，将船泊到离码头稍远的地方，常走顾不得浑身发臭，背着常行去了兴盛药行求医。幸好药行伙计没有嫌他臭，让他进去了。坐堂医师一番诊断，说是外感风邪、邪热壅肺导致出现发热、口渴等症状，开了"麻杏石甘汤"，配七帖。船上没药罐，常走只好在店里买了一只。再把装着药包和药罐的袋子挂在脖子上，背着常行回到船上。把人放到后舱，常走马上煎药，等常行喝下一碗，他才坐下来喘口气。

天黑了，趁夜潮，船出北关门，到新关，沿着运河一路来到安溪奉口，入德清界。到下半夜，阿牛找了个埠头停靠休息。第二日继续向北，常走看着明显瘦了一圈的常行，心疼不已，万幸烧终于退了。剩下的药，常走让常行继续喝，怕后面有反复，晚上到了湖州城，考虑到这里离南浔还有六十里，阿牛建议常走他们上岸找家客栈好好清洗一番，睡一觉，明天也好有精神。常走和阿毕当即点头，三人一起上了岸，不料因身上气味太重，找了几家都被拒绝，三人只好又垂头丧气回到船上。除了常行去跟阿发挤，常走和阿毕依然围着铺盖坐在船尾等天亮。

第七日黄昏，一行人终于到了南浔。常走赶紧舀来河水，好好洗了一把脸，又把外面这一身衣裤给脱了，换了一身干净的。他叫阿毕也换一身，免得熏了人。阿毕经常走提醒，抬起胳膊一闻，自己都想吐，忙点头。只是两人头发都来不及洗，还是有味道，可他们不敢再耽搁，阿毕背上铺盖，和常走一起急急上岸去，阿牛兄弟和常行留在船上。

阿毕带着常走穿过一条条青石小巷，来到一幢气派的大宅子前，敲开了门，急切地对门内的小厮说："快带我们去见大少爷。"

小厮带路，三人快速朝里走去。在船上，常走已从阿毕口中了解到金老板家大业大，家有一妻三妾，四个儿子、两个女儿。其中太太生了大少爷和两位小姐，另三位妾室各生一子。大少爷最年长，已成亲，生有一子一女。两位小姐也已嫁人。二少爷定了下半年成亲，三少爷和四少爷年纪还小，刚上学堂。常走顾不得欣赏这雕梁画栋的宅院，只盼着早点完成任务。

"你们在这里等下，我去请大少爷过来。"小厮把两人带到会客间，自己出去请人。

常走的目光落在墙上挂着的一幅猛虎图上，虽外行，也看得出来那只老虎虎目炯炯很是威风。再看椅子和茶桌，皆镶嵌着精致的骨木，还有古朴的花瓶、屏风，无不显示着金家的财力。

很快，门外传来脚步声，常走转过头，见一位身穿素软缎袍子，五官偏阴柔秀气的年轻人走进来，知这位定是金宝少爷。金宝看到阿毕，惊讶地问："阿毕，你不是跟我爹去宁波了吗？怎么回事？"他打量着常走，疑惑地问道："这位先生是？"

常走忙送上陈兴源的书信，说："金老板在宁波出了意外，这是他的朋友陈兴源老板写的信。"

金宝还没来得及打开信，一听父亲出了意外，大惊失色，一把抓住阿毕的衣襟，紧张地问："什么意外？我爹人在哪？"

"金宝少爷，你先看信，陈老板都写在上面了。"常走提醒道。

金宝急忙撕开信封，抽出信笺，一看内容，如雷轰顶，脸色顿时变得煞白，声音急促地吩咐候在门外的小厮："快去请荣叔、太太、少奶奶和姨娘们过来。"小厮转身跑去叫人，阿毕红着眼圈，打开放在桌上的包袱，取出装在信封里的银票双手递给金宝，说："大少爷，这是东家这次带去进货的银票，阿毕全数带回。"

金宝呆呆站在那里，捏着信笺的手不停颤抖，他还没有从父亲出意外这个消息中反应过来。从小锦衣玉食，顺风顺水了二十三年的他，第一次面对这样的大事，内心很慌乱。可他知晓这个时候自己最需要的是冷静，他反复在心里念"不要慌，不要慌"。听到阿毕的话，他回过神，接过银票塞进衣袋，对阿毕说："这几天你就留在府里帮忙。"

"是，大少爷。"

常走见信已送到，一会又有女眷要来，他不适合再待在这里，得避开，于是对金宝说："金宝少爷，我先告辞，去船上等你们来移灵，阿毕知晓船停在哪里。"

"谢谢常先生专程过来送信，我叫人送你出去。"金宝不知常走身份，只知是那位陈老板派来的人，无论如何，他都承这份情。

常走点头，他还从未被人尊称过先生，很难为情，想解释自己只是一名普通的信客，又想到是代表陈老板，索性就不再多言，双手抱拳告辞离开。常走跟着小厮朝外走去，刚走到拐弯处，就看到迎面匆匆赶来一群打扮得花枝招展的女人，一个个神色惊惶。常走急忙低下头，和小厮避让一边。一阵香风吹过，常走鼻子痒痒的，忍不住打了个喷嚏，抬起头看这群女人的背影，猜测中间最富态的那位应该是金太太，左边那位年轻妇人有可能是少奶奶，其他几位应该是姨娘和丫鬟了。小厮把常走送到大门口，又关上院门去复命。常走回过头看了一眼大门上那一对黄灿灿的铜环，想着从今天开始，失去了男主人的金家恐怕要动荡了。他听阿毕说过，大少爷虽是嫡出长子，但在能力方面，还没有比他小两岁、庶出的二少爷强，而且二少爷十七岁就开始跟着东家做生意，是东家的得力助手。若要争一争，结果还真不好说。看来穷人有穷人的烦恼，富人也有富人的愁啊，常走可以想象现在的金宅里面是怎样的一片兵荒马乱。

此刻，金宅会客间里，闻知噩耗的金太太已晕了过去，三个小妾更觉天塌了下来，尤其是其中两位年轻貌美的妾室，虽有了儿子，可年纪还小，以后要在大少爷手下过日子，还不知会怎样。一时，哀号声不断。金宝一边叫丫鬟去请府医，一边担心自己母亲，还要安抚这几个姨娘，头都要裂开。少奶奶围着婆婆，六神无主。这时，管家荣叔气喘吁吁跑进来，金宝看到他，像找到了主心骨，哽咽着声音喊一声："荣叔，我爹他……"

荣叔是多年的老管家，他已知老爷出了事，棺材还在船上，当即对金宝说:"大少爷,事已至此,现在不是伤心的时候,我已吩咐人去商铺叫二少爷回来,这个时候千万不能乱。"

"荣叔,接下来怎么办?"金宝问。

"先搭灵棚,搭好后去接老爷回来,还要置办丧服,派人去亲友处报丧。"荣叔思路清晰,一一道来。

府医来了,扎了两针,金太太醒了。做了二十多年的当家主母,金太太也不是普通的妇人,很快打起精神,正要商量后续事宜,被小厮叫回家的二少爷金元匆匆从外进来,一见屋里情形,心一沉,朝金太太行了一个礼问:"母亲,家里出了什么事?"

金太太平时对丈夫的妾室原则是只要不作妖,她就睁只眼闭只眼,不然也不会让她们都生下儿子。对三个庶子,谈不上有多亲近,可也从不苛待,只是对这位能干的二少爷,内心还是有些提防,不过眼下不是计较这个的时候。还未等金太太开口,金宝已把信递给金元,金元才知家里竟出了这天大的事,跟着慌张起来。

"太太,两位少爷,我们还是先商量老爷的事要紧。"荣叔提醒道。

金太太站起来,四人去了隔壁间,三位姨娘和少奶奶这会儿都老老实实坐着。经过商量,丧事由管家荣叔安排、统筹。

金宅紧闭的大门打开了,一个个小厮跑出去,有的去买白布黑纱;有的采购搭灵棚的材料;有的负责去请工匠;有的去吃食店预订点心。金宝拟报丧亲友的名单,另派人去私塾接两位小少爷回来,晚上他们四兄弟都要守灵。金元去了一趟商铺,给里面的管事打了声招呼,让伙计们安心,即便东家不在了,还有他们兄弟在。金太太带着少奶奶去了厨房,只要一报丧,明天亲友们就会上门来吊唁,得准备丧宴,食材需要一早就采购,得提前准备好。三位姨娘被金太太安排和丫鬟们一起缝丧服和丧帽等事宜。荣叔则带着人打开偏院的门,清扫院子,将油灯、香烛等相关材料送来这里,把灵棚和供客人上祭与休息的小棚都搭好。

整个金宅里的主子和下人都紧张地忙碌起来，没有人敢大声说话，只有脚步声从远到近，从近至远。

常走记忆力很好，走了一趟就记住了路，回到船上，跟阿牛和阿发说了金家情况，估计一时半会没这么快来移灵。四个人坐在船头，看着临河连绵不断的骑楼，阿牛说，这是有名的"百间楼"。据传，明代时当地有一位尚书的孙子要娶妻，女方家很富有，说要带一百个陪嫁丫鬟过来，问男方家有没有这么多的房子住。于是，同样有钱的男方就造了这"百间楼"，迎接新娘子和她的陪嫁丫鬟。

"新娘子真的带了一百个丫鬟吗？"常行好奇地问。

"那就不知道了。"阿牛实在想象不出来，这得有多富，才会有一百个丫鬟。

"肯定是假的，皇宫里的娘娘都不会有这么多丫鬟，不过这百间楼应该是真的，都望不到头。"阿发说。

"阿牛哥，你的手臂好粗。"常行盯着阿牛手臂上鼓起来的肌肉，伸出手指去戳，惊呼道，"好硬，像石头一样。"又转过头去摸阿发的手臂，"一样硬。"

阿牛和阿发都笑了起来，说："小行，这代表有力气，不然哥哥们撑不动船。"常行举起自己的小胳膊说："等我长大了，也会变得有力气。"

天渐渐黑了下来，四人终于看到阿毕带着一行人过来，忙站起身来。常走的目光落在金宝少爷旁边的另一位年轻人身上，从穿着看，猜是二少爷。常走让常行去岸上，到埠头另一边站着，不要挡路。阿毕和四个抬棺青年上船，撩开棉帘子，臭味冲天，一个个忍不住呕吐起来。站在埠头上的金宝和金元见此情形，一下子面无血色。等抬棺的几人回过神来，瞧着两位少爷脸色不对，赶紧强忍着，在常走和阿牛、阿发的帮忙下，大家小心翼翼地把棺材抬上了岸。

一会儿工夫，岸上已聚了不少看热闹的人，而浓重的气味又吓得人远远躲开。金宝向金元介绍了常走，金元朝常走作了揖，常走心虚地摆摆手。金宝抱歉地说："家中忙乱，就不请先生过去，烦请转告陈伯父，待我忙完家父丧事，定去宁波向他道谢。"

"你的口信我一定带到。"常走说。

金宝和金元朝常走和阿牛他们点了点头，转身离开。棺材抬走了，大家都松了一口气，三人赶紧拿出木桶从河里舀水，一遍遍清洗船舱。记不清洗了多少遍，才瘫在船板上喘粗气，可味道仍在。这时常走突然想到这味道可以用艾叶驱一下，而且艾叶有"避邪""禳毒气"之说，忙对阿牛说："我现在去药铺买些干艾叶来，好好烧一烧。"阿牛也想到了端午挂艾叶的习俗，就请常走跑一趟。常走去了药铺，药铺的人听说是为了驱味，建议他买艾条。常走买了五根回到船上。他让阿牛点艾条时把帘子放下，免得效果不好，烧完了再通风。他带常行去住客栈，晚上不在船上睡。

"去吧，这些天你们都没好好休息过，明天我们休息一日，看看能不能找到几个同行的客人，后天早上回去。"阿牛说。他也是为常走着想，若有人同行，回程船资可以少付点。

"好，那我们过去了。"常走带上包袱，和常行上了岸，就近找了一家小客栈。常走花十文钱问客栈掌柜买了两桶热水，父子俩从头到脚好好洗了一遍，常行在自己身上都搓出了几颗泥丸子。洗完，两人都感觉像重新活过来，连呼吸都轻快了许多。摸着咕咕叫的肚子，父子俩走出客栈去找吃的。

走出小巷，经过路边一家小饭馆，常走见常行盯着灶台上一锅浓香扑鼻的酱猪蹄挪不开脚步，想到这些天他们都没胃口吃东西，特别是儿子，人都瘦了许多，就上前问了价格，又摸了摸口袋，咬咬牙带常行进去，要了一只红烧猪蹄，一盆青菜汤，两大碗米饭。饭菜上桌，常行啃着猪蹄，喝着菜汤，幸福得想哭。常走也一样，父子俩把菜和饭吃得干干净净，连一口汤汁都没留下，只是在付饭菜钱时，手还是忍不住抖了抖。

天亮了，常走父子睡了一个好觉，起来离开客栈，反正有时间，两人就慢慢逛起来。眼前一幢幢深宅大院和林立的商铺、熙攘的人群，无不在告诉每一位来到此地的客人，这里是著名的"丝绸之府"，蚕丝精华"辑里湖丝"的主要产地和集散地。

经过一家馄饨摊，常行的肚子咕咕直叫。常走拍了拍儿子的脑袋，要了两碗馄饨。父子俩扯过长条板凳坐下，常行伸长脖子盯着冒着热气的锅，看胖乎乎的摊主快速数了二十只生馄饨下锅，等馄饨熟了捞起，一碗十只，加上汤，撒上一小撮葱花、开洋和笋衣等配料，"可以吃了。"

常行拿起调羹，迫不及待地舀起一只几乎呈透明状的馄饨放进嘴里，咬一口，薄皮裹着鲜香的肉味让常行无比满足。常走平时哪舍得吃这个，这次主要是心疼常行，两个人狼吞虎咽，没一会儿馄饨加汤全进了肚子。常走站起来，从钱袋里摸出二十文钱放在桌上，对常行说："走吧。"

常行很开心地跟上，边走边说："阿爹，这里桥好多。""是很多。"

不知不觉转到金老板家门口，常走看到大门上已挂上了白布，有两位着一身黑衣的小厮站在门口迎客。金家属当地大户，棺材又是从河埠头一路抬过来的，昨晚消息就传开了，今天上门来吊唁的人络绎不绝。常走倒是有进去给金老板上炷香的念头，再一想，自己只是一个普通的信客，还是不要给人家添乱。

根据路人的指引，父子俩来到集市，常走买了一些蔬菜和一只已切成块的咸猪蹄回到船上，对阿牛说："晚上我们吃咸猪蹄煮白菜，天热菜不敢多买。"

"没事，我这里还有糟货。"阿牛看着岸上喧闹的场景，说："常走叔，我和阿发去转转,你和小行帮我们守着船。"

"没问题,去吧!"

阿牛和阿发上岸去了,常行把菜放好,船舱用艾条驱过味,又通了一夜的风,气味散去许多。常走又打水仔细擦拭了一遍,常行跟着拿起一块抹布抹,等擦完,感觉又清爽些。父子俩坐在船头揽客,喊了半天没有人,只好作罢,静静坐在那吹风。

"阿爹,阿爹,你快看,那个人是不是李五少爷?"常行突然扯了扯常走的手臂,兴奋地问。

"哪里?"常走定睛一看,还真是那位李家五少爷,后面跟着一位背着包袱的小厮,忙站起来朝岸上摇手,大声喊:"李五少爷,五少爷。"

李思侠来南浔几日,正准备回程,想着这里肯定没有直接回宁波的船,只有先到杭州再转,听到有人在喊李五少爷,条件反射转过头来,见是常走,很惊讶,停住脚步问道:"你来这里送信?"

常走上岸,高兴地说:"李五少爷,真巧,能在这里碰到你。你们是刚到还是准备回宁波?我坐阿牛的船来,信送到了,我们准备明天早上回。"

"你们是不是还有事?若没有,今天能走吗?"李思侠问。

"阿牛和阿发去逛街了,一会儿就回来,我们没事,你急的话我们下午就出发。"常走说。

"没事就下午走吧,我们一船回去。"李思侠和小厮上了船,鼻子一动,疑惑地问:"怎么有股怪味?"常走尴尬地说:"装过棺材。"李思侠"哦"了一声。常走不知李思侠会不会介意,有些忐忑。李思侠问:"谁家的?"常走简单说了一下事情经过。李思侠在这里几日,知道金氏丝绸行,听到金老板发生这样的意外,感觉挺可惜。常走见李思侠没提不坐此船的话,放心了。常行睁着黑亮的眼睛,带着几分兴奋仰视着李思侠。李思侠伸出一只手,捏了捏常行的脸,笑着说:"小弟弟,我们又见面了。"

"李、李五少爷好。"常行的舌头突然打了个结,两只手不知道怎么摆。

李思侠见常行的小脸都红了,不禁笑了起来:"小弟弟很可爱。"也许是因为他十五岁就开始跟着大哥涉足商界,人家都说他身上有一种超乎年龄的成熟,难怪常行面对他会结巴。

正说着,阿牛和阿发转了一圈回来了,阿发手上还提着一条鱼,说中午吃。有李思侠主仆同行,阿牛一口答应吃了午饭就走。

如果说来的时候是煎熬,那回去一路就轻松多了,坐在船上,闲聊成了最好的消遣。李思侠想到常走是护送棺材,忍不住问:"那这个运资是不是特别高?"常走说:"是的,毕竟特殊。"李思侠问:"你是什么东西都送吗?"常走说:"给钱就送。"李思侠又追问一句:"那违禁品呢?"常走一愣:"哪一类?"李思侠说:"比如洋枪之类。"常走吓了一跳:"这个还真没送过。"李思侠怕常走多想,忙岔开话题:"开句玩笑,那你业务范围还是挺广的。"常走解释道:"就赚点走脚钿。"

从闲聊中,常走知晓了李思侠到南浔是来了解生丝行情,这几天下来,他觉得里面水挺深,决定暂时先观望,多了解了解再说。

"李五少爷,你太了不起了,这么年轻就能干这样的大事。"常走佩服得五体投地,心想人与人之间的差别咋这么大。

李思侠说:"这哪算什么大事?跟你一样,我就跑跑腿。"见常行一副认真倾听的模样,觉得很有意思,故意逗他:"小弟弟,你不怕死人吗?"常行迟疑了一下说:"怕,但阿爹说过,只要把他当成睡着的人就可以了,跟我阿姆一样。"李思侠很意外:"对对,就是睡着了。"

大家说说笑笑,时间就过得很快,船到湖州城已经很晚了,阿牛把船靠在埠头,问李思侠是去住客栈,还是睡船上,李思侠懒得动,说睡船上,大家各自找位置躺下睡觉。等天亮又出发,到西兴已半夜,停船休息。

早上起来,李思侠说要请大家吃牛肉面,阿牛的那份他让店里伙计送过来。常走父子和阿牛两兄弟向李思侠道了谢,五人上岸,刚走进"三胖面馆",常走忽看见两张熟悉的面孔,惊讶地上前招呼:"沈少爷、阿昆先生,好难得在这里碰上你们,介巧了。"

沈洋河和沈昆没想到吃碗面会遇到常走父子,很意外,朝他点了点头。沈昆问:"常信客,你来杭州送信?"

常走说:"不是,这次是从宁波租船走了一趟湖州,已经送到了,现在返程。"

"你们船上还有位置吗?我和大少爷正打算找船回宁波。"沈昆打量一眼李思侠,既然跟常走一起进来,估计是船客。

"有的,阿牛的船就停在面馆门口。"常走笑着说,又指了指李思侠介绍道,"这位是李家五少爷,我们一起从湖州过来。"

沈洋河一听李家,问:"是在上海做砂船和钱庄生意的李家吗?"

"是的。沈少爷在上海发展?"李思侠微笑着在沈洋河对面坐了下来,小厮去点面了。

"久闻大名。我家就做点茶叶小生意,说起来我们茶行跟你家'立慎'钱庄互为客户,李大少爷我见过一次,印象很深。"沈洋河笑着说。他见李思侠年纪不大,谈吐却不俗,对李家兄弟他是有心结交,言语间很是热情。这次,他和沈昆来杭州收购茶叶,去年灾情严重,再加冬天几场大雪,茶叶减产厉害,明前茶更少。杭州是浙、皖、赣、闽四省茶叶集散地,有众多的茶叶行,他们已采购了"西湖龙井""九曲红梅""临安青顶""雁荡毛峰"等多款名茶,昨天茶行伙计押着货已坐船先回上海。他们准备今天去宁波,清明前,自家茶山发过来少量明前茶,余下的这次要带走。再加上过年没有回沈家村,趁此机会回家看看。李思侠深知做生意人脉很重要,更何况对方还认识大哥,很快与沈洋河、沈昆称兄道弟热聊起来。

牛肉面端上来了,常走、常行和阿发坐在旁边一桌,埋着头吃了起来。李思侠与沈洋河和沈昆同桌。面吃好,沈昆去客栈取行李、退房,沈洋河跟着直接上了船,等人到齐,阿牛解缆启程。

路上,沈洋河和沈昆与李思侠交流的话题越来越丰富。他们谈各自经历,李思侠对沈洋河和沈昆的国外求学经历很感兴趣,说以后若有机会,他也要出去看看。谈对当下时局的看法,李思侠说:"我叔父供职户部,他曾希望我们兄弟几个能通过科举走仕途,不过我大哥、四哥和我只对做生意感兴趣。我二哥、三哥倒是有希望。现在就怕有战事,一旦发生,那就不好讲了。"

"这战事很有可能会发生。"沈洋河说。

沈昆见气氛有些沉重,忙另起话头,问李思侠有没有计划去上海发展。李思侠说:"暂时没这打算,不过以后应该会去,一切听从父母安排。"

"期待我们兄弟在上海相聚。"沈洋河笑着说。

"下次去上海定找两位沈兄讨一杯茶吃。"

"一定要来。"

常走默默听着,常行更是一会儿看看这个,一会儿又看看那个,心里羡慕不已。由于吃饭时间与行程不好匹配,最后还是常走提了个建议,下一个站点买些米和菜,借阿牛的炉子,他可以帮忙做,在船上简单吃点,晚上尽量停靠在驿站,这样就可以去客栈休息。沈洋河他们都没意见,还大方表示让阿牛两兄弟和常走父子一起跟着吃,大家皆大欢喜。

一路顺风顺水到了宁波,阿牛和阿发把沈洋河、沈昆两人送到濠河头,他们换船回沈家村。又送李思侠主仆到镇海,再和常走父子回陈家渡。这一趟,阿牛收了每人两元船资。

到了陈家渡,天色已晚,常行跟着阿发在船上,常走和阿牛去陈兴源家交差。常走把金宝少爷的口信转告给陈兴源,陈兴源没当回事,只当是金家大少爷的客气话。他爽快地让人取来二十二元银圆,常走拿了八元,其余给了阿牛,两个人高高兴兴谢过陈老板离开。

沈洋河和沈昆到沈家村时,天色已晚。当沈昆敲开沈宅大门,小厮一路喊着"大少爷回来了",顿时,沉寂的沈宅变得热闹起来。冯晚秋正服侍老祖宗吃饭,听到儿子回来的消息,手中的筷子都给惊掉在地。

"阿娘、阿姆,我回来了。"沈洋河跨进屋,上前恭恭敬敬行了一个礼。

"乖孙,快过来,让阿娘好好看看你。"蒋氏开心地咧着嘴,朝沈洋河招手。沈洋河走了几步,半蹲着身子,笑眯眯地任蒋氏摸他的脸,"瘦了瘦了,是不是没有好好吃饭?"

"阿娘,我没瘦。"沈洋河站起来,故意秀了一下自己的胳膊,可惜看不出什么花头。

冯晚秋已吩咐绿枝去厨房,重新做几样菜送上来,见祖孙二人和乐的样子,悄悄抹了一下眼角。沈洋河安抚好老祖宗,又转过身来给冯晚秋行了一个礼:"阿姆辛苦了。"

"不辛苦,你从哪里过来的?"冯晚秋问。她知道上海到宁波的航班,若是直接从上海过来,不会这么晚才到家。

"我和阿昆去杭州采购茶叶,想着过年没回家,这次就回来看看,顺便把我们茶山没收完的春茶都收走。"沈洋河拉开一把椅子坐下,瞧了一眼桌上的菜,绵软的烤菜、煎得金黄的素鸡、嫩黄的蛋羹,还有一条红烧鱼、一碗鸡汤,一看就是为了将就老祖宗的牙,"阿娘、阿姆,你们快吃,饭冷了。"

"好,阿姆,你再多吃点。"冯晚秋对老祖宗说。

蒋氏拿起筷子吃了几口:"我吃饱了,年纪大了,胃口小了。"

见老祖宗放下筷子,冯晚秋也跟着放下,沈洋河说:"你们都吃得太少了。"

厨房的动作比较快，没让沈洋河等太久，两个丫鬟就捧着托盘进来，把刚烧好的菜一一端出来，沈洋河一看，清蒸螃蟹、鳝丝炒韭菜、夜开花倭豆羹，高兴地说："这几个菜我喜欢。"

"明天你想吃什么，阿姆叫人去买。"冯晚秋慈爱地看着儿子，他是她一生的骄傲。

"随便吃点就好，"沈洋河虽在国外和上海待了多年，但口味仍然偏向于宁波菜的咸鲜，他掀开螃蟹的盖，用筷子挑里面的蟹膏，津津有味吃了起来。

吃好饭，沈恒和沈昆过来了。沈洋河说："恒伯，我正要去找你，茶场那边还有多少春茶？"

蒋氏和冯晚秋见他们三人有事要谈，两人就回屋去了。沈恒坐下，他既是沈宅管家，又兼管沈氏茶场，里外一把手，对沈洋河说："不多了，约摸还有百来斤。"

"我要全部带走，再去别的茶场转转，看能不能收一些。今年春茶量少价高，也是机会。"

"行，明天我陪你去，阿昆跟着。"

"那我们明天早上吃好早饭出发。"

等沈恒和沈昆离开，沈洋河来到蒋氏房间，陪着说了一会儿话，服侍她睡下，和冯晚秋一起离开。冯晚秋虽有千言万语想跟儿子说，可一时不知从何说起，沈洋河看着母亲清瘦的容颜，心里丝丝的痛，他一脸认真地问冯晚秋："阿姆，如果有一天这里只剩下你一个主子，你愿不愿意跟儿子去上海？"

冯晚秋摇摇头说："阿洋，阿姆知你有孝心，但上海阿姆不想去，在这里挺好，清静。现在只盼着你早日成家，阿姆就心满意足了。"

沈洋河心一酸，轻声说："阿姆高兴就好。"

见时候不早,冯晚秋回房休息。沈洋河站在屋檐下,望着廊下挂着的灯笼所散发出来的柔光,想着母亲希望自己早日成家的心愿,很纠结。他见过西方姑娘的奔放与热情,对旧式的小脚女人实在不感兴趣,对婚姻,他不想委屈自己,恐怕只能让母亲失望了。

长夜漫漫,冯晚秋久久不能入眠。儿子的话犹如一块石子扔进她早已死寂的心湖,让她想起痛苦的往事。在她心里,上海等于沈儒行,她不想见他,自然就不想去上海。她这辈子是走不出这座深宅大院了,但愿有下辈子,能让她重新开始。

在沈恒和李小妹住的小院里,沈昆在接受自家阿姆目光的"审视",李小妹看着儿子俊朗的模样,非常欣喜:"阿昆,你要好好跟着大少爷做事,不要让阿爸阿姆失望。"

"阿姆放心好了,我又不是三岁小孩。"沈昆玩笑道。

"看你很好,阿爸很开心。"沈恒说。

"你们都要好好的,我在上海就放心了。"

夜深了,不知名的小虫躲在黑夜深处不停发出"唧唧""吱吱""吱吱""唧唧"的叫声,似有什么难言的心事。

第四封信：天灾人祸

「阿爸，自女儿嫁入王家，一直报喜不报忧，从不曾说过王家母子半分不是。这些年来，王家母子吃着吕家，住着吕家，却还整日以女儿断了王家香火为由，日日磋磨于女儿和三个孩子。女儿想和离回宁波，祈求阿爸救女儿和孩子们早日脱离苦海……」

吕菊香写给吕进宗的信

······

  七月，骄阳似火。连续一个多月的高温，让土地龟裂，稻田枯槁一片。四通八达的河流，水位已严重下降，有的地方露出了河床，只剩下河中心浅浅的一摊浊水。

  浑身被汗湿透，脸黑得让人分不清五官的常走挎着铁皮箱，顶着火辣辣的太阳，光着脚板行色匆匆走在路上。早上他进城去永发信局取要送的信，得到一个坏消息：中日要开战了。据说消息是坐"江天"轮的人传出来的，开始大家还不相信，偏那"江天"轮到宁波后就停泊在码头，已过去好几日都不见开。于是各种猜测，有的说是怕日本兵船半路拦截，有的说官府要将"江天"轮调往北洋以备载兵之用，众说纷纭。再加上天灾，物价疯涨，一时人心惶惶，不知如何是好。

  路过一个凉亭，有两个身穿灰色无袖短褂，黑裤子，跟他一样光着脚，脸和手臂已完全呈古铜色的年轻汉子坐在那里，脚边放着四只木桶和两根扁担。常走一边扯着脖子上散发着酸臭味的汗巾擦汗，一边走进凉亭。擦好汗，取下头顶的草帽扇风，喘着粗气在石凳的另一边坐下。天太热，常走那么厚的脚底他都感觉要烫起了疱。信客就是太费鞋，故一年四季，除了冬季穿布鞋，其他季节他都穿草鞋或干脆光脚。

  "这天要热死人了，再不下雨，我看今年要绝收了。"一个汉子愁容满面地说。

  另一个汉子接过话头："东、南两乡的稻田还有东湖水可以灌溉，最惨的是西乡山区，连人喝水都成问题，哪还有水来浇地？"常走忍不住搭话："我今天进城，听说中日要开战，天灾加兵祸，这是存心不让人活了。"

"是的,我听人讲,镇海那边要在水里放水雷,还有什么洋枪洋弹都要往那里送,这样子搞不好是要打过来。"

"打仗老百姓遭殃。"常走长叹一声。万一这仗真打到这里,官府没守住,他已经这个年纪倒也不怕,可常行还小,有个万一,他怎么对得起已不在人世的妻子?

"是啊,真打起来老百姓又能逃到哪里去?"

"唉,不说了,我们还是继续去挑水浇地吧。"

"走了走了。"

两汉子挑起木桶走了,常走坐了一会儿跟着离开,他还有几封信要送。早上取信时他发现有一封从杭州寄来,需收信人付邮资,寄给吕进宗的信。常走猜测寄信人很可能是吕小姐,他准备最后送,反正顺路。等送完其他信,常走来到吕记米店,吕进宗正在算账,常走进去,从铁皮箱里取出信件递给吕进宗:"吕老板,你的信。"

吕进宗抬起头,见是常走,笑着说:"最近业务忙吗?"常走说:"不忙,吕老板,这封信还需要你付五十文邮资。"

吕进宗瞧了一眼信封,让伙计取五十文给常走。常走接过,道了声谢,来到渡口找阿牛打听传言的事。阿牛神情严肃地说:"常走叔,打仗看样子是真的,我听说西门外药局在连日赶造火药,还有我碰到过官府去奉化采购松木的船,说是送到镇海,如果打过来,用这些木头去堵镇海口。"

"那你们最近不要往镇海方向去,据传水里要放水雷。"常走提醒道。

"放了水雷官府会出告示,常走叔,你不用太担心,你忘了中法战争那年我们不是把法国人的船给打跑了吗?只要守住镇海口就不会有事。"阿发自信地说。虽然那年他们两兄弟年纪还小,但印象很深。

常走当然记得,那时候招宝山、金鸡山上全是官兵,人人提心吊胆,最后法国军舰见在镇海口讨不到什么便宜,只好灰溜溜跑了。这么一想,常走觉得确实没必要太紧张,古人老话"兵来将挡,水来土掩",要担心的该是那些有钱人。

回到家,常行已做好晚饭,昨天他中了暑气,喝了两大碗阿爹从药店配来的草药才好,今天就没跟着出门。父子俩吃好饭,去河里就着浑浊的河水洗了个澡。拎着洗好的衣服刚进家门,吕进宗来了。常走很惊讶,忙把他请进屋。

"吕老板,快请坐。"

吕进宗的脸色不太好。自从大女儿嫁到杭州,他一直以为她生活得很好,还欣慰给女儿找了户好人家。去年常走曾提醒过他,他想过抽空去一趟杭州看看,可事情太多走不开,再加上心里不是特别重视,毕竟已是出嫁女,如果一个个都要他管,哪管得过来?他现在年纪大了,精力有限,只能把所有心思都放在十八岁的幼子吕明华身上,没想到今天收到大女儿偷偷寄来的信,诉说丈夫软弱无能,婆婆强势又抠得要命,牢牢把着掌家权,母子俩用着她娘家的银钱,还整日嫌弃她生不出儿子,她想和离回宁波,若不答应,她就带着孩子们去投江不活了。在吕进宗的印象里,大女儿的性子偏软,她这样讲,可见真被逼急了。可他怎么办?答应女儿和离回娘家,名声不好听,恐会影响幼子婚配。不答应?他总不能看着大女儿去走绝路。思来想去,还是决定委托常走跑一趟,把大女儿和孩子们接到宁波来住几天,有什么问题当面也好讲清楚。

"我出十元,你帮我送信和接人,就说家里老人想孩子,接过来小住几日。去的时候你找个便船搭,但回程你得租船。如我女婿同行,吃住你不管。若没有一起来,你替她们娘四人安排,费用记账,回宁波找我要,我再另给你两元赏金,你看可好?"

常走想了想说:"吕老板,这几天都在传要打仗,这路上恐不安全。还有,我怕最近没人去杭州,那这钱付来回船资都不够。要不这样,你若信我,我还是坐阿牛的船跑一趟,去的时候看他一路能搭上几个客人,到时候他收我多少,这笔费用和回程的租船费,加路上吕小姐她们的开支都由你负责清账。等我把人安全接回来,你给我三元跑腿费。"

吕进宗同意了。平心而论,非常时期,常走提出的这个方案很合理。他拿出一封信,预付了十元:"那就拜托了,你明晚出发。"

"好,我现在就去找阿牛,跟他约好。"

吕进宗回家去,这事他得跟妻子说一声,劝和的任务还得交给妻子才行。常走去渡口说了吕进宗的委托,阿牛征求了阿发的意见,两人都认为走运河应该安全,当即答应。常走说要带上常行,是祸是福父子俩得在一起,阿牛两兄弟都没意见。常走喜欢跑长途,钱多,上次走了一趟南浔,让他一口气还了五元本金和半个月利息,现在本金还欠十五元。今天收的这定金他不能动,只有等回来收了跑腿费再去还利息。

出发了。

船到余姚休整时揽到两位去杭州的客人,看样子是一对主仆。主人自称姓王,是个很清瘦的中年男人。他闻听常走是去杭州送信接人,说:"但愿这仗不会打到这里来,不然像你这样跑来跑去的挺危险。"常走说:"宁波只要镇海口守牢就安全,穷人没得选,有铜钿赚,危险也没办法。"王先生说:"其实大家都一样,只为了有口饭吃。看这灾情,米价无论如何也稳不住了。"常走说:"以前秋收后,米价会跌些,今年想都别想。我昨日去买米,价已上涨,穷苦小民日子难过。"王先生深有同感:"世道一乱,富贵人家也容易招来别的祸端。""那倒是。"

一路上,只见来去船只朝各自的目标前行,到青浦停靠的时候,王先生上岸去吃饭,回来告诉常走,八月一日那天,清政府和日本双方正式宣战。会不会打到这里来,天晓得。听到这个消息,大家的心情不由沉重起来。

到了西兴,阿牛收了王先生主仆四元船资,常走要去送信,把常行留在船上，他跟着王先生主仆转船进城。来到王家，敲开门，王实在见是常走，开口道："常信客来了，这次我岳父叫你带来的是信还是银票？"

常走很有礼貌地说："王先生，吕老板有话要我当面跟吕小姐讲。"

"什么话不能跟我讲？"王实在很不高兴。

常走笑着解释："不是的，王先生，你尽管在旁边，我受吕老板所托，自然是按要求把话带到。"

王实在看了常走一眼，转过身，朝里喊了一嗓子："娘子，你出来一下，有人找。"

"来了。"在屋里的吕菊香自从偷偷寄出那封信后，一直盼能早日得到父亲的支持，脱离苦海。听到有人找，心狂跳起来，可又想到王实在就在外面，她稳了稳神，不敢露出丝毫异样地走出来，站得远远地问："这位先生，找我何事？"

常走朝吕菊香行了一个礼："吕小姐，我奉你父亲之命来接你们回宁波小住，这是你父亲的信，你看看。我明天下午再过来接你们，明天晚上出发返程。"说完，双手奉上信。吕菊香上前接过信，道了一声谢。她相信父亲一定不会在信里写让王实在怀疑的话，所以并不慌。

送信任务完成，常走走了。王实在关上院门，问妻子："好好的，岳父怎么说要接你们去宁波小住？"他每天要做工，不可能跟着一起去。

吕菊香进屋，看完信，递给丈夫："我阿姆很想三个孩子，再说你我成亲这几年，我只回去过一次，实在不孝。"

王实在看了下信的内容，有些烦躁地说："外面在传打仗，你不怕的话就带孩子们回去一趟。"

吕菊香按捺住内心的激动，说："好，我这就去禀告婆婆知晓。"她现在满脑子都是离开这里，只要离开，和离的事父亲一定会帮她解决。来到金氏的房间，吕菊香说了回娘家的事。金氏感觉很突然，这个时候宁波的亲家怎么会来接儿媳妇和几个孙女回去？此事很蹊跷。金氏眼珠骨碌碌转着，自从儿媳妇嫁到王家，她虽然瞧不起吕氏三棍子打不出一个屁来的性格，又嫌吕氏不会生儿子，但有一点不可否认，王家的好日子离不开吕氏背后娘家的支持。她早已计划好，过段时间替儿子纳个妾，替王家传宗接代，这吕氏无论如何都不能离开王家，再说吕氏若不在家，谁来伺候自己和儿子？金氏越琢磨越觉得有问题，她不动声色地边掏钱袋边说："是该回去探望亲家公亲家母了，你去收拾行李，拿一元去，明天早上你去买盒糕点带回去。"

"谢谢娘！"吕菊香喜出望外，她没想到这次婆婆这么通情达理。

见吕氏这副模样，金氏确定其中必有猫腻。她把王实在叫到房里，问："你岳父突然写信来叫吕氏带孩子回宁波，你说会不会是吕氏背着你偷偷寄信回去了？"

王实在想了想，觉得有这个可能，不然好好的，又不是逢年过节，怎么会叫外嫁女儿回娘家？"那娘的意思是让她回，还是不准她回？"金氏没好气地说："既然怀疑，当然不能让她带孩子回宁波。"王实在说："那我去跟她说。"金氏一摆手，说："这事你别管，我明天会让她走不成，但这不是长久之计。一次走不成，就会有两次，实在，娘想来想去，还得想办法让她再怀一个孩子，若能生个儿子，皆大欢喜。不管怎样，她只要一怀上，想走也走不了。只要她在我们王家，就不怕你岳父不管。等以后你小舅子接管了家业，那就不好说了，现在能扒拉一点是一点。"王实在说："可生了老三后，她就再也没有怀过，想让她再怀，不容易。"金氏知晓自家儿子体弱，忙说："明天开始，娘给你多补补，总会让吕氏怀上。"王实在说："一切由娘作主。"

这边，母子俩嘀嘀咕咕了半天，吕菊香并不知情，她脚步生风，忙着去收拾行李。其实也没啥好收拾，就她和孩子们每人带两套换洗衣服和鞋子，装在一只包袱里。

王实在想让吕菊香怀孕，就在床上折腾她。吕菊香心里很厌烦，又怕走不成，只好默默忍受。这一晚，谁都没有休息好。

第二天一早，吕菊香兴冲冲去给婆婆请安，结果发现金氏躺在床上直叫唤，看到她进来，金氏故意说："菊香啊，你什么时候走？娘不行了，头晕，下不了床了。"王实在走了进来，忙上前说："娘，我去给你请个医师来。"金氏说："不用，我这是旧疾复发，躺几天就好了。"王实在一脸为难地对吕菊香说："菊香，你看看，娘病了，要么这次你就别回宁波了，我要去做工，留娘一个人在家，我不放心。"

吕菊香又不是傻子，看到这里，还有什么不明白的。亏她昨天还以为婆婆转了性子，她好恨啊，恨不得撕了这对母子。可她知道，若不答应，今天她也不可能走出这个房间，只得强按下内心的愤怒，说："婆婆身体不舒服，那儿媳妇就不回娘家了，夫君去做工吧，我会好好伺候婆婆。"

金氏见目的达成，很得意，她不怕吕菊香阳奉阴违，一走了之，她自信吕菊香没这个胆，对王实在说："你去忙吧，让菊香陪我就好。"

下午，王实在怕吕氏会偷偷离开，只做了半天工就回来守着。常走如约而至，闻听王实在说吕菊香回宁波的计划取消，很意外，开口道："王先生，可否请吕小姐出来，不知她有没有书信或什么话需要我带回去？"

吕菊香在屋里听到常走的话，顾不上太多走了出来，对常走说："麻烦告知我父亲，婆婆旧疾发作，我走不了。"

常走很快明白过来，这恐怕不是吕小姐不想回，而是想回回不了，他只是一个外人，做不了吕小姐的主，只好遗憾离开。

常走闷闷不乐地回到西兴，一上船，阿发一看后面没有人，好奇地问："常走叔，你没接到人？"

"事情有变，说是婆婆旧疾复发。"常走皱着眉头说。

"王家婆子太可恶，害我们白白浪费一天还不够，这下惨了，租船费没有了，你的跑腿费也要打七折八五扣了。"阿牛很郁闷，对常走说，"那我们晚上出发,看沿途有没有客。"

常走很清醒地意识到这一趟他不但赚不到钱,大概率还要倒贴。不过他不是个自怨自艾的人,很快又振作精神,站在船头开始吆喝揽客。常行站在船头和阿发一起喊,三人的声音此起彼伏,落在水面上。

远处走来一个身穿黑色短褂的年轻男人,听到常走的吆喝声走过来,站在船前问:"哪位是船家?有事相询。"

"我就是。"阿牛伸长脖子招呼道。

年轻人跳上船,自称姓余,他说:"我要租船去宁波,不知这位先生从事何种营生?"他把目光转向常走问道。

常走解释道:"我是信客,这是我儿子,阿牛和阿发是我兄弟,我们一起过来的。"言下之意就是要一起回去,只不过这句话他没有说出来。

年轻人很干脆同意让常走父子同行,接着,他提了自己的要求,船晚上出发,到白鹤铺停一下,他要取一件行李。到宁波后,需要直接把他送到镇海。阿牛一口答应。年轻人很爽快付了一元定金,约定酉时末出发。年轻人上岸去了,常走很高兴,笑着对阿牛说:"看来我运气不错。"阿牛也很开心:"我还担心这次你要做亏本生意,现在放心了。"

到了约定时间,余先生拎着一只藤箱走过来。"出发啰!"阿牛一声吼,船离开码头,踏上了返程的路。

晚上虽比白天凉快些,但船舱里仍然很闷热,常走父子和余先生就坐在船尾一边吹风,一边看阿发一下又一下撑篙。由于连续干旱,水位下降很多,阿牛的船不算大,又没载重,倒没多大影响,那些载着货物的大船就不行了,需要纤夫拉着走,速度很慢。

午夜,船到白鹤铺,阿牛在余先生的指挥下,把船停在一棵大树下,有个年轻人等在那里。余先生接过对方手中一床捆得结结实实的,用深蓝色粗布做的铺盖,上船,对阿牛说:"可以走了。"

黑夜中,船继续悄悄前行。

转眼天亮了,余先生问阿牛,他的那床铺盖能不能放后舱,阿牛觉得这是小事,点头说好。余生先提着铺盖钻进后舱放好,向阿牛道了声谢。对这个小插曲,常走没在意,他只是感觉这位余先生挺谨慎的,话也不多。直到他和阿牛在吃饭时偶尔提到李家五少爷,余先生得知他们跟李五少爷认识后,戒备的神情才有些松懈。

第三天船经过东关驿时,突然有官差让阿牛停船,说要检查有无违禁品。阿牛他们经常碰到这种情况,老老实实把船靠岸,一个高瘦的官差上船来先查验了几个人的身份证明,瞟了一眼常走摊开的包袱,对破旧的衣服他不感兴趣。又看了余先生的箱子,里面装的是衣服和布料等物。来到后舱,阿牛主动推开门,哈着腰说:"这是我和阿弟睡觉的地方,里面低矮昏暗,长官小心。"

官差伸出脑袋朝里张望,里面的东西一目了然,角落里铺盖和衣服堆在一起,显得很杂乱,中间地上铺着两张草席和两只草席枕,那草席上还有人形的汗印,整个后舱散发着一股类似于夏季隔夜坏掉的饭菜馊味。官差一只手捏着鼻子,另一手当扇子,他懒得钻进去,朝阿牛摊了摊手。阿牛知他意思,很肉痛,刚要掏钱,余先生已快一步塞了两元银圆在官差手里。官差不在意谁给的钱,把银圆放进口袋,上岸去了。阿牛很惊讶,余先生轻声说:"我们走吧!"

"哦,好的。"阿牛反应过来,上岸去解船绳。

余先生轻轻合上了后舱的移门,若无其事地来到前舱坐下。常走偷偷打量余先生,刚才余先生爽快掏钱的动作让他有些怀疑,怕是那铺盖里藏有别的东西,不由紧张起来。万一有违禁品,若查到了,岂不要连累阿牛和阿发?可他又不能说,毕竟没证据。更何况若真有违禁品,搞不好他们父子也要跟着被牵连。想到这里,常走决定若再有官差上船来检查,他得帮余先生一把。幸好后面的路程除了交各种费用,这样的检查倒是没有了,常走悬着的心总算放下。

到了镇海，果然有告示说水下安放了水雷，各船只需加意提防。余先生给了阿牛八元船资，背着铺盖，提着箱子上了岸。等他走了，常走说了自己的猜测。阿牛惊出一身汗，暗叫侥幸。

回到陈家渡，常走去找吕进宗，跟他说了这次接人的过程。"吕老板，我看他们是故意不让吕小姐带孩子回宁波，哪有这么巧，原本好好的，过一夜突然就病了？我想下次恐怕还得你或吕少爷亲自去接才行。"

"谢谢你，常走，我有数了。"吕进宗很客气地向常走道了谢。至于常走的跑腿费，四元已支付去的船资，还余六元。常走把银圆拿出来，虽没接到人，但吕进宗仍按约拿了三元给他。

等常走离开，吕进宗坐在椅子上生闷气。想这么多年，为了这份救命之恩，他对王家的帮扶从未停止过，还把大女儿嫁给王实在，自认为对得起天地良心，万没想到王家母子竟这样对待自己的女儿。这王家母子实在太过分。也怪他整日想着报恩，养大了他们的心。这事他得好好想个妥当的处理办法，不能让王家母子以为吕家女好欺侮。

余先生来到李宅，说是找李思侠。小厮忙把他迎了进去，引到客堂间。李思侠认识余先生，他是大哥李思文的人，忙热情招呼，目光落在余先生背上的那床铺盖上，感觉很怪异。

"五少爷，你大哥让我给你送好东西来了。"余先生压低声音说。

门关上了，余先生把铺盖提到桌上开始解绑带。打开后，李思侠看到里面居然是一把崭新的乌黑洋手枪，分成两节，上面的枪管要细些，中间是一圈黄铜，枪把粗些。他拿起来，仔细观察着，惊讶地问："这东西哪来的？"

余先生说："你大哥担心镇海口万一守不住，你二哥是个文弱书生，这一大家子老小要靠你来保护。他通过我一位杭州朋友买的，让我赶紧给你送来。不过火药和铁砂需要你自己配。"

李思侠双手作揖，朝余先生行了一个礼，非常时期，若有武器在手，那是再好没有了。不过这洋手枪可是违禁品，李思侠好奇地问："余兄从杭州过来，这一路可顺利？"

余先生就跟李思侠说了途中遇官差检查的事。听到坐的是阿牛的船，同行的是常走父子，李思侠放心了。他觉得无论是常走还是阿牛都不是那种多事的人。

安排好余先生去客房休息，李思侠再次小心翼翼拿起洋手枪，仔细研究起来。最近这几日，连空气中都充满了火药味，统兵将领在招勇丁，听说官府还去台州招人，另还需招数百名水勇，各炮台皆戒备森严，无不预示着这仗很有可能会打起来。

晚上，李思侠陪余先生去拜见了自己父母，又把二哥李思武叫上，陪客人吃酒。一杯黄酒下肚，李思侠表达了自己保家卫国的愿望。余先生能感受到李思侠沸腾的热血，他说："如果真打到家门口来，那是要起来反抗。"李思侠说："是啊，十年前中法开仗，战火弥漫，镇海也曾兵临城下，我那时还小，但还记得当时的欧阳提督上门求助时，家母做主，让我大哥去筹集了数万银两给他们用于军需，助了一臂之力。这次若还如此，我定组织人与官兵一起反击。"李思武说："不管会不会打过来，我们都要做些准备。"余先生说："是的。"

余先生在李家住了一晚，第二天一早，李思侠亲自送他去了轮船码头，依依道别。回到家，李思侠把李氏族中的青壮年都组织起来，让他们轮流在村里巡逻，不得松懈。

回到上海，余先生前往李公馆找李思文。今年二十七岁的李思文是个长相俊朗的青年，他十六岁到上海，在自家钱庄当学徒，一晃十一年过去了，事业做得风生水起。见到余先生，知洋手枪已安全送到，李思文放心了。"我从报上看到官府在镇海防务上还比较用心，希望日本兵舰不会打到那边去。"李思文说。

"现在一切未知,每天都在变化。"余先生边说边把李思侠写的信递给李思文,玩笑道:"你家二弟看起来确实比较文弱,话也不多;思侠小弟年纪轻,行事却稳妥。这次没有见到嫂子和你的两个小公子,我就请思侠小弟转告了问候。"

李思文十八岁结婚,妻儿都在老家,他隔一段时间回去一趟探望父母和妻儿。身为李家长子,考虑的事情总要多些。母亲一直有个心愿,希望有一天能把他们这一房的人迁往上海,这是个大工程,需要慢慢筹划。他爷爷辈以航运发迹上海滩,按"不论子侄只以能者为劳""传能不传长"的规矩,现在掌管李家产业的是伯父李沧海,在他手上,李家除了有船、有码头、有栈房,还办了三家钱庄,生意蒸蒸日上。对伯父的能力,他极敬佩。不过他一向有自己的想法,虽说眼下主要精力仍在自家钱庄上,但他已在谋划单干,尝试李家没有涉足的投资领域,余先生是他的得力助手。"是的,我家五弟恐怕是我们这几个兄弟中能力最强的,宁波那边的生意全靠他。"

"你们都很能干。""你也一样。"

相互夸赞的两人,忍不住都笑了起来。

为了让吕菊香尽快怀上孩子,王实在与金氏商量带吕菊香去一趟医馆,抓几帖药吃吃。"娘,这个钱不能省,我们不能因小失大。"王实在劝说道。

金氏心里很舍不得,可又怕吕菊香一直怀不上,这次吕家派个外人来接,还能推,万一下次吕家人亲自来,难道还能不让她回?于是说道:"行行行,那娘带她去医馆看看。"

"希望吕氏这次能争点气。"

母子俩商量好了,王实在去找吕菊香,他装作一副体贴的样子,说:"菊香,你每天这么操劳,为夫很心疼,我和娘陪你去医馆把个脉,抓几帖药来吃吃,把身体养养好。"

吕菊香没能回宁波,心里恨透了王家母子。但为让王家母子放松警惕,吕菊香依然跟过去一样,毫无怨言地伺候婆婆和丈夫,不敢有半点异样。现在王实在突然提出让她养好身体,怕是不怀好意。不过她没有拒绝,身体是自己的,为了孩子们,她要好好活着。她还要跟王实在和离,若身体垮掉了,什么事都做不成了。

三人去了医馆,请医师把脉。医师说王实在肾气不足,根据他的症状,给他开了一张能固肾涩精的方子。在给吕菊香把脉时,金氏在一边问道:"医师,我儿媳妇身体如何,还能生养吗?"

吕菊香一听,终于反应过来王家母子带她来医馆的目的,原来是想让她再次怀孕。如果说之前三个孩子是她心甘情愿生,那么现在她不想再为王实在生孩子了。可惜医师经过仔细把脉后,告诉金氏:"你儿媳妇气血亏损比较厉害,先喝七帖中药,再过来看。平时多吃点补气血的东西,生养没多大问题。"

最后,两个人各七帖中药,花了两元银圆,把金氏心疼得要命。回到家,吕菊香去煎药,她无法拒绝王实在,只盼着肚子不要太争气,不要如了王家母子的愿。她还要找机会再给父亲写封信,告诉他详情。

让吕菊香没想到的是,王家母子怕她偷偷写信回宁波,除了不让吕菊香摸到一个铜板,吕菊香只要出门,金氏必跟着。王实在又把书房的门锁起来,还跟附近专门代写书信的人打招呼,严防死守,杜绝一切可能。吕菊香绝望了,她只盼着父亲早日到杭州来解救她,这日子她实在不想再过下去。

第五封信：家有丧

「大少爷，老祖宗前些天偶感风寒，太太每日汤药服侍，渐好。谁知昨日忽然昏迷，众人惊吓。医师把脉，道是油尽灯枯，须早做准备。请收到信后，告知老爷，速回宁波……」

沈恒写给沈洋河的信

⋯

  天还没有亮,常走便挎着铁皮箱出了门,常行紧跟着。常走今天要去上海,而常行则去永发信局打短工。对此,常走很欣慰。这一年多下来,永发信局应老板对常行印象不错,觉得这个孩子活络,做事认真,试过几次让他一个人送信都没出差错后,便放手让他做了,工钱从十文一天提到二十文。当然,重要的信件不会让常行送。

  "小行,你要牢记阿爹的话,千万不要送错信、弄丢信。"常走再次叮嘱道。

  "我记着的,阿爹,你放心了,我不是小孩子了。"常行认真回答。

  "好,阿爹相信你,晚上睡觉锁好门。"

  "嗯。"

  父子俩来到陈家渡,坐上阿牛的船进城。常走见船上还有几个年轻人,听他们誓灭倭寇的激情言论,才知这几位要去报名从戎。想到满大街贴着的招募勇丁的告示,以及在城厢内外、江东、江北等处英法教堂及洋人住的地方,日夜都有哨弁在巡视保护,常走祈祷这次也能跟之前的中法之战一样有惊无险。

  到了城里,常走父子上岸,阿牛和阿发还要把那几位年轻人送去镇海。阿发听了一路,有些意动,想着自己要不要也去从军,说不定还能挣一个前程出来,于是跟阿牛说了自己的想法。阿牛坚决不同意,他说:"我就你这么一个阿弟,那么危险的事还是不要去做了,万一打仗没了命,你让我怎么向爹娘交代?你就好好跟着我一起撑船。"阿发见阿哥不同意,便不再坚持,老老实实撑着篙。

常走叮嘱常行几句后,匆匆赶往码头。他这次除了自己收的信件,还有几封通过永发信局寄往上海的信,应老板一并交给他,给了他一元银圆,让他顺道带去,其中有一封是需派专人送的幺帮信。若平时,仅送一封去上海的幺帮信至少两元五角到三元,因为要扣除两元船费。常走也不计较,反正他要去上海,就当这是一笔外快。若应老板把这跑腿的活交给别人,他一文都赚不到了。更何况这趟上海之行,原本扣除开支,挣不了几文钱,现在有了这一元外快,总算不会白跑。他向应老板再三保证一定会把这些信完好无损地送达。为了区别于普通信件,常走用数层油纸把那封幺帮信包起来,这样可以防雨,另还在上面系了一块小木片,避免万一不慎落入水中,信不至于沉没。

晚上,轮船平安抵达上海,常走上岸第一件事就是将这封幺帮信送到主人手里。收信人是严先生,这位可是大名鼎鼎的大老板,不但有盐号,还有票号、金店等多项产业。听说仅票号除了上海总店,在江南各省及京、津两地还有十多家分店。前几年还在宁波创办了中国第一家机器轧花厂,里面的机器都是从外国进口的,厂里还有几百个雇佣工人,全年日夜生产,非常了不起。在常走心里,那是神一样高不可攀的人物。

到了严公馆,守门的小厮听常走说有信从宁波专程送过来,不敢耽搁,让常走稍等,急急去通报。很快走来一个年轻人,常走小心取下小木片,解开油纸,把信交给对方:"我明天晚上返回宁波,若严先生有回信,我可以带过去。"

年轻人见常走如此慎重,朝他微笑着说:"抱歉,我现在无法确定。"常走说:"我明天下午送完货物和书信再过来一趟,若有就带,没有也没关系。""好,那就麻烦你了。""不麻烦。"

常走请年轻人在登记本上按下指印,挎着铁皮箱朝熟悉的如归旅馆走去。年轻人拿着信来到公馆主楼,这是一幢三层楼的洋房,中西结合,很气派。到二楼书房外，年轻人弯起一根手指轻轻敲了敲门，听到"进来"的声音，才推门而入，恭敬地把信放在书桌上说："老爷，宁波周先生来信。还有，那位送信的信客明天下午会再过来一趟，说若有回信他可以带回去。"

五十多岁的严先生既有官府的身份，又是个做实业的商人，他有一张不怒自威的脸，听了年轻人的话，微微点了点头。年轻人送上信退了出去，随手掩上了门。严先生打开信看了起来。信是他的亲信周永明写来的，向他汇报了宁波纺纱织布局的筹建情况，附了一张想入股投资者的名单，需要他尽快定下来，便于下步落实。三年前，由于洋布洋纱的大量输入，他敏锐意识到办棉纺厂能带来厚利，于是当即决定从国外购置新的轧花机、发动机、锅炉和纺纱机，在原来的轧花厂里开始纺纱。今年，他想在轧花厂的基础上进行改建和扩建，厂名也改为纺纱织布局，预算资金四十五万两，需要找几位实力雄厚的股东入股。他人在上海，没精力管这些，具体事务便由周永明操办。相关消息一透露，对此投资感兴趣的人很多，周永明一时难以取舍，希望由他来定。严先生又认认真真看了一遍名单，这些投资者大部分都是跟他关系比较好的上海和宁波的巨商富绅，他欣慰大家对他的信任，可这纸上长长的一串名字又确实太多，他不需要这么多股东，人多主意杂，他得好好选一选。

这一夜，严先生书房里的灯很晚才熄灭。

常走一晚上没有睡着，统铺房人多，十个大男人挤在一起，空气里充斥着的汗臭味让人感觉很不舒服，再加上鼾声如雷鸣，吵得他头都痛了。好不容易熬到天亮，简单洗漱一下，他就退了房出了客栈。在来的船上，他听人说，日本兵舰在攻打威海、旅顺时，被炮台放炮给击退了，现沿海各处都在加强防堵。他想这次带回去的信估计不会太少。

清晨的上海似一位刚睡醒的少妇，带着几分慵懒。时间尚早，除了早起做小本生意的小商贩，还有就是摇着铃铛负责收粪水的"倾脚头"，大多数商铺还没有开门迎客。常走在路边摊吃了一碗阳春面，坐了一会儿，等街上渐渐热闹起来，常走站起来，开始送信、收信。

一上午，常走穿梭在药店、钱庄、银楼、南货店、五金店等店铺，幸好这些店都开在热闹地段，相距并不远。送出去二十封，收了六封夹带着家用银票的回信。

午后，常走来到立信茶行，说找沈少爷。有伙计说少爷出去了。常走又问阿昆先生，伙计让他稍坐，还给他倒了一杯水。常走正渴得要命，这会儿有水喝，心里感激不尽，捧起杯子吹了吹，顾不得烫，"咕嘟咕嘟"牛饮，很快就把杯中水给喝下了肚，然后长长地吁了一口气。抬头，见茶行架子上整整齐齐摆满了一只只大圆肚的青花瓷茶罐，一眼望过去，很是醒目壮观。

沈昆来了，常走急忙站起来，送上一封信："阿昆先生，这是给沈少爷的信，麻烦你收一下。"沈昆接过，一看是父亲写来的，怕是有要事。他关心地问："宁波那边官府有在镇海口做防务吗？"常走说："在做，已招了不少勇丁，水雷也放下去了。阿昆先生，我去送信了，我看沈管家很焦急，估计有要紧事，等沈少爷回来，你马上让他看信。"沈昆说："好的。"

常走前脚刚走，沈洋河后脚就回来了。沈昆把信递给他，担忧地说："估计家里有事，你快看看。"

沈洋河打开信，沈恒在信中告知老祖宗病重，看起来情况不太好，请他收到信后和老爷马上回宁波，晚了怕见不到最后一面。"我马上去跟我爹说，晚上回宁波，你暂时别回，这里交给你了。"沈昆说："好。"

沈洋河拿着信，快步来到二楼，敲了敲沈儒行的办公室门。

"这么心急火燎的，天要塌下来了？"今年四十五岁的沈儒行保养得很好，看起来很年轻，见大儿子这个年纪了还一副毛躁的样子，很不满地皱了一下眉头。

"恒伯写信来，阿娘病重，让我们马上回宁波。"沈洋河把信放在沈儒行面前，"我现在就去收拾。"

沈儒行一听母亲病重，也急了："那晚上一起回。"

沈洋河走了，沈儒行拿起信，想到妻子与自己的隔阂，自从小女儿不幸夭折后，夫妻就形同陌路。可这能怪他吗？有几个成功男人不是三妻四妾，儿女成群？他才一妻一妾两子，已经很少见了。母亲病重，无论如何得回去一趟，考虑到若老太太没熬过去，他得在宁波留一段时间，沈儒行赶紧抛开杂念，快速安排茶行事宜。又派人到别院通知妾室周氏，晚上带儿子沈洋江一起回宁波。

周氏名叫周如花，是个清倌人出身，长相妩媚，会唱曲会弹琴，她做梦都没想过有一天还能过上这么舒心的太太生活。她想自己一定是上辈子烧了高香，才会遇到沈儒行这样一个男人来"梳栊"，第二天就替她赎了身，带回了沈公馆，还给了她一个聪明伶俐的儿子。她擅长察言观色，很懂男人心理，在沈儒行面前一向娇娇怯怯，像菟丝花一般，让男人不由自主产生强烈的保护欲。沈儒行纳了她后，还不曾带她回过宁波，这次能带她同去，她心情很复杂。她知道，在沈家老宅还有丈夫的正妻，就算那个女人早已成为摆设，但仍是妻，而自己只是一个妾。这次终于要面对了，周如花深深吸了一口气，考虑到老太太病重，她翻箱倒柜找了几件颜色素净些的衣裙，又给沈儒行和沈洋江收拾了几套衣服。原本准备在箱子里塞个首饰盒，可以换着戴耳环、项链，想了想，还是决定不放了。这次回去不是喜事，她得低调、朴素，不然惹沈儒行不高兴就得不偿失了。

晚上，沈儒行一行坐上回宁波的轮船。在统舱，常走坐在角落。下午他送完信去了严公馆，依然是那个年轻人，交给常走一封信，让他一定要亲手交到周先生手上，还给了他一只银角子。常走收好信，再三保证绝不会误了严先生的事。比起跑杭州,他还是喜欢跑上海,杭州来回一趟时间太长,运气不好的话,还赚不到钱。常走昨晚没睡好,这会上了船安心了,靠着船壁,一只手搭在铁皮箱上,开始闭目养神。

迷迷糊糊间,常走感觉身边有人挤着自己,不由睁开眼睛,才发现是一位身穿灰色僧袍,约二十出头的僧人盘腿坐在旁边。常走对出家人很尊重,自觉把铁皮箱往里移了移,又觉得对方年纪轻轻就出家,不由多看了一眼,见那僧人面白无肉,虽坐着,仍看得出身形比较瘦小。僧人见常走打量自己,脸上闪过不悦。常走见对方没有交流的意愿,也不自讨没趣,继续闭目养神。

这时,船舱门打开了,进来两位年轻"西崽"(服务员),一圆脸一马脸,他们来查验船票。查到僧人时,其中有位西崽见僧人闭口不言,有些奇怪,故意问他是哪里人,去宁波哪家寺院朝拜,那僧人见西崽盯着他不放,很烦躁,开口不知嘀咕了一句什么话,常走和两位西崽都没听清,但大家很快察觉到一个问题,这个僧人讲的似乎不是中国话,这顿时引起了西崽的警惕。

"师父可愿给我们讲讲佛经?"圆脸西崽蹲下身,眼睛直视僧人,笑嘻嘻地问。那僧人好像听不懂他在说什么,脸上表情变幻。圆脸西崽站起来低声对同伴说:"此僧人身份可疑,长相很像倭人,你马上去跟'波生'(水手长)讲。"

马脸西崽给常走使了一个眼色,让他帮个忙,注意点。常走的睡意早不知跑哪去了,趁僧人没注意,朝马脸西崽点了点头。圆脸西崽还在不停试探僧人,僧人瞪了他一眼,很生硬地吐出两个字:"闭嘴。"这更加确定这位僧人身份有问题。

很快,马脸西崽带着一位三十来岁,皮肤黝黑的波生过来,他会讲日语,对僧人一番盘问,有意问他佛教方面的知识,结果僧人一问三不知,"假的,应该是日本间谍,把他捆起来。"

话音刚落,那僧人见势不妙想站起来,几个人已一拥而上把他给按倒在地。这下,船舱像水滚进了油锅,一下子群情激奋。波生怕里面还有僧人的同伙,吩咐马脸西崽把刚才特意放在门口的绳子拿进来,并让他闭舱,谁都不许出去。

常走万分意外,那僧人是日本间谍?在中日交战之际,突然冒出一个前往宁波的日本间谍,不得不令人多想。僧人被捆起来后,波生让圆脸西崽负责看管,他和马脸西崽又仔仔细细核查船舱里每位旅客的身份证明,确认再没有倭人后,两人出去,马脸西崽守在舱外,波生去跟船长汇报。船舱里,大家好奇地围绕着假僧人的真实身份开始七嘴八舌讨论,常走没参与,他把角落位置让出来,让圆脸西崽把假僧人丢到最里面,他们则坐在外面看管。怕打瞌睡,圆脸西崽就和常走聊天。常走敬佩地说:"幸好被你发现,不然还不知道这人到宁波后会做些什么坏事。"

"我们有被官府提醒过,要注意身份可疑之人。"

"原来如此。"

这一夜对统舱里的旅客来说,过得特别漫长,一个个伸长脖子等着,终于听到轮船到岸的汽笛声。只是舱门一直紧闭,大家都等得焦躁起来,好不容易等门打开,波生和马脸西崽进来,和圆脸西崽一起押着假僧人下船,送往官府,其他人才排队出舱。常走挎着铁皮箱随着人流上了岸后,长长吁了一口气。他想以后自己也要注意那些来历不明的陌生人,不能让倭人的阴谋得逞。

沈宅,气氛凝重。

蒋氏躺在床上已神志不清,从宁波请来的医师仔细把过脉后对沈儒行说:"不用看了,老太太就这一两天时间,随时都可能走。"

沈儒行让沈洋河送医师到大门口,他在床边坐了下来,目光落在气息奄奄的老母亲身上，忽感到一种从未有过的心酸。这一刻，他无比后悔，后悔这些年回来得太少，后悔没有好好在老母亲面前尽孝。他伸出一只手，握住蒋氏枯瘦的手，低着头，哽咽着："阿姆，你醒醒，我回来了。"

"爹爹，阿娘怎么了？"沈洋江不敢走近，朝床上张望一下，他有些害怕，小心问。

"你阿娘病了，乖，你过来喊喊她。"沈儒行转过头，朝小儿子招了一下手，一脸宠爱。

沈洋江磨蹭着走过去，大声叫了两声"阿娘"，见老祖宗没反应，他又跑开了。沈儒行没管他，他现在不敢走开，怕一走开，老母亲就咽了气。沈洋河送完医师回来，对沈儒行说："我去帮恒伯忙。"

"去吧，你叫个丫鬟去喊周姨娘过来。"沈儒行靠在椅子上揉了揉太阳穴，从昨晚匆匆返程到今天这一整天下来，已有些倦意。

沈洋河出去了，没一会儿，周如花牵着沈洋江从外面走进来。在跨进沈宅大门前，她做好了被丈夫正妻刁难的心理准备，没想到冯晚秋看到她和沈儒行，神情冷漠，只淡淡说了一句"来了"，吩咐绿枝把人带到另一处院子安排住下，便再也没有理会，只顾和沈恒去准备老祖宗丧礼的事，中午也没坐一起吃饭，这让她有一种哪里都使不上劲的尴尬。见老太太昏迷着，自己又帮不上什么忙，很自觉回房躲着，研究起房内摆着的一张做工精致的床。她在上海住的地方，配备的是海派家具，中西结合样式，像这种工艺复杂，有着漂亮装饰的中式床还是第一次见。特别是这床正面入口，形似庭园月洞门，很有意思。刚才沈洋江跑来找她，母子俩正说着话，丫鬟来叫，才急忙赶来。

"周氏，你在这里守着，小江不要跑来跑去。"沈儒行吩咐道，"晚上也要守着，你第一次来，好好表现。"

"是，老爷。"周如花乖巧地应答。

沈儒行满意地点头，他就喜欢周氏这个调调，温温柔柔的，特别是那双眼睛，当初之所以会下决心替她赎身，就是被她的眼睛给迷住了，很翠，似带了钩子，令人一见难忘，不像妻子端庄有余，温柔不足，后来又浑身长满了刺，也不怕他休了她。他想，或许就是因为妻子知道他不可能休她，才敢这样对他。他希望妻子能跟他和解，可妻子的那个心结，这辈子恐怕都无法解开，想到这里，沈儒行深感无奈。

沈洋河出了院子去找沈恒。早上，他们见坐统舱的两小厮迟迟没有出现，才知道那里抓到了据说是间谍的假僧人，惊觉危险无处不在，他更想把母亲接到上海。尤其是想到一旦阿娘走了，这老宅只剩下母亲一个主子，他怎么能放心？沈洋河决定这次再试试，看能不能说服母亲。找到沈恒，他正站在院子里忙着分派任务，平时老宅没几个家仆，他特意去族里找了五个手脚勤快的年轻人和三位稳重的中年人帮忙。沈洋河上前："恒伯，我能做些什么？"

"大少爷，讣闻报丧这一块交给你，这是名单，你先收着，到时候要派人去通知。"沈恒从口袋里掏出一张纸条，上面写着沈家的亲朋故交名单和地址。

"好。"沈洋河接过，展开名单看了一遍，有阿爷、阿娘那边的亲戚，也有自家爹爹和阿姆的，再加上关系好的合作伙伴，林林总总人不少。他想到家里人手不够，考虑把报丧信交给常走去送。

晚上，一家人都在蒋氏房间守着。冯晚秋自从老祖宗病倒后就没好好休息过，已非常疲惫，可她只能强打精神硬撑着。熬到午夜，正准备轮流去眯会儿，躺在床上的蒋氏突然醒了。沈儒行赶紧上前握住她的手，说："阿姆，我回来了，你感觉好些没有？"

蒋氏目光虚空，似乎灵魂与肉身已经分离，她很费劲地想把视线聚焦到沈儒行脸上，可惜力不从心。很快，她又开始大口喘气，冯晚秋上前，挤开沈儒行，跪坐在床榻一侧，一遍遍给老太太顺气。慢慢地，蒋氏又平静了下来，沈儒行见老母亲一时半会看起来应该没事了，就让周如花带着沈洋江去睡觉，他看小儿子缩在椅子上已困得不行，很心疼。这对母子走了后，房间里剩下的三人谁也没有说话，油灯昏暗，彼此都看不清对方的神情。沈恒进来了，他对沈儒行说一切都已准备妥当。沈儒行对他说了一句辛苦，让他抓紧时间去躺会。沈恒深知接下来事务繁忙，不得空闲，就没推辞，回屋去休息了。

到了下半夜，沈儒行靠在椅子背上闭目养神，冯晚秋迷迷糊糊趴在床边打瞌睡，沈洋河出去洗了一把冷水脸又进来。夜深人静，三人忽听到老太太嗓子里发出一种怪异的声音，慌忙站起来围上去，那声音持续几息后，接着，明显听到一口气从喉咙里落了下去。沈儒行和沈洋河齐齐愣在那里，还是冯晚秋冷静，转过头对沈洋河说："阿洋，你阿娘走了，你马上去跟恒伯说。"说完，走到门口喊守在外面的丫鬟打一盆热水。

父子俩才反应过来，沈洋河快速跑出去通知沈恒，沈儒行握着老母亲的手喊了一声"阿姆"，眼泪止不住流了下来。冯晚秋要忙，让沈儒行离开房间，自己和绿叶、绿枝一起给老太太净面擦身，换上寿衣。沈儒行身上还穿着早上的衣服，他马上回房去换孝服。

很快，一盏盏油灯点起来，家仆们全都换上黑衣各就各位。沈洋河则关在房里写一封封讣闻，很认真写上蒋氏的生卒年月、死因以及入殓时间等信息，以此正式书面通知亲友。见天快亮了，沈洋河叫来一名家仆，让他马上去一趟常家村，把常走叫来，他怕晚了常走已出门。

家仆奉命到了常家村，敲开常走家的门。听说有信要送，常走连早饭都来不及吃，便带上常行，挎上铁皮箱，往沈家村赶。来到挂了白的沈宅，沈洋河的讣闻已写完，他指着一沓信对常走说："这里一共有二十五封报丧信，辛苦你今天把这些信都送出去，有没有问题？我给你两元银圆。"他知道，这些信除了有几封在城厢内，其他都在鄞县各乡村,相距并不近。

常走快速看了一遍地址,说:"没问题,我们马上出发。"

沈洋河这会儿正忙,也不多言,让常走父子自行离去。本村的已另派人去通知了,已有人三三两两上门来帮忙或吊唁。

常走挑出五封送城内的信给常行,问:"可以吗?"

"阿爹,你放心,我一定会好好把信送到。"常行保证道。

"好,你坐船去城里,送完信自己回家。"

父子俩来到董家渡,一个坐船进城,一个去二十里外的蒋茅村,分道而行。蒋茅村到了,常走下船,朝村里走去,由于旱灾严重,昔日秋收的丰收景象不复存在。刚到村口,见一群农人举着草龙在村口的田野举行求雨仪式,他抬头看了看天空,又是一个晴朗天。

来到收信人家门口,常走开口询问:"蒋福清在吗?我来送报丧信。"

出来一位小脚老太太,颤巍巍地走到常走面前,睁着昏花的眼睛问:"谁啊,哪里来的?"

"沈家村来的,沈家老祖宗过世了。"常走双手奉上信,老太太颤抖着手接过。这时,隔壁跑出来一个小男孩,老太太对他说:"阿君,赶紧喊你阿爷和你爹回来。"

小男孩很快就跑得不见人影,常走转身匆匆离开去下一个村庄。他知道这位收信人是沈家老祖宗的弟弟,那老太太是她弟媳妇。常走怕耽搁沈家的事情,走得特别快,可他忘了自己也上了年纪,走太急就气喘,只好缓一缓,放慢脚步。稍做停顿后,又继续向前走去。

这一天,常走一个村庄一个村庄奔走着,直到半夜才踏着月色把最后一封信送完。他实在走不动了,又累又饿,两条腿沉重得抬不起来,即便是早已生了老茧的脚板,此刻也痛得无法落地。环顾四周,见前面有一个凉亭,他一步步挪过去。进了凉亭,才发现地上躺着个人,吓了一跳。听到脚步声,躺着的人翻身坐了起来,看了常走一眼,又躺下去翻个身睡了。常走一看，原来是个乞丐，他没在意，背靠柱子双腿分开坐下，铁皮箱放在面前，双手敲打双腿，没一会儿倦意像潮水一样涌过来，眼皮粘在一起再也分不开，就这样趴在铁皮箱上沉沉睡去。

等常走饿醒，天已大亮，乞丐早不知去向。常走揉了揉麻木的双腿，站起来伸了一个懒腰，忽感觉不对劲，一摸腰间空空，钱袋不翼而飞。常走的脑袋"嗡"一声炸开了，昨天早上天没亮出门奔忙到半夜，辛辛苦苦挣的两元银圆再加上一些零碎铜钱全没有了。他百分百可以肯定，钱被那乞丐偷走了，不由瘫坐地上，双手捂住脸，任泪水从指缝间流下来，沿着手腕一滴又一滴落到地上，很快在地上积存的灰里滴出一个小坑。不知过了多久，常走想站起来，可双腿又麻又痛，他咬着牙扶着石凳慢慢起来，抖动双腿，直到恢复正常。对常行，他还放心，倒是自己，活到这个岁数了，整天在外跑，居然还让人偷了钱袋，本来还想着可以拿去还债，这下什么都没有了，浓浓的沮丧和挫败感让他神情萎靡。闭上眼睛，深深吸口气，常走站起来，无视咕咕叫的肚子，挎上铁皮箱朝着回家的方向，一个村一个村挨着走。"哪怕能收一封信也好。"他对自己说。

晚上，常走硬撑着回到家，倒在床上，一动都不想动。

"阿爹，我烧好热水了，你泡泡脚。"常行端着木盆子过来，对常走说。

常走挣扎着起来去泡脚，问常行："你昨天送信都顺利的吧？"

"顺利的，阿爹，今天我去信局了。"常行说。昨晚阿爹没回来，他虽担心，但猜到可能是路太远来不及回，就一个人把门关好睡下了。

"那就好。"常走泡好脚，没精神跟常行多说就躺下了，他现在只想好好睡一觉。

午夜，天空下起了瓢泼大雨，挟带着风声，从窗外呼啦啦滚过。久旱的大地仿佛一下子苏醒过来，欢快地接收这渴盼已久的甘霖。常走从睡梦中被惊醒，心想这草龙求雨真灵啊，太好了，再不下雨，河底都要裂开了。不过对他来说，下雨不是件好事，可无论怎样，他还是希望这雨能好好下一场，缓解这严重的旱情。

同样被风雨声惊醒的还有守着灵棚的沈儒行和沈洋河。沈洋河一整天都在向前来吊唁的亲友弯腰鞠躬，他感觉自己的腰都要断了。沈洋江年纪小，站在那里不动人家也不会计较，他可不行，只能老老实实行礼。好不容易等晚上坐下来，刚有些迷糊，就听到"噼里啪啦"雨滴砸向灵棚的声音。沈儒行也一样，忙了一天，很累，睁开眼，灵床前的那盏油灯被风吹灭了，大惊，赶紧站起来重新点燃。可风太大，点燃又熄灭。沈洋河跑出去找挡风的板子，看到竖在外面用纸做的白幡已被风雨摧残得不成样子。等他找来板子，正要跟沈儒行说外面白幡的事，沈恒撑着伞进来了，说："白幡不能再用了，我已经叫人重新改用白布做幡。没想到晴了这么久，今晚居然会下雨，大概雨也是特意来送老祖宗的。"

"辛苦你了。"有这么一位尽心尽责的管家守着老宅，沈儒行很放心。

"这是我应该做的事。"沈恒打了声招呼后，又去忙了。

沈儒行还以为这雨下不长，谁知接下来几天雨势猛烈，气温倏降，夹袍远远不够，只好换成棉的。周如花自带的衣服都不厚，最关键的是那些衣服也不适合在丧礼上穿，这下冻得直打哆嗦，只好厚着脸皮去问冯晚秋借。冯晚秋本来当她是陌生人，这两天见她很自觉帮忙，表现安分，就大度地吩咐绿枝给她送去衣衫，周如花很知好歹地道了谢。因为借衣服，两个女人竟莫名地和平共处起来。沈儒行忙得昏天黑地，没注意这些，等他偶然发现妻妾在一起和谐做事，吃了一惊。当然，这是他巴不得出现的场面。

到第六天，风雨依然不停，沈恒早早安排好第七日运棺柩的船，怕路上耽搁，误了入穴的吉时，他跟沈儒行建议提前出发。沈家族人墓园在二十里外的梨花山，船只能到山脚下，还有一大段路要走。沈儒行看了看天，这雨没有停的迹象，点头同意。这一晚，沈儒行、冯晚秋、沈洋河基本上都没合过眼,天还没有亮沈宅就喧闹起来。出发前,雨越发大了,沈家的子孙只好在粗麻衣外再套上蓑衣,头上白帽外再戴顶斗笠。其他送丧的人有穿蓑衣斗笠,也有打伞,只是在外稍站一会,衣服就湿透了。冯晚秋这些天熬下来,原本单薄的身体更显消瘦,来来回回走太多路,三寸金莲实在吃不消,脚步都有些踉跄。披麻戴孝的沈儒行看起来似乎也老了许多,周如花一样憔悴了不少。只有沈洋河瞧着精神还不错,只是嗓子有些沙哑。

　　唢呐声响起,随着跪拜、摔盆、抬柩等一系列仪式,送丧亲友先后上了两艘船出发了。到了梨花山脚下,沈洋河一手扛白幡,一手拿着孝杖棍,走在最前面,沈洋江手持孝杖棍跌跌撞撞跟着,后面四个年轻力壮的殡夫抬着棺柩,随后是长长的送丧队伍,一行人踩着泥泞的小道,艰难地朝山上走去。半山腰,沈洋江实在走不动了,沈儒行只好叫族里的一个后生背他上去。

　　梨花山到了。

　　此山因种满了梨树而得名,眼下不是梨花开的季节,也非收获果实之际,一棵棵焦渴的梨树因这场雨恢复了生机,而那些坟茔就穿插在梨树与梨树之间。沈儒行父母的坟建在最高处,四野开阔,站在那里,有一览众山小之感。只是天气实在太差,让抬棺柩的殡夫吃尽苦头。紧赶慢赶,总算在吉时前到达。此时,沈儒行已分不清脸上和身上是汗水还是雨水。墓是双棺格式,另一半空着的墓室已被打开,当棺柩入穴,墓室封上,墓碑上蒋氏的红色名字变黑,沈儒行忽有一种说不出来的孤独感,从今以后,他再也没有爹娘了。

　　雨,纷纷扬扬,给人要下到天荒地老的错觉。

　　男人们去送丧了,冯晚秋在宅院里忙碌,丫鬟和家仆们听从主母盼咐,各忙各的事,没一个闲着。周如花在老宅这几天,对冯晚秋的印象在一点点加深,发现冯晚秋这人就是性子冷了点,其实挺好相处,一点也不刻薄,并没有出现主母找小妾麻烦这种事。好几次,周如花都想跟冯晚秋聊聊,可又不知该说什么好。来宁波之前的那些小心思在忙乱中已消失殆尽,她想,即便冯晚秋要去上海,她也不用担心自己会失宠,因为冯晚秋根本没有"争"的想法。

丧礼结束,送走所有亲友,沈儒行让沈洋河先回上海,茶行那里事情多。临走前,沈洋河去找冯晚秋,恳切地说:"阿姆,阿娘不在了,你跟我们去上海吧!"

冯晚秋摇头拒绝:"阿姆不去,我得给你阿娘'做七',还有周年,清明过年要做羹饭请沈家祖宗来吃,要给他们烧元宝,不然他们在那边没钱花。"

"我们在上海也可以祭拜啊!"沈洋河不明白,他是真心疼自己母亲,一个人孤孤单单留在老家。

"沈家的祖墓在这里。阿洋,如果你真怕阿姆孤单,就赶紧成家,生俩孩子,阿姆给你们带。"

沈洋河第一次认真考虑冯晚秋的建议,要不要就在宁波娶妻,然后把妻子留在老家陪伴阿姆,以后有了孩子,这宅院也热闹些。转念一想,他怎么可以让另一个女人重复母亲的路?顿觉羞愧无比,急急灭了心里的那个念头,说:"阿姆,以后我会常回来看你。"

冯晚秋看着自己唯一的儿子,很欣慰:"你也不用太记挂阿姆,这里有恒伯和你李婶在,没事,阿姆会给你写信。"

"好,阿姆你多保重身体。"

沈洋河回上海了,沈儒行每天派小厮去城里打探消息,等给老祖宗做完"三七",听到镇海海面时有倭船出没的传言,决定回上海,怕再不走要走不成了。冯晚秋没有阻拦,对沈儒行,她已做到她能做到的,只是那态度永远带着疏离。沈儒行一方面感激妻子的付出，另一方面又对她深感无力，只好选择逃避。他把沈宅托付给了沈恒，带着周如花、沈洋江和两个从上海带过来的小厮离开了宁波。

出发那日，天还没有亮，周如花跨出沈宅大门，走到拐弯处，回头看了一眼，她对宅子里的冯晚秋有了几分同情。沈儒行没有去跟冯晚秋告别，只让沈恒把他们送到上船处。沈儒行没有发现，冯晚秋站在前院二楼的窗前，静静伫立，似一尊雕像，看着他的背影朝村口走去。直到沈恒回来，冯晚秋才悄然下楼，回到内院自己的房间，她已经看到了余生的尽头。

第六封信：兵荒马乱的日子

「五弟，闻听有倭舰在镇海口外滋事，不知是真是假，官府可有御敌良策？家中一切可好？父母身体安否？为兄每日关注报上新闻，恨消息太少，接信后，望五弟告知详情……」

李思文写给李思侠的信

...

宁波戒严了。

常走和阿牛这类整天在外面跑的人第一时间得知戒严的消息。常走想到了沈洋河,他不清楚沈少爷他们还在不在沈家村,趁着去邻村送信的机会,来到沈宅敲开了大门。守门的家仆听说找大少爷,告诉常走沈老爷和两个少爷都回上海去了。常走想了想,人情要做到底,就让他去请沈管家。家仆让常走在门口等着。等沈恒过来,常走对他说:"沈管家,宁波戒严了,接下来怕要乱,你们是大户人家,还是早做准备。"

沈恒没想到常走这么热心,感激地说:"谢谢你,常信客。"

"沈管家,不用谢,应该的,你们都是好人。我走了,还要去送信。"常走憨厚一笑,挎着他的铁皮箱走了。

沈恒来到内院,向冯晚秋说了常走带来的消息,并说了他的打算:"太太,我马上派人出去采购一批不易坏的食材。由今开始紧闭大门,进出走小门,我会派专人守候,随时落锁,以确保宅内安全。放粮食的库房,再加派几个人手,日夜轮流巡视。"

"好,这里要靠你了。"冯晚秋对沈恒这位似兄长一般的管家有着充分的信任。

沈恒说了一句"这是我应该做的",就忙着去安排了。怕冯晚秋伤心难过,这几日他让李小妹忙完自己的事情后,多来陪陪太太。不管这个办法有没有用,他都希望太太是真正地放下,不然真的太苦了。

常走送了一天的信回家,在陈家渡看到阿牛的船,朝船舱喊了一声。阿牛闻声出来,对常走说:"常走叔,我和阿发今天累死了,记不清跑了多少趟。你不知道,戒严后,从上海开往宁波的轮船只能停在镇海口外,船上所有的客人与货物需要由一艘艘小船接至甬江再转道。我这船也被征用了,可每次都是人多船少,轮船一到,场面混乱不堪。男人尚有力气去挤一挤,最可怜的是那些小脚妇人,被人撞得东倒西歪,半天都轮不到,只能干焦急。还有好多偷儿,趁机浑水摸鱼。"

"那是麻烦。你说,这倭人的船真的会开进我们镇海口吗?"常走发起愁来。

"很有可能啊,你没注意,城里好多有钱人去山里乡下避难了。"阿牛说。

常走长叹一声道:"穷人没资格逃难。"

"反正逃来逃去都一样。"阿牛担心的是到时候能不能保得住他们的船,这个最要紧。

"说得也是。唉,钱庄的人在催我抓紧还钱,大概怕真打起来收不到账,可我上哪去找这一大笔钱?"常走叹了一口气。借了二十元,还了一年多,现在连本带息还欠十七元。

"我们两兄弟还有几元积蓄,要不你先拿去还债?"阿牛犹豫了一下说。

常走摇头:"这个时候哪能动你们的钱?不管了,我现在每个月努力把利息还了,不然利滚利更吃不消。"

"那好吧,你需要时跟我讲。"阿牛和阿发的积蓄其实并不多,这是被人骗了后重新攒起来的钱。再说平时他们在吃的方面不省,只有吃饱才能有力气撑船。他们只是真心想帮常走。

迎着十月的夜风,常走朝家里走去。最近一段时间,他感觉特别容易疲倦,也不知道是什么原因。许是太累了,他安慰自己。

到家了,常走看到油灯映在窗户纸上的光影,知晓常行已经回来了,他放下心,推开了家门。常行见阿爹回来,忙上前说:"阿爹,可以吃晚饭了。"常走放下铁皮箱,问:"今天怎样?"常行说:"碰到一件吓出活灵的事。我去送信，经过一条河，有个男人竟然吊在河边的一棵树上，伐晓得是咋回事体。"

常走沉默了，过了好一阵才说："大概是遇到过不去的坎吧！"想了想，又说："小行，你要记住，无论以后遇到什么样的困难，有多难，一定要好好活下去。"

常行点了点头。父子俩坐下来，捧起一碗糙米粥，就着豆腐乳，一口一口喝了起来。

"阿爹，米缸又空了。"常行喝干净最后一口粥，放下饭碗，说。

常走想着这疯涨的米价，钱庄的欠债，空空的口袋，神情黯然地说："知道了，明天阿爹去买。"

"阿爹，我会努力赚钱的。"常行准备找个时间跟应老板谈一谈，把日结薪资提到三十文一天。他了解过，这是所有信局最低的薪资标准，他年纪是不大，可近一年多送信下来，并没有出过差错，他认为自己有资格提这个要求。若这家信局不行，那就去别家试试，宁波有这么多家信局，他不信找不到一家愿意出这个价的，再说还有他阿爹在，他相信应老板不会为了十文钱不要他们父子，毕竟阿爹当了这么多年信客，信誉在那里。"我不想阿爹太辛苦。"

"阿爹知道，不焦急，等你再大些，现在有阿爹。"常走见儿子这么懂事，非常欣慰，累点苦点怕什么，还不都是为了孩子。

这一夜，父子俩说了许久的话才沉沉睡去。

大清早，吕进宗来到米店办公室，坐在书桌前写信。几个月了，他没有写信到杭州，杭州也没信过来，他心里有种隐约的不安，怕大女儿出事，决定写封信过去问问。

这时，吕明华进来了，十八岁少年的眉眼间还带着一点成长的生涩，他见父亲脸上带着愁绪，关心地问："阿爸，你是在担心倭人打过来吗？"

"不是，我是在担心你大姐，这么久都没音信传来，也不知怎么个情况，阿爸写封信去问问。"吕进宗放下手中的毛笔说。

"我去趟杭州探望大姐吧，都几年没见了。"吕明华说。他跟大姐差了十二岁，印象中的大姐是个脾气很好的人。

"不行，眼下兵荒马乱，去杭州路上要这么多天，不安全，等平息了再说。"吕进宗一口否决，他哪敢让独子去冒险。"我给你大姐写信了，应该没事，若有事，你大姐夫也会写信来。"

吕明华有些不满："阿爸，我过了年就十九岁了，不是小孩子了。"从小到大，父母不许他做这个，不许他做那个，总担心他会遇到危险。即便现在他开始跟着阿爸学做生意，也是在阿爸的眼皮底下做，去外地采购粮食之类的事，阿爸宁可自己一大把年纪出去奔波，也不愿让他出门，他很无奈。

"眼下不太平，再等等。"吕进宗不想让独子遇到一丁点危险。

"那好吧，阿爸。我进来时看到常信客在买米，你这封信要交给他吗？"吕明华问。

"你出去跟他说一声，让他等我一会儿，马上写好了。""好。"

吕明华来到店堂，对常走说："常信客，请你稍等会，你最近去不去杭州？有信要请你带去。"常走说："若有货物或么帮信送，会去。吕老板这次要送什么？"吕明华想了想说："普通家信吧！"常走说："那我帮你们走信局好了，反正我等会要进城。"

吕进宗写好信出来，刚才他在办公室听到了常走说的话，把信和六十文铜钱交给常走说："麻烦你了，其中十文是给你的走脚钿。"

"吕老板介客气，不麻烦，顺带的，放心好了，我亲自送去信局。"常走接过，笑着说。这两年灾情不断，糙米的价比原先翻了一倍。怕接下来还要涨，今天他咬咬牙，买了十升，好歹能撑一段时日。

把米送回家，常走挎上铁皮箱进城，来到永发信局，常行已经出去送信了。常走交了吕进宗寄往杭州的信和资费，伙计登记好寄信人的姓名、地址，以备查考。常走又从他们这里领了一些要送的信件，开始一天的奔波。

常走手上的信，有几封送城厢内，余下都送乡下村里。他来到聚财当铺门口，发现进出人很多，有些纳闷。走进去，正要找掌柜，见那掌柜正对一位衣着华贵，手捧一只精致木盒的年轻男子说："实在抱歉，裴少爷，我们店小，这些贵重物品实在收不了。如果你一定要我们收，那也只能过账，我没法付现给你。"

"行行行，你们不收，我找别家当铺去，我就不信没有人收。"裴少爷沉着脸，转身就走。

"对不起啊，裴少爷，您慢走。"掌柜很恭敬地把人送到门口，见常走手上拿着一封信站在一边，问道："谁的信？"

"张掌柜，这是你的信。"常走把信送上，忍不住开了一句玩笑道，"张掌柜，你们这么大的当铺还说小啊！"

张掌柜接过信，苦着脸说："常信客，你整天在外跑，没听说过吗，要开战了，现在哪家当铺还敢收这些死物？再贵重的东西，一旦开战，转给谁去？搞不好就毁于一旦。"

"谣传吧，轮船不是没停吗？"常走怀疑道。

"我也不愿相信，可这些天接二连三来当贵重货的都是有钱人家，他们信息总比阿拉灵通。还有，你再看看，大街小巷这么多兵在巡查，说明实际情况不容乐观。"张掌柜叹着气。

常走被张掌柜说得心情跟着沉重起来。出了当铺，继续送信，边走边观察，果真如张掌柜所言，路上随处可见衣服上绣着"卒"字的士兵拦住行人查问。难怪有钱人家都紧张起来。常走拨了一下肩膀上的带子，朝前走去。

城厢里的信送完,常走来到城门口,准备出城去乡下,发现有官弁兵丁守在那,出城门的人都排着队,一个个接受他们的盘查。

"你是哪里人?做什么的?"轮到常走,有士兵边打量边开口问。

"我是常家村人,是名信客,出城去送信。"常走一开口,士兵就听出是本地人,放松了许多。他们重点要查的是那些面目生疏、外地口音、形迹可疑之人。主要是宁波作为通商码头,来的人太杂,眼下特殊时期,汉奸倭谍遍布鄞地,不得不加以严防。

"看下你的铁皮箱。"

常走放下铁皮箱,打开,士兵拿起箱子里的信一一查看,见无异常,挥一挥手让他离开。还没走几步,就听到后面传来相同的问话;走得远些,常走又回过头看向城门口,见一黑衣男子被拉走。转过头,常走不由加快了脚步。

不知不觉,时间进入了十二月。

跟随着漫天飞雪到来的,还有镇海口外已有倭舰十余艘,战争随时开打的消息。这下市面上更冷清了,城厢内以及镇海不少大户人家都已离开,到别处避祸;抢劫案天天发生,民众恐慌加剧。

常走挎着铁皮箱走在送信路上,今天有一封从上海寄来的信需要送到李家。到了李宅门口,常走对守门的小厮说,有封李思侠的信。小厮把李思侠请了出来,常走打了声招呼,送上信。李思侠一看信封上的落款,是大哥寄来的,拿着信回屋。李思文在信里说他每天关注报上消息,询问宁波真实情况如何,家里情况怎样,又见里面还附有一纸,知是给大嫂的了,忙装在信封里叫丫鬟送过去。

这几个月,李思侠一直密切关注事态的发展,见一船船洋药洋弹由军装局押送到镇海防营,心里有各种猜测。听说有钱人家都租船找地方避祸,他去征求父母意见,要不要离开镇海,父母不同意走,认为倭舰想进镇海口并不容易,让李思侠不必过于慌张,他们只要做好防范即可。现在收到大哥的信,李思侠想了想,决定还是偷偷去找统兵将领探探口风。

由于李家曾出过不少银子支持军需,李思侠到镇海防营,很顺利见到了统兵将领。统兵将领对李思侠很客气,听说是打听倭舰是否真的在镇海口外滋事,统兵将领告诉李思侠,这是谣言,宁绍台道马上要出一份安民告示,到时候就知晓了。李思侠安下心来,军事重地,不敢久留,告辞离开。

果然,半日之后,安民告示出来了。李思侠特地跑去一看,只见上面写着:"……数月以来,征调重兵,屯聚军火,排钉丛椿,布放水雷,均经会商提军门分别布置周密,更蒙府宪添募营勇来防,于应防各口益形慎密,加以镇海口门两山对峙,管钥天然,炮台林立,防守极严,敌人虽狡,岂敢蔑视。况侦探频传南洋并无倭船游弋之信,目下有英国兵轮八艘寄碇定海,间或游行镇海口外。愚民无知颇为惶恐,闻城厢内外竟有纷图迁徙者,此皆误听讹言所致……而最堪恨者有种不法棍徒散布谣言乘机抢掳,此种奸计岂可不防……除密拿造言生事之人严行究惩外,合行出示晓谕,为此示仰绅商士庶人等一体知悉,尔等各安生业,各有身家,务须熟思慎行,切勿先事张皇,致贻伊戚,是为至要,其各遵照毋违,特示。"

李思侠回到家里,跟父母做了汇报,但该做的防范还是要做,任何事都有可能出意外,他可不敢赌。他给大哥写了封回信,详细告知自己了解到的情况。

常走看到告示,紧绷的神经为之一松,等他回到家,常行已做好了晚饭。他跟常走说:"阿爹,我今天从信局带回来了一封从杭州寄来给吕老板的信,我送去米店了。"

"哦,吕大小姐的信吧,幸亏她回了信,不然吕老板还以为我上次没有帮他把信寄出。"常走自从寄出那封信后,提醒过常行,让他在信局注意,若有吕老板的信就带回来。想起那位吕大小姐,不知她现在怎样了。再一想,吕大小姐再难,恐怕也没有自己难,他还是多操心自个儿的事,少管别人闲事。

吕进宗还没回家,书桌上放着大女婿王实在写来的信。因前封信里,他要求让大女儿给他回信,故而这次在信的最后,附了一句吕菊香写的话:阿爸、阿姆,我又怀孕了,明年七八月份生。这个王实在,除了哭穷,还是哭穷。吕进宗想起大女儿那封求助信,再把视线落在"怀孕"两字上,他忽生出一个猜测:王实在让大女儿怀孕,莫非就是为了阻止她回宁波?这一怀孕,加上生产、照顾孩子,至少两三年内动不了。他想,或许是他给女儿的十里红妆,三天两头补贴的银票,纵容了王家母子,让他们像蚂蟥一样叮着女儿,吸吕家的血,不禁后悔得不行。

吕明华听说大姐来信,进来问吕进宗要信看。吕进宗把信递给他,吕明华一看,不解地问:"大姐为什么只写这一句,还有这大姐夫什么意思?他家真这么穷吗,连饭都吃不饱?"

"明华,你大姐自从生了老三后就一直没再怀,现在都三十岁了,突然又怀上孩子,阿爸有些担心。今天官府出了安民告示,既然没事,阿爸想亲自去杭州看看,这里就交给你了,有没有问题?"吕进宗征求儿子的意见。

"阿爸,还是我去吧。"吕明华认真地说。

吕进宗摇头:"这事还非得阿爸亲自去不可,王家母子若真对你大姐不好,他们肯定会糊弄你,但他们不敢糊弄我。"

"那你带两人同行,一人去我不放心,阿姆也不会放心。"吕明华建议。

吕进宗见儿子这么懂事,高兴地说:"好好,阿爸听你的。这事还要跟你阿姆说一声,走吧,我们回家去。"

"好,我把信带上。"

父子俩回到家,吕进宗跟妻子汪氏说了大女儿的事。汪氏很心疼,很想见女儿,可她年纪大了,去杭州路上要走这么多天吃不消。又担心丈夫。吕进宗安慰她,他会带人一起过去,让她放心。接着,父子俩商量带谁去。店里的伙计一个萝卜一个坑,不能带走。宅子里只有四名女佣和从小跟着吕进宗,后来又照顾吕明华的两个老仆,其他家仆在女儿们全部出嫁后,被汪氏给放出去了,她觉得赚钱不易,家里没必要留这么多闲人,吕进宗就随她了。带老仆不现实,还是要找稍微年轻点的。

"我让常走跟我去跑一趟吧,上次也是让他去接你大姐,谁知王家母子使坏,没接成功。"吕进宗想到了这个合适的人选,对吕明华说。

吕明华只知常走是信客,其他不是很清楚,平时也没关注,既然阿爸这么讲,那定是个靠得住的人。第二天一早,吕进宗先去了常走家,跟他讲了去杭州的事,陪一趟,给他三元。常走一口答应,只是他提醒吕进宗:"阿牛的船被征用了,每天要去镇海口外接轮船上的客人和货物,不知道能不能接这个生意。"

"那我晚上去问问他,定下了告诉你。""好。"

晚上,吕进宗到渡口找阿牛,果然阿牛告诉他城厢附近的民船都已被官府征用,估计得过一段时间才行。吕进宗无奈,回到米店,对吕明华说:"阿爸暂时不去杭州了,最近没船可租。"

吕明华说:"乡下肯定有,可以让常信客帮忙去租船。"

吕进宗思考了一下:"算了,马上要过年了,再说你大姐现在怀着孩子,阿爸想接她回来也不合适,索性等她要生产了或生下孩子再去。"

"那要给大姐寄些银票吗?"吕明华问。

"不寄了,寄再多也落不到你大姐手上。明华,阿爸不想再养白眼狼了。"吕进宗有记账的习惯,他算过了,这些年断断续续补贴给大女儿的有一千多两银子,日子不要太好过,这王实在竟然还能厚着脸皮一次次找各种借口来要钱,实在不是个东西,他是越想越生气。

"嗯,我听阿爸的。"吕明华忽生出一种责任感,他要好好学做生意,以后成为姐姐们的依仗。

常走得知吕进宗暂时不去杭州,心里有遗憾,不过他相信下次还有机会。马上一年又要过去了,常走去了一趟钱庄,还了利息。看着新借据上的金额,常走有一种永远还不清债的绝望。

"常走叔,你听说了吗,上个月我们的北洋舰队已全军覆没,太吓人了。你看现在这市面,冷冷清清的,摆摊的和买货的没几个人。"阿牛摇着橹说。

"听说了,不知消息真假,戒严不是取消了吗?我还以为战事马上可以结束了。"常走有些摸不着头脑。小百姓信息渠道有限,听到的大多是谣传,并不清楚真正的战况如何。

"有可能快结束了,不然不会取消戒严。"阿牛的船不用再去镇海口外接人和货了,他找到吕进宗,问还要不要租船去杭州,吕进宗说暂时不去,有需要时会找他。

"不过取不取消都一样,无论是富绅还是穷苦小民依然提心吊胆过日子,毕竟谁也无法保证哪一天倭舰突然就冲进了镇海口,还是小心为上。"常走站在船头,盯着晨曦下涌动的河水说:"我这次去上海打听打听。阿牛,小行现在每天可以挣三十文钱了,以后坐你的船,你多少收一点,不能总占你的便宜。"

"常走叔,小行跟阿发一样,都是我弟弟,他能替你分担,我们都很开心。你还欠着钱庄的钱,能省一点就省一点,别的忙我们两兄弟帮不上,这点人情还可以做到。"阿牛笑着说。

常走的眼眶有些湿润:"积少成多,一年下来也不是个小数目。"

"没事,大不了多跑几趟长途,我和阿发有的是力气。"

第六封信:兵荒马乱的日子

常行在船舱里，听到阿爹和阿牛哥的对话，伸出小脑袋，认真地说："阿牛哥，阿爹说过做人不可忘恩负义，我都记着呢。等你老了，我会像孝敬阿爹一样好好孝敬你。对了，还有阿发哥也一样。"

阿牛当然不会把常行的话当真，但心里还是很感动，咧着嘴说："好好，谢谢小行，阿牛哥等着。"阿发也玩笑道："小行，那阿发哥老了就跟着你吃啊。"

大家都笑了起来，纷纷夸常行懂事，常行很不好意思地低下了头。到了濠河头，众人上岸，常行跟阿爹告别去信局，常走到轮船码头，前往上海。自从有一次在信局"拦截"了寄往上海的幺帮信后，常走就跟应老板约定，以后他去上海，若有类似信件由他带去，这样信局不但不用派专人去，还能赚至少一半的资费，他也能多赚点外快，一举两得。这次他有一封带给严先生的挂号信。

坐了一天的船，到上海后，常走前往严公馆。送完信，才在路边摊买了两只大饼当晚饭，边吃边朝如归旅馆走去。

夜深了，严先生还在书房里忙碌，他现在的事业重心在金融上，办的"源丰"票号已在十多个重要城市设了分号。另外，他还非常喜欢投资，这些年办了不少厂，几乎是一投一个准，在宁波商圈非常有知名度。任何一种投资，只要他开口，后面跟着投的人要排队。

周永明的信放在书桌上了，严先生还顾不上看，等他忙完手上的事情才打开细阅。周永明来信，一是说了纺纱织布局扩建情况，因战事影响，工人人心浮动，厂房扩建的速度有些慢。按原计划，新厂明年必须要开工生产，周永明在信中表示，他会抓紧。二是打听真实的战况，大概何时能平息，以便定下派员去国外采购布机和纱锭的时间。

严先生很清楚，皇帝是主战派，而皇太后是主和派，这仗打到现在，北洋军惨败，他琢磨着应该快结束了。这结束不是主战派占上风，而是主和派，毕竟皇太后手里握着的权力不容小觑，最后就看这谈判怎么谈了。机器确实要早点买下，一旦厂房落成，就要搬进去，还要调试，要招工人，工人还得由技师统一培训，不然没法操作。现在已经是三月了，时间很紧张。严先生心里盼着中日早日休战，又担心日方会提很过分的要求，眼下只能走一步看一步。拿起毛笔，严先生给周永明写信，让他早做安排，这仗估计很快就会有个结果出来。明年，纺纱织布局一定要开工，这么多银子扔进去，早一日开工，就可早一天把本钱给赚回来。

常走来到如归旅馆，"笑面虎"看到他，热情招呼。常走跟以往一样，睡通铺。半夜，忽听到外面有吵闹声，房间里的十个大男人全都爬起来，打开门去看热闹。常走看到两个巡捕押着一个男人从二楼走下来，其中一位巡捕手上还拎着一根假辫子。再看那男人的头发，是短发，没有辫子。等人走了，大家纷纷问"笑面虎"怎么回事。

原来，这名男子晚上来住店，开了一间单人房，说没吃饭，让小二把饭菜给他端到房间去。小二端着饭菜进去时，无意中发现他的辫子是假的，吃了一惊。等他吃完饭去洗漱，小二又进去收拾，有心查看，竟在枕头下发现了手枪，吓了一大跳，出来就悄悄告知了老板。

"我怀疑这男人是日本间谍，就前去报告了法租界的巡捕，他们过来一查，以'违禁携枪支入租界'的罪名把人给带走了。抱歉，惊扰各位，现在没事了，大家都去休息吧！""笑面虎"作揖道。

"他还带着枪，真吓人，'笑面虎'，你说那俩巡捕会不会把这间谍给放了？"有住店客人问。

"笑面虎"想了想说："我明天一早就去道台衙门禀明情况。"

常走他们回到屋里，这下大家都睡不着了，相互聊起了天。说到刚才那男人的身份，有位汉子说，从去年上半年开始，各地官府就奉命在搜查日本间谍。

"我有一次坐轮船回宁波，坐我旁边的那个假和尚被抓，听说就是日本间谍。"常走说。

"这个真是防不胜防。"有人感叹。

第二天中午,常走去了一趟立信茶行找沈昆,问他们茶行里有没有信或物要带回宁波。沈昆让常行稍等,他去问一圈。结果没人要送信,只有沈刚让常走帮忙带五元银圆给他母亲,给了常走一角资费。常走小心收好。沈昆让常走带个口信回去:"常信客,你去阿刚家时,顺道跟我阿爸说一声,清明节前,我和大少爷会回宁波收明前茶。"

常走说了一声好。离开茶行,常走又去了立慎钱庄找李大少爷,想问问有没有信带回宁波,结果李思文不在,常走只好失望离开。来到严公馆,还真有信让他带回去。常走很开心,把信收好,又去经常送信的那些店铺转悠,等他上船时,铁皮箱里装了十封带回宁波的信。

到宁波后,常走去了纺纱织布局设在城厢的一个办公点,周永明在那里。因每次送信都很及时,周永明对常走的印象不错,表示以后有送信需求就找他。等把余下的几封信送完,常走马不停蹄前往沈家村。

到沈家村时,已是黄昏时分。常走想起年前的提醒,就没去敲沈宅大门,而是走到另一边,敲了敲小门,说找沈管家。家仆去喊人,常走在外等着。没多久,沈恒过来了,常走对他说:"沈管家,阿昆先生让我转告你,大少爷和他会在清明节前回宁波收明前茶。"

"好。常信客你又去上海了?阿昆他们是不是很忙?大少爷没有带信来吗?"沈恒问。

"是的,我昨天中午去的茶行,见他们都非常忙,大少爷没碰到,可能不在。"常走回答。

"那我跟太太说一声。"

常走又去了沈刚家,交给沈刚娘五元银圆。沈刚娘拿着儿子送来的银圆,又开始抹起了眼泪。

等常走回到家,天早已经黑了,常行见阿爹回来,忙把稀饭和咸菜端了上来。吃完晚饭,常走在油灯下认真算了一遍这次上海之行的收入,除去来回船费、住宿吃饭,实际上只赚了五角。常走长叹一声,在钱袋里留了三十文,余下的铜钱和几只银角子全放进罐子里。常行现在每天回到家,会在那个罐子里放二十文,身上带十文。他的日结薪资已涨到三十文,只不过送信的距离也越来越远。月底马上要到了,常走得准备好还利息的钱。"总会慢慢好起来。"常走在心里自我安慰。

第七封信：家事国事事事操心

「阿妹、阿毛妹夫，上次你们托我替阿景找份工作的事，已有眉目。兴盛药行在招学徒，阿景符合条件。你们若同意，请收到信后，让他来找我，我会带他过去。」

郑三写给妹夫张阿毛的信

······

　　常行走进永发信局,问伙计:"阿二哥,今天有信送吗?"

　　永发信局不大,两间屋,应老板兼顾司账一职,另请管柜一人,雇了一名专职接收信物和分发的伙计,一名负责本地送信的差役,还有两名像常走这种不给固定薪资,每次按信物多少及路途远近临时议定薪资,又长期有合作的脚夫。由于宁波各家信局间的邮件可由任何一家差役带运,费用公摊,而各地信局又订有协议,可以互换邮件,倒不愁无信可送。当然,信到了任何一家信局,都会在实寄封上盖一个章,留下寄送的凭证。常行属于短工,应老板只让他送自家信局的信,别家信局的信若有,就交给专职的差役送。

　　"有,这是你今天要送的信,一共十封,我已经挑出来了,有两封是挂号信,你签个名字。"伙计阿二说。

　　常行走过去,认真核对了一遍单子上的地址姓名和信封上的地址姓名,无误后签上自己的名字。若丢了信,须按价赔偿。他把信和收信回执单仔细放进随身背的小铁皮箱,这是阿爹特意请人给他做的,里面还放了一小块油布,这样就不怕雨天把信给淋湿。

　　"阿二哥,我走了。"常行挎上铁皮箱出门了。他先送城内,再送城外。十四岁的他又长高了些,只是依然瘦弱,幸好脚劲练出来了,不像刚开始,走一天后累得只想瘫着。

　　临近三月末,天气渐渐热了起来。当常行脚步匆匆地来到东乡,已是黄昏时分,这是最后一封信,是一位叫郑三的人寄的。来到一小院,常行在门口喊:"请问张阿毛在吗?"

"谁啊,他出去了。"出来一个中年妇人,打量常行。

"这里有一封从车桥街寄来的挂号信,请接收一下。"常行把信送上,对那妇人说。

"我不识字。"妇人说。

"可以按手指印。"常行边说边拿出印泥盒。

这时,从屋里走出来一位十来岁的少年,接过信:"阿姆,是舅舅的信。"他在常行的收件回执单上按了个指印。

常行收好回执单,正要离开,院门外进来一个黑脸汉子,他手上提着一篮黄蛤,对妇人说:"晚上吃黄蛤汤。"

妇人接过,进厨房去了。少年扬了扬手中的信,对黑脸汉子说:"舅舅的信。"

常行走到拐弯处,回过头,见小院内靠墙的一树梨花开得正好。

第二天早晨,常行刚走进信局,有衙役上前,询问他昨日送信到张阿毛家的具体情形。常行不明所以,认真复述了一遍。衙役见常行回答条理清晰,神情无异,可以排除嫌疑。应老板问衙役怎么回事,衙役叹了一口气,说张阿毛家发生了惨剧,一家七口因喝了加砒霜的黄蛤汤全部七孔流血而亡。邻居发现后报了官,他们去查看,发现这一家人应该是刚开始吃晚饭,桌上的饭菜都在。在厨房里找到了装在瓶子里的砒霜,猜测若不是谋杀,可能就是女主人把这砒霜当胡椒粉放汤里误食了。又在屋里找到一封信,看内容,进一步确定可以排除自杀。一家人好好的,不会无缘无故去寻死。更何况张阿毛还给平时关系比较好的邻居端了一碗黄蛤汤,说煮了一大锅。庆幸的是,那碗汤邻居还没有喝,逃过一劫。至于这砒霜从何而来,不得而知,还在排查。因看到那封信,通过信封上的印章,找到信局,知常行昨日去张阿毛家送过信,故询问。

常行没想到昨日曾有过一面之缘的那家人竟然都死了,莫名地想起了那一树洁白的梨花,不禁打了个寒战。晚上回到家,常行跟阿爹说了张阿毛家的惨剧。常走听得心惊肉跳,他对常行说:"那砒霜说不定是他家谁捡来的,以为是胡椒粉。小行,以后路上千万不要随便去捡吃的东西。"

"我知道了,阿爹。"常行平时挺喜欢喝黄蛤汤,这下他都不敢喝了。

转眼到了四月。

常走和常行刚进城,发现不对劲,大清早,各钱庄门口都排起了长队。一打听,说是乍浦失守,镇海又戒严了。有钱人家闻听后,纷纷去钱庄取现银,准备跑路。

"市上洋银短缺,今日洋银每百元须贴三元,周知各位。"一钱庄的伙计出来,站在门口大声说。

"太黑了吧,凭什么?"人群里有人不满地问。

"我们也没办法啊,这一下子这么多人来取洋银,短缺实属正常。你们不急的话,可以过几天来取。"钱庄伙计解释道。

"谁知道过几天还有没有,反正我今天必须取走。"

伙计无奈,只好继续吼两嗓子,进店去忙碌。

常走摇摇头,想有钱人也有烦恼,带着这么多钱去逃命,不怕路上引来盗匪?前段时间,城里有富绅去西乡避兵祸,带去的财物太多,土匪看到,当夜就上门强抢,损失惨重。镇海戒严了吗?他今天就要去那里送信,看看是谣传还是真的戒严。父子俩在十字路口分手,常行去信局,常走坐船去镇海,他今天是替与李家联姻的张家送报丧信。

到了李家大门口,正好碰到李思侠出来。常走忙上前说:"五少爷,你外婆过世了,这是报丧信。"

"啊,我外婆过世了?"李思侠接过信,急急奔进屋里去禀告父母。老外婆近两年身体一直不太好,他有空常去看,这次没熬过来也属意料之中。

常走转身，赶往下一个地方去送信。路上，他观察过，这里并没有戒严，看来又是谣传。不出所料，第二天，官府出告示，说是有法舰停在乍浦码头，舰上水手上岸采买食物，并非倭舰入侵，警告愚民不可以讹传讹。有了这个告示，钱庄排长队的人总算少了许多。

张家老太太的丧礼办了一周，丧事结束后，李家人回到自己家。这几日四兄弟都没好好聊过，趁还没有到饭点，四人坐一起，分析局势，李思文说了一个消息："上个月24日，李特使在马关遭遇日本刺客，幸子弹未击中要害，此事引发多国舆论哗然，估计对后续和谈会稍微有利些。"

"近期应该就会有结果出来，我们这里表面看起来似乎一切正常，可心里都紧绷着。"李思侠说。

"快了，这个月应该就能定局。"李思文说。

"那就好。等这里恢复正常了，我去上海看两位哥哥。"李思侠笑着说。

"到时候四哥带你去玩。"李思全拍拍五弟的肩膀说。

"好，二哥，你要不要跟我一起去？"李思侠问李思武。他一直认为父亲把二哥的名字给取错了，他应该取"文"，大哥应该是"武"。

"你去玩吧，我在家。"李思武微笑着说。他从小体弱，做不了什么事，就跟着父亲读读书。

"对了，大哥，你认识沈洋河吧？他家在上海做茶叶生意。"李思侠问道。

"他到钱庄来找过我，说是有一次回宁波与你同行，我忘了跟你讲。沈洋河去过国外，见多识广，人不错，我们聊得很投机。你下次来上海，可以去找他。"李思文说。

"我对他印象也挺好，以后可以多交往。"李思侠说。

几天后，当中日停战，李鸿章代表清政府与日本签订了《马关条约》

的消息传到宁波时，普通民众对此只有茫然。唯一深有感触的是米价高涨，最便宜的米一石也须三元，高的三元四五角，这让穷苦小民们更加苦不堪言。

沈公馆。

过了清明就从宁波回到上海的沈洋河和沈昆坐在客厅，看着报纸上的消息，沈洋河感叹："这条约真是丧权辱国。"沈昆说："日本人胃口太大了，恨不得一口就要把我们给吞了。""落后就要挨打呀。阿昆你还记得我们在国外所见吗，跟人家比，我们差距真的太大了。""是啊，人家在大踏步前行，我们这里还是三寸金莲挪不开步子。"

沈洋河放下报纸，喝了一口咖啡："阿昆，你去准备两斤春茶，明天去一趟立慎钱庄，让李大少尝个鲜，代我问他好。"

"好的，李家每年从我们茶行买不少茶叶。上海有很多宁波商人，仅这一块客源就很大，我们挖掘得还不够。"沈昆说。他现在负责发展新客户，每天在外面跑。

"可以请李大少帮忙介绍。阿昆，以后我要常回宁波陪陪阿姆。虽说老宅有你阿爸阿姆在，但我总感觉阿姆还是太孤单了。"沈洋河惆怅地说。

"要不你成个家吧？有媳妇孙子陪着，太太一定会很高兴。"沈昆建议道。

沈洋河知道，像他们这个年纪，很多人孩子都会打酱油了。只是他们好歹去看过外面的世界，不想随随便便找个陌生的女人成亲，更不想联姻。成家的事父亲不是没提过，但他坚决不同意，这事就拖了下来。过年时，他还很坚定不愿让另一个女人在那深宅里度过一生，可这次回去见到阿姆落寞的神情，他的心很痛，那坚定又有些动摇起来。他很清楚，只要他有意，家里很快就能帮他找到合适的对象。可，真要这样做吗？沈洋河陷入迷茫。

转日，沈昆带着两斤明前茶去拜访李思文。李思文在办公室很热情地接待了他："阿昆兄弟来了，快请坐。""李大少，这是今年的新茶，我家大少爷说让你尝个鲜，代问你好。"沈昆笑着说。

"沈大少太有心了，那我就恭敬不如从命，来试试这新茶。"李思文洗杯子、倒水泡茶，又给沈昆倒了一杯，坐在沙发上，喝了一口，再打量杯中茶叶，微笑赞叹："色泽鲜亮，茶香浓郁，口感滑润，真是好茶。"

"李大少是内行人。"

"家父喜读书，爱茶，我略有了解。下次若常信客来上海，我让他去找你，给家父带几斤茶叶回去。"

"没问题。"

李思文又关心地问："春茶上市，你们茶行很忙吧？"沈昆说："是的，春茶时间太短，若不及时采摘，很快就要老去，口感就会差很多。思侠少爷什么时候来上海？我们可是约了吃茶，结果脖子伸长，不见人影。"

李思文笑了起来，说："近期应该会来，等他来了，我们去拜访沈大少。"

沈昆说好，又很坦率地表达了来意："我们茶行的茶叶品种齐全，李大少，你的朋友若需要茶叶，还烦请大少引见。"

"我认识的年轻人喜欢茶的不多，我伯父的那些朋友应该都喜欢，回头我帮你问问，拟个名单，派人给你们送过去。"

"太麻烦你了，谢谢李大少！""不用客气。"

一杯茶下肚，沈昆心情愉快地告辞离开。李思文则把一包茶叶放到一边，他准备拿去孝敬伯父李沧海。

五十多岁的李沧海吃了侄儿孝敬的茶，笑骂几句，还是给了他一个名单。不过人家需不需要，那他保证不了。李思文派人把名单给沈洋河送了过去。沈洋河交给沈昆，沈昆就开始一家家去拜访。到兴盛药行拜访陈兴广时，认识了陈修和，两个人一见如故，很是投机。随后，陈修和又通过沈昆认识了沈洋河,三人成为好友。

这一日,沈洋河正在办公室忙碌,他负责开拓海外市场。立信茶行的茶叶很早以前就通过宁波口岸销往日本,茶行迁到上海后,就从上海口岸走。后来他和沈昆去国外留学,认识了不少人,回国后,他一直与国外的同学保持着联络,其中有一位叫马克的同学,家里经商,生意做得很大,马克父亲很喜欢中国文化,对茶叶和丝绸情有独钟。知沈洋河家做茶叶生意,前年马克代表父亲专程来上海考察,对立信茶行的茶叶质量和品种表示满意,试着订购了一批回去,并承诺若销路打开,会追加,一年多下来,双方已慢慢建立了稳定的供销关系。

"大少爷,你有一封来自国外的信。"有伙计进来,把信交给沈洋河。

沈洋河接过信封一看,是马克寄来的。他小心剪开信封,认真看了起来,看完,高兴地对办公桌对面的沈昆说:"阿昆,马克来信说上次发过去的那批宜红特别受欢迎,让我们再发些过去。另外,他让我们帮忙找丝绸货源,把品种和价格报给他。"沈昆说:"这是好事,红茶比绿茶更易保存,又不会变色,洋人喜欢实属正常。至于丝绸,我要去杭州和湖州看看。"沈洋河说:"好,这事就交给你去办,我去查一下宜红和祁红的库存量,量不足的话,得赶紧安排人去采购。"

两人说了几句,就各忙各的去了。

黄昏,常走挎着铁皮箱来到李家大门口,送一封来自京城的信。这封信是通过信局寄来的,信封一角插了鸡毛,意为"飞速",是封插羽信。收信人是李家大房。送完这封信,常走今天的任务就完成了。时候已不早,他坐上了镇海回城的航船。正是潮水汹涌之际,船高挂风帆,逆水而行,起伏颠簸不停,有不少人都被晃晕了,趴在船舷狂吐。常走也觉头晕,强忍着,只盼着快点到岸。

煎熬中，航船到了岸，两船工将帆绳紧系，准备开始收取乘客船资。还没进船舱，忽见一条大蛇昂着头从船舱角落游出来，众人大惊失色，尖叫不断，纷纷逃到一侧，常走的视线与蛇阴冷的目光对了正，他感觉自己的心都要蹦出胸口，面无血色。这时，江面上一阵怪风呼啸而来，本已经有些倾斜的船身更斜了，年长的船工见此慌得赶紧去拿刀，想把帆绳割断，可惜来不及了，顷刻之间，船翻了，船上二十多个人全都随着倾覆的船体落入江中，江面上一片混乱。

常走识水性，落江后，他满脑子只有一个念头，那就是活下去。常走顾不了别人，只能拼命挣扎，他知道当务之急是游出倾覆的船体，不然真要丧命于此。于是闭着眼，憋着气，拼尽全力挣脱腿上的"挂件"，快速在江底潜游，实在憋不住了，才试探着钻出水面换一口气。常走看到江面上除了他逃出船体，还有几个也游了出来，更多的人还在船体里。远远地，看到有两艘小船正驶过来，常走和游出来的人一起大声喊救命。

经过营救，一共救上来十余个人，其余人已沉没在江底。江边，常走全身发软，瘫在地上，大脑一片空白。过了许久，常走才感觉自己活过来。铁皮箱和信件回执单，以及身上的钱袋早已不知所终，这个时候，他只庆幸自己识水性，运气好，捡回了一条命。再看其他被救之人，个个脸色苍白，眼里全是惊惶，他们盯着倒扣在江面的航船，想着船底下那些没有逃出来的人，脸上没有劫后余生的欣喜。过了许久，大家才互道一声命大，脱下湿漉漉的衣服，绞干，再穿上，各自回家。

天已经黑了，常走的心依然在剧烈跳动，他想起了自己的阿爹，想到阿爹在冰冷江水里挣扎时的绝望，虽幸运被救却最终难逃噩运，不禁泪如雨下。当又累又饿的常走敲开家门，常行都等得要睡过去了。进屋，常走一把抱住儿子瘦弱的身躯，紧紧搂在怀里。常行惊诧，问："阿爹，你怎么了？"

常走没有说话,等他松开,掩饰着擦一把脸上的泪水,勉强笑了笑说:"没事,阿爹先去换身衣服。以后晚了你不用等阿爹,自己先吃。"

等父子俩吃好晚饭,已至半夜。常走筋疲力尽地躺在床上,睡了过去。谁知下半夜发起烧来,常行在小房间并不知情。

天亮了,常行起床,见阿爹还没起来,有些奇怪,走到床前一看,发现不对劲,伸出手一摸常走额头,烫得像要着火似的,人也叫不醒。常行吓着了,他急忙跑到药铺,恳求赵郎中到家里去给阿爹看病。赵郎中答应了,跟着常行来到常家。一把脉,说是寒气入体,再加惊惧,要好好喝一段时间药。

"你带上钱,跟我去药铺抓药,煎给你阿爹喝。"

常行去找常走的钱袋,没有找到,他不好当着赵郎中的面趴床底去扒拉钱罐子,只好喃喃地说:"我没找到阿爹的钱袋,可不可以先欠着,等我阿爹醒了,我问他要?"

赵郎中不担心常走会赖账,看了一眼简陋的房间,同情地说:"行吧,等你阿爹醒了来付钱。"

"谢谢赵伯伯!"

常行跟着赵郎中来到药铺,拿了七帖中药回家,到家就开始煎药。常走睡得迷迷糊糊,似乎听到儿子的叫声,很费劲地睁开了眼睛,想开口,嗓子痛得发不出声音。常行听到响动,忙跑过来,见常走醒了,说:"阿爹你病了,我请赵伯伯给你看过了,现在正煎药。你要喝水吗?我去倒。"他到灶间,从茶桶里倒了一碗热水捧来,常走不顾浑身酸痛,费劲地坐了起来,喝了一碗水润了润嗓子,说:"看病花了多少钱?"

"要一元,钱还没有付。"常行说。

"你把罐子拿出来,把药费送过去。"

常行正准备走,常走又叫住他:"你去信局,跟应老板说一声,阿爹昨天傍晚坐从镇海回来的船翻了,信是送完了,但信件回执单泡烂了,没法交给他。"

这时常行才明白阿爹为什么会生病,紧张地说:"阿爹,幸好你没事。那我先去药铺,再去信局。"

"小行,以后你一定要多练练水性,要紧时可以救命。"常走心有余悸地说。

"我知道了,阿爹。"

常行到药铺交了药费,再前往信局,把常走的话转告给应老板,应老板大吃一惊,感叹道:"你阿爹命大啊,我听说了,早上官府已从江里打捞上好几具尸首。回执单的事没关系,我相信他。"

"谢谢应老板!"常行没想到阿爹昨日如此凶险,万幸平安,不禁后怕。

常走这一病,把体内积存的疲累全给激发了出来,整整躺了五天,依然乏力气喘,喝了半个月的药,身体才慢慢好转。没收入,看病先后还花了两元,再加上请铁匠重新帮他做了一只铁皮箱,没钱付,只好厚着脸皮问阿牛借,几重夹攻,把他急得嘴上都起了一串疱。常走很怕自己成为一个赚不到铜钿的废人,而钱庄里还欠着这么多债,他不能让年少的儿子来承担这些。稳了稳心神,常走终于冷静了下来,饭要一口口吃,路要一步步走,只要好好活着,不怕没出头之日。

这一日,吕进宗过来找常走。他算时间大女儿差不多该生了,但一直没收到报喜信。妻子不放心,整天在他耳边唠叨,他也有些担心,跟儿子吕明华商量后,还是觉得自己亲自跑一趟比较好。最后说定,这样来回一趟,他给阿牛兄弟十五元,常走三元,两日后出发。

很快到了出发时间,常走现在不再担心常行一个人在家,只叮嘱他注意安全,照顾好自己。常行让阿爹放心,他会的。就这样,常走跟着吕进宗去杭州。

盛夏季节,沿途绿树成荫,很是赏心悦目,可惜吕进宗没心思,这半

第七封信:家事国事事事操心

年,他那位大女婿写过两封信来,可能是见他没有寄银票去,就再也没有消息了。他现在很后悔,不该从一开始就寄银票,古人老话"升米恩,斗米仇",诚不欺人。

路上比较顺利,第五天上午,船到西兴,吕进宗和常走上岸,换船进城,阿牛和阿发在船上等着。两人来到王家门口,常走前去敲门,谁知无人应答。吕进宗感觉不妙,去敲邻居的门。出来一位大娘,吕进宗上前朝大娘行了一礼,问道:"大娘,王实在一家去哪里了,怎么一个人影都没有?"

大娘打量着吕进宗和常走,疑惑地问:"你们是王实在什么人?"

"我们是来送信的,大娘知道他们去哪了吗?"常走暗中拉了一下吕进宗的衣角,插话道。

"哦,他们搬走了,已经不住这里了。"大娘说。

吕进宗急了,说:"王实在的妻子生产了吗?好好的不住这里,搬哪里去了?"

"孩子早没有了,可怜哪,那娘子瘦得不成样子了。王实在把这房子卖掉,搬到城外去了。"大娘叹了口气,回屋去了。

吕进宗气得浑身颤抖,他万万没有想到王实在会做出这样的事。这房子可是他掏银子买下给女儿的陪嫁,王实在有什么权力把这房子卖掉!常走劝慰道:"吕老板,当务之急我们得赶紧找到吕小姐,你去路边那家茶馆坐坐,顺道问问茶客,看他们知不知道,我去左邻右舍打探打探。"

"好,那就辛苦你了。"一路奔波,吕进宗确实感觉有些累,他到茶馆要了一壶茶,却没心思吃茶,只向茶客打听王家消息。常走从街头问到街尾,终于问到一个大概地址,运河边的桥直西街。常走走进茶馆,跟吕进宗低声说了相关情况,吕进宗脸色很不好,当即叫了两顶轿,前往桥直西街。这让常走惶恐不已,这可是他这辈子第一次坐轿。吕进宗心里恨极,刚才他从茶客那听到一些王家的零碎消息,婆婆跋扈,整天骂媳妇只会生赔钱货。丈夫软弱又自私,嫁妆一件件送进当铺,银子却落在婆婆手里。吕进宗后悔得想吐血,是他把这门亲事推给了大女儿,让她跳进了火坑。这次,无论如何他都要把大女儿带回宁波。

到了桥直西街,吕进宗和常走一家家去找,常走眼尖,看到前面一间低矮的小屋前,有个小女孩站在门口。他认识,那是吕小姐的女儿,忙轻声对吕进宗说:"吕老板,那孩子就是你外孙女。"

吕进宗一愣,看样子应该是最小的那个,他都没有见过。"走,我们过去。"

小女孩看到两个大男人走过来,有些害怕。吕进宗弯下腰,尽量挤出笑容,问:"孩子,你阿爸、阿姆在家吗?"

"在家。"小女孩推开门,朝里喊了一声:"阿姆,有人找。"

吕进宗直起身,朝里看去,这房间一眼就能看到头,里面堆着杂物,更显拥挤。吕进宗迈开步,走了进去,常走留在门口,找了个石凳坐。吕菊香看着走进来的男人,简直不敢相信自己的眼睛,她以为出现了幻觉,颤抖着,说不出一句话来。

"菊香,你不认识阿爸了吗?"吕进宗盯着骨瘦如柴、容颜苍老的女儿,老泪纵横。

"阿爸,你终于来了,你再不来我就要死了!"吕菊香再也忍不住,捂住脸失声痛哭。王家母子为了不让她回宁波,王实在日夜折磨她,终于又让她怀上了孩子。可四个月的时候,孩子没了,母子俩就怪她断了王家的香火,整天骂骂咧咧,还不让她身上有一文钱,逼她给娘家写信要钱。她不写,就打她。孩子掉了后,她拖着病体还要伺候他们,身体越发差了。她的嫁妆没有了,房子也被王实在卖掉了,跑这里来租房住。她看不到希望,无数次想跳进窗前的那条河,可又舍不下三个孩子。

"你快跟阿爸说说这究竟怎么回事。"吕进宗的心很痛,女儿落此境地,他有不可推卸的责任。

吕菊香哭过后平静了些,刚张口,金氏和王实在就冲了进来,后面还跟着俩孩子。

"亲家公来了啊,快请坐,对不住,这里见不了客。"金氏没想到吕进宗会突然出现在这里,又见吕菊香眼睛红肿,怕是在她爹面前上过眼药了,故意说:"菊香,你阿爸来了,快去做饭。"

吕进宗沉着脸说:"你们不用演戏了,说吧,为什么把我女儿的嫁妆和房子都卖掉,搬到这个地方来住?我把好好的女儿嫁到你们王家,这才几年,就变成这副模样,你们究竟有没有良心?难道这么多年,我吕家对你们王家还不够好吗?"

王实在想辩解,金氏一把扯过他:"亲家公,你这话就不对了,你欠的可是救命之恩,我问你要什么都不过分。你是把女儿嫁给了我家实在,可也是你女儿让我们王家断了香火,这事怪谁?至于嫁妆和房子,既然进了王家的门,我王家自然可以做主处理。"

"你,你……"吕进宗气得两眼发黑,吕菊香慌忙上前,扶住父亲,让他坐下。转过身,面对王家母子,吕菊香大声说出自己的意愿:"从我嫁进王家第一天起,自认为从没有做过对不起王家之事。既然你们认为我生不出儿子,断了王家香火,那我们就和离,从此各不相干。"

王实在涨红着脸说:"我不同意。"若和离了,谁来伺候他和他老娘?

"必须和离,你若不同意,就上衙门去。这些年我寄了那么多银票过来,想着让你们好好过日子,谁知你们竟如此贪得无厌。"吕进宗愤怒地说。

金氏死活不同意,吕进宗问吕菊香:"你真的想好了?"

"阿爸,我再也不想待在这里。"吕菊香语气坚定地说。

金氏眼珠一转:"你要走可以,三个孩子是我们王家的种,你不能带走。"她知道,三个孩子是吕菊香的心头肉,只要拿捏住孩子,就不怕她离开。

吕菊香早就想过这个问题。如果说以前她为了孩子还会犹豫,这次她不会了,王家有钱,养三个孩子没一点负担。她现在是自顾不暇,再在王家待下去,搞不好连性命都没有了。孩子们也大了,懂事了,等她脱离了苦海,再想办法来接孩子。"好,我什么都不带走,只求和离。"

这下金氏和王实在都傻眼了,越发咬定不同意。吕进宗见识了这对母子的无耻,明白大女儿这和离恐怕没这么容易,当务之急还是先把人带走,于是对吕菊香说:"你现在就跟阿爸走。"

金氏和王实在来拦,吕进宗朝外吼了一声:"常走,你进来。"常走跑进来,拦住金氏和王实在,吕进宗带着吕菊香朝外快速走去,三个孩子你看我,我看你,跟着跑。金氏撒泼,伸出手来打常走,常走把王实在扯到面前挡着,金氏的一个巴掌就扇在王实在脸上,他顿时嚎叫起来。常走把母子俩往里一推,快速到门口,拉上门,捡起角落的一根细木棍,直接插在锁扣上,转身朝来的方向跑去,很快追上了吕进宗一行。常走跟吕进宗说王家母子暂时出不来,他们得赶紧离开。

运河边,小船很多,大家上了船,前往西兴。吕菊香问三个女儿:"你们确定要跟着阿姆走吗?"

"阿姆,你带我们走吧,就是讨饭,我们也要跟着你。"三个女儿异口同声回答。

吕菊香的眼泪唰地流了下来,搂住三个孩子一起哭。吕进宗和常走也备感心酸。

"好了,不要难过了,我们回宁波,外公养你们。"吕进宗安抚道。

"谢谢外公!"三个小姑娘齐声说。

"好好,都是乖孩子。"

小船到了西兴,怕王家母子赶来,一行人上船连夜出发返程。吕进宗不怕王实在来宁波,宁波是他的地盘,王实在敢来,他就要王实在好看。由于吕菊香和三个孩子是空手出来，什么都没有带，天气又热，只好等天亮，找到一小镇，吕进宗和吕菊香带着孩子们去买衣服，常走跟着去，帮忙采购路上吃食。一路上，常走尽力扮演好"仆人"角色，烧饭做菜，照顾吕进宗和三个孩子，跟吕大小姐保持距离。吕进宗把一切看在眼里，对常走的印象更好了。

旅途虽辛苦，但对吕菊香来说，只要能离开王家，哪怕还没有和离，她都觉得自己又重新活了过来。能得到父亲的支持，她对未来的路有了信心。

到宁波后，吕进宗把阿牛和常走的费用付了，带着女儿和三个外孙女回家去。回到家，汪氏抱着骨瘦如柴的大女儿泪流满面，吕明华更是恨不得现在就把王实在抓来狠狠揍一顿。把母女四人安顿好后，吕进宗语重心长地对吕明华说："明华，你大姐再留在杭州，可能连命都保不住，她这门亲事，是阿爸当年为了报恩定下的，阿爸对不起她，以后就让她和三个孩子在家住，哪天阿爸阿姆都不在了，你大姐就要靠你养了。"

"阿爸，你放心，我会替大姐撑腰。"吕明华坚定地说。

吕进宗欣慰地点点头，连声说好。

第八封信：抉择

"菊香吾妻，自你和孩子们离家回宁波，为夫日夜牵念，夜不成寐，不知吾妻何时带孩子们返杭？为夫发誓，以后绝不欺你……"

王实在写给吕菊香的信

......

生活在继续。

这一日傍晚,常走刚在陈家渡上岸,没想到就碰到了从杭州过来的王家母子。王家母子自吕菊香带着孩子们回宁波后,没有人伺候,又惦记着吕家的钱财,金氏就让王实在给吕菊香写信,先把她哄回来。王实在寄了信后,一直没收到吕菊香的回信,他有些坐不住了,和金氏一起坐船来宁波,想把吕菊香母女四人接回去。在王家母子眼里,这常走就是仇人,两人红着眼冲了过来。金氏更是不要命地抓住常走的衣襟,大骂他是野汉子,又对着围观的众人污蔑常走拐了她家的媳妇,把常走气得一把捏住那老妇人的手,要拉她去见官。

阿牛看情形不对,偷偷让人去米店请吕进宗过来。没多久,吕进宗赶来了,见渡口一群人围在一起,嘈杂如田鸡篓倒翻,吕进宗感觉自己这张老脸已经丢尽。既然王家母子这么搞,那他索性破罐子破摔,不要这面子,让大家评评理。想到这里,吕进宗上前,朝大家作了一个揖,朗声道:"对不起,打扰各位,不怕大家笑话,坐地上撒泼这妇人是我大女儿的婆婆。"又指了指王实在说,"这是我大女婿。前些天我去了一趟杭州,才发现我如珠如宝养大的,十里红妆加一套房子,嫁进他们家的女儿,被折磨得人不像人,鬼不像鬼,我女儿想和离,他们不同意,我就把女儿带回宁波。没想到他们过来不是好好商量,而是用这种手段要挟,还要诬蔑他人,实在可恨。"

听了吕进宗一番话,众人都纷纷抱不平。虽说嫁出去的女儿泼出去的水,但若女儿真的在婆家受尽折磨,有几个当爹娘的不心疼?各种谴责的话都"砸"向了王家母子。金氏爬起来,和王实在傻在了那里,他们万万没有想到,吕进宗竟然不要面子,自曝家丑。他们原本计划把事情闹大,让吕进宗答应他们的要求,要么让吕菊香和三个孩子回杭州,要么用一大笔银子来换休书,拿了钱,王实在就可以另娶他人。现在这么一搞,恐不好收场了。吕进宗见王家母子神色尴尬,沉着脸说:"你们来宁波做啥?是来送和离书的吗?"

王实在走到吕进宗面前,低声下气说:"岳父大人,小婿和家母这次前来,是想接娘子和孩子们回去。以后我会好好待她,还请岳父大人原谅小婿这一次。"

"她和孩子们都不会跟你们回去,不用痴心妄想了,就是上官府去论理,我们也不怕。"吕进宗一口回绝。

"那是我们王家的种,凭什么不准带走?"金氏瞪着吊梢眼,提高音量说。她始终坚信,只要把孩子捏在手,不怕媳妇不回家。

吕进宗不想跟这母子俩在这里扯,他对遭受无妄之灾的常走道了一声抱歉,对王家母子说:"既然这样,你们跟我走,当面问清楚,如果她们愿意跟你们回杭州,你们就带走。若不愿,也请你们写下和离书,从此男婚女嫁,各不相干。"

金氏把王实在拉到一边,两人嘀咕一阵,同意跟吕进宗走。众人散去,常走回家,心里有种说不出的郁闷。

到了吕家,面对这两位身份特殊的不速之客,汪氏强压心中的怒火出来接待。吕菊香听说婆婆和丈夫来了,想到那张和离书还没有拿到,又气又恨,让三个孩子在她们住的小院里待着,自己来到客堂间。金氏见到吕菊香,假惺惺地抹眼泪,提出要见三个孙女,说想她们了。王实在打量妻子,发现才两个月不见,妻子整个精气神就不一样了,可见在娘家住得很是舒心。可凭什么她舒心,他的生活却一团糟?心里这么想,脸上却摆出一副深情款款的样子:"娘子,为夫来接你们回家了。"

吕菊香不想看王实在虚伪的嘴脸，冷冷地说："我不会跟你回去，你把和离书给我，放我自由，我所有的嫁妆也不再问你们讨要。"

王实在见吕菊香铁了心要和离，就拿"软刀子"刺激她："你太自私了，你有没有想过，三个孩子没有了阿爸有多可怜，再过些年，她们一个个就要嫁人，有个和离的娘，她们还能找到好人家？这里再好，也不是她们的家，你不怕她们恨你吗？"

吕菊香气得浑身发抖，可她又无力反驳，因为王实在讲的，正是她内心最惶恐不安的。她怕三个女儿以后找不到好亲事，怕她们长大了恨她，怕弟弟成亲后，弟媳妇不容她这个和离的大姐。可若叫她再回王家，她宁可死。

这时，吕明华从外面走了进来，他对王实在说："有你这样的父亲，才是她们的不幸。你今天若不写，那我们就上官府去，你们侵吞了我姐所有的嫁妆，按律法，你们须全数返还。"

金氏哪肯把吃进去的东西再吐出来，她不懂律法，可也知道儿媳妇嫁妆的支配权在儿媳妇自己，而不是丈夫或婆婆，真要上公堂，那她就得不偿失了。事实上，她手里的银两并不少，丢了这个黄脸婆，再给儿子娶一房年轻好生养的一点问题都没有，只是断了以后的财路，实在有些可惜。可看眼下情形，不答应和离可能还真不行，若要和离，那三个赔钱货王家也不要了，吕家愿意养，随他们。想清楚利弊，金氏对吕菊香开口道："我做主，同意我儿跟你和离，写清楚，你放弃所有嫁妆，孩子归你，你们吕家再给我们五百两银子，就此了断那份救命之恩。"

吕菊香说："我可以放弃嫁妆，孩子归我，但再给五百两银子不可能，这些年我阿爸寄来的银票全落在你手上。要说救命之恩，这么多年早还清了。"

"你们实在太贪了。"吕明华讽刺道。

见吕家不愿给银子，金氏又想拖，吕进宗可没这么多精力跟这对母子纠缠,经过商谈,最后王实在同意和离,吕进宗拿出一张一百元银圆票来买断这份永远还不清的救命之恩。吕明华拿来笔墨,代姐写下和离书,写好后,由王实在和吕菊香双方按手印画押。因和离书须送到当地官府盖了章才能生效,吕进宗怕夜长梦多,让吕明华陪吕菊香跟着王家母子去杭州,等和离书正式办下来再把一百元银圆票给他们。想了想,不放心姐弟俩去,他又去找常走,让他陪吕明华姐弟走一趟,依然租阿牛的船。常走当即表示同意。

第二天晚上,五人坐上阿牛的船前往杭州。路上,常走继续扮演吕家姐弟的"仆人",每到一个驿站,都送吕明华和吕菊香去客栈,将他们安顿好后自己再回船上休息。金氏和王实在舍不得花钱,要睡在船上。常走只好跟阿牛两兄弟挤。

阿牛悄声跟常走说:"吕老板还是太心善了,换个人,这对母子有没有命活着都是个问题。"常走说:"吕老板是个好人,一直记着王家当年的那份情。那样的事,他肯定不会干。"

阿牛摇着头,很瞧不上王家母子的为人,做人怎么能这样?考虑到吕家姐弟不可能睡船上,阿牛就根据驿站的距离来定速度。金氏一大把年纪,来回十多天路上折腾,身体再也吃不消,还没到西兴就病倒了,昏沉沉没了知觉。王实在吓着了,让阿牛找个地方靠岸,他要带母亲去求医。阿牛询问吕明华的意见。吕明华年轻气盛,在船上没一点好脸色给王家母子,现在见老太婆病了,心里难免有些幸灾乐祸。

常走一看这情形,忙把吕明华请到一边,低声跟他说:"吕少爷,还是让他上岸去看,万一那婆子出了意外,吕小姐恐怕想和离都离不成了,还得给她守孝。"

吕明华被常走一提醒,才惊觉自己差点意气用事闯了祸,连忙向常走道谢。阿牛见吕少爷没意见,就找了个集镇停船。王实在一人背不动金氏，只好厚着脸皮求助吕明华。常走主动上前帮忙，送金氏去药铺。扎了针，金氏醒了，王实在给她抓了几帖药，又买了一只煎药的砂罐，三人回到船上。王实在哪会煎药，吕明华又不想大姐再去伺候那老太婆，最后还是常走把药拿去煎。

就这样走走停停，第七天才到西兴。天色已晚，吕明华怕王实在躲起来，干脆就近找了家客栈，他让常走跟王实在住一屋，吕菊香和金氏住一屋，他自己一屋。第二天一早，五个人一起进城。因金氏的病还没有好，整个人依然头昏脑涨，王实在提出先把金氏送回家。吕明华不想耽搁，最后商定由常走送金氏回去，王实在和吕家姐弟直接去衙门。吕明华让常走送完人就去西兴等他们，常走点头。

兵分两路。常走见金氏这样子也走不了，只好扶着她，搭了一艘经过桥直西街的小船。船到了桥直西街，常走好事做到底，扶着金氏走过去，到了王家门口，见大门半掩，金氏糊涂的脑子一下子就清醒过来，扑了进去，只见里面一片狼藉，明显可以看出进贼了。金氏想到了什么，直奔自己睡的那张床。常走见此很感意外，没想到王家竟遭了贼，这算不算是报应？人已送到，他的任务已完成。不过出于好奇，他还是在门口稍稍站了一会儿，只听到金氏哭天喊地的声音从里面传来："天打雷劈的畜生啊，不得好死啊，我不活了……"

常走觉得差不多了，转身离开。

屋里，金氏搂着一只已扯烂的破枕头在哭嚎。她整日抠抠搜搜舍不得花一文钱，这几年吕家寄来的银票，加卖房子的钱，这一大笔养老铜钿都被她藏在破枕头里。去宁波之前，她想过把银票换个地方藏，可看来看去，还是觉得破枕头最安全，就没有动。谁知那贼人竟如此狡猾，翻箱倒柜，连稍微像样点的衣服都给搜刮走了。

"完了。"金氏瘫坐在地，绝望地闭上眼睛。忽想到王实在和吕氏今日和离，不行，她不能让吕氏走，只要吕氏在这里，就不怕吕家不给银子。想到这,金氏猛爬起来,结果起得太猛,一阵头晕目眩,昏倒在地。那只破枕头就丢在一边,像一条散发着腥臭的死鱼。

王实在和吕家姐弟走街串巷,经过懊来桥时,忽生出浓浓悔意,他不知道为什么会和吕氏走到今天这个地步,脚步不由慢了下来,转过身对吕菊香说:"娘子,为夫错了,你愿意再原谅我一次吗?"

真到了和离这一步,吕菊香心里不是一点波动都没有,毕竟曾经恩爱过,还有三个孩子,可一想到金氏那副嘴脸,她又把那一点心软给按了下去:"王实在,我对得起你王家,是你们母子对不起我和孩子们,现在说这些太晚了。走吧,前面就是府衙了。"

吕明华见大姐和离之心坚定,很高兴,他就怕她临门一脚心软,那他以后再也不会管她的死活。进了衙门,王实在和吕菊香向负责此事的官吏递交了和离书。那官吏一见内容,很惊讶,开口问吕菊香:"你为何放弃嫁妆,只要孩子?是你做了错事,还是你丈夫逼迫于你?"

吕菊香没想到这位官吏如此负责,遂详细说了前因后果,话到伤心处,眼泪止不住流。那官吏一听,又问王实在,吕菊香所说是否属实。王实在想分辩,又一个字都说不出来,只好垂下头,像只丧家犬。吕明华担心即便官吏判王家拿出侵吞的嫁妆,他们也拿不到,不如就此了断,就开口向官吏禀报了自己的想法。那官吏觉得王实在作为一个读书人,竟如此可恶,当即判两人和离,并罚王实在杖责二十,那一百银圆补偿费也不用给了。

王实在做梦都想不到,自己不但妻离子散,没有拿到额外的补偿费,还挨了一顿打。他一向体弱,一顿打下来,已半死不活,好久才缓过劲来,叫了一顶二人抬的小轿回家。到家才发现母亲昏倒在地,家里被贼洗劫一空。

吕菊香拿着和离书,吕明华摸着口袋里的那张银圆票,心情说不出的舒畅。姐弟俩回到西兴,常走跟他们说了王家遭贼的事,吕明华大笑,连声说"报应啊报应",又转过头对吕菊香说:"大姐,幸好你跳出了那火坑,不然一辈子都不会出头。"

吕菊香一样庆幸,她恳切地对吕明华说:"谢谢小弟帮我,大姐我最幸运的是有你们这么好的家人。"吕明华有些不好意思,红着脸说:"你是我姐,我不帮你,帮谁?"

为了庆祝吕菊香重获自由身,吕明华很大方地掏出银圆,让常走去买些吃食,他要请常走和阿牛兄弟吃。吕菊香大大方方,也不避讳,五个人在船上饱餐了一顿,阿牛解缆,出发返程。

上海,李公馆。

李沧水正在跟李思文、李思全和李思侠聊天。他本是官身,因半年前母亲去世,再加上看不惯官场的黑暗,索性借奔丧为由辞官回乡,为母守孝,打算学做生意。昨日他和李思侠才到上海,今晚一大家子人坐一起吃饭聊天。这半年,李沧水只要有空就跟侄儿们聊天,年轻人的想法常常带给他极大的震撼,让他感叹年轻就是好。

"叔父,你为何要辞官?"对这个问题,李思侠已在心里存了很久,虽说父母丧,官员按规定要守孝,守就守啊,似乎没必要把好好的京官给辞了。

"因为看不惯,看不到希望。"李沧水惆怅地说。他从小就爱读书,十年寒窗,从举人到进士,官至四品。也曾一腔热血,又亲历了洋务运动,随着见识的增加,他对这个腐败的朝廷越来越失望。

"你们不了解,我身在局中深有体会。甲午之战输得如此之惨,多年努力毁于一旦。你们看看这《马关条约》的内容,丧权辱国啊!朝堂之上,翁公据理力争,惜势单力薄。西太后专权,权贵们懦弱无能,这样的朝廷不值得我留恋。"李沧水摇着头,痛心疾首。

李思文和两个弟弟都陷入思考之中。李沧水又接着说:"我之所以辞官后想从商,还受一个人影响,他就是去年的状元张謇。今年年初,署理两江总督张之洞奏派张謇举办通海团练,以防御日舰入侵,因《马关条约》,通海团练半途而废。张总督又委派他去通州办纱厂,他又南下。今年夏天,他还起草了《代鄂督条陈立国自强疏》,提出了速讲商务、广开学堂、修建铁路等九条建议,希望能通过实业来救国,我觉得这条路可行,我们可以跟着走。"

"实业救国?这个好。"李思文一拍手掌,对李沧水说,"叔父,朝廷腐败,说不定哪天就改朝换代了,对我们来说反而是机会。"

李沧水赞许地看着大侄儿:"以后必定是你们年轻人的天下。"他压低声音说:"说句大不敬的话,西太后毕竟上了年纪,皇上还年轻,只要能熬过去,皇上的抱负未必实现不了。"李思侠一琢磨,是这个理:"对啊,只要活得久,就有希望。"

李沧水被李思侠的话给逗乐了,很快又神情严肃地说:"是破是立,都要靠你们这些年轻人。"李思全一脸豪迈地说:"无论是金戈铁马,还是实业救国,人活着总要做出点成绩才行。"李沧水大笑道:"对,所以叔父我这一大把年纪了也决定重新开始,跟着你们学做生意。"

"叔父做官能至四品,做生意定能成巨贾。"李思侠嬉笑着说。

"就你小子嘴甜。"李沧水笑着说,"不过思侠,叔父还是很佩服你的,你下步有什么打算?我听你大哥讲,你准备年后到上海来发展?"

"是的,叔父,宁波的生意,有专人管理,不用太费心。我跟大哥和四哥商量过了,我们准备明年单独投资一家绢丝公司。你不是说张状元要去办纱厂吗?严老板也在宁波投资了纺纱织布局,可见大家都看好这一行业。"李思侠兴致勃勃地说。

李沧水高兴地说:"不错不错,叔父相信你们。"

这一晚,李沧水和李思文兄弟三人聊了很久。李沧水这次来上海,对做生意一事,想听听大哥李沧海的意见,顺道做个考察。李沧海给他的建议是可以跟李思文他们一样，单独去投资一家公司，这样即便亏了也是他们这一房的事，不影响李家两房总的产业。李沧水正有此想法，至于投资的本钱，可以问自家钱庄借。只是要投资什么产业，还须好好斟酌。

李思侠自从认识沈洋河后，每次来上海，总要找时间约沈洋河和沈昆聚聚。这次也是，他选了个时间过去。来到立信茶行，沈洋河看到李思侠非常开心，连忙拿出一罐红茶招待。

"洋河兄，我年后就要来上海，以后重心就在这里，兼顾宁波。"李思侠喝了一口茶，笑着说。

"太好了，以后我们兄弟可以常见面了。思侠小弟准备做什么？"沈洋河问。

"准备投资一家绢丝公司，这行业，我先去试试水。"

"祝马到成功！下次若有什么投资机会，还请思侠小弟带带我。"

"洋河兄客气了。"

两人正聊着，沈昆来了，手里拿着一封信，见李思侠在，笑着招呼，把信放在沈洋河面前说："常信客送来太太的信。"

李思侠说："我对常信客的儿子印象还挺深，那小孩说长大了要当信客，还说他阿爹讲过，信客很重要，无论是出门在外的人还是在家的人，最盼望的就是音信。"

"是挺机灵的。"沈洋河拆信看，沈昆陪李思侠聊天。冯晚秋写信来，问他们过年回不回宁波，若回去，家里也好早做准备；若不回，她到时候叫常信客送些年货来。沈洋河无法确定父亲回不回，不过他是一定要回去的。

李思侠坐了一会儿就告辞离开，沈洋河把他送到门口，转身去找沈儒行："爹爹，阿姆写信来，问你过年回不回宁波。"

沈儒行想了想说:"你回吧,爹爹就不回去了,这里事情多。等清明节再回去,要给你阿爷阿娘上坟。"

沈洋河说:"那行,今年我早点回去陪陪阿姆。"

"你自己安排。"

下午,常走来到茶行,沈昆交给他一封信,说:"这是少爷给太太的信,你顺便跟我阿爸说一声,今年过年我和少爷会回去。"

"好的,阿昆先生。"

沈恒听说儿子和大少爷要回来过年,很高兴,可老爷不回来,又替太太难过,拿着信去见冯晚秋。"太太,大少爷会回来过年,到时候阿昆跟他一起。老爷大概有事,就不回来了。"

冯晚秋对沈儒行回不回来无所谓,只要儿子回来就好,接过信,说:"到时候多买点阿洋喜欢吃的菜。"

"好的,太太,我会安排好。那年糕和其他年货今年还要送上海吗?"

"不送了。不过年糕做还是要做,你少做一点,阿洋和阿昆都喜欢吃。"

"我有数了。"

沈恒去忙了,冯晚秋看信,儿子很懂事,很牵挂她,总是怕她一个人太孤单。冯晚秋放下信纸,望着窗外那一方灰蒙蒙的天空,对她来说,孤不孤单都已习惯,这辈子就这样过了。她想,哪个女人不是在后宅那小小的一方天地里终老?

常走捏着这次赚来的两元银圆去钱庄还债,谁知钱庄的伙计说,近期洋银贬值,每元只能换九百六十文,而且每百文还要掺和光板锡铁制钱四五文,而欠的银圆每元按一千文还。一算账,连本带息还欠十三元五角。常走还了一元五角,两元银圆找回来四百二十文,借据上变成了欠本金十二元,计息日期为丙申年一月十日。

"老天爷,这债何时才能还清啊?"常走迈着沉重的步伐走出钱庄,仰天长叹。

常走最怕过年。临近年关,米价、油价飞涨,猪肉以前八十文一斤,现在要卖一百七十文,真正吃不起了。可想想儿子,他还是咬咬牙,买了一斤肥肉回来,挂在朝北的窗户前。要吃了割一小块下来,要么切成极细的肉丝跟咸齑炒,要么和着白菜煮,算是一道荤菜。常行不挑食,有的吃他就很满足了。

这天,常行看到陈家村集市里摆起了施粥摊,飞奔回家,对常走说:"阿爹,快去,老街那摆了施粥摊。"

父子俩一人拿着一只面条盆去陈家村老街,到了施粥摊旁,常走看到吕进宗站在一边,而施粥掌勺的居然是吕大小姐,很意外。他朝吕进宗喊了一声:"吕老板,你又来做善事了。"

吕进宗把吕菊香和三个外孙女接回来,刚开始左邻右舍以为是小住,后来被王家母子一闹,大家都知道了。吕进宗担心过年亲朋好友来拜年,万一有些嘴碎的三姑六婆说一些难听的话,大女儿会伤心,可他又不能不让她们出来见客。他想了个办法,找吕菊香谈了一次,让吕菊香去施粥,博个好名声。这样即便有人想说闲话,也要多想一想。吕菊香同意了,她得为三个孩子考虑,如果抛头露面能换来好名声,那又有何妨?

听到常走在喊他,吕进宗说:"我和小女会在这里施粥三天,一日两餐,中午和晚上,大家若不嫌粥薄就过来喝。"

"谢谢吕老板,谢谢吕小姐,生意兴隆啊!"排队的人群里不断传来感谢声。

吕进宗朝大家作了一个揖,回米店去了,有老仆在这里盯着,他放心。轮到常走父子,吕菊香虽不认识常行,但刚才她看到两人是一起过来的,就把勺子朝粥桶下面挖了一勺厚的,倒在父子俩的面条盆里。常走有些难为情,常行倒机灵,朝吕菊香鞠了一躬,父子俩捧着粥盆高高兴兴回家去。

吕进宗这个法子很有效，施了三天粥，附近村庄人的关注点不再是吕大小姐和离的身份，而是她的亲切。无论什么人，哪怕是乞丐，捧着碗走到她面前，她脸上都是温和的神情，没一点嫌弃。而吕菊香通过此事也明白了一个道理，她要尽快立起来。这段时间她想了很多，这也是她有生以来第一次认真审视过去的自己，软弱、逆来顺受，想过不认命，又没勇气去反抗。倘若那次王家母子来宁波，她没有清醒过来，心软原谅了王实在，她可以肯定，自己哪一天怎么死的都不知晓。她很幸运有这么好的家人，那么自己也该争口气。

吃过晚饭，吕菊香跟父母和弟弟说了自己的想法："阿爸、阿姆、小弟，我想把三个孩子送到私塾去读书，女孩子还是要识字才好。另外，我想找些事来做，我不想再稀里糊涂活着。"

吕菊香的话让吕进宗和吕明华有些意外，汪氏更是一脸不可置信。

除了穷苦人家的闺女小媳妇为了生计会抛头露面，富贵人家的小姐都是足不出户，嫁了人也是在深宅后院。吕家不能称贵，可也是富裕人家，住在乡村没城里那么讲究，但富家女出来做事的周围还真没有。让吕菊香出去施粥是一种策略，但若天天如此，人家还以为他们当父母的容不下和离的女儿，当弟弟的不友爱姐姐。不过吕菊香的勇气还是让吕进宗很欣慰，之前他一直觉得大女儿走到和离这一步，跟她性格太绵软有关。若强势些，王家母子未必能把她折磨成那样子。幸好现在醒悟过来，不算太晚。

"你去做什么，想好没有？"吕进宗问。

吕菊香说："我想过完年去老街米店学做账，离家近，又是自家的店，我可以慢慢学。"

吕进宗转过头问儿子："明华，你怎么看？"吕明华说："阿爸，大姐有这个想法，我们要支持，我认为可以。"阿爸跟他说过，过完年，让他正式接管城里米店业务，若做得好，就逐步把所有业务都交到他手里。想到这里，吕明华信心十足。每家米店的财务都是独立的，大姐想去老街米店，让她有个事做，吕明华没意见。

"好，阿爸明天跟司账说一声，你以后就跟着他学。学徒期可没薪资，等你学会了才有。"吕进宗笑着说。

"菊香，一定要去吗？你还有三个孩子要照顾，有时间在家绣绣花也行。以后若有合适人家，还可以考虑再嫁。"汪氏觉得不妥，只是她心疼大女儿受的苦，话不敢说得太重。

吕菊香理解阿姆的顾虑，说实在话，当她决定迈出这一步，自己也吓了一跳，她发现很多事就是因为少了迈出第一步的勇气，才会搞得那么糟。"阿姆，我到自家米店学做账，既能学到东西，又不用面对很多人，你放心。而且有事做，我心情会变好，不用躲在房间里自怨自艾。"

汪氏见大女儿已打定主意，便不再阻拦："既然你已想好要这么去做，那就去吧，实在不行就回来，家里饭总归有的吃。"

"谢谢阿爸、阿姆，谢谢小弟！"吕菊香的眼泪忍不住流了下来，上前抱住母亲，哽咽着说，"是女儿不争气，让你们操心了。"

汪氏轻轻拍了拍大女儿的背，说："过年事情多，家里人手又少，你就帮阿姆多做些。"

"我会的。"吕菊香说。

吕进宗想了想，又提醒道："过去的事就不要再提，但还有四天就要过年了，会有亲友上门，你两个出嫁的妹妹都要回来，若有人说你闲话，你不必在意。你若连一点闲话都听不得，就不用出去做事了。"

"阿爸，我明白。"吕菊香保证。

第九封信：诡异的嫁娶

『常信客好，今有一事麻烦，不知你是否认识城里四海咸货行老板洪七，他的克妻之名是怎么来的？能不能私下帮忙打听一二？若有消息，烦请在初六前告知……』

万分感谢！

沈昆写给常走的信

······

年前的最后一天，常走父子依然跟往日一样，天亮出门。常行去信局，明天开始信局就关门休息，正月初六再开门营业。常走去陈兴源的木器行，他要取个货送到沈家村。

兴源木器行是前店后坊的模式，店里陈列着各式各样的大小家具物件样品，顾客有看中的可以定制。常走进去，一眼就看到店堂正中放着一张暗红色镂空雕大床，大床架面雕的松鼠等小动物栩栩如生，他不认识材质，只觉得此床很不一般。左右两边是骨木嵌镶的七弯凉床，皆是精致之物。

常走对伙计说："陈老板让我来取一只梳妆台，送到沈家村。"昨晚，陈兴源在渡口碰到他，给了他一元银圆，让他今天把一只梳妆台送到沈家村沈阿根家里，说他女儿正月初二要嫁人。

"已包好，你过来背。"伙计指了指角落。

常走走过去，把绳子交给伙计，自己半蹲下，让他帮忙把梳妆台绑到他背上。梳妆台很沉，站起来时，常走的腿都打了几个颤，今天他特意带了一根木棍作支撑。陈兴源从办公室走出来，对常走说："千万小心啊，路上不要磕碰。"

"我会小心的，陈老板，那我过去了，送好货把单子拿回来。"常走拄着木棍，朝门外走去。

"好的，去吧。"陈兴源说。

常走背着梳妆台一步一步朝濠河头走去，他要到那坐船去沈家村。到了航船码头，交了两份船资，等别人都上船了，他最后一个上去。不敢解绑，只能这样背着，双手紧紧抓住船舷站着。

到了董家渡，常走上岸，弓着腰，背着梳妆台朝沈家村走去。明明是大冷天，可常走还是走出了一身的汗，累得气喘吁吁，头也晕乎乎的。实在走不动了，他就挂着木棍在路边停一下，稍作休息，然后继续弓着腰前行。

沈家村到了，常走一步又一步来到沈阿根家，三间小屋，用泥坯和石头围了个简陋的院子。此刻，院门开着，里面传出说笑声。常走在门口喊了一声："阿根哥，梳妆台送来了。"边说边跨了进去。

正在说话的沈洋河和沈昆转过头，看到常走弓着身子，脖子伸得很长，上面的青筋都弹了出来，看得出来他快累脱力了。院子里几个男人忙上前帮忙，常走半蹲下，身子往后仰，双手反扶着梳妆台，让它轻轻落地，又请沈昆帮他解开身上的绳子。

沈阿根出来了，他见梳妆台送来了，连声说："我还怕来不及呢，送来就好。"

常走松了绑，长长地吁了一口气，他抬起胳膊，擦了一把额头上的汗水，说："阿根哥，你检查一下，看有没有什么问题。"

沈阿根拆开包装，仔细查看一遍，没发现磕碰的印迹。常走见那暗红色的梳妆台做工精致，抽屉雕有花纹，拉手似乎用的是铜，做成叶子状，很是细巧。他从口袋里掏出送货单和印泥盒，请沈阿根按个手指印。沈昆见常走身上的薄棉袄后背全湿了，两条腿不由自主地颤抖，开口道："这么重的梳妆台背来，你力气真大，来，你坐，休息一会儿。"说完，还给常走倒了一碗热开水。

常走接过，道了声谢。他是真的累了，坐在竹椅上大口喘气，对沈昆说："阿昆先生和沈少爷回来几天了？"

"昨天刚回来，要过年了，你怎么还在送货？"沈洋河问。

"沈少爷，阿拉当信客的人，过年跟平常一样，只要顾客有要求，大年初一照样送。"常走喝了一口水,笑着说。

"真不容易。"沈洋河感慨地说。

可能是人逢喜事精神爽,沈阿根去灶间拿了两只淡包出来,很客气地送给常走吃。

"谢谢阿根哥,恭喜恭喜啊!"常走也不客气,接过淡包,几口就吃掉一只,另一只小心放进口袋,准备拿回家给常行吃。喝完水,常走把绳子缠在木棍上,站起来告辞。

沈洋河和沈昆也准备走了,他们过来是想问阿根伯需不需要帮忙。沈阿根哪敢使唤大少爷,只提出能不能请沈洋河和沈昆到时候代表娘家人送嫁。沈洋河答应了。

三人先后走出院子,常走朝村外走去,沈洋河和沈昆回沈宅。沈昆对沈洋河说:"阿根伯不晓得咋想的,把女儿嫁给一个老男人做续弦,就算是有钱人家,当爹的也不能这样坑女儿。我听说沈美珠把梳妆台都给砸了,难怪今天又送来一只。"

沈洋河没想到沈昆能听到这样的八卦,说:"难怪没看到美珠,是不是阿根伯把她给关起来了?嫁的是哪户人家?"按辈分,沈美珠算是他隔房的堂妹。

"有可能。听说在城厢里做咸货生意,名叫洪七,比美珠大了三十岁,当阿爸还嫌大。"沈昆摇着头说,"我看阿根伯是老糊涂了。"

"也许阿根伯认为美珠只是一个乡下姑娘,姿色只能算中等,没读过书,能嫁到城厢里去,还是个有钱人,又不是做妾,已经烧高香了。"沈洋河说。阿根伯家境在沈家村属于普通偏下,沈美珠是老大,下面还有三个弟弟,负担不轻。沈洋河估计阿根伯给沈美珠找这么一门亲事,就是图对方钱财。"我今天听阿根伯说,等天热点,准备造新房子,看来这彩礼钱收了不少。还有美珠的嫁妆,照理阿根伯不可能会给她做这么好的梳妆台,我只是好奇,远天隔稻田,浑身不搭界的两户人家是怎么扯上关系的？谁做的媒？"

沈昆说："这两家怎么扯上关系？说起来像听故事。说是有一次阿根伯进城，看到一男人倒在地上痛苦呻吟，阿根伯做好事，帮他找来一顶二人轿，还好事做到底，送他去了药铺。那老板很感动，自称姓洪，做咸货生意，问清楚阿根伯的名字和住址，言事后必登门感谢。阿根伯以为对方只是说说，谁知那洪七过了段时间还真的专程来沈家村感谢。在阿根伯家见到美珠，觉得她健壮臀大宜生养，他就直接跟阿根伯提出，要娶美珠做续弦，说自己丧妻多年，家里只有一个小妾，仅有的一个儿子又从小体弱多病，怕这么大的家业以后无人继承。不知他跟阿根伯谈了什么条件，反正阿根伯同意了把沈美珠嫁给他。第二天，就有媒婆来阿根伯家替洪七提亲，据说两人八字还很合。"

"你怎么了解得这么清楚？"沈洋河惊讶极了，明明两个人昨天才回来。

"听我阿姆讲的。"沈昆讲完，才反应过来自己好像有些嘴碎，尴尬地说，"乡下就这么点大地方，这种事传得最快。少爷，我们要不要帮帮沈美珠？她不愿嫁的。"

沈洋河说："帮美珠逃婚容易，难的是她逃婚后怎么办，带去上海？她又不识字，能做什么，难不成我们要管她一辈子？不现实。她若真有勇气抗争，我们遇上了可以帮她一帮，主动还是算了，把阿根伯气死了，我们罪就大了。我想那个老板既然愿意娶美珠为妻，而不是让她做妾，还出钱让阿根伯办正儿八经的酒席，至少说明他有诚意。"

沈洋河这么一分析，沈昆也认为自己过于冲动了："你说得有道理，是我想得太简单。初二新郎应该会来迎亲，到时候我们好好瞧一瞧。"

"好，不管怎么说，都希望美珠能过得好。"

冯晚秋见沈洋河和沈昆站在院子里闲聊，走出房间，好笑地问："你们俩不会坐着说话吗？站着也不嫌累。马上可以吃午饭了。"

沈洋河笑着回答："阿姆，年轻人站站好，还会长高。"

"太太好,我去厨房看看饭菜有没有做好。"沈昆跟冯晚秋打了声招呼,脚底抹油——溜了。

"你们是不是在讲美珠的亲事?"冯晚秋一猜就猜到了。

沈洋河上前,扶冯晚秋到椅子边坐下,说:"是的,刚才我和阿昆在阿根伯家没见到美珠和阿婶。看阿根伯的样子,对这门亲事非常满意。"

"当然满意,用美珠一个人的彩礼钱,让三个儿子都能娶到媳妇,这笔买卖对你阿根伯来说,再合算不过。至于美珠以后过什么样的日子,他才不会去想。"冯晚秋不好评价沈美珠的这桩亲事好或不好,但听李小妹说,此事传开后,村里好多人羡慕嫉妒得不行。

"收了多少彩礼钱?"沈洋河好奇地问。

"不清楚,数目应该不会太少。"

沈洋河不由期待起正月初二,他想看看沈美珠要嫁的究竟是个什么样的男人。

常走晚上回到家,见常行坐在那里发呆,走过去拍拍他的脑袋,问:"怎么了?"

常行反应过来,颤抖着声音说:"阿爹,我今天差点回不来。"

"怎么回事?"常走吓了一跳,把常行拉起来,左看右看,没缺胳膊断脚,唯一异常的是神情,"快跟阿爹说。"

常行一五一十跟常走说了一遍。原来下午西门有家丝线店突然起火,因店内皆是易燃品,火势一下子就上去了。大白天,看到的人都大声喊救火,各水龙闻警而来,吸水狂喷。火很快灭了,烧掉两间店铺。最倒霉不是丝线店,而是隔壁的一家药铺,常行刚好走进药铺送信,见店里只有一名伙计,其他伙计说是出去收账了。常行就请那名伙计代收信,正准备离开,就听到着火声,烟雾很快就弥漫过来,还来不及跑,忽冲进一群匪徒,趁隔壁救火混乱,把药铺里的银钱货物器皿抢劫一空后扬长而去。常行和那伙计吓得魂飞魄散,躲在桌子底下,等那伙人走了,才战战兢兢爬出来。伙计去衙门报案,常行站在药铺门口,看着丝线店火灭后冒着的白烟,腿都软了。

"等伙计小哥和衙役过来,我才离开,阿爹,我的心现在都跳得厉害,实在太吓人。"常行拍着胸口道。

常走双手合十,感谢菩萨保佑:"幸亏那些匪徒只求财,没伤人,要不然你和药铺伙计恐怕在劫难逃,这次是命大。阿爹去问隔壁阿婆买两只鸡蛋煮给你吃,晚上给你压压惊。"

常行这才想起自己还没煮饭,忙说:"阿爹,番薯稀饭还有,我马上去热一热。"

晚上,常行吃了一碗番薯稀饭和两只鸡蛋,惶恐不安的神经似乎真的被安抚住了。

正月初二到了。

沈洋河和沈昆如约去了阿根伯家。这次,两人看到了身穿红色嫁衣,已装扮好的沈美珠,只见她的脸上没有任何喜悦,似也没有抗拒,很平静,一副认命的样子。十八岁的姑娘,长相即便再不起眼,出嫁这一日也是美丽的,更不用说沈美珠原本就有几分姿色在,装扮起来,还是很漂亮。

见过新嫁娘,沈洋河、沈昆、沈美珠的三个弟弟,还有来帮忙的亲友,大家一起帮忙搬嫁妆到租来的船上。有大立柜、梳妆台、樟木箱,各种木盆、锡器、被子、枕头、衣料等,每件嫁妆都有红线系着,很是喜庆,沈美珠十四岁的二弟负责押妆随行。沈洋河心里有一种说不出的怪异,觉得似乎一切都不是那么合乎常理。莫非那位洪老爷是真喜欢美珠,不然怎么会连嫁妆都是男方送过来?阿根伯不可能替美珠置办这些东西。

这时,洪家迎亲的船到了,不过让大家失望的是,新郎并没有出现,只是派了个媒婆和几个仆人来接。那媒婆最会察言观色，还未进门，喜庆的话就像开了闸门，滔滔不绝。"新娘子好标致，一看就有福气，洪老爷家大业大，新娘子嫁过去就当太太，家里丫头仆人一大堆，啥事都不用你操心，每天有鱼有肉享大福。"

沈美珠坐在床边，低着头，什么话也没有说。沈美珠的娘是个老实的妇人，对女儿的亲事，她没一点发言权。给女儿喂了几口上轿饭，哽咽着声音说："美珠，以后好好过日子。"

沈美珠抬起头，看着亲娘苍老的面容，说："我会的。"

吉时到了，沈美珠的大弟把姐姐背上了船。沈洋河、沈昆和沈美珠的弟弟们，还有族里其他几位年轻小伙，组成一支送亲队伍一起上了船。沈洋河能去，沈阿根最高兴，感觉特别有面子。沈洋河坐在船上，想着新郎没有来迎亲，对女方来说，总是一种轻视。

两艘船一前一后进城去，沈美珠盖着红盖头坐在船上，内心充满了茫然和不安。相比那些婚前连丈夫长什么样都不知道的人，她好歹算是见过那个男人。没想到那一眼竟给自己招来这样一门亲事，而且还要这么快就嫁人，沈美珠真是万般滋味在心头。这三个月，她听了太多羡慕的话，似乎她只要嫁进洪家，就能天天享福。可事实真会如此吗？她只是个普通的村姑，她的愿望一直是平平淡淡地嫁个对她好的忠厚老实庄稼汉，生儿育女，一辈子就这样过去了，现在一切都变得未知，是祸是福，只有老天爷知晓了。

洪宅临河而建。两艘船在洪宅后门私家埠头停好，有小孩子在喊："新娘子来啦，新娘子来啦！"

有妇人拿着几只麻袋过来，铺在地上，媒婆扶着沈美珠上岸，沈洋河等人随行。洪家仆人过来搬嫁妆。沈洋河和沈昆一进洪宅，就知这是大户人家，雕梁画栋，宅院深深。只是才进第一重院子，就有仆人把他们这几个送亲的娘家人引到旁边的一个小院，丫鬟送上茶水和糕点，请他们休息,说洪老爷等会过来。

这群人都以沈洋河为首,见沈洋河点头,大家都坐下来吃茶。沈昆低声对沈洋河说:"你有没有觉得有些怪?"

沈洋河早发现了,既然办喜事,这洪家怎么没见宾客,也无炮仗,门上更不见"囍"字,完全没什么喜庆的氛围。他虽是第一次送亲,也知眼前的一切很不正常。可现在又不可能去探个究竟,只能耐心等待。

一壶茶喝完了,有仆人扶着一个瘦弱的年轻男子进来,对沈洋河等人说:"这是我家少爷。"

众人吃了一惊,忙站起来见礼。洪少爷二十多岁的年纪,脸色苍白,眉眼有几分清秀,只是身上没一点年轻人的朝气,他一眼就看出沈洋河跟旁人不同,还了一个礼,开口道:"抱歉,家父这会正忙,怠慢各位贵客。"说几句,喘几口气,听得旁人都替他难受。许是看出大家的疑惑,洪少爷苦笑道:"我自幼体弱多病,能活到今日已属不易,不可能成亲,故家父焦心,想要子嗣,我很理解。"他顿了顿说:"你们放心,沈小姐嫁进来,只要她安安心心,为家父生个一男半女,就是洪家的功臣,没有人会怠慢于她。"

洪少爷的这个表态再次让大家惊讶,不管怎么说,沈美珠这个继母比他这位继子还要小好多岁,居然不尴尬?一时,竟不知该如何来接这个话。沈洋河见此,笑着回了一句:"洪少爷如此深明大义,沈某佩服。"

洪少爷朝沈洋河拱了拱手,对站在身后的仆人说:"你去看看酒席准备好了没有。"

仆人出去了,为了找话题,沈洋河就向洪少爷介绍来的这群人,除了沈美珠三个亲弟弟外,其他人,沈洋河一律说是堂哥。洪少爷自我介绍名叫洪青,很有礼貌地跟众人一一招呼。仆人很快回来,说可以入席了,扶着洪少爷起来,带着众人移步到隔壁房间,那里摆了一桌酒席。

"来来,各位贵客不要客气,我不能饮酒,就以茶代酒敬大家一杯。"

洪少爷双手举起茶杯，环视一圈，众人回应。抿了一口茶，吃了几筷子菜后，洪少爷放下筷子说："我无法久坐，只能失陪了，大家慢用。"又转头对站在屋里的两个丫鬟说："小心伺候。""是，少爷。"

洪少爷走了，沈洋河和沈昆等人面面相觑，这都什么事？实在令人摸不着头脑。除了沈美珠的三个弟弟因年龄小没察觉出异常，只顾埋头吃，其他人反应再迟钝也觉出不对劲，再美味的菜吃到嘴里也变得食之无味。沈洋河对屋里的一个丫鬟说："我们吃好了，准备回去，还请洪老爷过来一见。"想了想，又补充道："你帮我捎句话给洪老爷，就说总不至于送了亲，连新郎长什么样都不知道。"

丫鬟奉命而去。

沈洋河等人又来到待客的那个房间，坐等洪老爷。过了许久，门外传来脚步声，众人抬头，见进来一身宽体胖，身材高大的男人，肤黑眼小鼻塌嘴阔，进来目光一扫，说："各位这么快就吃好了？"

沈洋河见洪老爷的长相，心想这洪少爷应该是像母亲，父子俩一点都不像。又见洪老爷身穿深蓝色暗花缎面的袍子，这不像是新郎的装扮，可这个时候他们又能说什么。人见过了，沈洋河就代表沈美珠的娘家兄弟朝洪老爷作了个揖："我们回去了，美珠就拜托洪老爷照顾，她还年轻，若有不懂事的地方，还请多多包容。"

洪老爷点了点头："这个自然。"

沈洋河等人走出洪宅，绕到后门，坐上送嫁妆的那艘小船回沈家村。路上，大家七嘴八舌，各种猜测。沈昆说："我觉得这门亲事很诡异，可以找人私下去打听打听这洪家究竟怎么回事。"

"嫁之前没打听，现在打听怕是晚了。"沈洋河盯着河水，风吹过来很冷，他再次感叹身为女子的不易。难怪以前听阿娘说，女子嫁人等于第二次投胎。

"这个姐夫看起来很吓人。"沈美珠的小弟突然插了一句。

众人沉默。

回到沈家村,大家一起去了阿根伯家交了差,各自散去。沈洋河和沈昆回到沈宅,见了冯晚秋,说了事情经过。冯晚秋一听就说这其中必有隐情,她平时跟沈美珠接触不多,但同为女人,她希望沈美珠能嫁个好男人。可说到底,这是沈阿根的家事,旁人无权干涉。

"少爷,不如让常信客帮忙去打听一下?他整天在外跑,肯定熟悉。"沈昆建议道。

沈洋河想了想,同意了,他是没资格管沈美珠的事,但既然今天代表娘家人送了亲,他也希望能找到答案,解开心头疑惑。"你给他写封简单的信,派个人送过去,若能打听一二,让他来回个话。"

"好,我马上去写。"

冯晚秋不参与了。儿子初六要回上海,她得给他准备一些东西带回去。

沈家小厮来到常家村,常走刚好在家,收到沈昆的信,他有些意外,再看信中内容,是请他帮忙打听四海咸货行洪七家里的事。常走对沈家小厮说:"回去告诉你家大少爷和阿昆先生,我知道了。"

沈家小厮走了。常走拿着信在想洪七的事,阿根哥的女儿会嫁给洪七,听起来是有些意外。作为一名信客,常走自然认识洪七,但对他的家事没太关注,不过以前听人说洪七克妻,具体怎么个克法,倒是不清楚。今日受人之托,那就好好去打听打听。当然不能明目张胆,只能私下悄悄进行。常走去找阿牛和阿发,他们接触的人多。阿牛回忆了一下:"我记得有人说过,洪七娶过三房妻室,只有第一个老婆给他生了个儿子,后面两个都没生养。"

"都死了?"常走问。

"好像是,从那以后人家都说他克妻,他就没有再娶。"阿牛转过头问弟弟:"阿发,你有没听说过?"

阿发摆了摆手说:"我不关心这些。"常走说:"他又娶了,这次是个十八岁的乡下姑娘。"阿牛不禁替那十八岁的陌生姑娘忧心起来:"不会也要被他克死吧?"常走说:"说不定是讹传,我去打听一下。"

第二天,常走进了城,他借送信送货的名义在洪家附近转悠,遇到一位认识的婆子,常走热情招呼,有意识地提起话头,说洪家办喜事,咋外面门上没贴"囍"字。那婆子瞧了下左右,低声告诉常走,洪老爷克妻,听寺院里的大师说过,若要再娶,一定要低调。常走就问婆子,洪七这次是第几次娶妻,那婆子伸出四根手指,咬着常走的耳朵说:"第一个三年,第二个两年,第三个一年。第三个老婆去世后,他就没有再娶,好像纳过几个妾,不过没见过,不知真假。"

常走转过头,看着洪家紧闭的大门,为那位新嫁娘捏了一把汗。见时候还早,常走干脆直奔沈家村。到了那里,见了沈洋河和沈昆,说了他打听来的消息。

"克妻?这是第四次?难怪要娶个乡下姑娘,而且从定下到办喜事仅三个月时间。"沈洋河皱着眉头。

"大少爷,你说阿根伯知不知道这事?"沈昆问。

沈洋河说:"这事如果洪老爷没有主动说,阿根伯不一定清楚。只是婚姻大事,他就没想过去打听一下吗?天上不会掉馅饼,若掉下来,搞不好就是陷阱,可惜阿根伯被迷住了眼,还以为攀上了高枝。"

常走任务完成,打道回府。沈洋河给了他五角辛苦费,常走再三道谢,高高兴兴回家去。

两个大男人为要不要将此事告诉阿根伯犹豫半天,最后还是沈洋河去征求了冯晚秋的意见。冯晚秋不赞成说,一来此事是私下打听来的结果,不一定准确,而阿根伯说不定根本不会领他们的情;二是沈美珠已嫁进洪家,是好是坏,就看她的命。沈洋河和沈昆冷静下来想想,确实如此,只好息了这个念头。

沈美珠回门那日,阿根伯又来请沈洋河和沈昆过去陪新女婿,两人去了。见到梳着妇人头的沈美珠,除了容颜看起来有些憔悴,其他没瞧出什么来。洪老爷带着丰厚的回门礼过来,对沈美珠也表现得很体贴,让阿根伯笑得眼睛都成了一条线,一脸讨好地端上一碗招待女婿的桂圆红糖蛋,一口一声洪老爷。沈洋河和沈昆看着阿根伯那谄媚的样子,感觉很羞耻,后悔答应过来陪客。沈美珠的娘则拉着女儿到了灶间,悄声问:"美珠,女婿对你好吗?"

沈美珠想起洪七在床上折磨人的样子,心里怕得要死,可她不敢说,也不能说,只含糊道:"挺好的。"

沈美珠的娘拉过女儿的手,轻轻拍了拍:"你身体好,现在又年轻,争取早日怀上孩子。有了孩子,你在洪家的地位才能稳。"

"知道了。"沈美珠幻想,或许等她怀上孩子就好了。

吃过午饭,洪老爷带着沈美珠和两个小厮准备回城。沈洋河、沈昆和沈美珠三个弟弟送他们到村口的河埠头。路上,沈美珠问沈洋河:"洋河哥,你什么时候回上海?"

"正月初六。"

"不知道我这辈子有没有机会去上海。"话音刚落,沈美珠又自嘲道,"大约中午吃了酒,我竟说起胡话来了。不说上海,我连沈家村都没出去过几次。"

洪老爷笑着说:"这有何难,下次我出门带你一起去。"

"真的可以吗?"沈美珠惊喜地问。

"我一向说话算数。"洪老爷似笑非笑地看了沈美珠一眼,让她一激灵,清醒过来,低下头,做羞涩状。

沈洋河大方邀请:"洪老爷和美珠若到上海,一定要到沈公馆来做客。别的没有,好茶叶管够。"

"去上海了定前来拜访。"

到了河埠头，洪老爷先上船，沈美珠随后，进船舱前，她转过身，朝站在河埠头的亲人们挥了挥手，眼中有泪光一闪而过。

　　正月初六，沈洋河和沈昆离开宁波回上海。对他们来说，沈美珠的事已经翻篇了，他们的精力要放在更重要的事情上。

第十封信：收蚕茧与魂断

『求求你，帮我家太太捎个口信到上海立信茶行，找沈少爷，告诉他一句话：沈美珠生不如死。你是好心人，谢谢你！』

丫鬟小芸对常行说

常行十五岁了,他长高了许多,长期在外奔波,让他的肤色变得黝黑,增了几分老气,若不说,人家还以为有十八九岁。这正是常走所希望的,成熟、稳重、可靠,是一个信客最基本的条件。常行没有让父亲失望,每次送信或送货都完成得非常好,渐渐赢得了客户们的信任。

　　这一天,常走在回陈家渡的船上碰到了有过一面之缘的金宝少爷和伙计阿毕,两人提着大包小包,常走忙上前打了声招呼。金宝对常走印象比较深,高兴地说:"这么巧,我去木器行找陈叔,伙计说他回家了,辛苦你带我们去找他。"常走说:"没问题,金宝少爷。"

　　原来金宝和阿毕这次来宁波是收购春蚕茧,金宝想找父亲的朋友陈兴源帮忙,另外也感谢陈兴源两年前在他父亲出事后伸出的援手。常走发现这位大少爷成熟了许多,可见金老板去世,对他影响很大。

　　到了陈家渡,常走把金宝和阿毕带到陈兴源家就回家去了。晚上,陈兴源派人来问常走,愿不愿意陪金宝少爷去收购蚕茧,因为他熟悉路。说不会让他白跑,到时候会付他报酬。常走很爽快就应了下来。

　　第二天,常走与金宝、阿毕会合,他对金宝说:"金宝少爷,宁波府养蚕的有奉化、鄞县、镇海、象山、慈溪和石浦这几个地方。鄞县养蚕主要集中在鄞江桥、樟村一带,我们可以租条船,一个个地方来。"金宝客气地说:"那就麻烦你了。"

　　常走带着金宝和阿毕来到陈家渡,租了阿牛的船,往鄞江桥而去。

　　坐在船上,金宝好奇地问常走:"我听说你们这里的人养蚕,都用盐去缫丝,怕蚕茧生出蛾子。还听说每次缫丝完毕,就要煎茶叶为汁,还把米粉捣碎后筛到茶水里,熬成粥,有没有这么一回事?"

常走不好意思地说:"这个我还真不懂。"

阿毕接过一句:"不只是你们这里,听说是整个江浙地区养蚕的都这样。"常走说:"那有可能,生了蛾子就要破茧而出,蚕丝就要被咬断。"

金宝是第一次来宁波。当年办完父亲丧事,他原本是想来宁波面谢陈兴源,后因各种事务缠身,一直走不开,只好写了封信道谢,这次到宁波,第一件事就是去谢陈兴源。坐在船上,看沿途青山绿水很是养眼,忍不住夸赞:"宁波真是好地方,与我们南浔一样很是富足。"

常走说:"宁波这些年是年年有灾情,米价、柴价,所有吃的用的价格没有不飞涨的。像生油青油,都是从北边过来的,可自从倭人闹事,就很少有货过来了,现在一百斤要洋银十一元。菜油因收成不好,价格也很高。麻油之前卖一百文一斤,现在涨到一百四十文一斤,金宝少爷,你说穷苦人家,这日子怎么过?"

"那是不好过了。"金宝附和道。其实常走说的这些,作为有钱少爷的他体会不了那么深,但比过去父亲在时丝毫不知人间疾苦要好得多。他想起父亲意外去世后,很多人盯着金家,看金家会不会就此倒下,兄弟们会不会为争夺家业大打出手。在这一点上,他要感谢自己的母亲,她大度,目光长远。办好父亲的丧事后,母亲就把他们四兄弟,包括三位姨娘都召集起来,说了两个方案。一是就此分家,从此金家也就散了;二是一家人不分嫡庶,拧成一股绳,把这个难关给渡过去。金宝至今还记得母亲当时对二弟金元说的话,她说,你们四兄弟,两个弟弟还年幼,派不了用场,现在能挑起这副重担的,唯有你和你大哥,你能力比你大哥强,所以这个家散或不散,母亲想听听你的意见。而二弟毫不犹豫地表示,他愿意和大哥一起撑起这个家,不让父亲辛苦创下的基业毁于他们的手上。若要分家,也要等两个弟弟成年了,找到合适的时机再说。从那以后,他们兄弟齐心,以最快的速度把金家的生意给稳定下来,降低父亲去世带来的影响和损失。这次,他带着阿毕先到宁波,随后还要去杭州采购蚕茧。

船一摇一晃,沿着樟溪河而行,鄞江桥到了。

常走带着金宝和阿毕上岸,阿牛和阿发在船上等他们。常走边走边说:"金宝少爷,这里有不少人家养蚕,你先看看,这边收好了,我再带你们去樟村,那里家家户户都养蚕。不过去樟村要走路,船没法过去,溪滩多。"

"可以,如果这两个地方能收到好货,别的偏远地方就不一定去了。"金宝说。

来到一户蚕农家,常走站在门口喊:"张大伯,来客人了。"张大伯走了出来,见是常走,笑着招呼道:"今天过来送信?"

"不是,我给你介绍一下,这是湖州来的金少爷,他来收购蚕茧,我记得你家养了很多蚕,就带他过来看看。"常走说。

"快请进。"张大伯热情邀请,带着他们推开了专门用来养蚕的蚕室,那里放着一箩筐已处理过的干茧。"今年雨水太多,很影响桑叶质量,再加上忽冷忽热的,死了不少蚕,蚕茧不多。接下来就要养夏蚕了,希望天气正常点。"

金宝上前拿起几只蚕茧看,掂了掂手感,开口问道:"这些茧你都挑过了吗?"

张大伯说:"挑过了,这些是最好的。"他走到墙角,提起一只木桶给金宝看,"那些有黄斑、柴印、薄皮和双茧的全在这里。"

金宝指了指箩筐里的干茧说,"这些我都要了,一共多少斤?"

"这里有二十斤。"张大伯拿起放在边上的秤,先称了一只空箩筐的重量,再称装蚕茧的箩筐。金宝见重量无误,给了张大伯五元六角茧钱。阿毕拿出早上在老街集市特意买来装蚕茧的防水油布袋子,扒开袋口,常走和张大伯把箩筐里的蚕茧倒进袋子,扎好口子,阿毕扛肩上,三人正准备离开，又有人上门来。常走一看，带头的竟是李思侠，后面还跟着两个年轻人，惊讶地问："李五少爷，你来收蚕茧？你慢一步了，张大伯家的蚕茧被金少爷收了。"

李思侠也没想到在这里会碰到常走，笑着说："我不一样，我只收残次茧。"转过头问张大伯："你家有残次茧吗？"

张大伯高兴地回答："有有，在这里。"说完，赶紧把那桶残次茧提过来给李思侠看。

李思侠让那两年轻人一起看，对张大伯说："我给你一元银圆，这些全要了。"

张大伯知道残次蚕茧卖不上价，有人要已经很好了，马上点头，一手交钱一手交货。既然大家收的货不一样，干脆就同行去寻下一家。路上，常走好奇地问李思侠："李五少爷，这残次茧能派什么用场？"

"我在上海投资了一家绢丝公司，这些可以做原料。"

金宝一听，敏感地意识到以后说不定有合作的机会，忙上前向李思侠做了自我介绍，两人很快就交流起来，很是愉悦。

在鄞江桥，金宝和李思侠各有收获，大家把收购来的蚕茧送到各自的船上，又一起步行了近一个时辰到樟村。那是山区，到达时已是下午，六个人又渴又饿，只好问蚕农买了几个生番薯，就着凉开水下肚。等他们收好蚕茧回到鄞江，天都黑了。上船前，李思侠与金宝互留了通信地址，两艘船一前一后朝宁波摇去。

阿牛见三人累得不想动，关心地问："你们吃过没有？"常走说："没吃过，只有等回去吃了。"阿牛说："阿发去街上转了转，买了些黄馃糕回来，还剩几块，在小桌子上放着，你们分了吃，先填填肚。"

常走说了一声好，见船舱角落的小桌上果真放着一碗黄馃糕，赶紧拿来每人两块分着吃。"金宝少爷，阿毕，这是我们这里的特产，你们尝尝看。"

金宝和阿毕饿得正慌，也不客气，伸手接过，两块小小的黄馍糕还没有尝出味道就下了肚，嘴上连说："好吃好吃。"而肚子似乎更饿了，只好强忍着，大家聊天转移注意力。

金宝打起精神说："今天累是累点，收获还不错。没想到养蚕有那么多的忌讳，以前我还真没关注过这些。"常走说："是啊，我也是第一次听说养蚕有二十二忌，甚至连吵闹声都会影响到蚕，这小东西太娇贵了，蚕农辛苦。"

"确实辛苦，真不容易。"阿毕感叹道。

"最大的收获是认识了李五少爷。"金宝笑着说，"常先生，我要请你吃饭。"

"李五少爷人好，也有能力，居然在这里碰到了，这说明你们两个有缘分。""哈哈，对，有缘。"

金宝和阿毕今天要到城厢里去住客栈，阿牛就把他们送到濠河头，常走帮他们叫了一辆板车，把蚕茧装上，拉到货栈寄存，又在货栈旁边的客栈订了房间。大家约定明天常走陪他们去镇海，依然租阿牛的船。

接下来两天，常走陪金宝和阿毕先后去了镇海和奉化，金宝给了常走两元陪同费。临走前，金宝和常走去了陈兴源的木器行，再次向陈兴源表示感谢。

送走了金宝主仆，陈兴源准备拿钱给常走，常走告诉他已收到了金宝少爷的陪同费，不用再给了。陈兴源对常走说："你是个实诚人，这几天累了，回去好好休息。"

常走又去了钱庄，他现在连本带息还欠十四元，很担心自己到死可能都还不清债，每每想到这里，就心生绝望。闷闷不乐地回到家里，常走对常行说："小行，以后不是万不得已，千万不要去钱庄借贷，实在是借一次，要还一辈子。"

"阿爹,我今天听人讲,仁安公所新增设了无利借钱局,定于每月初六、廿一两日出借,只要有保人,就可以去公所预约挂号。我们去问公所借吧,借来的钱还钱庄,欠公所的钱可以慢慢还,不用付利息,这样负担会轻很多。"常行说。

"这消息是真的?"常走追问道。若是真的,那再好没有了。

"阿爹你明天可以直接到公所问。"

"对,去问问清楚,如果是真的,公所的门槛估计就要被踏平了。保人肯定要的,不然就乱套了。"常走的郁闷被常行带来的这个好消息吹散许多,仿佛一下子在黑暗中看到了希望。

隔日,常走去了仁安公所,得知无利借钱局的消息是真的,他看到有好多人在排队预约。当务之急,需要找个保人。找谁去呢?常走陷入了沉思。

经过吕记米店时,常走忽想到吕明华,不知吕家少爷愿不愿意做他的保人,常走想去问问,就走了进去,对伙计说找吕少爷。伙计带他到经理室。吕明华见常走来找他,有些惊讶,问他有什么事,常走说自己三年前借了钱庄二十元银圆,每个月挣的钱还利息都不够,听说仁安公所有了无利借钱局,他想借公所的钱去还钱庄的债,但需要保人。

"你要问公所借多少钱?"吕明华问。

"我还欠钱庄十四元,日息每一元收三点七五文,我想这个月还清的话,最多借十五元。"常走说。

十五元对吕明华来说真算不上什么,杭州之行,让他对常走这个人有所了解,当即点头说:"可以,我当你的保人。"

"吕少爷,太谢谢你了!"常走激动地道谢。

吕明华说话算数,马上和常走去了一趟仁安公所,办了相关担保手续。由于初六已约满,常走就预约这个月廿一日来借钱,他领到的号码是一百八十号,这说明前面已经有一百七十九人登记了。常走小心翼翼地把号码放进口袋,走出公所,一下子感觉自己又可以健步如飞了。

吕明华晚上回家,跟吕进宗说了给常走做保人的事。吕进宗听到只有十五元的金额,对吕明华说:"常走为人不错,他借的钱又少,你当他保人可以。不过以后你不要轻易给人当保人,当保人有风险,尤其是牵涉到金额大的,无论是谁,都不可答应。"

"我知道,阿爸,我愿意帮常信客这个忙,就是看他借的数量少,多了肯定不行。再说,我们一起去了一趟杭州,我对他印象挺好的。"

"人品可以,以后有跑腿的业务你可以找他们父子。""好。"

吕菊香进来了,她朝吕进宗行了一个礼,说:"阿爸、阿弟,我有事找你们商量。"她现在每天很充实,早上去米店学做账,熟悉业务,晚上回来和三个孩子交流学习心得,母女四人精神面貌焕然一新,她自己气色好了许多,人圆润了不少。

"你坐下慢慢讲。"吕进宗看到大女儿的变化,非常欣慰。如果说给吕菊香定了那么一门亲事是错,那么支持她和离就是正确的选择。三个外孙女很懂事乖巧,有她们在,现在家里热闹多了。

"阿爸、阿弟,我想立女户,以后就带着孩子们过。"吕菊香说。她考虑过,小弟到了成家的年纪,三个女儿在一天天长大,再过几年,也要说亲,长期住在娘家不是个办法,她又不准备再嫁,还是单独立个女户好。

"怎么突然想到立女户?"吕进宗问。

在父亲和小弟面前,吕菊香坦率地说出自己的顾虑。现在父母在,小弟没成家,她们母女四人住着当然没问题。可若有一天父母不在了,以后由弟媳妇当家,她哪有理由再住这里?不如早做打算。吕明华很想说大姐你们尽管住,可再一想,大姐说的也是事实。他可以保证自己不会亏待大姐母女,可未来娶来的妻子会是个什么样的人,他保证不了。

"你还年轻,没想过再嫁人吗?"吕进宗问。

吕菊香摇摇头说:"阿爸,我不想再嫁人,只想一心一意把三个孩子拉扯大。"

吕进宗见吕菊香心意已决,说:"好,阿爸支持你。老街有一套空置房,阿爸明天叫人去清扫,再做些家具,等搞好了,你们母女啥时候想搬过去都可以。你安心在米店做工,有任何事找阿爸和你阿弟。"又转过头盼咐吕明华:"你姐立女户的事交给你去办。"吕明华当即答应下来。

"谢谢阿爸,谢谢阿弟!"吕菊香哽咽着说。

"好了,别多想,回去陪孩子吧。"吕进宗安慰女儿。

吕菊香行了一个礼,告退。吕明华问吕进宗:"阿爸,大姐一个人带着三个孩子另住,这样好不好?"吕进宗说:"你大姐自己能立起来是好事,等她们搬过去了,找个护院,另外打理家务的婆子也得找两个,这样才放心。"吕明华承诺父亲:"阿爸,我以后会照顾大姐和三个外甥女。"吕进宗连连点头说:"好。"

常走盼星星盼月亮,终于等到廿一那日,如愿从仁安公所借到十五元银圆,借期一年。若一年到期未还清,下次就不能再借了。常走只能先一步步来,他马不停蹄地赶去财来钱庄,连本带利刚刚好,全部还清。当那张借据盖上还清的章,常走忍不住失声痛哭,接下来他只要还十五元就可以了,不会再有没完没了的利息。他想只要父子俩一起努力,运气好一点,勤跑几趟远路,还清这笔债不算太难。这么一想,顿时信心十足。

想到每年杨梅季,沈家太太总要让他送一些杨梅到上海,现在杨梅快落市了,还没有去送过,要不过去问问?主意打定,常走去了一趟沈家村,沿途顺道收信。

到了沈宅,常走找沈恒,对他说:"沈管家,我要去上海送信,你们有没有信或东西要带过去?今年杨梅不送了吗?马上要没有了。"

第十封信:收蚕茧与魂断

沈恒笑着说:"你这家伙,脚介长,咋猜到我准备送杨梅到上海?"

常走嘿嘿一笑道:"每年沈太太都要给大少爷送杨梅,今年还没送过。我晓得,那送的不是杨梅,是母子情。"

"就你花头多,你哪天去上海?"

"后天。"

"杨梅不能久放,只有现摘现送。跟往年一样,后天早上我派人把杨梅送到码头等你,你到上海后直接送到沈公馆。"

"没问题。"

常走收了沈恒给的一元送货费,离开沈家村。到了去上海那日,常走挑着箩筐,身上系着装信的包袱,早早去了码头,在进口处等沈家家仆。没过多久,两个家仆各提了两篮杨梅过来,上面盖着新鲜的树叶子,还有一封信。常走收好信,把四篮杨梅小心地分放进两只空箩筐里,这样就不怕杨梅篮被人挤坏。

晚上,到了上海,常走熟门熟路地去了沈公馆。沈洋河没想到这么晚还有杨梅送来。他很喜欢吃杨梅,当即揭开树叶子,直接拿起来吃。沈昆去倒了一碗水,让沈洋河洗一下再吃。沈洋河不在意地摆摆手,忽想到沈美珠,问常走:"常信客,最近洪家有什么风声传出来吗?"

常走答:"听说洪少爷去四海做事了,洪老爷这段时间没看到过人。"沈洋河说:"洪家的事你不用刻意去打听,若偶尔听到一些,方便时再跟我讲好了。还有,你明天到茶行来取回信。"常走点头:"沈少爷,阿昆先生,以后可能我儿子来送信会多些,我年纪大了,身体一年不如一年,只能靠他了。"沈洋河见常走面容苍老,提醒道:"你知不知道国家邮政成立的消息?估计宁波也快成立了,来夺你们生意了。"

常走一愣,不禁发起愁来:"上海果然不一样,消息灵通。这邮政应该跟信局差不多吧,这样一来,我们这些单干的信客日子更不好过了。"

"你们还是有优势的,什么东西都可以送。我想不管是邮政,还是信局,肯定都有很多的限制。"沈昆分析道。

"只能走一步看一步,沈少爷,阿昆先生,再会。"

"好,你慢走,阿昆送送常信客。""不用不用,两位再会。"

走在路上,常走有些迷茫。让常行也成为一名信客,这个决定是不是错了?他记得李家五少爷曾建议常行去钱庄或药铺当学徒,学点东西。认真想想,当信客真的很辛苦,风里来雨里去,风险又大。要不要让常行去学别的呢?常走不禁纠结起来。可再一想那些老客户,想想他们每寄出一封信时期盼的眼神,常走又觉得信客非常重要,虽说有信局,但很多偏僻的乡村,信局的人根本不会去,全靠他们这些信客在奔走。经过这么一番心理暗示,常走又觉得让常行走这条路没有错。

来到如归旅馆,"笑面虎"笑眯眯地跟常走打招呼,问他咋这么久没来。常走跟"笑面虎"说自己年纪大了,精力没过去那般好,"以后我儿子常行来上海送信,我叫他住你家旅馆,还请老板多多关照。"

"欢迎欢迎,你放心好了,阿拉这旅馆最安全了。"

常走道了声谢,回房休息。

从上海回到宁波,常走在信局应老板那打听到沈洋河跟他讲的国家邮政成立的消息属实。对此,应老板并不是很悲观,他认为就算国家邮政成立了,短期内对他们信局的影响也不大,长期不好说。"要说灵活,还是你们信客最灵活,你也不用太担心,总能找得到饭吃。"

"我也这么想,只要手脚勤快,不当信客去做别的也一样。"想明白了,这事他就没再放心上,又开始日复一日地为生计奔走。

光绪二十三年(1897)一月,宁波邮界邮政局在江北岸外马路成立,由海关署税务司英国人安文兼管。由于成立之初邮局网点稀少,无力实现邮政专营,故宁波邮界邮政局要求民信局在指定期限内,向当地邮局登记并领取执照，作为邮局代办机构办理邮政业务，以达到既利用民信局已有资源，又能限制其发展，伺机取缔的目的。常走听了应老板的抱怨，才真切意识到民信局被制约，以后早晚有一天，会波及他们这些信客。看着市面昂贵的物价，洋银每元只能换制钱七百八十文，常走感觉这日子越来越难过。

也许是由于长期的劳累，常走身体衰败得很厉害，以前从早走到晚都不觉得累，现在稍微多走一点路，人就气喘吁吁，尤其是双腿，再也使不上劲。送信送货业务都交给了常行，只能在家闲着，他觉得现在的自己就是个废物，不但挣不到钱，还拖累了儿子，这让他非常沮丧。某天，见天色已晚，常行还没回来，常走就去渡口找阿牛，诉说内心的苦闷。

阿牛劝慰道："常走叔，你不要多想，把身体养好最要紧。人都要老，像我这样纯靠力气吃饭的人，你说还能撑多少年的船？等我撑不动了，还不是一样要蹲在墙角落数着手指头过日子？"

"真要走，我也没办法，只希望自己不要像小行的娘一样，人走了，还留下一屁股债，那小行一辈子都不会出头了。"

"别多想，多休息休息就会好的。"

接着，两人又说起城里的一些新鲜事，如已经正式投入生产的纺纱织布局不得了，听说一共有二百多部织布机。"那厂里雇的工人就有一百五十人，而且都是女工和童工，现在女人出来做事的比过去多了不少。不过出来做工的都是穷苦人家，有钱人家的小姐不可能去当女工。"阿牛感叹道。

"那当然，有钱人家规矩也多。说起来，像吕大小姐这样的女子还是少见。"常走曾在米铺遇见过吕菊香几次，发现她浑身上下都充满了自信，待人也和气，跟记忆中那个愁眉苦脸的妇人相比像换了一个人。

"那倒是。吕大小姐和离，一个女人带着三个孩子回娘家，不怕人说闲话出来做事，虽说是在自家店里，这种勇气还是令人敬佩。"

"是的,一般女人根本做不到。"

常走跟阿牛聊了会儿闲话,心情好了许多。这时,有小船靠岸,常行挎着铁皮箱走上岸来,看到父亲坐在阿牛哥的船头,忙上前向两人打招呼。常走站起来,常行站在埠头,向阿爹伸出手,拉他上来,扶着他慢慢走回家。

回到家,常行跟常走说了一件事。他今天去洪七家送信,送完信,出来时,有个丫鬟撞了他一下,低声在他耳边说:"求求你,帮我家太太捎个口信到上海立信茶行,找沈少爷,告诉他一句话:沈美珠生不如死。你是好心人,谢谢你!"丫鬟说完,慌慌张张就走了。

常走一听就明白了,看样子洪家真有问题,想起沈洋河曾跟他讲过,若有他堂妹的消息,方便时告诉他一声,说明沈少爷还是关心他这个堂妹的,那么这个口信就算是做好事也得帮她送出去。

"人命关天,小行,你明天就去一趟上海,找沈少爷,把口信带到。至于他怎么处理,我们管不了。你跟沈少爷实话实说,这次是专程送口信。洪家丫鬟求助的事,你不要让别人知道,若传到洪老板耳朵里,恐怕我们要受牵连。"

"我知道了,阿爹。"

躺在床上,常走在琢磨这洪老板是不是真的克妻,不然为什么好好的年轻姑娘才嫁过去没多久就喊救命?

常行到了上海,去沈公馆找沈洋河。沈洋河听了常行带来的口信,有些为难,沈美珠不是他的亲妹妹,父母健在,还有三个亲弟弟,真有事还轮不到他这个隔房的堂哥管。可既然求助于他,总得帮一把。他让常行坐等一会儿,自己和沈昆商量,最后决定修书一封让常行带回沈家村,请沈恒出面去了解沈美珠在洪家的真实情况。常行离开沈公馆时,钱袋里装着沈洋河给他的三元银圆,既是专程送信资费,又谢他的这份

第十封信:收蚕茧与魂断　　167

古道热肠。

常行回到沈家村送信,沈恒看了沈洋河的信后,带着李小妹去征询冯晚秋的意见。冯晚秋觉得这事有些棘手,她不是沈美珠的亲娘,不好出面。最关键的是,沈美珠现在到底是个什么样的情况,大家都不清楚,贸然上门不合适。可沈美珠偏向沈洋河求助,那他们也做不到无动于衷。

"这事还不能让阿根哥晓得是沈美珠向阿洋求助,万一她脱离不了洪家,让洪家知道,以后恐更难了。"冯晚秋皱着眉头说。

"这样吧,我午后进城去一趟洪家,就说今天在城里办事,顺道来看看美珠。我想女眷过去,洪家没理由不让美珠出来见人。"李小妹说。

冯晚秋认可这个办法,沈恒也觉得这个主意不错。冯晚秋让绿枝去库房取了一块丝绸布料给李小妹:"小妹,这块布料你以我这个婶娘的名义送过去,跟美珠说,这是她堂哥从上海托人带回来的,这样她就会明白我们为什么会派人去看她。"

"好,太太,我吃好午饭出发。"李小妹接过布料说。

午后,李小妹带着一个家仆坐船进城去。到了洪宅,家仆前去敲门。门开了,李小妹跟洪家小厮自我介绍是沈家村人,奉太太之命来探望沈美珠,烦请通报。说完,她又解释一句,说太太是沈美珠的婶娘。洪家小厮犹豫了一下,让李小妹在外等着,他去通报。过了好一阵,小厮出来,请李小妹和家仆进去。

李小妹是第一次进洪宅,她目不斜视,跟着小厮往里走,家仆被留在外院的客堂间。小厮把李小妹送到内院门口,朝里喊了一声,马上有丫鬟出来接。李小妹提着篮子跨进小院,见里面有假山有花草,看起来很不错。

"太太,客人到了。"

沈美珠从里屋出来,她走路的样子有些怪异,见是李小妹,很意外:

"李婶,好久不见,今天进城办事吗?"

李小妹打量着沈美珠,她简直不敢相信自己的眼睛,才一年多时间,曾经那么鲜活的少女竟像老了十岁,哪怕脸上涂了再厚的胭脂,也无法掩饰憔悴与病容。李小妹见沈美珠身边站着一个老妈子,一副寸步不离的样子,想问的话就给咽了下去,把篮子放在桌上:"是的,我到这边来办些事,你婶娘很惦记你,让我给你捎来一块布料,说是你堂哥从上海托人带来的。"

沈美珠还未开口,那老妈子上前拿起布料打开,拎起来抖了几下,又重新折叠好,阴阳怪气道:"太太,老爷给你做衣服的布料比这种要好得多,上海货没啥花头。"

"胡妈不要这么讲,这是我婶娘的一份心意。"沈美珠恨不得甩两个巴掌给那老婆子,可她不能,那老婆子是洪七的人,任务就是监视她,她现在唯一可以信任的是丫鬟小芸。沈美珠明白,今日李婶突然上门,必是那位好心的信客把口信带到了堂哥那里。她很感激冯晚秋这位隔房婶娘,特意派人来看她,不像她的家人一点也不关心她的死活。她现在是有苦没处说,老婆子在旁边盯着。这洪宅对她来说,就是一个铁牢笼,她无力挣脱。想到一辈子要葬送在这里,沈美珠心里满满的绝望。她努力用平静的口吻说:"麻烦李婶替我谢谢婶娘,你坐会儿,跟我讲讲家里的事。"又转过头对小芸说,"你去厨房端两份糕点来。"

"好的,太太。"

"胡妈,辛苦你给李婶倒杯茶来。"沈美珠吩咐道。

胡妈嘀咕一句"还真把自己当太太了",不情不愿地去隔壁,沈美珠快速走到李小妹身边,顾不得羞涩,低声说:"李婶,洪七是个怪物,夜夜在床上折磨我,还派胡妈整天盯着我,我真的一天也待不下去了。帮我求求婶娘,有没有什么好办法,能让我跳出这个火坑?"

李小妹的手一抖,还没想好怎么回答,沈美珠已退了回去,坐在原来的椅子上。刚坐下，胡妈捧着一杯茶进来。沈美珠故意扯开话题，装作跟李小妹在闲话的样子。李小妹反应快，跟着配合。等小芸端来糕点，李小妹不动声色地吃了一块，喝了几口茶水，站起来告辞。沈美珠把糕点放进篮子，对李小妹说："这些糕点麻烦李婶带回去，代我问婶娘好。"

"好，我一定会把你的问候带到。"

李小妹走出洪宅，回过头看了一眼紧闭的大门，为沈美珠掬了一捧同情的泪。

回到沈家，李小妹去见冯晚秋，跟她说了沈美珠的情况。冯晚秋没想到是这个原因，实在太令人羞耻。"我只是她的隔房婶娘，偶尔派个人去探望一下还可以，若出面让沈美珠和离回娘家，没这个资格，再说阿根哥他们一家也绝对不会同意。"李小妹想想也是，"那我要不要去找美珠的娘？""你陪我去一趟阿根哥家，我还是要提醒他们一下，看他们是女儿的命重要，还是钱重要。"

沈阿根夫妻俩对太太上门很惊讶。冯晚秋神情严肃地说："今日小妹去城里办事，我让她给美珠送了一块布料过去，阿根哥、阿根嫂，你们有多久没有见到美珠了？小妹说美珠整个人看起来不太好，阿根嫂你要不要去看看她？你是她的亲娘，去探望女儿合情合理。"

美珠娘一把抓住李小妹的手臂，焦急地问："美珠生病了吗？"

李小妹说："有没有生病我不知道，只是看起来精神不太好，人瘦了好多。"美珠娘没有主见，她把目光投向丈夫，小心翼翼地问："我可以去看看女儿吗？"

沈阿根心里怪冯晚秋多事，只是不敢得罪她，赔着笑说："嫁出去的女儿，泼出去的水，美珠是去享福的，我们作为娘家人，没事还是不要去打扰她，谢谢太太惦记那孩子。"又呵斥美珠娘，"你别给我添乱了，你还真当自己是洪老板的丈母娘？别做梦了。"

冯晚秋见沈阿根这个态度，知再说无益，留下一句："只要你们不后悔就好。"说完,和李小妹一起转身就走。

美珠娘还想跟丈夫再争一争,只是她软弱了大半辈子,没那个勇气,只好偷偷抹眼泪,去灶间准备晚饭。沈阿根没把冯晚秋的话当回事,洪七给的彩礼钱,一部分用来造新房子,余下的留着给三个儿子讨媳妇。他们这种小门小户,平时哪够得着洪老板这样的人?至于美珠,每天吃山珍海味,穿绫罗绸缎,还有什么不开心的?真是太不懂事了。沈阿根背着手,哼着曲去村里溜达了。

冯晚秋的心情被搞得乱糟糟,李小妹劝她:"太太,这事跟你和大少爷无关,是你们心善,反正提醒过了,这就是美珠的命。"

当沈洋河再次从常行送来的信中得知沈美珠的消息,已是寒冬腊月。信是冯晚秋写来的,告知他沈美珠死了。洪家说她染上时疫病死,怕传染,只能草草入了殓,悄无声息地埋葬了。沈阿根收了洪七派人送来的十元银圆,没有一点声音。美珠娘哭得肝肠寸断,可惜没有用,人死不能复生。沈洋河看完信,心里很不是滋味。他问沈昆,还记不记得沈美珠出嫁那天的样子。沈昆想起那个面无喜色的新嫁娘,叹了一口气:"也许美珠那时候就已经意识到这是她人生悲剧的开始。"

"她努力过,想逃出那个牢笼,可最终没有成功。"沈洋河很自责。他想,如果在沈美珠嫁人前他们帮她退了亲,带她到上海,给她找份事做,那么她的结局就完全不一样了。"我明明有能力帮她,却没有尽力。"

"清官难断家务事。那洪七表面上看起来为人不错,谁知道有什么毛病,怎么娶一个就死一个?所谓克妻,究竟是怎么个克法?可惜死无对证,没有人揭穿洪七的真面目,只能让他继续逍遥。"

"罢了,事已至此,无法挽回。以后我若娶妻,定好好待之。她若与我不睦,我就放手。女子在世本不易,我们还是不要太过于苛待她们了。"

"对,善待女子。"

第十封信:收蚕茧与魂断

说到娶妻,沈洋河知道,这事他拖不了多久,父亲想搞联姻,托人打听在上海的宁波商人圈里哪家有合适的姑娘,急得不行。他其实没这心思,可为了爹娘,这妻早晚要娶,也就不再强硬反对,态度比过去妥协不少。不过,他提了一个要求,就是亲事定下来之前,必须要先见一见对方,他不想跟一个连面都没见过的姑娘入洞房。若合眼缘就定下,若不合就不再提,这样也不会让对方的声誉受损。

"阿昆,你有想过成亲的事吗?"

"我考虑过是不是听从阿爸阿姆的意见,娶个老实本分的乡下姑娘,让她代替我孝敬父母。可现在想想,这样是不是对人家不公平?若带到上海来,也是个问题。父母年纪大了,最喜儿孙绕膝,不能把他们这点乐趣给剥夺了。这么一想,头就要痛,干脆不想,船到桥头自会直。"

沈洋河听了沈昆一番话,说:"我现在是左右为难。对了,你给恒伯写封信,过年你跟我留上海,我爹爹回去。"

"好。这时间过得如此之快,转眼又一年。"

"是啊,过得太快了。"

常行跑了一趟上海,回来跟常走说了他听来的有关洪老板家的事,第四房太太又没了,这下克妻之名传得更远了。常走想起那只精致的梳妆台,摇着头说:"可惜那姑娘了,年纪轻轻就丢了性命,这洪家实在太邪门。"

此刻,洪宅富丽堂皇的客厅里,洪青站在中间,盯着父亲洪七,语气像冰碴子一样的冷:"又一个,你这样不怕遭报应吗?哦,不,你早就得到了报应。你赚再多的钱有什么用?你只有我这个走三步就要喘两口气的病儿子,如果我比你先死,那等你死了,连个送终的人都没有。如果你先死,放心,我会把这里用一把火烧给你。"

"混账东西,别以为你是我唯一的儿子,你就敢这样不敬老子!"洪七一拍桌子,大声吼道。

洪青朝客厅外走去,跨出门槛,转过头说:"我宁可从没有来到过这个世上,成为你的儿子。"

"滚。"

站在不远处的贴身小厮赶紧跑过来,扶着洪青回他住的院子,小心劝道:"小人逾矩,多说一句,少爷,你又何必跟老爷置气?白白伤了自己的身体。"

"这样活着又有什么意思?"洪青一直没搞清楚为什么这个深宅大院里的女人这么短命。他是不信所谓克妻之说,但他又无法解释为什么一个个年轻的女子进了这道门后都活不久。问题究竟出在哪里?母亲死时他太年幼,没什么印象,但对后面两位,包括那些小妾,他都有印象。以前他以为那些女人真的是因病去世的,随着年龄的增长,他越来越怀疑她们的死跟他父亲分不开。当那位十八岁的乡下姑娘进门时,他还幻想这一个会不会成为例外,她那么年轻健康,一定可以活得久一点,谁知还是死了。没有人告诉他真相,他也没证据可以把自己的父亲送进监牢。

"我感觉自己身上流的血都是脏的。"洪青苦笑一声,抬头望了望天空。他好想出去,永远不再回来。

洪七沉着脸坐在客厅。他没想到沈美珠这么脆弱,还以为乡下姑娘壮实,经得起折腾,真是失策。他有难以启齿的隐疾,娶第一房太太时,情况还稍微好些,后来越来越严重,心有余而力不足,这让他非常暴躁。吃了很多的药,可一直没有效果。他去杭州和上海偷偷找医师看过,医师都说他这是天生暗疾,无药可医,能有一个子嗣已是意外惊喜。最要命的是,越是得不到,越想要,这种痛苦谁懂?洪七对洪青是又气又无奈。他想过给洪青娶妻,可洪青这身体,娶了妻说不定反而会害了他。洪家,注定要断子绝孙。

"报应,果真是报应啊!"洪七喃喃自语。是啊,赚这么多钱又有什么用?洪青不可能长寿,他又能活多少岁?这庞大的家业最后还不知会落到何人手中。想到这里,洪七忽然没有了赚钱的劲头,要么把咸货行转让出去,以后就喝茶,听戏,再买几个水灵的丫鬟在后院伺候,过轻松日子?越想越觉得可行,被洪青挑起的郁气不知不觉消散了不少。

第十一封信：购粮

"大哥，今年宁波米粮严重缺乏，价格一直居高不下。前段时间官绅向各殷实人家募捐，说是要去购买四万石暹罗米，谁知有人从中作梗阻拦，米没买成，现在各囤户将米据为奇货，小民无从度日。近日，镇海饥民纷纷向各富户强索，这样下去恐出大事……"

李思武写给李思文的信

······

初夏的一天，常行一到上海，即刻前往李公馆，他有两封信要送。信送进去时，李思文和李思全、李思侠正坐在客厅谈论最近轰动上海的一件大事——"贴票风潮"。

李思文说："若不是伯父头脑清醒，不受高利引诱，恐怕我们的钱庄也不能幸免。"李思全说："九十元存入，开一年期票，到期后可兑一百元。有的甚至存八十元，得一百元，如此高息，岂能不让人疯狂？自问若钱庄由我们做主，我们是否真的坐得住？"

"这个还真不好说。"李思侠想到最近上海因受贴票风潮影响倒闭的钱庄，语气里满是敬佩，"伯父给我们上了很生动的一课。"

见小厮拿了两封信进来，李思文随手拆了一封，是宁波李家钱庄的经理写来的，说近期洋银价值骤贬，市面上制钱更是严重缺乏，而市侩居奇，不顾禁令囤积制钱，致使洋银日渐从廉，每元只易八百二十文，铺户居民视钱如命，对钱庄生意颇有影响。

李思文把信交给两位弟弟看，自己又打开另一封信，说："虽然贴票风潮没有波及宁波，可这种人为囤钱，故意造成市面恐慌，损人利己的恶行同样可恶。如此下去，不但穷苦人家日子难过，生意人一样深受其害。"

"但愿此事能引起官府重视。看《申报》上宁波消息，各类盗案频频发生，大哥，我们还是写封信回去，提醒家中注意门户，切不可大意。"李思全有些担忧，"李家在当地还是太引人注目了些。"李思侠沉思道："我们是需要一些自保手段。"

"五弟，这差事交给你了。"李思文突然站起来，把手中的另一封信递给李思侠。

李思侠接过，二哥在信中言宁波米粮严重缺乏，价格一直居高不下。前段时间官绅向各殷实人家募捐，说是要去购买四万石暹罗米，谁知有人从中作梗阻拦，米没买成，现在各囤户将米据为奇货，小民无从度日。近日，镇海饥民纷纷向各富户强索，这样下去恐出大事。父母已将家里积存的粮食全部取出施粥，可仍杯水车薪，饥民实在太多。附近饥民听说这里有饭吃，更是纷纷涌入。奉父母命，请大哥速想办法，尽快购买粮食，运回宁波，以解燃眉之急。

"好，大哥，我即刻去安排。"李思侠之前奉父母命购粮赈灾，是去无锡购的粮，这次他想去湖州，路近些，再说他跟金宝一直有书信联系，顺道去看看。

事不宜迟，第二天，李思侠带着银票和两个伙计从十六铺码头坐船出发，经苏州河，入吴淞江，再沿太湖到南浔。

到了南浔，李思侠提着礼物，去金氏丝绸行找金宝。金宝见到李思侠很惊喜，赶紧请他入座，玩笑道："思侠小弟无事不登三宝殿，有什么我能帮得上忙的，你尽管吩咐。"李思侠说："小弟真有要事来麻烦金兄。"于是就把宁波缺粮的事讲了一遍。

"我叫荣叔带你去找，这方面他内行。"金宝说，当即叫人去金宅请荣叔来。

荣叔很快就过来了。李思侠说："荣叔，我这次要买米，家父家母用来救济饥民，时间很紧迫，烦请荣叔帮我联系相关商户。"荣叔问："大概多少量？"李思侠答："看能买到多少。"

金宝很感谢李思侠，因为他的牵线，他认识了沈洋河，又通过沈洋河，和英国商人马克联系上，把金氏丝绸销往国外。这份情，他一直记在心里。这次有机会，能帮自然要帮一下。

一行人前往米行，荣叔跟李思侠建议，既然用于救济饥民，这米就不用买太好，普通的糙米即可，这样还能多买点，多救济几个人。李思侠谢过荣叔，这个问题他也考虑过，认为很贴近实际。到了米行，李思侠和米行老板开始谈价。一般米行不会存放很多米，因为天热容易坏。李思侠三人跟着荣叔跑了一天，以平均每石四元八的价格，总算凑够了四十石大米。金宝不放心李思侠租别人家的船转运这么多大米，当即决定用他们金家的运货船护送李思侠和这些粮食回宁波，把李思侠感动得不知说什么好，他向金宝深深作了个揖："金兄大恩，小弟牢记在心，只是这船跟我们走，会不会误了兄长生意？"金宝说："没关系，我们还有一条船。另外，我再给你派两名护院，安全第一。"

李思侠没有拒绝金宝的这份好意，他也怕这一路不太平，这份欠下的人情定要找机会好好还。怕耽搁李思侠的事，金宝就没挽留，送他到河边，两人依依惜别。

由于船上装着大米，大家都提高了警惕。一路提心吊胆，终于快到宁波了，众人不由松了一口气。进入内河，天色已晚，这时，船夫见前方忽有小舟飞驶而来，站在船头之人似身上带着刀，感觉不对劲，大吼了一声："不好，有劫匪。"

李思侠等人立马站起来，每人拿上刀械——这刀械是金宝叫护院带到船上的，没想到真派上了用场。李思侠语气急促："请各位与我一起奋力一搏，李某必有重谢。"

那两护院人高马大，提着刀往船头一站，很有威慑力。另两伙计则大声朝岸上喊"救命"。小舟上的匪徒没想到这船上的人如此机警，又见对方手上也有刀，人数似还不少，他们看不清船舱里有没有人，而岸上已有人闻讯而来，只好调转船头，朝另一方向逃去。李思侠的汗一下子就出来了，倘若他们没有带刀械，且只有他和两名伙计，这一船的粮食不但保不住，搞不好他们还要没了性命。他心里对金宝的援手更加感激。

到了镇海，李思侠派一伙计去李宅报信，安排人来运粮食，又诚恳地请两位护院和船夫去家中休息一晚。船夫说他要守船就不去了，两个护院也说不去打扰。李思侠没法，只好叫人送饭菜到船上，陪他们好好吃了一顿。

因天色已晚，李思侠到家后没有去打扰父母，见管家已安排人轮流值守库房，他就放心回房休息。

第二天大清早，李思侠去厨房拿了一些现成的吃食送到船上。他写了一封信交给其中一位护院，请他带去给金宝，又给每人一只十元银圆的红包，以示感谢。船夫和两位护院都很高兴，告辞回南浔。

李思侠去城里转了转，发现各米行、米店的米价确实非常高，而且还限量购买。李家的施粥在继续，看着长长的饥民队伍，李思侠的心情又变得沉重起来，心想这世上的穷苦人太多了，救都救不过来。当他在母亲面前感慨时，母亲的一句话让他陷入沉思，她说："能救一个是一个。"母亲的侠义心肠，让李思侠滋生了一种无法言说的骄傲，他要以母亲为榜样。

金宝收到李思侠的信，庆幸自己派了护院和船。他很高兴自己能结交到这样的朋友。他想等条件成熟，去上海也办个缫丝厂，扩大业务范围。他有信心和金元一起让金氏丝绸行更上一层楼。

李思侠回到上海那日，上海发生了一件大事：法租界当局以筑路为由，要强拆四明公所围墙。消息传出，上海的宁波同乡极力反对，结果双方发生严重冲突，法国士兵开了枪，死伤多人。刚回到李公馆，李思文就跟李思侠说，宁波同乡们在相互积极联络，准备停工罢市，直到法租界当局放弃侵占四明公所为止。李思侠义愤填膺地说："如果这次我们退让一步，以后他们就会变本加厉。"李思文说："是，宁可关门损失，也绝不让步。"

很快,沈儒行、陈兴广,以及沈洋河、陈修和等人都收到停工罢市倡议,"宁波帮"此举得到了上海市民的支持,掀起了一场声势浩大的停工罢市潮,最后迫使法租界当局答应不再拆除四明公所,市面才恢复正常。这事给李家兄弟、沈洋河、沈昆和陈修和等年轻人一个很大的震撼,他们发现了团结的力量。

这一日,在外奔波了一天的常行回到家里,对常走说:"阿爹,永发信局出事了。"

"出了什么事?"常走的身体比去年冬季要好些了,常行让他再养养,不要急着去做事,免得又有反复。常走也怕病倒,成为儿子的拖累,故而特别小心。

"昨夜,应老板把收来的各铺户所寄银圆、货物和信函装了一船,前往绍兴、杭州,结果船刚到西门外万安桥畔,就遇到十几个匪徒,他们把船夫给杀了,押运伙计也被砍伤落水,幸后来被人救上来,船上所有财物被抢劫一空。应老板闻讯,连夜赶去鄞县报案,说这次损失三千多洋银。"

"这么多?这个年应老板没法好好过了。小行,你下次送夹带着银票的信件,千万千万要小心,搞丢了我们可赔不起。"常走说。他想起去年年底,借仁安公所的款到期了,而他只还了七元,还差八元,最后又求了吕少爷去仁安公所,一借一还,再借再还,今年无论如何他都要把债给还清。不然,他都没脸再向吕少爷开口了。吕家父子对他的关照,他都记在心里。

常走到集市买米,今年米价不但高,还奇缺,尤其是这几个月,更是高得离谱。他听从吕进宗的建议,在涨价前买了一些,可再省着吃,总有吃完的一天。算起来,家里已断粮十来天了,听说有一千余石的官米运到宁波，常走想这下价格应该能下来点吧。刚走进老街，远远看到吕记米店门口围着一群人，走过去细看，皆是身穿破衣烂衫的乡民，一个个喊着买米。米店伙计在不停解释："真的没米了，卖完了。"常走挤进去，问："不是说有官米到了吗？"伙计说："官米都分发到城里的米店、米行出售，第一批已经卖完了，要等第二批。我们这种乡下角落头，分不到。"

那群乡民还不信，非要进店去搜米，人多，伙计挡不住，一下子都涌了进去。常走扶住伙计，对他说："店里真没米了？"伙计说："真没有了，不信你进去看。"常走随着人群进了店堂，米篓已被人倒覆在地，还有人把脑袋伸进米斗里，似在闻那米香。这时，忽有人提议："这里不用看了，我们还是去搜城里米店，看哪家有米。"

众人见实在刮不出一粒米来，只好又像潮水一样退去。常走对那伙计说："你还是赶紧把店门关了，我现在进城去，给你家老板报个信。"伙计说："好，谢谢常叔。"

常走避开人群，到渡口坐上船，直奔吕记米店。他先到吕进宗管的店里，说了相关情况。吕进宗见常走专程来告知，很感动。常走没有耽搁，又去了吕明华那里，对他说："吕少爷，有一群乡民大清早去老街的米店搜米，没搜到，这会都进城来了，你们要做些准备，万一发生抢劫事件，损失就大了。"

"谢谢你了。"吕明华一听，忙让伙计把店堂里的米拿一些存到库房去。因怕有人囤货，官府规定，每人只能买三升，吕明华把自己的名额送给常走，让他买了九升米背回家。

晚上，常走从阿牛那里得知，那群乡民今日搜到南门一家米店，发现里面存货较多，抢着要买，店主不肯，差点出事。店主报了官，官府的人前来调解，要求店主按官米价每升制钱四十二文，每人三升，平价出售。店主欲哭无泪，所存之米顷刻被买空，那群人才散去。常走听了目瞪口呆，心想这米荒再不缓解的话，以后抢米的人恐怕只会越来越多。前些日子他去镇海，看到李家在施粥，听人说是李家五少爷专程去湖州购来大米，救济饥民。

吕明华也在想粮食的事，想到库存的米不多了，得赶紧去进一批来，他拟了一份采购计划去找父亲。吕进宗看了很满意，让吕明华大胆去做。吕明华去找阿牛，他要租船去湖州采购粮食。两人约好出发时间。又想到常走父子，决定帮他们一把，让阿牛传话，问常走愿不愿意跟着他去一趟湖州，他会给跑腿费。常走得到消息，立马就明白了吕明华的好意，他哪有不情愿的，感激都来不及。

三天后，吕明华带着一个伙计和常走一起，坐阿牛的船前往湖州。走之前，常走去找陈兴源，问他有没有信带给金宝少爷，陈兴源想着顺道的事，就没拒绝，写了一封信让常走带过去。在船上，常走跟吕明华说了自己的想法："吕少爷，你要采购粮食，我想金宝少爷或许能帮上忙，他是本地人，认识的人多，到时候我替你介绍一下。"

吕明华没想到常走这么有心，很高兴，问常走怎么会认识金少爷，常走说了那年护送灵柩和陪金少爷去采购蚕茧的事。吕明华才明白这其中的渊源，承了常走这份情。

一路上，大家相处融洽，吕明华发现常走虽然只是个信客，但懂的东西并不少，不禁对他有些刮目相看。

到了南浔，常走去给金宝送信，吕明华让常走约一下金少爷，他请吃饭。常走来到金宅，守门的小厮告诉他，大少爷在铺子里。常走急忙过去。金宝见到常走很意外，接过陈兴源写来的信，关心地问常走是不是专程来送信，常走说不是，他坦率地说了吕明华来这里采购粮食的事，想请金宝少爷帮忙介绍，"吕少爷想请你吃饭，不知金少爷有没有空？"

金宝想到对方虽是做粮食生意，不是同行，但多认识一个朋友也好,当即笑着说:"哪有让客人请客的道理?吕少爷在哪里,你带我去,我尽尽地主之谊。"

常走来找金宝之前心里并没有底,怕金宝怪他自作主张,没想到金宝人这么好,心里感叹自己运气不错,遇到的全是好人。常走把金宝带到船上,给两人做了介绍。金宝热情邀请吕明华和常走吃饭,吕明华也不见外,和常走一起跟着上了岸。金宝找了家清爽的饭馆,点了几个当地的特色菜:"吕少爷喝不喝酒?"吕明华摇头:"喝酒误事。"

金宝比吕明华大几岁,两个年轻人很快就找到了共同话题。金宝提到了李思侠:"李五少爷不久前来我们这里买了一些米回去,说是救济灾民。吕少爷认识他吗?"吕明华说:"我不认识,但久闻大名,李家的侠义心肠实在令人敬佩。"常走插了一句:"李五少爷现在在上海。"金宝说:"是的,他办绢丝公司。我很佩服你们宁波人,做生意胆大、有魄力。"吕明华说:"金少爷谦虚,你们更厉害。"

常走站起来,给金宝和吕明华各倒了一杯茶:"两位少爷都厉害,年轻有为,今天能有幸跟你们同桌吃饭,我脚骨都变得'偏轻'。"

吕明华被常走的话逗笑了,金宝听不懂"偏轻"是何意,吕明华跟他做了解释,说是宁波话,意思是很开心,脚步都变得轻松。金宝听了笑了起来,笑过,说正事:"吕少爷,明天我派个人给你带路,你买谷子的话,可直接跟那些地主去谈。"

"谢谢金少爷,下次来宁波,一定要告诉我。"吕明华感激地说,"我以茶代酒,敬你一杯。"

"这也是缘分,我比你痴长几岁,就叫你名字吧,明华,若不嫌弃,你就喊我一声金宝哥好了,让我占点便宜。"金宝举起茶杯,玩笑道。

吕明华哈哈大笑:"是我占便宜了,金宝哥,请。"

最后,两人谢了常走这位"媒人"。常走惶恐不已,连声说:"两位少爷是金贵人,不嫌弃我这个跑腿的脚夫,还对我这么好,是我的福气。"

第十一封信:购粮

吕明华说:"你凭自己的双手双脚赚辛苦钿,值得尊重。"金宝也接过话头:"我们只不过比你会投胎,当年我父亲出事后,若我们金家不团结,恐怕早就散了,我也不可能再当什么金贵的大少爷。"吕明华很赞同金宝的话。常走听得心里热乎乎的,眼泪都要流下来。

第二天,荣叔来了,带着吕明华等人坐着阿牛的船去附近的村庄收稻米。

走进一个村庄,荣叔说地主家都囤有稻谷,在新的稻谷成熟之前,他们会卖掉一部分。若当季粮食丰收,那就会多卖掉一些。"我先带你们去一户人家,主人姓钱,他家里有数百亩良田,是个土财主,我家大少爷认识。"

到了钱家,荣叔做了介绍。听说是金宝少爷介绍过来收购粮食的,钱东家很客气。吕明华提出先看货,主人家带他们去了仓库。看着一麻袋一麻袋叠在一起的粮食,吕明华觉得这次来对了地方。钱东家叫家仆搬下来一袋谷子,解开绳子,请吕明华检查。常走自告奋勇上前,把手伸进麻袋里掏一把谷子出来,走到门口光亮处仔细察看。吕明华和伙计也跟着看。常走又转了一圈仓库,用手去摸墙壁,看角落有没有发霉的地方。他虽没有种过田,但到这个岁数,见得多了。仔细转悠一遍后,悄声把自己的发现告诉吕明华,让他等会可以借此理由压价。

吕明华叫常走一起来湖州,只是单纯想通过这种方式帮他一把,没想到常走还能带给他这样的惊喜,很开心。他特意又抓了一把谷子摊开,对钱东家说:"钱东家,你看这些谷粒,饱满度不均匀,到时候出来的米质量就不一样。"又用手搓开几粒,放到鼻子底下闻了闻,振振有词道:"从色泽和气味看,这些谷子存放时间可能稍微久了点,到了梅雨季,恐怕更存不住了。而且你们仓库似乎也不是特别干燥,这样稻谷很容易受潮发霉。"顿了顿,又说,"金大哥介绍我过来找钱东家,若钱东家这里价格合适,我就不去别家看了。"

钱东家没想到吕明华顶着一张稚嫩的脸,说起来却头头是道,有些意外:"后生可畏。"然后请大家移步正屋,坐下来慢慢谈。

大家跟着钱东家来到正屋,上茶,双方开始谈价格。钱东家开价两千一百文一石,吕明华还价一千八百文,因为稻谷买回去还要加工成米,人工费加各种损耗,再加上来回路费,成本就高了。万一米价下跌,那就亏大了。你来我往,最后谈妥一千九百五十文的价,钱东家只愿卖二十石。谈定后,双方一手交钱,一手交货,把所有粮食运到船上,荣叔又带着吕明华和常走去了下一个村庄,最后一共收购了五十石谷子。

吕明华一行回到南浔,伙计和常走去买明天回程路上的吃食,荣叔带着吕明华去见金宝。来到金氏丝绸行,吕明华向金宝真诚道谢,一定要回请一餐饭。金宝同意了,还让人叫来金元,介绍给吕明华认识。吕明华非常开心:"我这次最大的收获不只是顺利收到了粮食,更是有此机缘认识了两位兄长,以后若有用得上小弟的地方,一定不要跟我客气。"

几人在饭馆里聊得很开心。荣叔对金宝说:"大少爷,我今天算是开了眼界,吕少爷这么年轻,谈起生意来却很有一套,而且很会压价,厉害。"

吕明华不好意思地说:"说来惭愧,这还是我第一次单独出来采购粮食,没什么经验,如果没有金宝哥和荣叔帮忙,不可能这么顺利,我想那几位卖家也都是看在你们的面上才给我让的利。"

金宝说:"那也是因为你有这本事。"金元说:"大哥,下次若有去宁波的机会让给我,我要去看看到底什么样的水土才能养出明华小弟这样的才俊。"金宝说:"行啊,明年你去宁波收购蚕茧。"

"那就这么说定了,金元哥,你到时候一定要来找我。"吕明华真心觉得金家兄弟不错,待人真诚。

"好,一言为定。"金元笑着应答。

要出发了，吕明华朝金家兄弟深深作了一个揖："两位兄长，小弟回去了，以后我们书信联系，还请多多保重！我在宁波等你们。"

"一路平安，到了给我们写封信。"金宝说。金元把送吕明华的东西交给伙计，并道："路上小心。"

吕明华点头，上了船，站在船头。船慢慢离岸，吕明华朝站在岸上的金氏兄弟摆手："两位大哥，后会有期。"

"后会有期。"

回到船舱，吕明华对常走说："这次真的谢谢你，帮了我大忙。"常走不好意思地说："那是吕少爷你人好，好心有好报。"吕明华让伙计打开那袋吃食，把里面的东西都拿出来，有酱排、浔蹄、香酥鸭等，笑着说："这几天大家都辛苦了，路上我给你们加餐，吃好吃的。"常走和阿牛、阿发异口同声："谢谢吕少爷，我们有口福了。"

因船上装了许多粮食，回程就比较慢。不过吕明华也不急，他心情很好，还时不时看看两岸景致，与常走聊聊天。回到宁波后，吕明华给了常走四元。常走捧着银圆，连声道谢。想到可以还公所一半的欠款，心里非常开心。

买回来的稻谷入库后，吕明华在店铺里看到最新的米价：上白米每石五元六角、次者五元二角，最便宜的也要五元左右。问店里伙计："又涨价了？"伙计说："是的，少爷，现在米一天一个价。"吕明华想到自己的买价，有些后悔收购少了。

到家，吕明华向吕进宗详细说了这次出去采购粮食的过程，包括常走在其中发挥的作用、金家兄弟的热心等。吕进宗说："做生意，结交朋友非常重要，金家兄弟这么客气，你要准备一份回礼寄过去，以后保持联系。他们那边种粮的多，以后列入我们的采购区。常走是个知恩图报的，你这四元钱出得值。"吕明华指了指那几块绸缎："阿爸，这个给你和阿姆做件衣裳。我晚上想想给他们寄点什么特产过去。"吕进宗提议:"寄些干咸货过去,不容易坏。"吕明华点头:"我去写封信,到时候一起寄。"

常走回到家,常行还没有回来,他赶紧把银圆放好去准备晚饭。揭开米缸,发现里面没有米了,找出两只番薯切成碎块,放上水,烧番薯汤。汤烧开后,焖着,常走去洗了把脸,常行这时进屋,开心地喊:"阿爹,你回来了?"常走问:"阿爹走之前忘了看看米缸,这半个多月你在吃什么?"常行答:"开始是番薯加一把米,后来米没有了,就吃番薯或芋头,还有野菜。米价太高,不然我早就去买了。"说完,他从床底掏出储钱罐,开心地说:"阿爹,我存了一元,你可以拿去还债。"常走说:"阿爹这次去一趟湖州,吕少爷给了四元,我明天就拿去还债。再去买点米来,你还在长身体,又天天在外跑,不吃饱不行。"常行说:"以后远途送信送货让我去吧,阿爹,我已经长大了。"常走看着儿子倍感欣慰。

金宝收到吕明华寄来的书信和一大包干咸货,笑着对金元说:"明华小弟是个有心人,怕我们家厨师不会做这些,还在信里给我们写了这些干咸货怎么做才好吃的方法,估计是问了他家的厨师。"金元拿起信看了一遍,果真附有一纸,上面写得很详细,连用姜片都写上了,不由兴致勃勃:"大哥,晚上让厨师做一道乌狼鲞烤肉来吃吃。"金宝说:"吃过了你给明华写回信,谈谈心得体会。你来我往,朋友关系就这样建立起来了。"金元点头称是。

大清早,吕菊香起来了,今天她们母女要正式搬到新居去住,这日子还是母亲请人挑的黄道吉日。其实老街的房子早可以住人,只是母亲舍不得,不准她们另住。现在孩子们都大了,父母急着给小弟相看,再住就不合适了,母亲这才同意。前些日子自家米店差点被抢,她那天刚好不在店里,事后听听都觉得可怕。

一家人吃好早饭,一起朝老街走去。新居离娘家没几步路,对吕菊香来说，却意义非凡。她明白，自己现在还没有能力不依靠父母，真正独立，但至少走出了一大步。新居的家具和生活用品都是父亲派人重新置办的，还给她找了从外地逃荒来的一家三口做伴，男人当护院，女人负责买菜烧饭、干家务活，五岁的小男孩再大点可以做个跑腿的小厮。父亲说这是为了她们母女的安全和名声考虑，她接受了父亲的这份心意。

到了新居，吕菊香陪着母亲转了一圈，新居除了主屋，还有两排厢房，加起来有十间，一个小院子围起来。汪氏看里里外外收拾得干干净净，很满意。又见护院一家三口，看起来不像是奸猾之人，小男孩虎头虎脑很可爱。

"这下你可以放心了吧。"吕进宗笑着对汪氏说。

中午，一家人在新居吃了一餐饭，吕明华送父母回家。吕菊香把三个女儿叫到自己房间，语重心长地说："你们一定要记牢，我们之所以有今天这样的好日子过，全靠你们的外公外婆和舅父帮衬，但我们不能什么都依赖他们，得自己立起来，明白吗？"

三姐妹都已懂事，齐声道："阿姆放心，我们会好好学。"吕菊香很欣慰地说："好，只要我们母女齐心，日子一定会越过越好。"又对大女儿王盈说："你也不小了，现在开始学着管家，还要学会看账本。"王盈点头，她今年没去私塾了，十四岁，是该替母亲分担一些肩上的责任。老二王雪和老三王萌也跟着表示，自己的事自己做。吕菊香看着三个乖巧的女儿，眼眶湿润了，对未来，她充满了信心。

第十二封信：婚事

『老爷，拂柳今年已满十八，修和也到了成家的年纪，我想让两人年内成亲，我们也好早日抱孙子，不知老爷意下如何……』

戚氏写给陈兴广的信

……

又是一年暮春时，陈兴广接到妻子戚氏叫常行送来的信，在信中戚氏跟他商量儿子修和成亲的事，她希望能早日把媳妇娶进门，她盼着当阿娘。

想到儿子的亲事，陈兴广有些头痛。儿子有门娃娃亲，是他母亲定下的，亲家姓张，原也是大户人家，两家算是门当户对，谁知十年前亲家出门进货，路遇匪徒，不但失了钱财，还丢了性命，留下一屋子的妇孺，撑不起家业，很快就破落了。那时两个孩子都还小，他也不好雪上加霜去退亲，这一拖就拖到了现在。让陈兴广纳闷的是，妻子戚氏似乎很中意张家的那个小姑娘，一点也没有嫌贫爱富，现在居然还来催成亲。如果他没记错的话，张家姑娘今年十八岁了。其实他内心深处是希望张家主动提出来这门亲事不作数，再想想又觉得不可能。对张氏女来说，能嫁进陈家，那是大福气，怎么可能放弃？这事，得听听儿子的意见。

陈修和听说父亲找他，走了进来。二十一岁的他长相英俊，穿着浅蓝色袍子，整个人显得很清爽。陈兴广把信递给陈修和："这件事爹爹想听听你的意见。"

接过信，陈修和认真看了起来，原来是母亲希望他早日成亲。在他的记忆里，张家小姑娘长相甜美，性格开朗。张家没有出事前，母亲每年都会派人去接小姑娘到家里小住，两人可以说是青梅竹马。小姑娘喜欢跟在他身后，喊他"修和哥哥"。后来张家出事，他又跟着爹爹到了上海，就再也没有见过张家姑娘了。真要娶她吗？陈修和有些迷茫。可如果不娶她，被退了亲的姑娘恐怕就不好再嫁，想起那声软软的"修和哥哥"，陈修和的心莫名一软，抬起头对陈兴广说："儿子全凭爹爹、阿姆做主。"

陈修和的回答让陈兴广有些意外，他本以为儿子看不上那个乡下未婚妻，会找理由拒婚，见他答应，说："那就听你阿姆安排，娶了张家姑娘，让她在宁波陪你阿姆。你以后若遇着喜欢的姑娘，可以纳进来，留在身边。"他有一妻一妾，其中小妾就跟着他到了上海，平时照顾他的生活起居，妻子留在老家，那边需要女主人。

爹爹的话让陈修和的脸都红了，他找了个借口，逃一样离开。对情感，他还不懂。若问他喜欢什么样的姑娘，他还真说不出来。陈兴广见儿子对这门亲事没意见，他也不强作主张，若真退亲，对陈家的名声一样有损。

戚氏收到陈兴广的回信，见他同意儿子成亲，很高兴。自从两个女儿出嫁后，家里太冷清了。张家姑娘是她看着长大的，知根知底，她怕儿子被上海姑娘迷住了眼，娶回来一个让她不喜的儿媳妇，所以就急着让儿子成亲，先让张家姑娘把正室的位置给占了。既然父子俩都没意见，她就要忙这件大事了。

戚氏的动作很快，一个月后，又有一封信让常行带去上海。

晚上，常行对常走说："阿爹，陈家太太让我去送信。我今天去了一趟沈家村，沈管家也有信要我带给沈少爷。最近信局的船频频被劫，应老板自从上次船被抢后，胆子小了许多，现在凡是重要的银信货物，他都不敢通过信局的船运送，说是太打眼，路近的派人专送，路太远的就转给大信局运送，这样保险些。这次我去上海，他让我带一部分银信过去，还要我穿得破烂些，这样不引人注目。"常走说："衣裳本就是旧衣裳，世道太乱，出门在外，小心谨慎没有错。"常行让阿爹放心，自己会小心。

陈修和最近心情有些复杂。婚期已定下,可他还不知已成年的未婚妻长什么样。母亲说家里都已准备好,到时候他人过去成亲即可。陈修和明白,自己太年轻了,一直躲在父母翼下,什么都不用操心。连成亲这样的事,也是母亲一手接过去,他只等着当现成的新郎。这样究竟好不好?陈修和问自己。想了半天,他没有想出答案。母亲在信里让他去买几块布料,交给常行带回去,这事他外行,还是得去找父亲。

陈兴广见陈修和连买布料这种小事都要找他,突然意识到自己把儿子保护得太好了,这给他提了个醒,他想以后很多事得放手让陈修和去做,不然他何时才能立起来。想到这里,陈兴广说:"你去百货商店看看,不懂可以问店员,这点小事还用来问我?"陈修和开了口后,心里已经有些后悔,现在被父亲这么一批评,更觉惭愧,连忙说:"爹爹教训的是,儿子这就去办。"

来到百货商店,陈修和去了卖布料的柜台,店员打量着他的穿着,问:"先生买什么布料?我们这里有普通的棉布,也有绸缎类,品种繁多。"陈修和说:"绸缎类。"店员把陈修和带到另一排,各式各样的布料排列在那里。陈修和第一次发现布料竟然有这么多品种,什么金丝缎、宁绸、湖绉等,看得他眼花缭乱。最后还是在店员的推荐下,买了两匹不同花色的锦缎,包好后回到药行,等下午常行过来取。

陈兴广见陈修和回来,问他有什么感想,陈修和诚恳地回答:"爹爹,我今天才知晓,仅丝织品就有上百种,可见处处有学问。之前儿子总想着有爹爹在,不需要动脑筋,现在想想,儿子错了,以后我会好好跟爹爹学做生意,争取早日为爹爹分担一二。"陈兴广闻听,很是欣慰:"你能这样想,爹爹很高兴,等你成了亲,你就该担起责任了。"

傍晚,常行过来取布料,他怕淋到雨,在已包装好的布料外又包了一层油布,把东西牢牢绑在自己身上,对陈修和说:"陈少爷,你放心,我会把东西完好无损地送到。"陈修和说："那就辛苦你了。"说完,给了常行一元五角的资费。常行接过,憨厚地笑道："不辛苦,我感激还来不及,谢谢陈少爷给我赚跑腿钿。"陈修和想这人与人之间真的不同命,倘若自己没有一个好爹,这日子恐怕也不会过得轻松。

常行背着布料,直接去了轮船码头,等候上船。没多久,陆续有旅客前来,常行忽看到一张熟悉的面孔,忙上前招呼。下午他去了茶行,沈昆说没有信带,原来是沈少爷自个儿要回去,难怪。沈洋河见常行背了个大包袱,朝他点了点头。收到恒伯寄来的信,沈洋河心情就没好过,阿姆病了,他得赶紧回家探望。

这一夜,常行眼睛都没合过,一直护着包袱。到宁波后,第一件事就是去陈兴广家把货送到。戚氏仔细检查一番,很满意地点了点头："不错,小常,看你年纪轻轻,做事还是很认真的,跟你阿爹一样。"常行说："谢谢太太,以后有事只管吩咐。"戚氏笑着说："机灵鬼,快去送你的信。"常行行了一个礼,笑眯眯走了。

沈洋河到家,洗了一把冷水脸,去内院见冯晚秋。冯晚秋刚起来,她不知道沈恒给沈洋河写了信,一见儿子,还很纳闷,问道："阿洋,你怎么这个时候回来?"沈洋河盯着母亲消瘦的脸庞,心疼地说："阿姆,你生病多日都不写封信来,若不是恒伯告知,我还蒙在鼓里。"冯晚秋用手绢捂住嘴巴,咳嗽几声："没事,阿姆就是偶感风寒,现在已经好得差不多了。"沈洋河劝说道："阿姆,你还是跟我去上海吧,一个人在乡下,儿子想尽孝也没法。"冯晚秋摇头,说："阿姆在这里习惯了,阿洋,你若真要安阿姆的心,还是早日成家吧。"沈洋河有些迟疑,内心有两个"我"在做思想斗争,看着母亲期盼的目光,沈洋河不忍再拒绝,他深吸一口气："阿姆,我答应你,这亲事就由你做主,所以你要尽快好起来。"冯晚秋见儿子终于松口,高兴地说："好,那阿姆给你找个好姑娘。"

丫鬟过来说早饭准备好了，沈洋河扶冯晚秋过去，母子俩吃好后，冯晚秋去休息，沈洋河找沈恒了解情况。沈恒说："太太最初是受了凉，有一点咳嗽，请了镇上的医师看，服了几帖药不见好，我又去城里请了医师，重新开了方子。主要是见她精神不好，我有些担心。"沈洋河说："恒伯，我答应亲事由阿姆做主，我想她有事做了，人或许就会好起来。"沈恒想想也有道理："这是个好办法，太太整日在宅院里不出去，是很容易闷出病来。这事，老爷会同意吗？"沈洋河说："爹爹是想联姻，可惜没找到合适的，这事我会跟他讲清楚。不过人选方面，还要请恒伯把把关，阿姆在内院，很多事不了解。还有，阿昆也该成家了，干脆我们都一起好了，你替阿昆去找一门亲事。"沈恒说："还是你的亲事要紧，阿昆慢一步不要紧。"沈洋河说："我今天带阿姆去城里再看看，如果没什么问题，我也好放心。"沈恒说："如果太太愿意去，那再好没有了。"沈洋河说："我马上去跟阿姆讲。"沈恒说："好，我让小妹陪着太太一道去。"

沈洋河又去找冯晚秋，执意要带她去城里看病。冯晚秋不想去，沈洋河就以亲事为由劝说，冯晚秋终于点了头。李小妹过来了，三人坐船进城。

到了三法卿坊街，沈洋河看到兴盛药行，马上想到陈修和，知是他家的，就带着冯晚秋进去。坐堂医师是个头发花白的老人，他给冯晚秋把脉，又详细询问她的症状，见她舌淡苔白，脉浮无力，咳嗽痰白，开口道："你这是表虚卫弱，风寒乘袭，气虚无力透邪所致，宜益气解表。"沈洋河拿出冯晚秋在吃的药方递过去："还请医师看看这方子对不对症。"那医师接过一看，说："此为滋阴解表方，不对症。"沈洋河说："难怪喝了这么多汤药无效。"医师对冯晚秋说："好好喝药，好好养，平时还是要动动。"冯晚秋不好意思地说："谢谢医师，我会好好喝药。"

医师开了一张由白参、茯苓、甘草、紫苏叶、葛根、前胡、桔梗、法半夏、陈皮、枳壳、木香、生姜和大枣组成的药方，开了七帖，嘱咐道："这是七天的量,一日一包,煎两次,上下午各喝一碗。"

"谢谢医师!"沈洋河接过方子,付好药费,等司药把药包好,提着过来,对冯晚秋说:"阿姆,我们回去吧。"

李小妹扶着冯晚秋站起来,三人离开药行,坐船回沈家村。路上,沈河洋说:"幸好今天过来看,不然小病就会耽搁成大病。"冯晚秋也有些后悔,早知道就直接来城里看了,白白多受了这么多天的罪。

到家后,沈洋河拿着药包亲自去煎药,李小妹服侍冯晚秋休息。药煎好,沈洋河端到房间,扶冯晚秋坐起来喝。一碗汤药下肚,冯晚秋对沈洋河说:"你事情多,明天就回上海吧,阿姆没事。"沈洋河说:"我后天回,明天看看这药的效果。"冯晚秋心里盼着沈洋河能陪她,又怕误了他的事,听他说后天回,知是担心她。儿子的这份孝心,让冯晚秋很开心。

晚上,冯晚秋又喝了一次药,睡了一觉,第二天醒来感觉轻松了不少。沈洋河见药有效,放心了,又陪了冯晚秋一天,第三日返回上海。

沈儒行见儿子回来,开口问冯晚秋的情况。沈洋河大概说了一下,又补充道:"我已答应阿姆,我的亲事由她做主,爹爹就不用费心了。"沈儒行有些意外:"你不是一直很反感亲事由我们来定吗?怎么突然改了主意?"沈洋河说:"我希望阿姆开心,活着有奔头,而不是日复一日,一个人孤零零守在那宅子里过日子。"

沈儒行沉默,过了许久,开口道:"你真甘心娶个乡下姑娘?"沈洋河说:"只要她真心实意孝敬阿姆,我会好好待她。"沈儒行说:"你不后悔就好。"

沈洋河不想跟自己的爹多说,他去找沈昆:"阿昆,我这次回去答应了阿姆,我的亲事由她做主,估计明年就可以成亲了,你也抓紧。"沈昆吓了一跳,说:"我的大少爷,你在跟我开玩笑吧?"沈洋河捶了他一拳,忽又叹口气,郁闷地说:"我是心疼我阿姆,虽然有你娘陪着,可丈夫儿子都不在身边,总归不一样。我想娶房妻室也好,生几个孩子,热热闹闹的,这样阿姆就不会寂寞,人开心了,身体也会好。"沈昆说:"我明白,人活着总是有太多的身不由己,我相信太太的眼光,一定能给少爷你挑个满意的少奶奶。"

未来的妻子会是什么样呢?沈洋河不禁生出一丝期望。

选了一个好天气,戚氏带着护院和礼品出发去张家村,今天她有要事要跟张拂柳和她母亲商量。这段时间,戚氏非常焦虑,按原来的计划,到了陈修和成亲的日子,他们父子俩邀请一些上海的朋友来宁波,加上宁波的亲戚,欢欢喜喜就把婚事给办了。可随着盗匪抢劫等恶性事件越来越多,戚氏怕了。陈家本是大户,在当地已够引人注目,倘若不是护院多,恐早成为匪徒下手的目标。陈修和成亲日,大门洞开,来的人又多又杂,万一招来祸事,那后悔就来不及了。另外还有一个原因,张家早已落败,不可能给张拂柳置办太多嫁妆,若陈家场面搞得太大,旁人见到新娘子嫁妆那么少,定会有不少闲话。思来想去,戚氏决定带着张拂柳去上海和儿子成亲,过段时间带回来,再对外宣布她的少奶奶身份。

到了张家村,走进张拂柳家,戚氏向张母和张拂柳说了自己的安排与理由:"亲家母和拂柳有什么意见,尽管提出来。"

对张母来说,陈家没有悔婚,这已经是烧高香了,况且她根本没能力给女儿置办嫁妆,那些撑场面的东西和布料全是陈家送来的,连忙说:"没意见,让亲家母费心了。"戚氏又对张拂柳说:"好孩子,你别怪我们陈家没有用八人大轿来接你进门,实在是这世道太不太平,不敢冒险。前些天,吕家村有户人家嫁女,结果运嫁妆的船被匪徒看到,匪徒跟到新郎家,晚上带着一伙人,不但把嫁妆给劫走,还伤了人,我实在怕啊。"说完,叹了一口气。

张拂柳向戚氏行了一个礼,说:"拂柳明白,一切由伯母做主。"戚氏对乖巧的张拂柳很满意，与张母定下来接的日子。回家后马上写了一封信，交给常行送去上海。

张拂柳是真的不在意，自从父亲去世后，母亲带着她们姐妹艰难度日，天天抱怨，脾气越来越暴躁。张拂柳非常感激陈家依然能认下这门亲事，让她有离开的机会。不是她不孝，实在是心生厌倦。至于婚礼形式，像她家这种情况，她还有什么可以挑剔的。对她来说，重要的不是婚礼，而是成亲以后的日子怎么过。

到了约定的日子，戚氏租了阿牛的船，让管家带上护院，悄悄把人和嫁妆接到陈家村。休息一晚后，戚氏带着张拂柳和两个护院坐轮船前往上海。陈修和收到母亲寄来的信后，很惊讶，时间太匆促，只能等人到了再定。

轮船靠岸了，陈修和等在出口处，随着拥挤的人群，他等的人终于出现了。看到张拂柳第一眼，陈修和有几分惊诧，眼前的少女早已不是记忆中的模样，她五官清秀，身材苗条，一身淡绿色的裙装衬得她分外娇嫩，走起路来真像风拂柳枝，自带春意。陈修和笑着开口道："拂柳妹妹好，我是修和，还记得我吗？"张拂柳移开目光，她不好意思跟陈修和对视，低声说："记得。"戚氏见儿子对张拂柳态度很好，很高兴，"先回家，有话慢慢说。"陈修和说："阿姆，我已叫了轿子，请上轿。"

三顶二人抬小轿就在旁边等着，待三人上轿，两护卫和陈修和带来的家仆一起，手提行李，一人跟着一顶轿，前往陈公馆。

到了陈公馆，戚氏马上拿出当家主母的气势，安排张拂柳住下，然后与父子俩商量，选了个最近的黄道吉日，到时候请些朋友来吃酒席。陈兴广同意了，借吃喜酒的名义，可以把陈家的守信不悔婚这件事悄悄散播出去，对自家名声有利。

沈洋河、沈昆和李思侠收到了陈修和亲自送去的请柬，大家都答应参加。在沈洋河那里,陈修和看到了一张照片,是沈洋河准备寄回家去给冯晚秋的。陈修和知晓上海有照相馆,但从未曾去拍过,因为听说要被"摄魂"。沈洋河的照片让他产生了一种冲动,回家后他跟张拂柳说:"我要送你一份特别的礼物。"张拂柳到上海后,所见与乡下完全不同,心里还有些慌乱,只是面上没有显现出来。几天相处下来,跟陈修和也慢慢熟悉起来,听他这么讲,问道:"什么礼物?"陈修和说:"你跟我走。"张拂柳说:"好。"

陈修和带着张拂柳来到虹口英华照相馆,在摄影师的指导下,两人坐了下来。张拂柳很紧张,脸部表情僵硬,摄影师一敲木板,打开镜头盖,让两人不要动,他开始大声喊数,一直喊到十,"咔嚓"一闪,才听到说可以了。张拂柳感觉手心都出汗了,浑身上下都不自在,低着头不敢看四周。接着,换个背景,又拍了一张。陈修和交了八元银圆,定了两张十二英寸的着色照片,心满意足地带着张拂柳去逛街。可惜张拂柳三寸金莲,走不了多少路,陈修和无奈,只好坐轿回家。

几日后,张拂柳从陈修和手里接过照片,看着上面那个陌生的自己,心里惊讶万分,伸出手,小心翼翼地摸着,一脸的欢喜。陈修和见她喜欢,也很高兴:"以后可以再去拍。"张拂柳红着脸"嗯"了一声。

到了黄道吉日,婚礼在陈公馆举行,请的人不算多,一共三桌宾客。宴请安排在晚上。沈洋河和沈昆、李思侠三人坐在一起,正在悄声议论去年九月底发生在京师的大事,皇帝被囚禁,太后杀了不少人。李思侠低声说:"我叔父收到京师同僚来信,言去年变法若成功,于国有大利,可惜。"

沈洋河尽管不懂政治,也知民间若母子失和,家宅必不宁,更不用说皇帝非太后亲子,那关系就更复杂,不由神情凝重道:"神仙打架,凡人遭殃,这些年时局动荡,我们做生意的除了谨慎还是谨慎。"沈昆说:"上海算好了,我阿爸来信说,宁波匪徒抢劫案频频发生,除了盗大户,还有就是抢劫信船货船，官府从未破获，致使匪徒胆子越来越大，案件也越来越多。我阿爸准备在族人中招几名年轻力壮的护院，外面招来的他不放心。"招护院的事，沈洋河一百个赞成："安全最要紧。"又问李思侠："你家护院应该多的吧？"李思侠说："我们李家两房都住在一个大宅子里，人多，所以护院也多。"

这时，有小厮来传话，婚礼开始了。三人跟着去看热闹。为了办婚礼，陈公馆专门搭了一个喜棚。由于情况特殊，只搞了个"一拜天地、二拜高堂、夫妻对拜、送入洞房"的仪式。陈兴广与戚氏端坐在椅子上，看着一身喜庆的儿子、儿媳妇，满脸笑容。陈修和把盖着红盖头的新娘送到房间，挑起盖头，让丫鬟小心伺候，自己出去陪客。沈洋河等人没见到新娘真容，有些遗憾，不过看身形，比较娇小，与陈修和站在一起，很般配。

陈修和向大家一一敬酒，各种恭喜声不断。有人对新娘的身份很好奇，询问陈兴广。陈兴广笑着说："修和这门亲事从小订下的，后来我那亲家出事，家道败落，很多人以为我们陈家会悔婚。可做人岂能这样言而无信？现在两孩子长大了，自然要遵婚约娶嫁。儿媳虽是个乡下姑娘，但知书达理、端庄孝顺，定是个贤妻良母。这次在上海办酒，皆因宁波有匪徒潜入婚嫁人家劫财伤人，太不安全，故改了计划。"

众人一听才明白过来，不禁对陈兴广和陈修和投去敬佩的目光，陈家家大业大，陈兴广居然让唯一的儿子娶了一名家道败落的乡下姑娘，实在难得。而陈修和不嫌弃乡下的未婚妻，高高兴兴成亲，也是个好小伙。沈洋河等人听了，颇有感触。在他们的印象里，陈修和就是一个有些天真的富家少爷，要说在生意上有多大能力，还真看不出来，毕竟主事的是他父亲，没想到竟是个重情义的。这样的人，值得深交。

这一门亲事，让陈家父子俩都获得了好名声。办好婚事，戚氏不放心家里，急着要回宁波，张拂柳留了下来，新婚燕尔，戚氏不会这么残忍地把小夫妻分开,更何况她心里盼着早日抱孙子。

沈洋河和沈昆喝完喜酒,回到沈公馆,守门的家丁递过来一封信:"大少爷,这是小常信客送来的。"沈洋河接过一看,是母亲寄来的。冯晚秋在信中说她相中了一位姑娘,是兴源木器行老板陈兴源的外孙女,名唤胡文静,今年十八岁,据说长得很漂亮,请他务必过年回一趟宁波,见那姑娘一面,若满意就把亲事定下来。娶个比自己小这么多的陌生姑娘是什么感觉?沈洋河说不上来。沈昆知太太已看中少奶奶人选,调侃道:"看样子我很快就可以喝上少爷的喜酒了。"沈洋河斜了他一眼:"你也逃不过。"沈昆说:"没喜欢的人,娶谁都一样,当完成任务。"沈洋河说:"我还以为我俩好歹留过洋,这婚事会跟常人有些不同,结果最后还是父母之命,媒妁之言,早知如此,不如早早成亲。真是白白期待了。"沈昆说:"至少我们期待过。"沈洋河垂下眼帘,喃喃自语道:"你说得没错。"

沈儒行听说冯晚秋给儿子相中了一门亲事,不放心,于是带着沈洋江和沈洋河一起回了宁波,周如花没回,沈昆也留守上海。冯晚秋通过媒人,与胡家约定时日,借去西林禅寺上香的名义,让两个年轻人偷偷相看。

到了那日,沈洋河陪着冯晚秋,还有一位媒人前往。来到约定地点,寺院里的一棵姻缘树下,媒人手指了指站在左边角落的一对母女,对冯晚秋和沈洋河说:"那就是胡家太太和她女儿。"说完,媒人朝那对母女走过去,附耳说了几句,就看到那位胡家太太和胡家小姐齐齐转过头来。沈洋河见胡家小姐面如圆月,细眉凤眼,樱桃小口,披着淡紫色的斗篷,亭亭玉立站在树下,谈不上一见钟情,但也不反感。而胡文静看到气宇轩昂的沈洋河,一颗少女的芳心落下,再也收不回来,不由羞涩地低下了头。媒人见此情形,笑着对胡母陈云霞说:"我没说错吧,沈家大少爷一表人才,这样的女婿打着灯笼都难找。"陈云霞心里有些疑问,沈洋河家境好，长相好，又在上海，怎么会拖到这个年纪才成亲，会不会有什么问题？为了女儿的终身大事，陈云霞豁出去了，跟媒人提出，想跟冯晚秋聊一聊。媒人过来问冯晚秋意见，冯晚秋答应了。外面太冷，沈洋河去找寺院里的师父，订了一间供香客休息的厢房。冯晚秋让沈洋河陪胡文静走走，为避嫌，让媒人跟着。沈洋河点头，三人朝大殿走去。

　　冯晚秋和陈云霞来到厢房坐下，陈云霞很坦率地说："沈太太，我说话有些直，你不要生气，都是为人父母，希望儿女幸福。说实话，我家文静若能嫁沈少爷这样的夫君，那是她的福气。只是像沈少爷这样见过世面的人，怎么会愿意娶一个乡下姑娘？他以前真没成过亲吗？"冯晚秋没想到胡母竟如此坦诚，笑着说："胡太太是个爽快人，我喜欢都来不及，怎会生气？你放心，我家阿洋不但没有成过亲，身边连个通房丫鬟都没有，干干净净的。他之所以拖到这个年纪才成亲，是因为之前他没那心思，现在见我年纪越来越大，身体又不太好，他是个孝顺孩子，想如我的愿，才答应亲事由我做主。如果你们胡家有意结亲，有件事我也要提前说明，婚后儿媳妇要留在宁波，不去上海。这里是沈家的根，得有人守着。上海到宁波现在来去方便，阿洋成亲后自然会常回来，我这人也算好相处，宅子里更没乱七八糟的人和事，这点大可以放心。我是听闻胡家姑娘贤淑，才托人相询。"陈云霞也意外冯晚秋的直率："谢谢沈太太告知，这事我回去商量一下，两日后回话。"冯晚秋说："好。若有意结亲，那过年时我们两家就把亲事定下来，尽快让两个孩子成亲。"陈云霞想到沈洋河的年纪，她很理解冯晚秋的急切心情。

　　沈洋河没有跟年轻姑娘交往的经验，只问了胡文静识不识字，若要做沈家少奶奶，不识字可不行。听胡文静说识字，他在心里又暗暗加了一分。等冯晚秋和胡母找来，两家人各自回家。路上，冯晚秋问沈洋河对胡文静的印象。沈洋河说："尚可，只要阿姆满意就好。"冯晚秋跟沈洋河说了胡母的顾虑和她的回答，沈洋河一笑："看来胡家的家教不错。"冯晚秋一想，还真是，比起靠丈人起家开家具厂的胡家，沈家的家业可要大得多，胡母能关注到这一点，说明是真心爱女儿，不由对这门亲事的成功更加期待。同样的问话也在陈云霞与胡文静间上演，胡文静羞涩地表示，她看上了沈洋河，年纪大点怕什么，更会疼人。只是听到说婚后不能跟着去上海，得留在沈家村，有几分迟疑。陈云霞让胡文静好好想想，成或不成，两日后都要给沈家回话。

  回到胡家，陈云霞想了想，还是去陈家村找父亲，听听他的意见。陈兴源现在仍每天去木器行，不过很多事务都交给了三个女婿，让他们去做，顺道考察谁能接他的班。见陈云霞过来，问她有什么事，陈云霞就把沈家有意结亲以及冯晚秋的那些话详细说了一遍，又开口问道："阿爸，你觉得这门亲事如何？"陈兴源对沈家早有耳闻，说："文静嫁沈家是高嫁，男人在外闯荡，妻小留老家实属正常。你兴广叔不就是这样吗？对了，你修和堂弟娶的就是原来定亲的张家姑娘，在上海办了酒，这次回来，我听你婶子说，新媳妇就留在这里，不回上海了。"陈云霞还不知道陈修和的事，说："那我一会儿过去看看堂弟，问问他知不知道沈家少爷在上海的情况。"陈兴源说："也好。"见父亲没有反对与沈家结亲，陈云霞也不多言，匆匆去陈兴广家。

  戚氏其实没比陈云霞大几岁，只是辈分在那里，陈云霞还是老老实实喊了一声："婶子。"戚氏今天心情很好，因为张拂柳刚刚被诊断出怀孕了，由于还没到三个月，暂时不能向外公布。见陈云霞登门，笑着说稀客，并向她介绍了张拂柳。张拂柳向陈云霞见了一个礼，陈云霞拉着张拂柳的手，连声说："弟妹，不好意思，今日来得匆忙，双手空空，回头定补上见面礼。"张拂柳说："姐姐客气。"

  陈修和从书房出来，见陈云霞在，打了声招呼。陈云霞开口道："修和，你在上海，可听说过做茶叶生意的沈家？他家大少爷不知人品如何？"陈修和见堂姐打听沈洋河，很纳闷："我跟洋河兄是朋友，堂姐为何会打听他?"陈云霞很惊喜,忍不住笑了起来:"这也太巧了,你可知沈太太看中了我家文静,若这亲事成了,沈少爷岂不成了你的外甥女婿?"这下轮到陈修和傻眼了,他万万没有想到会跟沈洋河扯上这样的关系:"堂姐,洋河兄人很好,若文静能嫁给他,真是好事一桩。"

这下,陈云霞彻底放心了,她还得赶紧回家去。陈修和想了半天,觉得这事实在有趣,于是写了一封信,派人送到沈家村。沈洋河看了陈修和的信,才知胡文静竟然是陈修和堂姐的女儿,他被这关系搞得哭笑不得。

转日,媒人上门来,说胡家答应了这门亲事。这在冯晚秋的意料之中,沈洋河没反对,沈儒行了解了未来儿媳妇家的情况后也点头同意,这事就定下来了。趁着过年,两家人很快走完了纳采、问名、纳吉、纳征、请期这五项程序,婚期定于五月底。

这期间,陈修和专程来沈家村拜访,见到沈洋河,陈修和玩笑道:"外甥女婿好。"沈洋河顿足,连声说:"亏大了。"陈修和得意地摇着脑袋说:"我赚到了。"

沈洋河带着陈修和去见了父母,又把他带到自己房间,两人坐着聊天。陈修和说:"我真没想到你会娶一个乡下姑娘,还以为你会在上海找个千金小姐。"沈洋河说:"修和,我不说假话,以前我幻想过找个自己喜欢的姑娘,可惜我身边从未出现过那样的女子。这一拖就拖到这个年纪,再不成亲,实在有些说不过去。现在对我来说,成亲就是个任务,只要我的妻子孝敬公婆,能替我好好守着后院,我会一心一意待她。至于其他,还是不要期望过高。"陈修和说:"我明白,你看我,才三个月,任务就完成了,拂柳怀孕了,她会留在陈家村,以后我打算一个月回一趟宁波。"沈洋河惊讶地说:"恭喜恭喜,这样也好,若跟你去上海,反而有诸多不便。好男儿志在四方,我们的精力还是得放在做生意上。"陈修和说:"你说的是。"

过了正月十五，沈儒行和沈洋河回上海，陈修和跟着一起返程。离开前，沈洋河跟胡文静见了一面，给她留了上海茶行的地址，让她有空写信给他。

沈洋河回到上海，对沈昆说自己已下聘陈修和堂姐的女儿为妻，沈昆还以为自己的耳朵出了问题，确认是真事后，沈昆指着沈洋河，大笑道："哈哈，完了完了，少爷，这异姓小弟变成了舅舅，你的辈分也降得太多了。"沈洋河没好气地说："你也赶紧去找一个，难不成想打光棍？"沈昆说："一个人多自由，以后让少奶奶多生几个，你挑一个做我干儿子。"沈洋河笑骂道："要儿子自己生去，滚。"

两人笑过，沈洋河让沈昆坐下，开始谈正事，新的一年，总要有些新的计划。

"阿昆，今年去云南采购普洱茶饼的任务要交给你了，我希望你能在五月底赶回来。那条线你没去过，你把沈刚带上，他跟着去过一次，再多带几个人。"沈洋河说。原先负责那条线的采购员去年年底出了意外，摔断了腿，即便伤好了，估计一时半会也出不了远门。

沈昆说："我先去做计划，确定人数、路线、进货数量，还有一起去的人员名单。"沈洋河说："好。银票可以多带点，去一趟不容易，可以多采购一些各个档次的茶饼和红茶。那个普洱茶膏你到时候看看价，若太高，就不进了，买的人实在太少。"

两人又确定了其他几位采购员的分工。一年之计在于春，不能给荒废了。

第十三封信：埋雷

『洋河哥哥，上封信为什么不回我？五月将近，想到能嫁与洋河哥哥为妻，文静心里很是欢喜，期待婚后你我夫妻恩爱……』

胡文静写给沈洋河的信

······

　　正月还没过完,沈昆就带着沈刚等四位年轻伙计,出发去云南。按规划的线路,他们先从上海坐船到重庆,在重庆换船去西昌,再从西昌走陆路到昆明,到昆明后要去哪里再继续走陆路。出发前,恰好常行送来胡文静写给沈洋河的信,沈昆就把自己的信交给常行,让他带回沈家村。

　　此刻,沈洋河桌上放着胡文静的来信,他发现自己的这个未婚妻识字并不多,但据说懂算账。沈洋河现在对胡文静没多少要求,两人毕竟没有真正相处过,不知性情,只希望胡文静嫁进沈家后能安分守己,孝敬公婆,若有能力,就让她当家;若无,有恒伯和母亲在,也不怕。至于以后,以后再说。

　　常行来到沈家村,把信交给沈恒,沈恒知沈昆去云南采购,有些担心,不过他没在李小妹面前流露出来,怕妻子晚上睡不着。他现在忙着大少爷成亲的准备事宜,新房要添置新家具,要预订运嫁妆和接新娘的喜船,请护送人员等,每天脚不落地。冯晚秋本来想大办,后来还是陈云霞听了戚氏的建议,来跟冯晚秋说,为了安全,办得低调些。冯晚秋见亲家母不计较,她当然乐得顺水推舟。

　　"阿爹,我回来了。"

　　自从常走不再出去送信,常行回到家就会跟他说说外面的事,比如沈少爷定亲了,是陈兴源老板的外孙女,这样沈少爷和陈少爷就变成亲戚了;比如有盗匪数十人趁夜潜入洪家,抢走很多财物,还把洪七给重伤了,不知道能不能救回来。"阿爹,现在信局经常遭劫,大家都怕了,重要信件改成专人送。还有,宁波邮界邮政局现在叫宁波邮界邮政总局了。你说,多一个'总'字啥是意思?"

常走半靠在床头,无精打采。他前不久又不小心感染风寒,汤药喝了不少,一直没好利索,见没什么用,他就不想再去花这个冤枉钱,想着等天气暖和就好了。万幸的是,借仁和公所的钱去年终于还清,这也是他宁可熬着,也不愿再去借钱的原因。他早就想过,如果没熬过去,走了就走了,常行已成人,可以自己养活自己,他不用担心,无论如何他都不能给常行留下债务。

"阿爹,你今天感觉好些了吗?"

"好多了,你不用担心。"

让常行高兴的是,随着天气转暖,自家阿爹渐渐恢复了精神,只是仍没力气,只好待在家里,这让他安心不少。

光绪二十六年(1900)五月到了,常行又一次踏进沈公馆的大门,送上两封信,一封给冯晚秋,一封给胡文静。冯晚秋的信里除了告诉沈洋河婚礼都已准备就绪,等着月底举行,还附带了一句沈恒的话,问沈昆从云南回来没有;胡文静的信里写满了对婚后生活的期待。沈洋河这段时间晚上都没睡安稳,沈昆和沈刚等采购人员到现在还没回来,音信也没有,这让他内心很不安,他不知该如何回复沈管家的话。至于胡文静,通过这几个月的通信,沈洋河多少对她有了一些了解,觉得她是一个娇养大的姑娘,有些任性和大胆。

沈洋河坐在书桌前,静静思索。前日,他约李家兄弟和陈修一起喝茶,李思文向他们透露了一个从京师传来的消息,义和团的事闹大了,引起了多国公使的不满,搞不好要出大事。李思文提醒他们要有思想准备,不可掉以轻心。回家后,他找父亲商量,最后决定当下还是低调再低调,万万不可张扬。他想到月底要娶妻,得告诉母亲尽量简单点,不要排场。想到这里,沈洋河拿起毛笔,开始写信。在给母亲的回信里,他专门附了一张纸，写给沈管家。他盼着沈昆他们早日回来，不然这个婚结得都不安心。

常行到了宁波，先把胡文静的信送了，再去沈家。冯晚秋见儿子提出成亲不要排场，她有些为难，因为之前怕引来盗匪，这宴请宾客的名单一减再减，若再低调，她怕亲家那边有意见。更何况喜帖已经发出，不可能让人家不要来。

冯晚秋把沈恒叫来，说了沈洋河的意思，拿起单独放在一边的信纸："这是阿洋给你写的。"沈恒接过，见仍无沈昆的消息，心不禁揪了起来，底气不足地问："太太，你说阿昆会不会出事？"冯晚秋安慰道："不会，你放心，阿昆很机灵，一定没事，阿洋月底成亲，他一定会赶回来。"沈恒深吸一口气："对，大少爷成亲这么大的事，他不可能不参加。""阿洋让我不要排场，说时局不稳，恐有变数，你说这事怎么处理？"沈恒回："若把三天喜宴改成一天，就怕有人说闲话。"冯晚秋想了想道："阿洋在上海，市面要比我们灵，听他的没错。就改成一天吧，闲话不闲话，嘴巴长在别人身上，我们管不了，亲家那边要去打声招呼。"沈恒说："我亲自过去一趟。"

沈恒到了胡家村，陈云霞听说沈家将三天喜宴改成一天，心里有些不舒服，虽然婶婶戚氏跟她说过不要太张扬，跟沈家也商量了少请些客，可哪户有钱人家办喜宴只办一天？这不是委屈自己的宝贝女儿吗？沈恒见陈云霞脸色不好看，解释道："这是大少爷特意写信来提醒的，他在上海，了解得比我们要多，肯定有他的道理，绝不是我们沈家要怠慢少奶奶，还请亲家太太理解。"

正说着，胡文静来了，对陈云霞道："阿姆，洋河哥给我写信说了这事，他说现在外面非常乱。他每日关注《申报》宁波消息，发现这里也不太平，让我们一定要小心，安全第一。"陈云霞见女儿还未出嫁就胳膊肘往外拐，只好把那口气纳下，对沈恒说："请沈管家转告亲家母，我们没意见。"沈恒说:"谢谢亲家太太和胡小姐的理解,那我告辞了。"

沈恒走了,陈云霞没好气地说:"你就不怕是沈家轻视你?"胡文静挑了一下眉:"轻不轻视我,我都会嫁进沈家,阿姆,我的目标是去上海,而不是在这乡下角落头伺候我那个婆婆。她不跟去上海和公公一起享福,那是她的事,我不可能年纪轻轻就留在老宅守活寡。"陈云霞一愣,她记得冯晚秋提亲前跟她讲过,儿媳妇要留在沈家村,女儿想婚后去上海,沈家会不会同意?"你婆婆当时就提了这个要求,他们不会同意你去上海。"胡文静说:"等我嫁进去,我自有办法。"陈云霞说:"你可不要乱来。"胡文静一笑:"阿姆,你想哪儿去了,只要我能抓住洋河哥的心,不怕他不带我去上海。"陈云霞说:"行,只要你能做到,那是你的本事。"

沈洋河在成亲前三日回到沈家村,因他走之前,沈昆他们还没音信,沈洋河的心情沉重,脸上没一点喜气。这几个月,茶行只收到一批从昆明发过来的普洱茶和一封信,沈昆在信里说他们接下去要去一趟蒙自,那是个对外贸易口岸,想去那里看看,没想到这一去就失联了。

沈昆去云南的事一直瞒着李小妹,可这次沈洋河回来,沈昆没跟着,李小妹再迟钝都意识到不对,她去问沈恒,沈恒只好装作什么事都没有的样子告诉她,沈昆被大少爷派出去办事了,过几天会回来。李小妹,不再追问。转个背,沈恒闭上眼睛,强按住内心的担忧,暗暗祈祷儿子早日平安归来。眼下,最要紧的还是大少爷的婚事。平静一下心绪,沈恒又去忙他的事。

成亲的日子到了。

大清早,沈宅的大门开了,整个宅院开始忙碌起来。沈洋河还没有换上喜袍,他盼着沈昆今日能赶到。冯晚秋见沈洋河一副心事重重的样子,知他担心沈昆,提醒他:"阿洋,今天是你的大喜日子,你有再多的事也得先放一放。阿昆是个好孩子,我相信他一定会平安回来。"沈洋河见母亲一身新衣,精神不错,说:"我有分寸,阿姆,你放心。"

正说着,沈洋江进来了,他长得很像周如花,再加上皮肤白晰,现在已是个俊朗的少年,且读书成绩很好,很得沈儒行的宠爱。沈洋江朝冯晚秋恭恭敬敬地行了一个礼,喊了一声:"阿姆。"又转过头问沈洋河:"阿哥,等会迎亲让我也跟着去好吗?"沈洋河对这个同父异母的弟弟谈不上有多深的感情,但也不讨厌他,见少年眼里带着那么一点祈求,便点了点头。沈洋江眼睛一亮,高兴得跳起来:"阿姆、阿哥,那我去换新衣裳了。"

冯晚秋年纪越大,心越软,这些年,周如花偶尔跟沈儒行回来,老老实实不生事,对她这个主母也很尊重,她就懒得计较了。虽然一看到沈洋江,她就会想起夭折的女儿,但再怎么样,她都不会把那怨气撒到孩子身上,于是微笑着说:"去吧。"

这时,沈恒手上拿着两封信奔进来,顾不上气喘,对沈洋河说:"大少爷,刚刚常行送来了阿昆的信。"沈洋河冲过去,急切地说:"快给我看。"冯晚秋听说沈昆来了消息,非常高兴,连声说:"太好了,双喜双喜。"忽又疑惑地问,"那阿昆怎么没回来?你们快看信。"

沈恒和沈洋河各自看信,沈洋河才知沈昆他们在去蒙自的路上,途经通海境内,因迷路误入匪窝。沈昆自称是教书先生,另几位是同乡,家乡受灾,大家一起去蒙自找工作,寻条活路。土匪见他们每个人都背着一床旧铺盖,包袱里只几件旧袍子,钱袋里也没几个钱,倒也没有怀疑。正当他们以为可以过关时,土匪的女儿金花来了,她一眼看中了沈昆,逼他成亲,若不同意,就杀了他的同乡。沈昆无奈,只得答应。他把沈刚他们叫到一边,低声吩咐,先假意顺从,等成亲那天晚上伺机离开,尽量一起同行,万一中途走散,大家想法各自回上海,身上藏的银票千万不要让人给发现。然后,他又对土匪女儿说,成亲是大事,他不想这么草率,至少让彼此间有些了解。她同意了,将成亲时间定在半个月后,打算风风光光地办一场。那半个月,他和沈刚等人表现得非常听话,慢慢取得了土匪的信任。终于到了成亲那天晚上,土匪们大口喝酒,大块吃肉,一个个醉得东倒西歪。沈昆一直熬到下半夜,见土匪女儿熟睡了,才悄悄起床,穿上一身旧衣,和沈刚他们会合,借着微弱的天光匆匆逃走。怕被追上,他们憋着一口气,不敢有丝毫松懈。一路辗转,历尽艰辛,终于回到上海,只是一个个全都累病倒了,实在没有力气来参加他的婚礼。沈昆在信中提醒沈洋河,不要跟他父母说土匪女儿强迫他成亲的事,他给父亲的信里没写这么多,不要穿帮。"恒伯,常行还在吗?把他叫来,我想问下情况。"沈洋河焦急地问。

"他去阿刚家送信了,我马上叫人去喊。"沈恒又急急出去。

冯晚秋见沈洋河神情不对,忙问:"怎么了?是不是阿昆出了事?"沈洋河怕母亲担心,说:"是遇到一些事,吃了很多苦头,幸好都平安回来了。"

没过一会儿,常行被带了进来,沈洋河问道:"常行,你是在茶行碰到阿昆他们的吗?"常行说:"我昨天送完信,去了一趟茶行,想着看看有没有信带回宁波。刚走到门口,恰好碰到阿昆先生他们从外面回来,一个个很狼狈。我看他们头发都打结了,走路一拐一拐。"沈洋河又问:"他们没有受伤吧?"常行说:"走路不太正常,人很瘦,其他看不出来。"沈洋河暗暗松了一口气,他摸了摸口袋,把里面几只银角子全递给常行:"这是给你的,谢谢你今天及时送信过来。"又叫丫鬟拿了一包喜糖送给常行。

常行惊喜接过:"谢谢沈少爷,恭喜沈少爷,那我回去了。"

沈洋河点头,常行高高兴兴地走了。沈洋河对沈恒说:"恒伯,这次让阿昆吃苦头了,等我陪少奶奶回门后,马上去上海。"沈恒说:"现在得知他已平安回来,我放心了。大少爷如果成亲三日就回上海,我怕少奶奶会不高兴。""我会跟她讲清楚。恒伯,阿昆跟我如亲兄弟一样,再说还有其他人,我要亲眼见过才安心。""谢谢大少爷,那我去忙了,一会儿客人要来了。两条喜船已安排好,午后出发去迎亲。"

沈家村离胡家村不远,考虑到安全问题,两家商定后改步行为坐船,主要是怕抬着嫁妆,一路吹吹打打,太惹眼。午后,身着喜袍的沈洋河带着沈洋江和族里几位年轻小伙坐船前往胡家村迎亲。站在船头,沈洋河突然想起那年送沈美珠出嫁的情形,不由感慨万千。

迎亲过程比较顺利,到了沈宅后,新娘盖着红盖头先在新房休息。到吉时,一对新人在亲友们的见证下,举行了成亲仪式。沈儒行和冯晚秋端坐高堂,见儿子终于成亲,都露出欣慰的笑容。

新房里,沈洋河用秤杆挑开新娘的红盖头,看着一张涂着厚厚胭脂的脸,有种说不出来的陌生感。跟着进新房的女眷们纷纷向沈洋河道喜,说新娘子漂亮,孩子们跟着闹,胡文静羞涩地低着头。这时冯晚秋走了进来,后面还跟着一个端着托盘的丫鬟。冯晚秋让沈洋河出去陪客人,这里有她。沈洋河出去了,冯晚秋怕新媳妇难为情,让围观的亲友出去吃喜酒,自己招呼胡文静吃东西。胡文静出门前在娘家已吃过,但婆婆好意,她自然要接受,走到桌边,见托盘里有荤有素有汤,还有一碗白米饭,低声向冯晚秋道了一声谢。

"多吃点,不然晚上要肚子饿。"冯晚秋和善地说。

胡文静想到母亲跟她讲的事,涂了胭脂的脸更红了,端起饭碗就吃。等她吃完,冯晚秋让丫鬟把饭菜撤了,对胡文静说:"你先休息,阿洋陪会客人就过来。""嗯"胡文静低低地应了一声。

冯晚秋出去了,胡文静打量房间,她认得这屋里摆着的是一整套红木家具,八仙桌上龙凤花烛燃得正旺,而她坐着的七弯凉床上叠着一床床喜被。想到自己终于成了沈家少奶奶,胡文静的内心充满了喜悦。绿叶进来,伺候胡文静梳洗。胡家虽然在村里也算有钱人家,但家里只有一个女佣和两个跑腿的家仆,很多事都得自己做。她想,沈家果然不一样。

沈洋河在外面敬了一圈酒,借口喝多了,回到新房。胡文静已洗漱好,换了一套衣服,坐在床边等新郎。沈洋河看着烛光下新娘的脸,年轻、圆润,看起来倒像是有福之相。想到从今以后就要跟面前的这个女子共度一生,沈洋河明白,自己只能给她敬,没法给她爱。

第二天一早,沈洋河带着胡文静去给父母敬茶。敬茶在客堂间,上穿浅紫色低领镶边短袄,下着深紫长裙的胡文静第一次见到了公公的妾室和那位庶出的小叔子,她实在不理解自家婆婆不去上海享福,一个人留在这老宅的行为。她想要不要趁着新婚这热乎劲,向沈洋河提出同去上海,可成亲才一天,马上提似乎不太好,还是过几天再说。

"爹爹,请吃茶。"胡文静跪在蒲团上,双手捧起茶杯,恭敬地说。

沈儒行接过茶杯,喝了一口,放下,摸出一只红包放在托盘上,说:"好好孝顺你阿姆。"

胡文静很温顺地回答:"是。"

儿子终于成了亲,冯晚秋心头大事放下了。吃了媳妇茶,她给了胡文静一套翡翠首饰,和蔼地说:"委屈你以后在家陪我了。"胡文静心中很不情愿,可脸上只有装出一副听话的样子。

敬茶仪式结束,胡文静回到房间,打开公公给的红包,里面装着一张五百元银圆票,她很激动,虽说她从小家境不错,但这么大面额的钱还是第一次见到。婆婆给的那套翡翠首饰,看得出来价值不菲,沈家果真有实力。

很快到了回门日,沈洋河带着一大堆礼品陪胡文静回娘家。陈云霞见女儿脸上带着幸福的笑容,很开心,拉着胡文静说私房话。胡父陪着沈洋河聊天。回到出嫁前的闺房,胡文静对陈云霞说:"阿姆,等会你跟洋河说,让他带我去上海。我想过了,这事你提比较好,你是长辈,他不好不给你这个面子。"陈云霞说:"好。文静,你争取早日怀上孩子,生下长房长孙,这样就算不去上海,你的少奶奶地位也无人能动摇。"胡文静娇嗔地喊了一声:"阿姆。"见女儿难为情,陈云霞拍拍女儿的手臂:"都嫁人了还像个小孩子。"

母女俩说了一会儿话,出来,坐在客堂间,陈云霞问:"洋河,你什么时候回上海?"沈洋河说:"阿姆,明天我就要回去了。"又对胡文静说:"本来我想回家再跟你讲。"胡家人很意外,胡文静忍不住责问道:"我们成亲才两天,不行,我要跟你一起去上海。"沈洋河解释道:"我们茶行几位伙计去了云南,他们这次差点把命丢在异乡,前两日才吃尽苦头回到上海,我必须回去看看才安心。等过段时间,我再回宁波,你安心在家。"胡文静不高兴地说:"你可以让公爹先回啊,我不管,你若不带我去上海,你就留下来陪我,至少陪我一个月再走。"

见胡文静这般骄蛮,沈洋河的脸色变得有些难看,心里原本存有的愧疚感顿时消失无影。陈云霞见此,忙打圆场道:"洋河,你别跟文静计较,她被我惯坏了,你尽管去忙你的事,只是你有空还是要多回宁波,倘若能带文静去上海当然更好,小夫妻长期分开总不太好。"

见岳母这么讲,沈洋河顺势下了台阶,只是心里还是留下了疙瘩。吃午饭前,陈云霞又单独劝说女儿半天,让她先忍着,等生下孩子再提要求。胡文静不说话,陈云霞语重心长地对女儿说:"沈家少奶奶没有这么好当,你若不想当,多的是想当的人。"被母亲一顿劝说,胡文静只好勉强说服自己,出来见沈洋河时,脸上已恢复了平静。

吃好饭,小夫妻回到家。沈洋河去找沈恒,胡文静去向冯晚秋请安,顺道告状。冯晚秋说:"阿洋这次急匆匆回上海是有原因的,去云南的人里面有恒伯的儿子,他和阿洋从小一起长大,两人比亲兄弟还要好,这几个月因他们失联,阿洋已担心许久,现在好不容易回来了,他自然要去见见。"胡文静从婆婆的态度里明白这事已成定局,只好红着脸说:"我是舍不得他。"冯晚秋说:"委屈你了,文静,我会让阿洋以后常回来。"胡文静想起自家阿姆说的话,等生下儿子就有说话的底气,那就再忍忍。

晚上,沈洋河想着自己明天离开,最快也要一个月后回来,让新婚妻子独守空房,是他理亏,便伸出双手搂住胡文静温存。胡文静一心想生儿子,顾不得羞涩,很积极地迎了上去。两人各怀心事,折腾了半夜。

天还没有亮,沈洋河起来了,见胡文静睡得正香,没有惊动她,悄悄打开房门出去。同行的还有沈儒行、周如花和沈洋江以及随行小厮。沈恒把他们送到河边,看着他们坐船离开。

胡文静醒来后,才发现沈洋河和公公他们早走了,宅子里一下子冷清了许多。她只好去找冯晚秋,可又不知该说什么,坐一会儿,闷闷不乐地回到新房,坐在窗前,望着庭院里那一方天空,发起呆来。想了想,她决定给沈洋河写信,一天写一封,先不寄,等过些日子一起寄去,她还是要想办法牢牢抓住沈洋河的心才是。

沈洋河一行人回到上海,父子俩一起去见沈昆。沈昆躺在床上,整个人看起来很虚弱,见沈洋河父子进来,挣扎着想坐起来。沈洋河赶紧扶着他靠在床头:"阿昆,你有没有去看医师?""看过了,主要是脚走太多路,伤到了,已擦过药。"沈儒行也关心道:"哪里不舒服一定要去看,好好养养,这次辛苦你们了。"沈昆说:"多谢老爷,对不起,事情只办了一半。"沈儒行说:"先休养,等身体好了再说。"沈洋河问:"其他几个身体怎样?"沈昆仍心有余悸:"都伤到脚了,阿刚还在路上感染了风寒,我们真的差点回不来了。"沈洋河安慰道:"幸好你们都没事,真是万幸。"沈洋河道,沈儒行同感,无论哪一个出事,当老板的都有责任。

沈儒行回房休息,沈洋河陪沈昆说话。"我还没有恭喜你,没能参加你的婚礼,实在太遗憾了。""阿昆,我可能不是个好男人,有些后悔成亲了。"沈昆惊讶:"出了什么事?"沈洋河说:"我感觉胡文静不想留在乡下,她想来上海。""少奶奶年轻,喜欢上海很正常,再说你又不在宁波,难免会多想。""我不是不能理解她的想法,可这事当初就说过的,她要帮我照顾阿姆,沈家从来都不曾欺骗她。可她刚嫁进来,一天都不想伺候婆婆,只顾自己。""说不定等有了小少爷就好了。"沈昆安慰道。

说了一会儿话,沈洋河怕影响沈昆休息:"不早了,你好好睡一觉,明天你跟我好好讲讲这次的经历。"

这一夜,沈昆没有睡好,沈洋河后悔成亲的事让他不由自主地想起那个泼辣的金花。新婚夜,他想装醉逃避,哪知道那女子大胆主动,百般挑逗,他是个正常的男人,哪里抵挡得住?这事要不要告诉沈洋河?沈昆有些犹豫,说出去实在太丢人,不说吧,他好像从没有瞒过沈洋河任何事。奇怪,之前那女子的容颜在他脑海里很模糊,这会儿突然变得清晰起来,她皮肤黝黑,面容普通,唯有一双眼睛特别明亮。沈昆叹了一口气,任他想破脑袋,都想不到自己竟会遇到这种事。

当沈洋河又来到沈昆房间,沈昆还是跟他详细说了云南之行的过程,包括他与那位土匪女儿睡觉的事。沈洋河惊讶地瞪大双眼:"她睡了你?"沈昆闷着头不说话。沈洋河想笑,又觉得自己不仗义,拍拍沈昆的肩膀:"算了,你是男人,睡了就睡了,不算吃亏。""以后我再也不想去那种地方,太吓人。""都怪我,如果我只让你们在昆明进货,就不会出这种事。"

正说着,有小厮拿着一封信走到房门口,对沈洋河说:"大少爷,李家少爷派人送信过来。"

沈洋河接过一看,大惊失色:"这次麻烦大了,又要打仗了。"沈昆问:"义和团?"沈洋河把信递了过去:"与义和团有关,要跟洋人打。"沈昆看了信,很担忧:"不知道会不会打到上海来。"他不想再休息,用力按了按自己的两条腿，仍然酸胀得不行，可顾不得这么多，挣扎着和沈洋河一起去茶行。

到了茶行，沈洋河向沈儒行说了宣战的事。"消息可靠吗？"沈洋河答："可靠，李家有人在京师。"

沈儒行想起十多年前的中法战争对上海的影响，既然已知晓这个消息，不管会不会打到上海，都要做些准备。沈洋河不清楚李思侠有没有传信给陈修和，他这次成亲，都没有请这些朋友。沈洋河决定午后跟陈修和碰个面，再到李思侠的公司去看看。

陈修和见到沈洋河很开心，把他请到办公室，先向他双手作了个揖，向沈洋河道歉没有去吃他的喜酒。沈洋河摆摆手，一脸认真地说："那是小事，没关系。我跟你讲，又要跟洋人打仗了，你有没有得到消息？"陈修和说："思侠兄叫人给我送信过来了，我们打算多备点伤药。"

"那就好。最近没有回宁波吗？"沈洋河端起茶杯，喝了一口问。

"事情太多，回去最多只能住一两天，拂柳有我阿姆照顾，我放心。"陈修和还有一句话没说，张拂柳怀了身孕，他回去，妻子也不能伺候他，反而让他心猿意马。爹爹让他在上海纳个妾，顺道照顾他起居，他怕伤了妻子的心，没有同意。

"下半年你就升级当爹了。"沈洋河笑着说。

陈修和打量沈洋河："对了，你成亲才几天，怎么这么快回上海？文静没有跟着来？"

沈洋河粗略说了原由。陈修和突然问："那你以后会纳妾吗？我爹爹让我纳一个，说身边需要有一个照顾的女人，我怕伤了拂柳的心，没敢答应。""除非遇到特别喜欢的，不然我不会考虑。可如果是真喜欢的人，又怎么舍得让她做妾？"听沈洋河这么说，陈修和陷入了沉思。

从兴盛药行出来，沈洋河去了李思侠的公司。李思侠正在招待金宝，见到沈洋河，金宝笑道："巧了，我正要去你那。"他拿出两张请柬递给沈洋河:"一张给阿昆,到时候你们都要过来。"

沈洋河接过,原来是上海金氏丝绸行开业请柬,连忙道了一声恭喜,答应一定会过去。

三人重新坐下,分析这仗会不会真的打起来,会不会波及上海,眼下一切都未知,又一切皆有可能。

果然,没几日,以英国、美国为首的八国联军由天津租界进侵京师,所有人的神经都紧绷起来,密切关注着事态的发展。

一个多月过去,胡文静见新婚丈夫回上海后,连一封信都没有,非常生气,一个人关在屋里摔东西,发了好一顿脾气。伺候她的绿叶吓得战战兢兢,偷偷地去告诉冯晚秋。冯晚秋没想到儿媳脾气这么差,可儿子不写信回来也确实有责任,她只好写了一封信去上海,叫常行带给沈洋河。

沈洋河接到信,长叹一声。六月下旬,上海官府与驻沪各国领事议定了《东南保护约款》,规定了各自保护范围,上海租界由各国共同保护,长江及苏杭内地由自省督抚保护,双方不相开战。这让大家紧绷的神经放松了些,可战事仍带来很大的影响,之前茶行发往天津与京师等几个地方的货全不知所终,现在那边这么乱,想查也查不了,若全部丢失,损失惨重,眼下他哪有心情儿女情长?

沈恒则在信中告知沈洋河,宁波近期谣言颇多,搞得人心惶惶,寝食难安,恐各路匪徒滋扰,官府在招勇丁,他想征求一下他们父子俩的意见,要不要再增加几名护院,毕竟多了一位少奶奶。沈洋河一口气写了三封回信,告知老宅家人京师那边有战事,目前尚不知时局是否会继续恶化。他忙不过来暂时无法回去,只能请恒伯多找几名护院,保障安全。

冯晚秋和胡文静收到信后,才知外面很乱,在打仗。胡文静见沈洋河在信里说了不少软话,心里有几分得意,果真是她进一步,对方就退一步。这次试探成功,让她的心情比较愉悦。还有一件事她没有跟任何人说,她发现自己的月事没来,想到可能已怀上了孩子,更是暗暗窃喜,她准备过段时间再跟婆婆说,让她请个郎中来把脉。沈恒在族里招了两位年轻力壮的小伙子当护院,加上原先的,一共有十位,他想想应该差不多了。

转眼到了八月中旬,八国联军攻入京师,西太后带着皇帝仓皇出逃。消息传来,人心越发浮动。这天晚上,李思侠、陈修和相约到沈公馆来吃茶,大家坐在客厅,悄声议论时局。

陈修和忧心忡忡地说:"这东南互保不知会不会有变数?万一太后和皇帝在路上出了意外,上海的平静恐怕很快就会打破。"

做生意的人最怕世道不太平,沈洋河也有同感:"朝廷的事我们不懂,但若天下大乱,谁也逃不过。一旦上海乱起来,我们可以考虑先回老家避一避兵祸。"李思侠说:"就怕到时候宁波也一样。"

三人正说着,沈昆拿着一封信进来了,对沈洋河说:"少爷,这是太太让常行专程送来的报喜信,少奶奶有喜了。"

"什么?少奶奶有喜了?"沈洋河以为自己听错了,他跟胡文静在一起只三个晚上,这就怀上了?接过信一看,还真是胡文静有了身孕的消息。看着信里母亲喜不自禁的话,沈洋河心里说不出是什么滋味,他还一点思想准备都没有,这就要当爹了?

"看来你得回去一趟了。"陈修和说。他也打算在张拂柳临产前回一趟宁波。

沈洋河点头,胡文静怀孕,于情于理他都该回去一趟。李思侠和陈修和见时候不早,告辞离开。沈洋河对沈昆说:"阿昆,你跟我一起回去,这么久了,你还没回家看恒伯和李婶。"

"好。我们哪天回去?"这几个月,沈洋河吩咐厨房给沈昆炖了不少

第十三封信:埋雷

滋补品，沈昆已完全恢复过来。

"明天把事情安排一下，后天回吧。"沈洋河忽想起沈昆跟土匪女儿的事，忍不住问："阿昆，你跟那土匪女儿睡了一次，对方会不会怀上你的孩子？我跟胡文静在一起也才三天，她居然就怀上了，感觉怀孩子很容易。"

沈昆不敢想那个结果，犹豫道："应该不会这么巧吧，再说，那女人又不知我身份，就算怀上生下来，那也是她的事。少爷，不是我无情，实在是这事对我来说就是个耻辱，一场噩梦。"

沈洋河想想也是，便不再提。

两日后，沈洋河和沈昆回到了宁波。沈洋河先去见了母亲，再去见妻子。自从确定怀孕后，胡文静成了重点保护对象，冯晚秋什么都迁就她，胡文静原本性子就有些骄纵，现在更加受不得一点委屈。见沈洋河进来，哼了一声，转过脸，等着男人来哄她。沈洋河刚才已被冯晚秋耳提面命一番，态度诚恳地说："文静，你现在怀了身孕，不要动不动就生气，我没法天天陪你，对不起。平时你若觉孤单，可以邀请岳母过来小住。"

胡文静转过头，用手抚着还没有显怀的肚子，抱怨道："新婚三天你就走，一走就几个月，你很过分。我现在不跟你计较，但等我生了孩子，我要去上海，我不想守活寡。"沈洋河说："阿姆年纪大了，想儿孙绕膝，她现在就这么个心愿，你就替我尽尽孝，等时机到了，我肯定会把你和孩子接到上海去。"胡文静心想，若婆婆再活个十年二十年，她头发都要等白了。只是这话不好说出口，等她生了沈家的长房长孙，不怕沈洋河不答应。

"那你要对我好点。"胡文静撒娇道。

"当然。"沈洋河从口袋里摸出一只小盒子，递给胡文静，"这是我在上海银楼给你买的金耳环，你看看喜不喜欢。"

胡文静接过盒子，打开，里面有一对雕成花朵形式的金耳环，很是精致，高兴地说："喜欢。"

"喜欢就好。"

外院，沈恒和李小妹见到儿子，拉着上上下下看了半天，见沈昆没一点异常，总算放下心来。李小妹说："阿昆，你年纪不小了，该娶妻了。"沈昆说："阿姆，儿子暂时还不想成家，现在不太平，皇帝和太后都逃难去了，谁也不知道接下来会发生什么事，说不定哪天洋人都打到这里来了。"李小妹紧张地说："那我们该怎么办？"沈恒说："你怕什么？管他谁当皇帝，我们小百姓日子该怎么过还是怎么过。"沈昆扶着李小妹坐下："阿姆，阿爸说得对，那不该是我们这些小百姓操心的事。"

一家人说了一会儿闲话，沈昆又去拜见了太太，见到了少奶奶。胡文静可没忘记，沈洋河结婚三天匆匆回上海，就是因为担心眼前这个男人。她有些不明白，一个管家的儿子，看他衣着与神态，怎么跟少爷一样？当沈昆恭敬地向她行礼时，胡文静高傲地扬着头，只是"嗯"了一声。沈昆回到外院，问父母对少奶奶的印象。李小妹说："少奶奶脾气很差，很挑剔，只是她福气好，刚过门就怀上了孩子，等她生下小少爷，怕是要跳到太太头顶上去了。"沈昆说："太太心善。"李小妹摇着头说："像太太这么好的婆婆真的很少见，可惜我看少奶奶的心不在这里，她想去上海。"沈昆说："少爷成亲前说过娶妻是为了有个人替他尽孝，是要留在老宅的，少奶奶才嫁进来几个月就要反悔，我怕以后她要生事。阿姆，你帮太太看着点。"李小妹说："我有数。"

沈洋河在家里住了三天，其中一天还陪着胡文静回了一趟娘家。陈云霞没想到女儿的命这么好，刚进门就怀上，现在她只盼着女儿能生个男孩，这样沈家少奶奶的位置就坐稳了。第四天，沈洋河和沈昆离开沈家村回上海。

路上，沈洋河突然发出感慨："阿昆，你要么不娶妻，若娶一定要找个自己喜欢的人。"沈昆问:"少爷,你是不是真的后悔成亲了?"沈洋河说:"我发现跟文静根本没法说到一块儿,也不理解她整天在想什么。好好的,莫名就冷了脸,我都不知道哪句话讲错了,问她又不说,太累人。"

沈昆不好把自家娘在背后说的话传给沈洋河听,他只能提醒道:"少爷,少奶奶一心想跟你去上海,现在怀孕走不了,等生了小少爷,她若提出来,你答应吗?"沈洋河喃喃道:"之前是我想得太简单。"

常行回到家里,跟常走说了沈家少奶奶有喜的事。常走说:"那是个有福气的,小行,阿爹怕是等不到你成亲那一天了。"他清楚自己的身体,衰败得厉害,稍微多走几步就直喘气,但他怕花钱,没有去看医师,实在难受才去找点草药熬来喝。常行年轻,再加上整日在外奔波,并没有察觉父亲的不对劲。见父亲突然说出这么伤感的话,常行焦急地问:"阿爹,你是不是身体不舒服?"常走摇头:"阿爹年纪大了,早晚总有这一天。"常行说:"你年纪又不大,我今天还碰到了兴源老板,人家六十多岁还很精神。"常走说:"傻孩子,我们哪能跟他们比?好了,阿爹不说那些话了,你在外一定要注意安全,有什么新鲜事,回来跟阿爹讲讲。"

说到新鲜事,常行问父亲:"阿爹,你还记得做咸货生意的洪老板吗?"常走说:"记得,不是说被盗匪伤了吗?"常行说:"是的,那次洪老板伤得很厉害,命是救回来了,可只能在床上瘫着,上个月去世了。我要说的是洪家那个体弱多病的少爷。"

"洪少爷怎么了?"常走好奇地问。

"洪少爷办好洪老板丧事后,把咸货行和洪宅全部卖掉,遣散家仆后,人不见了。阿牛哥说前几日,有人在宁波到上海的轮船上看到过他,他身边只带了两个人,猜他去上海发展了。"

常走对洪少爷的印象很深,虽然只是去洪宅送信时偶尔碰到过,但洪少爷实在太瘦弱,那时街坊都传洪少爷是早夭之相。或许因洪家有钱,从小用名贵药材精心养着,洪少爷还是活到了今天,可见人的相会变。

"洪少爷去上海重新开始,挺好,毕竟洪老板那个克妻的名声不好听。"

"你阿牛哥从绍兴回来了?"再也不能跟着阿牛两兄弟的船去送信送物,这让常走很难过,自己怎么就成了一个混吃等死的废物。

"回来了。阿爹,现在信局的船被劫的频率太高,影响很不好,很多人不放心,就去邮政总局寄信寄包裹,我怕早晚有一天,邮政会取代信局和我们信客。"常行有些担心。

"应该没这么快取代,至于以后,以后的事谁知道呢?别想太多,我们只要把眼前管好就行。"

常行想想也对,就不再纠结这个问题。他还是多接些送信送物的活,多赚点铜钿要紧。

第十四封信：新生与死亡

"修和吾儿，拂柳昨夜发动，已于今日凌晨产下一子，母子平安。接此信，速回宁波……"

戚氏写给陈修和的信

……

九月末的一个深夜,张拂柳发动了。

整个深宅大院立刻被惊醒,戚氏和管家快速安排下去,烧水的烧水,掌灯的掌灯,各就各位。由于早有准备,上上下下显得忙而不乱。只是时不时地从紧闭的房门内传来年轻女子的叫痛声,给深夜的宅院增添了几分紧张。

屋里,张拂柳高耸着肚子躺在雕花凉床上,只见她披散着头发,脸上全是细密的虚汗,额前的刘海早已被打湿,粘在她苍白的脸上。从午夜开始发作,一直到天快亮了,张拂柳终于听到经验丰富的接生婆说:"少奶奶,你忍忍,快了快了,宫门已打开。"

"好孩子,来,喝一口参汤。"戚氏端了一碗参汤进来,走到床边坐下,扶起儿媳妇,让她靠在自己怀里,喂了她几口,又轻轻让她躺下,安抚道:"不怕,阿姆在。"

"阿姆。"张拂柳鼻子莫名一酸。她何其有幸,有这么好的婆婆,弥补了丈夫不在身边的遗憾。

阵痛再次袭来,张拂柳感觉自己好像突然间变得浑身是劲,提起一口气,随着接生婆喊的"用力"声,肚子里的孩子仿佛也感知到了这股力量,冲破黑暗的阻挡,冲出了产道。

"哇",响亮的婴儿啼哭声点燃了众人的欣喜。

"恭喜太太,少奶奶生了个小少爷。"接生婆接住孩子,满脸喜气地对戚氏说。

"好好,有赏有赏。"戚氏激动地说。再看张拂柳,她已经昏过去了,

"阿婶,你快过来看看,我儿媳妇昏过去了。"

"少奶奶是脱力了,让她好好休息就好。"接生婆剪断孩子脐带,等胎盘娩出,产妇没有大出血,才稍稍松一口气。她把婴儿打理干净,包裹好,放在张拂柳身侧。

戚氏已叫丫鬟送来热乎乎的桂圆鸡蛋,接生婆早饿了,狼吞虎咽吃了一大碗,摸摸肚子,终于舒坦了。戚氏叫管家赶紧写一封信,派人送到常家村,让常行今天就送往上海,晚了怕错过轮船。管家答应一声,马上去办。

当常行睡眼蒙眬地从陈家小厮那里接到信和三元资费,立马清醒了。他问了一句,"何事这么急?"小厮说少奶奶生了小少爷。常行道了一声喜,匆匆洗把脸,跟常走说了一声,带上信马上出发。

晚上到了上海,常行赶到陈公馆,敲响了大门。陈修和接到信,得知妻子给他生了个儿子,很欣喜。他原本就打算这几天回去,没想到还是没赶上。陈兴广听说自己当阿爷了,陈家有了继承人,也非常高兴,想了想说:"孙子的名字就叫继业吧,继承家业。"

"谢谢爹爹,儿子准备明天回宁波。"

"去吧,跟你阿姆说,爹爹有空会回去。"

"好的,爹爹。"

回到房间,陈修和的心情仍久久不能平静,就这样当爹了?他的内心有些慌乱,不知道自己能不能当个好父亲。他想,对张拂柳来说,自己似乎也不是个好丈夫,这一年,两人真正在一起的时间非常少。现在有了儿子,以后还是要多回宁波。

第二天,陈修和去银楼给张拂柳买了一只金手镯,想到自家阿姆也辛苦,就选了一支金簪子,给儿子买了长命锁,又到金氏丝绸行买了几块绸缎。回到药行,挑了一些滋补药材带上,把所有东西都打包好,仍没心思做事,就等着出发。这是陈修和第一次那么急切地盼着回宁波,每分每秒他都觉得好慢。

　　常行去立信茶行,问沈洋河和沈昆有没有信带回宁波。沈昆问他怎么没有信带过来,常行说这次是专程替陈家送报喜信,两人才知陈少奶奶生了一个儿子,陈修和当父亲了。沈洋河想到了胡文静,几个月后,他也要当父亲了,这个事实让他的心一惊。常行既然来了,沈洋河和沈昆还是各自写了一封信让他带回去。

　　陈修和回到宁波,急急走进卧室,见妻子正靠在床上给孩子喂奶,感激地说:"拂柳,辛苦你了。"张拂柳稍稍拉了拉衣襟,带着几分羞涩:"不辛苦。"

　　待孩子吃饱,张拂柳让陈修和抱抱儿子,陈修和不敢抱,那软绵绵的小婴儿让他不知如何是好。戚氏走进来,见陈修和这副样子,打趣道:"看你笨手笨脚的样子,看着,孩子要这么抱。"她接过婴儿,让他躺在臂弯里,一只手指还逗弄孩子的小嘴:"我的小乖乖,快看看,你爹回来了。"

　　在戚氏的指导下,陈修和笨拙地抱起孩子,孩子睁开眼睛,似与他目光对视,陈修和在那一刻,突然理解了何为生命的延续,他从未像此刻这般清醒地认识到肩上的责任。

　　光绪二十七年(1901)春天,常行从沈恒手中接过一封报喜信,前往上海,送到沈公馆。信中,冯晚秋告诉沈洋河,他当父亲了,胡文静给他生了个女儿,让他收到信后马上回家一趟。沈洋河回到宁波,看着娇弱的小婴儿,心底不禁泛起了陌生的父爱,他给女儿取名沈芸儿,见妻子脸上没有初为人母的喜悦,很纳闷:"你是不是身体不舒服,怎么看起来很不开心的样子?"

　　胡文静自从生了女儿后,心情一下子就跌到了谷底,她心心念念盼着生个儿子,自家阿姆也时不时暗示她,唯有生下沈家的长房长孙,她这个少奶奶的位置才无人可替代。男人不在身边,若无儿子傍身,哪天沈洋河在上海另有所爱,就算不和离,她也得一辈子葬送在这深宅里。可送子观音没有如她的愿。此刻见沈洋河语气里带着关心,再想想这近一年,他回来的次数屈指可数,更觉委屈:"我生孩子你都不在,你不知道我有多害怕。"

"对不起,让你受苦了。"沈洋河握住胡文静的手,诚恳道歉。虽说他对胡文静没多少感情,但不管怎样,作为丈夫,他会给妻子该有的尊重,承担该承担的责任。

"你记着就好。"

专门请来伺候产妇的出窠娘推开门,端着托盘进来,笑眯眯地说:"少奶奶,点心煮好了。"

沈洋河在房间站了一会儿,觉得闷,老人说坐月子不能见风,这门窗都关得紧紧的。看过妻女,他怕影响胡文静休息道:"你好好养身体,想吃什么尽管提出来,我还有事要忙。"

"这次你会在家几天?"胡文静问。

"现在是收茶季节,茶行事情太多,最多三天,我就得回上海。"沈洋河说。

胡文静的脸又沉了下来,转过身,不再理沈洋河。当着出窠娘的面这种态度,沈洋河有些不舒服,一甩手,自顾自出了房门。胡文静心里的怨气一下子就升了上来。这时,小婴儿哭了,胡文静对出窠娘说:"抱去给奶娘。"

出窠娘抱着小婴儿到隔壁,把孩子交给奶娘喂养,又回来伺候胡文静,帮她回奶。事实上,胡文静也不想沈洋河在家多待,坐月子不能洗头洗澡,虽有出窠娘帮着擦洗,身上免不了还是会散发出难闻的气味,她怕沈洋河嫌弃。故意给他脸色,是要让他知道,她可不是那种逆来顺受的女人,她要他重视她。

沈洋河觉得很没劲,他来到母亲院子,陪她说了一会儿话,就坐在那里发呆。冯晚秋奇怪地问:"阿洋,你是不是遇到什么难事了?"沈洋河摇头:"没有。""那怎么一副魂不守舍的样子,都当爹的人了。"沈洋河犹豫了一下问:"阿姆,你跟我说实话,文静平时对你可孝顺?"冯晚秋沉默了,过了许久,开口道:"文静年轻,刚嫁进来就怀孕了,你又不在身边,她心里不高兴我可以理解。阿洋,我想等孩子稍微大点,你还是把她们母女接到上海一起生活吧。阿姆年纪大了,不想动,你们小夫妻还是要在一起的好。"

"到时候再说。"沈洋河有些烦躁,干脆就出去走走。

经过阿根伯屋前时,沈洋河不由自主想到了沈美珠,为她的命运一叹。他想以后自己的女儿婚嫁一定要慎重,若没选到合心意的,宁可不嫁,也不愿女儿去跳火坑。

春天的田野充满了勃勃生机,沈洋河站在河边的一棵楝树下,目光落在清澈的河流上,想着母亲这样过一辈子,不知她是否后悔嫁给父亲。眼下看,胡文静与母亲明显不同,倘若他真要她在这里长期留守,很有可能两个人无法相携到老。可沈家村是根,等母亲百年之后,谁来守这宅院?沈洋河内心很矛盾,他既希望胡文静和孩子能留在这里陪母亲,又觉得这样做对胡文静确实不公平。可到了上海,胡文静一样只能待在公馆里,缠着一双小脚的她又能做什么?走几步都嫌累,而他不可能有空天天陪她和孩子。不能想,一想头就痛。沈洋河弯下腰,捡起一块小石头,斜着朝水面打去,看小石头弹跳了几次又沉入河底,他眼底一片怅然。

常行送完信回家,听到屋里父亲的咳嗽声,很焦心,走到床边:"阿爹,我扶你起来,我们去看郎中。"

"不用,别花这个冤枉铜钿。"常走靠在床头,喘着气说。他有感觉,这次怕是真的要熬不过去了。

常行坚持,常走没办法,只好下床,让常行扶着去了药铺,坐堂的仍是那位赵郎中。赵郎中仔仔细细地给常走把了脉,摇着头说:"你这身体亏空得太厉害,可以买些人参养生丸来吃吃。"常走立马拒绝:"穷人家哪能吃这么贵重的东西,你看有没有便宜点的草药给我开点,我去煎来吃。"

赵郎中知常走舍不得花铜钿,叹了一口气,给他开了些枇杷叶,对常行说:"拿回去一天一包,煎水喝,能止咳。"

"谢谢赵郎中!"常行接过药单去付费拿药,五包枇杷叶,交了五十文。

常走颤抖着双腿站起来,常行赶紧扶住他,父子俩走出药铺。经过吕记米店时,常走看到吕进宗正站在柜台前,招呼道:"吕老板,生意兴隆。"

吕进宗走了出来,见常走一脸病气,瘦得颧骨都凸了出来,惊讶地问:"赵郎中说你生了什么病?怎么会瘦成这样?"

常走靠着常行,喘着气说:"年轻时候积的一些老毛病,现在都发出来了。吕老板,要送信送物找我儿子啊,你放心,他已经跑了好几年了,从没有丢过东西。""我知道,常行不错。"常行也道:"阿爹,吕老板和吕少爷都叫我送过东西。"常走拱了拱手:"谢谢吕老板关照",又问,"吕少爷现在还经常出去采购粮食吗?""现在米店的事都交给他在打理,有专人负责采购,不过有时候也要他亲自去。说起来湖州那条线,还要谢谢你的介绍。""那是吕少爷和金少爷的缘分。"说了几句闲话,常走已喘不上气来,不敢多讲,告别吕进宗回家。

晚上,吕进宗回到家,跟吕明华提起碰到常走父子的事:"常走年纪比我还要小好几岁,今天我看他那样子拖不了多久,以后有什么跑腿的事

第十四封信:新生与死亡

可以交给常行,那孩子可怜,常走若不在了,就剩下他孤苦伶仃一个人。"

"我对他们父子印象都挺好,送信送物一直找的他们,没出过差错。"吕明华说,"这次倒是有件事可以让常行跟我一起去办。前些日子我给南浔的金兄写了封信,让他帮我联系地主,我要过去采购一批谷子,金兄回信说已联系好,正好他也有事找我,让我帮他去收一些蚕茧,顺道带过去。我准备租条船,先去收蚕茧,收好去南浔,再把谷子运回来。反正要带人去,干脆就让常行跟我跑一趟。"

"可以,我看常行是急需挣钱给他阿爹治病。金少爷真不错,人热心又仗义,这还真要感谢常走。"吕进宗感叹道。

"是的,金宝兄和他弟弟金元兄人都很好,他们现在生意越做越大,在上海的丝绸行听说生意也很火爆。"

"多结交些这样的朋友,明华,你能撑起来,阿爸很高兴。你大姐虽然已自立门户,但仍少不了你这个兄弟的帮衬。你年纪不小了,今年无论如何要把你的亲事给定下来,早日成亲,阿爸和你阿姆还等着抱大胖孙子。"吕进宗看着成熟稳重的儿子,语重心长地说。

"阿爸放心,不管成不成亲,我都会照顾好大姐一家。"吕明华郑重回答。如果说最开始关照只是出于姐弟情分,现在他是实打实地敬佩大姐。她没有理所当然地依附于娘家,而是在米店做工挣薪资,三个外甥女也各有所长,老大擅刺绣,老二擅厨艺,最小的王萌对数字很敏感。三姐妹都很孝顺,懂得感恩。对娶妻一事,早在几年前,父母就提了出来,只是一时没找到合适的人,所以拖到现在。想着老父亲头上的白发,吕明华无奈一笑,天下当父母的大概都一个样,他表示理解。

吕明华派人去常走家,常行已出门。来人跟常走说吕明华想让常行跟他先去收蚕茧,再去南浔,时间大概需要二十天,付四元报酬,问常行愿不愿意,晚上给个回话。常走替常行答应下来了,这么好的挣铜钿机会,不能错过。晚上常行回到家听父亲说了此事,别的不担心,只担心父亲的身体。万一父亲有什么事,他不在身边,定要后悔莫及。常走让他放心去:"阿爹今天喝了枇杷药,咳嗽好些了,若感觉不舒服,我会去找赵郎中,这是吕少爷给你的机会,你要好好珍惜。"常走再三保证,常行被说服了,他确实很需要钱,想着从南浔回来,给父亲去买瓶人参养生丸。

出门前,常行拜托隔壁邻居大叔,如果父亲有事,请他帮个忙。大叔爽快答应了。

吕明华带着常行去收蚕茧,仍租阿牛的船,大家都熟门熟路,速度很快,两天时间就完成了任务。收好蚕茧,趁着晚上涨潮,前往南浔。

常行跟着吕明华来到南浔,金宝和金元见到吕明华很高兴,见代收来的蚕茧价廉物美,更开心了,一定要把租船的资费和人工费算上,吕明华拗不过,只好收下。晚上,金家兄弟宴请吕明华。说到上海丝绸行的生意,金宝说:"上海的市场非常大,之前家父还是胆子小了,没有去开拓,若再早一点,我家生意说不定还能做得更大。"吕明华提议:"两位金兄要不要考虑到宁波也开家店?可以开到江北岸去,那里是洋人的集居地,他们对我们中国的丝绸很感兴趣。"金元觉得这个提议不错:"这个还真可以考虑,我找个时间过去一趟,做个了解。"吕明华说:"太好了,金元兄,要不要这次就跟我一起走?"金元笑着说:"这段时间要忙着收购蚕茧,等我忙完过去。"吕明华说:"行,那我在宁波静候金元兄大驾光临。"

宴毕,金家兄弟送吕明华去旅馆休息,约定第二天早晨让管家带着他去收粮食。

常行在船上和阿牛、阿发两位大哥聊天,提到送金老板棺材回乡的那一次,常行说:"那个气味,真的一辈子都忘不了,现在想起都觉得恶心。"阿牛说:"是的,一个个吐得昏天黑地,苦胆水都吐出来了。"阿发说:"真没想到,就那一次,金少爷跟宁波的缘分就续上了。"阿牛说:"是啊,每年过来收蚕茧,都租我们的船。吕少爷也很好,有生意就关照我们。"常行说:"吕少爷是好人,像这次,他完全可以带店里的伙计来,叫我来,等于白白给我一次赚钱的机会。"阿牛说:"这不是第一次了,以前是叫你阿爹,现在叫你。"

  吕明华和常行在南浔三日,如愿采购到一船粮食,踏上返程。第五天晚上,船进入上虞境内,忽遇狂风暴雨。阿牛赶紧收帆。因船载的粮食重,风的影响不大,但雨很快就糊住了阿牛和阿发的眼睛。吕明华一看这情形,很焦急,撩起帘子对阿牛说:"还是赶紧找个地方停吧,这样子没法走了。"阿牛说:"是的,就近找一处停。"

  常行从船舱出来,迎着雨,拿起另一根竹篙,和阿发一起站在船尾撑篙。雨越下越大,三人衣服早已湿透,这会儿也顾不上许多,齐心协力把船往岸边靠,终于靠上了。常行跳上岸,把船绳牢牢绑在一棵大树上。

  回到船上,换了衣服,四个人坐在一起,听着黑暗中急促的风雨声,忽有一种风雨同舟的微妙感觉。

  坐了一会儿,阿牛心里有种莫名的不安,他对吕明华说:"吕少爷,等雨稍微小点,我们还是去松夏过夜。这里前不着村,后不着店,船上又有这么多粮食,不安全。"

  吕明华被阿牛一提醒,反应过来,这个时候万一遇到劫匪,麻烦就大了:"好,辛苦你们了。"

  风雨越来越大,船晃得厉害,船上四人的神经都紧紧地绷了起来,一旦侧翻,后果不堪设想。吕明华还是第一次遇到这种事,内心生起恐慌,腿都有些软了。阿牛和阿发已穿好蓑衣,走出船舱观察四周环境,除了风声雨声,并没有人烟。阿发跳上岸,仔细检查船绳,见常行系得很牢,才放心回到船上。

  过了许久,风雨小了些,阿牛决定出发,吕明华没有意见。船上没有多余的蓑衣,常行又换上湿衣服,去船尾和阿发一起撑船。三个人一刻不停,经过一个多时辰的努力,终于抵达松夏。等船靠岸停好,常行已经累瘫在地,他浑身湿漉漉,两条胳膊酸痛得无法抬起,眼睛被雨水淋得生疼生疼,头上的辫子由于吸饱了水,显得很沉重。吕明华让他赶紧换上干衣服,感动地说:"你以后不要当信客了,跟着我吧,我不会亏待你。"

常行闭了会儿眼睛,舒服了些,再睁开:"吕少爷,谢谢你,我答应过我阿爹,要好好当信客,因为有很多人需要。只要以后有跑腿的生意,你照顾我一些,我就心满意足了。"

吕明华见常行这么说,反而对他更高看了,决定到家后多给他一元银圆。谁知下半夜常行发起烧来,浑身滚烫,可惜阿牛和阿发睡在后舱,吕明华虽睡在前舱,可实在困倦,也没察觉。等天亮三人才发现常行已陷入昏迷,一下子把三人都给吓了一跳。阿牛背着常行上岸去看郎中,阿发和吕明华守着船。找到一家药铺,头发花白的郎中用针灸、刮痧和按穴位等法给常行进行了治疗,常行终于醒了过来。他下半夜难受得不行,想喊又喊不出来,后来就迷迷糊糊什么都不知道了。"阿牛哥,谢谢你送我来看郎中。"阿牛说:"应该的啊,你若出点事,我咋向你阿爹交代?"

想到离宁波不远了,常行没有配药,心疼地付了一元药费,跟着阿牛回到船上。时候不早,阿牛即刻解缆升帆启程。吕明华让常行躺着休息,他知道常行发烧是因为淋了雨,又给累着了。撑船不是常行的分内事,可他主动去帮忙了,在那样的风雨夜。阿牛和阿发加快了速度,晚上到了余姚,靠岸休息。

睡到半夜,忽有三个持刀匪徒跳上船,船上四人被惊醒,阿牛和阿发听到声音,赶紧一人拿木棍,一人拿砍刀冲到前舱,常行一把拉过吕明华,自己挡在他身前,手里提着一根长凳,与匪徒对峙。

"把身上的钱都交出来，放你们一马，老子的刀枪可不是吃素的。"黑夜中，匪徒嚣张的声音响起。

阿牛和阿发已摸到前舱，一看对方只有三人，觉得可以硬碰一下，又看到不远处有几只船，阿牛一边大声喊："有劫匪啊，快来人啊！"一边提着刀冲了进去。

匪徒没提防还有两人，一时没回过神来。吕明华的心很慌，他从未遇到过这种事，见比自己年纪还小的常行义无反顾地站在自己面前，他也不能怯懦，顾不上害怕，提起另一条长凳防卫。

船舱因放了很多袋粮食，留出来的空间很小，根本无法施展，再加上双面夹攻，那三匪徒见讨不到好，只好放弃抢劫，匆匆上岸跑了，四人惊出一身冷汗。附近船上的人听到呼救声，站在船头喊："需不需要帮忙？"

阿发大声回了一句："匪徒跑了，谢谢啊！"

对方见匪徒跑了，回了船舱，叫船上人加强戒备。阿牛点燃防风灯，才发现常行的手臂露出很深的一道伤口，正流着血。吕明华的脸也被打到，半边都肿了起来。阿牛急忙去后舱拿来金疮药，又翻箱倒柜找出一块稍微干净点的帕子，到前舱给常行敷好，包扎上。吕明华双手作揖，很郑重地向常行、阿牛和阿发行了一个礼："谢谢你们，以后你们都是我的好兄弟。"

"吕少爷客气了，这是我们应该做的事。"阿牛说。他想这次回去得在船上多备点防身的家伙，不然太被动了。

常行这会儿有些后怕："我们这次运气算好了，如果匪徒人再多几个，肯定糟了。"阿发说："是的，现在很不太平，还是要小心为上。吕少爷，下次你出门，一定要多带几个人。"吕明华点头："是要多带几个护院才行。"他没想到去的时候那么顺利，回来却多灾多难，幸好没有出大事。

天蒙蒙亮，船启程了，傍晚抵达宁波。常行先上岸去药铺处理伤口，吕明华给了他八元银圆,常行婉拒,说原先说好的是四元,他不能多收。吕明华坚持要给,说是奖励他面对劫匪时的勇敢。常行想到要给阿爹买人参养生丸,终于还是收下了这份谢意。常行去药铺,阿牛和阿发把船摇到米店临河的库房,等卸了货才回陈家渡。

常行回到家时,天已经黑了。常走自常行出门那天起,大多数时候都躺床上休息,休息好了起来煮枇杷药,一碗碗当水喝。他想无论如何都要撑到常行回来,不然他要害儿子内疚一辈子。听到敲门声,常走从床上挣扎着爬起来,走到门边,拉开门闩。

"阿爹,我回来了。"常行进屋,点亮油灯。见父亲精神尚可,他从口袋里掏出一瓶人参养生丸递过去,说:"阿爹,吕少爷多给了我四元,我给你买了瓶人参养生丸,你吃起来。"

"吕少爷为什么要多给你钱?买这么贵的人参丸,你太浪费钱了。"常走接过,心疼不已。

常行怕父亲担心,含糊地说:"是吕少爷心善。阿爹,你快去休息,我去做点吃的。人参丸已经买来了,不吃才是真浪费。"

"你这孩子,锅里还有泡饭,你去热下。"

"好的,阿爹,我这就去。"常行没让常走发现他手臂上的伤,放下行李,去了灶间。

吃好晚饭,常走见常行一脸疲倦,知他累着了,就没有跟他多说什么,父子俩早早上床休息。常行这一次实在是累坏了,好好睡了一觉,第二天除了手臂伤口痛,人还算精神。

吕明华带着小厮来了,送来了一袋米,还有咸鱼、咸肉等。常走很惊讶,这才得知常行手臂受了伤。他没力气招待,只能靠在床头跟吕明华说话。吕明华见常走脸色灰暗,提议他去城里找医师看看。常走拒绝了,他清楚自己这个身体是好不了了,没必要再花那个冤枉铜钿,到时候医不好,还要害儿子背一身债,这是他绝不愿意看到的事。

"吕少爷,快请坐。小行,你去烧点水。"

"不坐了,我马上要进城去。这次多亏了常行,以后你们有什么事需要我帮忙,尽管来找我。"吕明华昨晚回到家,跟吕进宗说了途中的事,把老爷子吓了一大跳,嘱咐他一大早给常家送些东西,以示感谢。

"谢谢吕少爷,你和你阿爸一直很关照我们父子,小行既然跟着去,总要派点用场。"

吕明华见常走每说一句话都像是竭尽了全力,不想影响他休息,和小厮一起离开了常家。常行把东西收拾好,走到床边:"阿爹,我没事,你不用担心。"常走说:"小行,你做得对,但阿爹希望你下次再遇到这种事时,一定要保护好自己。阿爹就你这么一个孩子,你若有个三长两短,阿爹就是死了都不安心。"

"我以后会注意,阿爹,你别生气,今天我休息一天,中午煮饭给你吃。"

常走靠了一会儿,又觉得累,躺下了。常行看着父亲衰弱的样子,难过地低下了头。

常走是在六月一个极其闷热的晚上走的。那天晚上,他突然对常行说了很多话:"小行,如果有一天阿爹不在了,无论遇到什么困难,你都一定要好好活下去。阿爹希望有一天你能娶妻生子,把常家的香火给延续下去,阿爹和你阿姆在天上会很开心。只要你勤勤恳恳,老老实实做好每一件事,赚一口饭吃不难。记住,我们做信客,诚信第一,只要失信一次,那牌子就倒塌了,再也扶不起来。"

"我记住了,阿爹。"常行悄悄抹了一把眼泪,保证道。

"你现在去渡口,请你阿牛哥过来,阿爹有话跟他说。"

"好,我马上去。"

常行飞快跑到渡口去请人,谁知当他和阿牛回到家,常走已没了气息,可他的眼睛仍睁着,常行顿时跪倒在地,痛哭不已。阿牛没想到就这么一会儿工夫,常走就走了,心里非常难过,也不知道他有什么话要对自己讲。想到天气炎热,还是赶紧把丧事办了要紧,于是对常行说:"小行,你不要太难过,你阿爹的丧事,你打算怎么办?"常行抽泣道:"阿爹说过,若他过世,就给他备一副薄棺材,和我阿姆合葬在一起,什么仪式都不用搞。我去请隔壁阿婆。"

隔壁阿婆跟着常行进来,见常走眼睛没闭,忙对常行说:"你阿爹不放心你,你赶紧跟他说说。"

常行跪在床前,认真地说:"阿爹,我会记住你说的话,不管遇到什么困难都好好活着,娶妻生子,把常家的香火延续下去。"阿牛也走上前,对着已没有气息的常走,郑重承诺:"常走叔,你放心,我会把小行当成自己的亲弟弟。"

"小行,给你阿爹合上眼睛。"阿婆催促道。

常行站起来,伸出颤抖的手,轻轻抚上父亲的眼帘。常走的眼睛闭上了,常行一滴泪落在了常走只剩下骨头与一张皮的脸上,又迅速滑下,消失不见。

窗外,一阵闪电,接着有雷声滚过,震动人的耳膜。随后雨噼里啪啦地下了起来,越下越大,给人一种天漏了的错觉。

常行已冷静了下来,他听从阿婆的指挥,找出父亲偷偷准备好的寿衣,阿牛去灶间帮忙烧水。烧好水,常行给父亲擦洗身体,换上寿衣。阿婆把第二天需要做的事告诉常行,还帮常行整理常走的衣服,可惜没一件好的,勉强凑够四季衣服各一套,嘱咐常行到时候放入他阿爹的棺材内带走。等雨停了,阿婆回自己家,阿牛留下来陪着常行守灵。

在阿牛和各位邻居的帮忙下,第三天,常行把父亲送上了山,和母亲合葬在一起。帮忙的人都回去了,常行一个人在坟前坐了很久,想到从今以后就只有他一个人了，孤独像潮水一样涌上来，差点把他给淹没。四周静悄悄，常行只听到自己的心跳声，他站起来，深深吸口气，又缓缓吐出，再一次认认真真跪在父母坟前磕了三个响头，转过身，慢慢走回家。

第十五封信：离心与京师行

「洋河吾儿，文静在家日日郁郁寡欢。想你们夫妻年少，确实不应分别太久，故派人送她到上海。芸儿还太小，文静不愿带，就留在这里，阿姆会替你照顾好，勿用担心……」

冯晚秋写给沈洋河的信

⋯

  光绪二十八年（1902）初秋的一天，沈恒派人来找常行，请他和沈家一位护院一起，送沈家少奶奶胡文静去上海，因他熟悉路，又年轻，还可以帮着挑行李。

  这是常行第一次见到沈家少奶奶，不过他就看了一眼，马上低下头。常行心里有些纳闷，这少奶奶去上海，怎么不带小小姐去？他想，或许是去住一段时间吧。当然，这事跟他无关。

  常行与沈家护院一路上尽心尽责把胡文静送到沈公馆，告辞离开。沈洋河和沈昆正在客厅聊事情，忽听到下人来报，少奶奶来了，还以为听错了，出去一看，真是胡文静，吃了一惊："你怎么来了？"护院忙上前把太太的信送上，沈洋河接过一看，不由皱起了眉头。想到胡文静把才一周岁多点的孩子抛给自己的母亲和孩子奶娘，非要来上海，心里窝火。倘若不是母亲在信中再三劝说，让他留胡文静在身边，待她再次怀孕，可送回乡下安胎，他都想立马把人送回去。不是他无情，实在是自婚后，胡文静对婆婆称不上孝顺，对孩子更谈不上慈爱，这样的女人，他还要再让她诞下他的子嗣吗？胡文静见丈夫一脸冷淡，心里很委屈，她真不想在乡下守活寡，这次能说服婆婆同意让她来上海，她给的理由就是要给沈洋河生个儿子。沈洋河不想大晚上当着下人的面吵架，沈公馆没有年轻丫鬟，他叫来管家妻子张婶，让她带胡文静去洗漱吃饭。

  沈昆一样很感意外。两人又回到客厅，沈昆见沈洋河不高兴的样子，劝说道："来都来了，你让少奶奶住一段时间，等年底送回去好了。"

  "阿昆，芸儿还这么小，她居然舍得？你说天底下怎么会有这么狠心的母亲？她一门心思想要个儿子，只是为了巩固沈家少奶奶的地位，你说这样一个自私的女人，我真要跟她过一辈子吗？说实话，我不想让她再生第二个孩子了。"沈洋河郁闷地说。

"少奶奶还年轻，向往上海也属人之常情，你总不好无缘无故就把她给休了，这对她不公平。"沈昆说。

沈洋河沉默，过了好一阵，他长叹一声："阿昆，你说她若见识了上海的繁华，还愿意再回乡下吗？"

这下轮到沈昆不开腔了，他摸了摸鼻子："这个还真不好讲。"过了一会儿，沈昆站起来，对沈洋河说："少爷，你去陪陪少奶奶，不管怎样，她总是你的妻子。"

"我去看看。"沈洋河调整了一下心态，跟着站起来，和沈昆走出客厅，前往餐厅。

胡文静跟着张婶去洗漱，等她收拾好，张婶把她带到餐厅，饭菜已端上了桌，她刚坐下来准备吃，沈洋河进来了。胡文静见丈夫过来陪她，心里总算舒服些。眼前的一切，对她来说太新奇了，连灯都完全不一样，就是不知道这是什么灯，她不好意思问，怕被人笑话。沈洋河在旁边椅子坐下，对胡文静说："明天你想吃什么，可以提前跟张婶讲。"胡文静说："我没关系，做什么吃什么好了。"沈洋河看了她一眼："先吃吧。"胡文静嗯了一声，低着头吃了起来。只是她的注意力不在饭菜上，脑子里尽想着怎样讨沈洋河的欢心，以后能长长久久留在上海。

这一夜，小夫妻还算和谐。第二天，沈洋河叫了东洋车，陪着胡文静去逛街，带她买了首饰、布料和点心等物，满载而归，这让胡文静很得意，觉得自己来上海来对了。不过从第三天开始，沈洋河又早出晚归，忙得不见人影。胡文静一个人哪敢出去，只好待在沈公馆里，这让她很烦躁，只好找张婶打听沈洋河的事。当她确定沈洋河在上海没有女人时，暗暗松了一口气。

第十五封信：离心与京师行

沈洋河走进兴盛药行，他有事去找陈修和，提到胡文静一个人来了上海。陈修和惊讶地说："孩子这么小，她没带来？"沈洋河苦笑："这也正是我不明白的地方，或许是因为芸儿是个女孩吧，总觉得她不是很喜欢。"在陈修和面前，沈洋河不怕家丑外扬，坦率地说了自己的想法。

陈修和想起妻子张拂柳和儿子陈继业，脸上的表情柔和许多："这一点拂柳很好，她亲自带孩子，没叫奶娘。我上次回去，看到孩子养得白白胖胖，非常可爱。"

"那你有想过把妻儿接到上海来定居吗？"沈洋河问。

陈修和摇头，解释道："我爹爹说，现在局势不明，变数太大，老家是我们的一条退路，那里得有人守着，不能丢。再说有她和孩子陪着我阿姆，我和爹爹在上海也放心。"

"我跟你说实话，当初我娶文静，跟你一样的想法，希望她能陪陪我阿姆，有了孩子，婆媳俩也有事做。我阿姆这辈子过得太苦，她不想来上海，我才同意她在乡下给我找门亲事。没想到现在不但没能替母分忧，反而让她白白担心，还要替我抚养女儿，你说我这折腾半天，折腾了些啥？"沈洋河一脸苦恼。

陈修和给沈洋河续了点茶水："要不要我写封信给堂姐，让她把文静叫回去？"沈洋河忙说："不用，等过年了我送她回去。"

"对啊，你让她再怀一个不就得了。"陈修和建议，他觉得这个主意极好。

沈洋河尴尬地笑了笑，转而说起正事。他来找陈修和谈京师的业务。八国联军侵华，京师那边，无论是陈家的药行，还是沈家的茶行，都遭到重大损失。一月初慈禧太后和光绪帝回到京师，现在大半年过去了，他们得考虑重新把业务开展起来。沈洋河准备亲自去一趟，他是来问陈修和的打算。陈修和正有此意，两人约定时间，一起结伴而行。

晚上，沈洋河回到沈公馆，跟胡文静说了过几日他要去一趟京师：

"若办事顺利的话,年底应该可以回来。你还是回宁波去吧,芸儿这么小,需要你这个娘。"胡文静一愣,自己才来上海,丈夫又要出远门,很生气地问道:"不能带我去京师吗?"

"胡闹,你以为我是去游山玩水?"沈洋河把脸一沉,呵斥道。

胡文静不甘心:"我不想回乡下,我在上海等你。"沈洋河深深地看了她一眼,语气冷淡地说:"随你。"

夜深了,夫妻俩虽睡在一张床上,可背对着背,中间犹如隔着一道鸿沟。胡文静犹豫半天,忍不住试探着伸出手去暗示,她想怀上孩子,现在还确定不了这几日有没有怀上,可沈洋河一句"累了",让她的心变得冰冷。

几天后,沈洋河和沈昆带着行李,去约定地点与陈修和会合,发现他带了两个人,其中一张还是熟面孔。"常行,你怎么在这里?"沈昆惊讶地问。

陈修和笑着说:"我原本要带的一个伙计家里老人出事了,今早告假。恰好常行来送信,我一时找不到合适的人,就问他愿不愿意跟我跑一趟,这不,就一起来了,反正你们都熟悉。我想着让常行认认路也好,说不定哪天用得到。"

常行上前,恭敬地招呼:"沈少爷好,阿昆先生好,有事你们尽管吩咐,我一个人去哪里都可以。"

沈洋河和沈昆都知晓常行的父亲去年已去世,不免心生同情。陈家这么多下人,还怕找不出一个伺候的人?估计陈修和是有意让他赚点银钱,于是很和气地朝常行点点头。陈修和又把护卫做了介绍:"你们别看程师傅年轻,他可有一身好本领,是我爹爹重金聘请来的高手。"

"这一路要仰仗程师傅了。"沈洋河和沈昆朝程师傅作了揖。程师傅急忙回礼:"两位先生客气了。"

时候不早,五人来到码头,先坐船到苏州。常行没带行李,到了苏州，去了一趟成衣铺，买了一套换洗的粗布衣服带上。一行人在苏州换船，走京杭大运河，前往京师。

留在沈公馆的胡文静闲着无事，就让张婶陪着，去别院拜访公爹沈儒行和周姨娘。沈儒行看到胡文静，有些意外，之前沈洋河跟他说过胡文静来了上海，他听过算数。现在儿子出门去了，他以为胡文静已回宁波，没想到还在，不解地说："洋河这一走至少要好几个月，你一个人留在这里做啥？还是回宁波去，好好照顾孩子。"

胡文静一听，有种自搬石头压自脚的感觉。她来这里的目的是想跟周如花拉上关系，她在上海又不认识其他人，真让她在沈公馆关几个月，她一样受不了。可公爹开口，她不得不先应着。沈儒行没什么话跟胡文静说，就自顾自去了茶行。

周如花对胡文静的心思，一眼看穿，不禁微微一笑："平时我也是一个人，你若不嫌弃，可过来陪我说说话。"胡文静喜道："谢谢周姨娘，你是长辈，能陪你说说话，是文静的福气。"说完，又补充道，"可公爹让我回宁波。"

"你放心，这事就交给我。"周如花不在意地说。

"周姨娘，你真好。"胡文静感激地说，很殷勤地送上一只首饰盒，那里有一根雕花的金簪子，是沈洋河给她买的几样首饰中的一件。她很舍不得，可为了能留在上海，只能忍痛割爱。

周如花接过首饰盒，打开，拿起金簪子，笑眯眯地说："你有心了。"胡文静说："孝敬长辈应该的。"周如花掩住嘴，笑得更欢了。

从那以后，胡文静三天两头来找周如花。周如花也不食言，带着胡文静去看戏、逛街，让她更加不想回宁波。

船慢悠悠前行，沈洋河走出船舱透透气，沈昆跟着出来。两个人站在那里看运河上的景致，秋水壮阔，时不时有漕船和装满各种物品的货船经过。沈洋河说:"好几年没去京师,这运河一如既往的热闹。"沈昆说:"这条河不知道养活了多少人,你看两岸,还是比其他地方要富庶些。"沈洋河说:"确实如此。"

常行之前跟着阿爹坐过宁波到杭州的船,也坐过宁波到湖州的船,但苏州到京师这条水路是第一次走。这次若不是托陈家少爷的福,他也没这机会,于是心存感激。他想阿爹一辈子都没去过京师,这次他就替阿爹好好看看。

无锡到了,客船穿城而过,这是京杭大运河唯一穿城而过的城市。常行眼尖,发现沿河有好多家米店粮行,那蓝底白字的招幌缀在竹竿上,斜斜地插着,迎风招摇,很是醒目。常行想着等回到宁波,一定要告诉吕少爷,无锡的粮行看起来似乎要比湖州多。

到了码头,客船要在这里停留一个时辰,一是有客上下;二是补充供给。坐船客想上岸去吃碗点心或购买些当地特产都可以,只要带好船票凭证,在规定时间里返回即可。陈修和想起无锡的玉兰饼味道很不错,摸出一元银圆递给常行:"你去买十只玉兰饼回来。"

常行接过,跳上岸去,没过多久捧着一袋热乎乎的玉兰饼回来,陈修和让他分给大家,每人两只。沈洋河咬一口,细细品味,笑着说:"没想到这饼外脆内糯,馅料丰富,有甜有咸,还挺好吃。"又仔细看了一下馅子:"这里面有肉有豆沙有芝麻,还有啥?如果没有肉的话,跟我们宁波汤圆倒相似。"陈修和说:"还有玫瑰,猜不到了吧,我每次经过这里总要买上两只吃吃。"沈昆玩笑道:"两只饼抵一餐饭,我们这一路吃过去,到京师我估计要胖好几斤。"

大家都笑了起来。常行第一次吃到这么好吃的点心,舍不得一下子吃完,陈修和提醒他,这个饼要趁热吃,冷了就不好吃了,他才加快了速度。

船又出发了,下一站是常州。

沈洋河他们包了船上的一个六人间,对常行来说,这是难得的体验,他还从未坐过这么高级的船。不用陈修和吩咐,他积极主动地给大家打水、买饭、洗衣服等,每天乐呵呵做这些杂事。干完了,坐一边,默默听大家聊天。

沈洋河说:"这常州是盛宣怀盛大人的老家,他可是洋务派。"陈修和接过话头:"说到盛大人,不能不提那位传奇的胡雪岩,可惜了,那么有本事的一个人,那么多财富,折在了盛大人的手里。"沈昆说:"这或许就是老人所说的无常吧。"

沈洋河与陈修和不免想到了自家的产业,谁能保证一个家族永远兴盛呢?战争或一场商战都有可能让万贯家财顷刻间化为乌有。想到这里,他们心情不禁变得沉重起来。沈昆没注意两人的情绪,接着说:"说起来我们宁波的严先生也很厉害,亦官亦商。听人讲,严先生当年因巧遇胡雪岩这位贵人,才有了改变的机遇,后来又得盛大人器重,办起了中国人自办的第一家银行——中国通商银行,还办了那么多实业,很了不起。"

提起这位大名鼎鼎的严先生,沈洋河和陈修和都表示敬佩,相比之下,他们只能算是小打小闹。常行听得津津有味,他没什么野心,知自己能力有限,只要能把信客这个角色做好,他就很满足了。

常州的下一站是扬州,沈洋河他们白天出房间透气、聊天,看运河上来来往往的船只,晚上枕着运河水入眠,这一天天的倒也不觉得特别难熬。

这一日,船到了淮安河下,靠岸。有抵达目的地的旅客提着行李下船,也有新客提着行李上船。船家说在此停留一个时辰,陈修和让常行留在船上守行李,他们四人去岸上的街市走一走。常行点头,老老实实守着,一步也不敢离开。

沈洋河等人上了岸,只见两边商铺林立,人群熙攘,热闹非凡。沈洋河忍不住感叹道:"人说淮扬苏杭,果然名不虚传。"陈修和说:"漕运、淮盐、漕粮,都集中于此处转运,能不繁荣吗?"沈昆指了指前方的一块牌子道:"你们发现没有,这里会馆特别多。"

众人一看,还真是,福建会馆、山西会馆、镇江会馆等,一家挨着一家。走走停停,忽见一幢青砖院落的门口竖着一块石头打造的牌子,上面刻着"四明会馆"。

"要不要进去拜访一下?"陈修和问。

沈洋河拿出怀表看时间:"来不及了,我们得赶紧回船上去。"四人折返朝码头走去。陈修和边走边说:"我每次去外地,遇到什么事,只要当地有四明会馆,心里就踏实许多。"沈洋河说:"是的,出门靠朋友,有个会馆,遇到难处了,亲帮亲,邻帮邻,这一点我们宁波人一向做得非常好。"

上了船,坐下,听岸边茶馆的窗户飘出铿锵的曲调,打着旋,飘落在运河上。

"宿迁皂河马上到了,下船的旅客提前做好准备。"有船员在甲板上反复大声吆喝。

常行站在走廊,指着前方一处很气派的建筑,好奇地问一边的沈昆:"阿昆先生,这是什么房子?看起来很漂亮。"沈昆说:"这是龙王庙行宫,听说乾隆爷下江南,就住这里。"常行羡慕地说:"阿昆先生,你懂得真多。"沈昆说:"等船靠岸后,你可以上去转转,这个地方不错。"

"阿昆,你一会儿和常行一起去,买点吃的回来。"沈洋河说。船上的饭菜味道一般,价格还贵,他吃腻了,想换换口味。

"好。"

"这地方猪头肉很有名,你们可以买些来,晚上加个餐。"陈修和平时就是个吃客,对这条运河线上有哪些好吃的如数家珍。

沈洋河笑着对陈修和说:"你以前该不是一站站吃过去的吧,这么有经验。"陈修和摇晃着脑袋回答:"吃乃人生头等大事也。"沈洋河说:"我还是喜欢吃宁波菜,咸鲜,最下饭。"沈昆说:"你们再说下去,我口水都要流出来了。"

正说着,船停了,沈昆带着常行上岸去。常行走在青石板铺就的街头,有一种目不暇接的感觉。目之所及,既有商铺,又有街边小摊,吃的用的都有,还有拉货挑担的,全是人头。沈昆忽想到一件事,对常行说:"我看你没带厚衣服,这船越往北走,天气越冷,你还是趁机买一件棉袄吧。"

常行舍不得花这个钱,可又怕到时候真冻着,得不偿失,就找了家成衣铺,问有没有旧棉袄卖。店主找出一件有明显水渍的灰粗布棉袄,介绍道:"没有旧棉袄,不过有被水浸过的新棉袄,你要不要?我们这里什么都好,就是容易发生水患。你放心,我都晒干了。"

"多少铜钿一件?"常行伸出手攒了攒,衣服夹层里有大大小小的硬块,应该是棉花结块了。

"我就收你一块洋钿,亏本亏死了。"店主叹道,"成本都远远不够。"

沈昆有些嫌弃:"常行,你就买件好的吧,可以穿很多年。这水浸过的棉袄没热气。"常行憨厚地笑了笑:"有的穿就很好了,老板,再便宜点。"

"你这小伙子这么精明,我真没赚你钱,亏本生意。"老板不肯便宜。

两个人讨价还价,最后又便宜了两角成交,常行想着回到船上去搓搓,看能不能把这些硬块给搓开,他以前看阿姆就是这么弄的。沈昆去饭馆买了一盆刚烧好的猪头肉,他没有盛的工具,索性带盆买走。又买了些水果,回到船上。

没多久,船上开始供应晚餐,常行和程师傅坐在另一张小桌子上,沈昆拨了一些猪头肉给他们。常行夹起一块塞进嘴里,满口的酱香味,他很想大声说一句"真好吃"。这一路常行有一种老鼠掉进米缸的不真实感，跟着少爷们同吃同住，实在太幸福了。他甚至萌生了不当信客的想法，就留在上海，无论跟哪位少爷都好。可想到阿爹的嘱咐，他强行按下这个念头，低下头快速吃饭。

宿迁过后是宿州，接着是淮北、商丘、安阳、鹤壁、郑州、洛阳，过了洛阳，船进入山东境内，在德州，陈修和叫常行上岸买了三只扒鸡，五个人好好吃了一顿。

途中，遇到好几场风雨，其中在鹤壁境内遇到的一场风雨特别大。当时船正行驶在卫河上，那路线本就蜿蜒曲折，狂风暴雨仿佛要把河水给掀起来，船体摇晃得厉害，船上的人一个个眩晕得直吐。常行心里很害怕，脑子里闪过种种不测。透过窗口，他看到河面上白茫茫一片迷雾，完全看不清方向。

沈洋河吐得脸色发白，瘫在榻上，对沈昆和陈修和说："我现在好后悔自己不识水性。"沈昆说："这不能怪你，是太太不同意你学，她怕你出事。"陈修和说："我也不会。"沈洋河说："小时候我最羡慕阿昆夏天可以去河里玩水，现在想想，识水性等于多一条保命的技能。"常行忍不住说："识水性很要紧，我阿爹就逼着我去学，因为他就遇到过翻船事件。"程师傅一脸严肃地说："我说万一，万一船发生意外，我们三个会水的要负责救两位不会水的少爷，我们五人现在就坐一起。"

沈洋河和陈修和的脸更白了，常行快速脱了身上的外衣和布鞋，坐了过去。沈昆感觉气氛太紧张，故意开了句玩笑："若真如此，以后我们就是生死之交了。"又问常行，"你把外衣和鞋子脱了做啥？"常行说："这样游起来没有累赘。"

看着常行一副时刻准备应对突发事件的样子，沈洋河和陈修和都很感动。沈昆和程师傅也觉得常行说得有理，跟着脱。沈洋河和陈修和，你看我，我看你，突然笑了起来，凝重的氛围一下子消散了许多。

船终于停了下来，只是仍晃得厉害。沈昆朝外张望，没看到码头，知船是临时停泊："应该没事了，船停了。"沈洋河说："你们赶紧把衣服穿起来，得了风寒就麻烦了。"

常行不放心，披着外套出去转了一圈，观察雨势，回到船舱说："我看这风比刚才要弱些，雨还没什么变化。"

五个人就这样静静坐着听那风雨声，一直到风停雨歇，船重新出发，才真正放下心来。

从那天起，常行明显感觉到几位爷对自己更和气了。就这样晃晃悠悠到京师积水潭，整整花了45天，一个个都无精打采，像咸齑，都蔫了。沈昆玩笑道："我还以为要吃胖，结果反而瘦了，陈少爷，白白浪费你的那些好菜。"陈修和摆了摆手："坐这么长时间的船太累人了，我们先去找住处，晚上好好吃一顿。"

进了城，沈洋河、沈昆和陈修和敏感地发现，眼前的京师已非昔日记忆中的模样，随处可见残垣断壁，满目疮痍，市面萧条。沈洋河神情凝重地说："看这样子要完全恢复还需要很长时间。"

陈修和虽有思想准备，但没想到真是这样。八国联军占领京师，无恶不作，他家的药行被抢劫一空，除了一个伙计逃出来报信，其他人要么被杀，要么不见踪影。耳听为虚，眼见为实，这一见，才知情况远远比想象中要严重。沈洋河一样，心情无比沉重。眼前的一切，对常行的冲击很大，他万万没想到京师竟然是这个破败样子，内心第一次对侵略者升起强烈的愤慨。

休息一晚，第二天开始，沈洋河和沈昆跟陈修和分开，各办各的事，约定晚上回旅馆彼此交换信息。常行、程师傅跟着陈修和来到城南，这里是京城药铺药行最集中之地。陈修和到了那里，一时竟惊呆了，昔日这里有上百家大小药店，现在开着门的竟寥寥无几。找到他们兴盛药行以前租的店铺，匾额早已不见，门窗皆已破败，朝里望去，屋内一片狼藉，已积了厚厚的灰。陈修和走进附近一家店铺打听，一位大爷叹着气说："同仁堂都被火给烧了，更不用说小药店了。洋鬼子抢了我们太多的宝贝，杀了太多的人，谁也不知道这元气什么时候才能恢复过来。你说的那铺子东家，我没见过，也许已经不在了。你可以去官府问问，若无主，可以问他们买。"

陈修和向大爷道了声谢，从街头到巷尾又走了一遍，心情压抑。三个人又在城里转了一圈，陈修和明白，这座城想要恢复昔日生机，需要很长时间。

晚上，沈洋河和沈昆回来，陈修和说了自己这一天转下来的心得体会。沈洋河说："我家原先租的那个店铺被烧毁了，若要开店，须重新找地方。这几天尽量多转转，看能不能找到合适的店铺。"

"如果开店，你准备交给谁来管？"陈修和问沈洋河。

沈洋河说："阿昆会留一段时间，开新店要做的事太多，交给别人我也不放心。"陈修和羡慕地说："可惜我身边没有这么得力的人。"沈洋河得意地一笑："这点你是没法跟我比，我跟阿昆一起长大，比亲兄弟还要亲。"

"少爷抬爱，这是我应该做的。"沈昆朝两位爷作了个揖，不好意思地说。

陈修和对开新店的兴趣不是特别高，父亲只是让他先来探探情况，这一天下来，他有些打退堂鼓。不过既然来都来了，那就多瞧瞧。想到今天看到的城内情形，陈修和对开茶行是否有生意表示怀疑，吃茶需要闲心，眼下这里的人有这份闲心吗？这么想着，嘴巴顺着说了出来。沈洋河说："京师人喜欢泡茶馆，尤其是旗人，他们最爱茉莉花茶，每年要消费很多。对他们来说，早起开门七件事，柴米油盐酱醋茶，茶在这里很有市场。"

"原来如此。"陈修和恍然大悟,"隔行如隔山,我今天学到了。"

沈洋河和沈昆马不停蹄地转了五天,做了一番调查,觉得这是个机遇,决定重新开店。而陈修和犹豫再三,不敢冒这个险,他决定这个主还是让父亲来做。他想和沈洋河一起回上海,接下来无事可干,干脆就跟着一起帮忙找合适的店铺。只是人生地不熟,更何况沈洋河想要那种前店后院,一下子哪找得到?后来总算通过牙人找到一处符合要求的。等签好协议,办好相关手续,已快一个月过去了。沈洋河准备回上海了,他得选一个可靠、有能力的人来负责开拓京师的业务。其实没有比沈昆更让沈洋河放心的人,可沈昆是他的左膀右臂,他不想沈昆长期留在京师。不过眼下沈昆需要留下,负责茶行的装修以及招本地的伙计等事宜。

沈昆没意见,只是他提了一个要求,让常行留下来帮忙跑腿。陈修和问常行愿不愿意,常行很高兴地答应下来。陈修和给了他一张二十块的银圆票,算是这段时间的酬金。至于留在京师的开支和回程费用,则由沈昆负责。常行小心地把银圆票放进衣服口袋,激动地道了声谢。沈昆和常行搬到店铺后面的院子住,开始忙装修事宜。沈洋河和陈修和、程师傅则买了船票回上海。

新店装修需要工匠,沈昆还是通过牙人来找。工匠找来了,需要哪些材料一一开列清单,沈昆和常行分头行动,带着工匠去买,忙得脚不落地。等材料齐了,工匠开始干活,按规矩,除了工钱,东家还得管饭。沈昆又把买菜做饭的任务交给常行,这对常行是个考验,他只会做最简单的菜。菜市场,好多菜常行是第一次见,更不用说做了。怎么办?常行抬头看了看天气,这一日比一日冷的北风,哪怕他穿了那件浸水棉袄,又买了一条厚裤子,还是有些冷。他想起在家里阿爹为了省事,经常只做一个菜,蔬菜里放一点点肉,放上水,加点盐,煮一大盆,味道还不错。于是照样画葫芦，有荤有素煮一锅，大冷天这样吃，省事还热乎。为此，沈昆还狠狠表扬了常行，说他会动脑筋。

沈洋河与陈修和、程师傅回到上海，已是年底。沈洋河从张婶那得知胡文静一个月前才由家仆护送回宁波，他实在搞不懂这女人是怎么想的，一个人待在沈公馆，也不愿回老家照顾孩子。再细问，张婶犹豫了一下，还是把胡文静三天两头跟周姨娘出去的事说了出来，把沈洋河气得脸色如墨般黑。沈洋河去找父亲，跟沈儒行说了京师那边的情况，沈儒行现在除了大事，其他事基本上都由沈洋河做主，这份家业早晚要交到沈洋河手中。对小儿子，沈儒行早有安排。沈洋江很会读书，沈儒行打算过几年送他出国留学，让他走另一条路，钱财上自然也留了一手。手心手背都是肉，他都考虑到了。

"爹爹，我想派阿刚去京师，你看是否合适？"沈洋河回来船上想了一路，选了沈刚，知根知底，比较放心。

沈儒行说："可以，阿刚不错，做事认真，能力也有。"沈洋河说："那我找他去谈谈。"

当沈洋河问沈刚愿不愿意去京师发展，沈刚很干脆地说了一声好。他的母亲去年已去世，他又没成家，一个人自由。沈洋河又给沈刚配了个助手加一名伙计，让他们过完年带着第一批货前往京师。结果沈刚说他就一个人，无所谓过不过年，这边工作交接好就出发，也可以先去帮帮沈昆，助手和伙计可以年后过去。沈洋河见沈刚态度坚决，同意了。没想到另两位一听沈刚要提前去，立马表态一起走，路上也好有个照应。沈洋河很高兴，给他们每人封了一只过年红包。

一周后，三人带着一批货，登上了前往京师的船。

临近除夕，沈洋河和沈儒行、周如花、沈洋江一起回宁波。沈恒早已提前准备好过年的相关事宜，见老爷和两位少爷、姨娘回来，赶紧通知厨房晚上加餐。冯晚秋已有半年没见沈洋河，见儿子似乎瘦了不少，很心疼。胡文静站在冯晚秋身后，见丈夫的目光扫过来，莫名有种心虚。她本来想在上海等沈洋河回来，可天气冷了以后，周姨娘就懒得出来玩，她去找过几次，碰到公爹，见她还没走，公爹脸色很难看，连周姨娘都劝不住，派人把她送了回来。胡文静很清楚自己再也没法在这个深宅大院里过着日复一日的寂寞少奶奶生活，年后，她一定要跟着沈洋河再次去上海。

奶娘抱着沈芸儿过来，对孩子说："小小姐，你看看，谁来了？"沈芸儿长得白白净净，有一双漂亮的大眼睛，很可爱。她扭过身，朝冯晚秋张开双臂："阿娘抱。"冯晚秋接过沈芸儿，抱着她，指着让她一个个认："这是你阿爷，这是你阿爸。"轮到周如花和沈洋江，冯晚秋顿了一下，继续："这是小阿娘，这是小阿叔。"沈芸儿不吭声，眼前这几位对她来说都是陌生人，沈洋河看着女儿白嫩的小脸，心软了一角，走到冯晚秋面前，张开双臂："来，阿爸抱抱。"沈芸儿不理他。冯晚秋说："孩子认生，过几天就好了。"沈洋河尴尬地收回手："阿姆，辛苦你了。"冯晚秋说："好了，这几天你多陪陪芸儿。"

奶娘怕累着冯晚秋，赶紧把孩子接过。冯晚秋见胡文静一副魂不守舍的样子有些生气，让她去了一趟上海，心就野了，早知道就不让她去了，很后悔。周如花带着沈洋江回到他们住的那个院子，从行李里翻出一只首饰盒，里面有两只带小铃铛的精致金童镯，既然担了一声"小阿娘"，怎么着都得送一份礼过去。

沈洋河回房，胡文静跟着进来。沈洋河问胡文静为什么一个人在沈公馆待这么多天，还整日出去找父亲的姜室，忘了她的婆婆是谁了吗。胡文静找理由，强辩道："我从未去过上海，好不容易过去，你又马上出门，我不趁机好好逛逛，岂不是白去一趟？可我一个人怎么逛，幸好有周姨娘带着，才开了眼界。你不感谢她，还来说我。"沈洋河说："那也用不着这么多天吧，你就一点也不担心芸儿？"胡文静自知理亏，嘀咕道："有什么好担心的，这里有这么多人看着她。"

"没见过你这种当娘的。"沈洋河觉得自己早晚要被这个女人气死，怒气冲冲出了房间，去找沈恒和李小妹。刚才沈恒见沈昆没一起回，问了一嘴，他没细讲。

沈恒和李小妹得知沈昆在京师忙开新店的事，虽遗憾儿子不能回家过年，但开店的事更要紧。"大少爷，阿昆一直不肯成家，他最听你的话，你有空给他提提。"李小妹恳切地说。

"李婶，我会跟阿昆讲的。不过你们别太焦急，我希望阿昆能找个自己喜欢的女子。"沈洋河认真回答。

沈恒不愧是老管家，他感觉沈洋河有话要问，就让李小妹忙自己的事去。等李小妹走了，沈恒笑眯眯地说："大少爷有什么想了解的，尽管问。"

"恒伯，你跟我说实话，大少奶奶平时在家里表现怎样？她孝不孝敬阿姆？都说娶妻娶贤，我怕娶错了人。"沈洋河一脸严肃地问，这话他以前问过，想再次问问，看胡文静有没有变化。

沈恒见沈洋河是真心想知道胡文静的为人，叹了一口气："大少爷，不是我多嘴，大少奶奶这个人吧，你要说她有多坏，倒没有，就是比较自私，什么事只想着自己。太太很好说话，从不计较，也没给新媳妇立什么规矩，平时这婆媳很少交流。可能是年纪轻，说不定过几年就好了。"沈恒内心是希望沈洋河把胡文静带去上海，他很怕胡文静守不住，到时候惹出什么祸事，丢了沈家的脸面，但他这个身份，又不好讲这个话。

"恒伯，我现在就怕她不安心在这里守着。带去上海，又怕她给我惹事。再说芸儿还这么小，若也带走，阿姆又没了寄托。"沈洋河感到头痛，左右为难。

第十五封信：离心与京师行

"大少爷,这事你可以听听太太的意见。"沈恒建议。

"其实我是担心一旦发生战争,像上海这样的城市更容易遭到攻击,乡下反倒要安全些。我这次去京师,感触很深,听当地人讲起八国联军的恶行,那时那里犹如人间炼狱。"

"那倒是,更何况太太在,媳妇孝敬婆婆天经地义。"

"恒伯,这里有你,我和爹爹都很放心。这些年,辛苦你了。"

"不辛苦,这是我该做的。"

沈洋河又去了冯晚秋那里。冯晚秋有孙女在膝下,精气神好了不少。对胡文静这个儿媳妇,她从不苛待,也理解胡文静想跟丈夫在一起的心情,很是宽容,只是胡文静的表现实在让她很失望,但她不会在儿子面前抱怨。不管怎样,这个儿媳妇是她选的。沈洋河对自家阿姆说了自己的矛盾心理,冯晚秋说:"文静毕竟年轻,她想跟你在一起也是人之常情,要么年后你还是带着她去吧,芸儿留在这里,我会照顾。"沈洋河说:"我是感觉她好像不喜欢芸儿,一门心思想要个儿子。"冯晚秋说:"她想要儿子很正常啊,阿姆也想要几个孙子,多子多福。先开花,后结果,说不定第二胎就是孙子了。阿洋,能过就好好过,你若实在不喜她,在上海遇到可心的人,纳了就是,只是别忘了她是你的妻。"说到这里,冯晚秋想到自己,沈儒行只纳了一个妾,算是不错了,可这么多年,她这个妻也只是一个摆设。若胡文静最终落到跟她一样的地步……想到这里,冯晚秋又补充道:"倘若有一天文静自己提出来不想当这个少奶奶,你就放她自由。"

"好,阿姆,我听你的。"沈洋河从母亲的情绪变化里马上想到原因,他很心疼母亲,有时也会怨母亲的固执。可再细想,如果母亲真去了上海,就算不和周姨娘在同一个屋檐下生活,那父亲呢?他若搬回来住,母亲不待见他;若不搬回来,恐怕连沈公馆里的仆人都会在背后嚼舌头,不重视当家主母。罢了罢了,眼不见心不烦,还是让母亲在这里过清静日子吧。

当胡文静听到沈洋河年后会带她去上海,高兴坏了,眉毛似乎都要跳起来,晚上在床上表现得特别热情。沈洋河有些疑惑,之前胡文静可不是这样,怎么突然变化这么大?事后,装作漫不经心的样子问了出来。胡文静还沉浸在喜悦里,说话没经过大脑,冲口而出是受周姨娘指点,女人在床上要主动,这样男人才喜欢。沈洋河心一沉,虽说女人这么表现,男人是受益者,可周姨娘为什么要跟胡文静说这些?他实在担心,胡文静去上海后,跟周姨娘交好,不知道会变成什么样。这么一想,沈洋河后悔答应带胡文静去上海了。想来想去,还是原先的那个办法,得尽快让胡文静怀上第二个孩子,这样至少可以让她消停一段时间。

沈儒行以前回来总要到冯晚秋房里来住一晚,即便是纯盖被子,啥事都不做,冯晚秋还是不自在,现在年纪大了,就不需要做这些表面文章了,不过该给的尊重照样给,他再宠周如花,规矩上也不会让她越过冯晚秋。对冯晚秋这个妻子,沈儒行最初是有愧疚,可这愧疚时间久了也就没了,再加上这么多年,陪在他身边的是周如花,小儿子又这么聪明,瞧着就是个有出息的,这心自然而然偏了过去。不过周如花是个聪明人,她早摸透了沈儒行的心思,故见到冯晚秋,周如花一直是恭恭敬敬,谨守妾的本分。沈洋江也被教育得很好,斯文有礼貌,一家人过了个很和乐的年。

春节期间,沈洋河陪胡文静回娘家拜年。陈云霞暗中嘱咐女儿,一定要尽快生个儿子,这是决定她以后在沈家有没有地位的关键。胡文静点头。

过完年,沈洋河带胡文静去了上海。胡文静终于如愿以偿,每天很兴奋,只是沈洋河太忙,根本没时间陪她,她整日无所事事,很是无聊。想管沈公馆,可沈公馆有管家,每个人都各司其职,胡文静根本插不上手,事实上她也没这个能力,她发现自己除了去找周姨娘,再也没有其他消遣的事可以做。可沈洋河在,胡文静又不敢天天跑别院,只好闷在公馆里。她识字不多,书报看不懂,只好坐在窗前发呆,这让她很沮丧。

两个月后,胡文静确诊怀孕。在沈洋河的劝说下,胡文静只好同意回宁波安胎。沈洋河亲自送她回来,冯晚秋听说儿媳妇又怀上了,很开心,亲自安排胡文静的安胎事宜。

沈洋河住了一晚就回上海去了。不久,沈昆和常行回来,京师的茶行已正式开业,交给了沈刚管理。常行这次出去半年,担心那些客源都要流失了,婉拒了沈昆的挽留,匆匆赶回宁波。

到宁波后,常行去见了阿牛和阿发兄弟。阿牛见他平安回来,拍了拍胸口:"小行,你可真把我们给吓坏了,怎么去上海送个信半年才回来,你去哪里了?"常行就把这半年的经历说了一遍,阿牛说:"那是开眼界了,平安就好。"

第二天,常行开始日常奔波,生活又恢复了原来的节奏。

第十六封信：破与立

「洋河吾儿，文静于昨日生下一女，母女平安。时近年底，知你忙碌，但妇人生产是大事，望吾儿收到信后回一趟宁波……」

冯晚秋写给沈洋河的信

……

  胡文静第二胎仍是个女儿，信由沈恒交给常行送去上海。沈洋河看了信，虽然时近年底，也是茶行最忙的时候，可他还是决定回宁波一趟。第二天晚上，他就带着一些滋补药材坐船回家。

  到家，沈洋河先去看胡文静。屋子门窗紧闭，里面有一股说不出的味道，沈洋河走到床边，对胡文静说："辛苦你了。"胡文静不吭声，她太想要个儿子了，可又一次落空。沈洋河见胡文静不理他，知她心病，劝慰道："女儿也很好，你别多想，这次我带了不少滋补药材回来，你先把身体养好。你休息，我去看看孩子。"说完，走出房间，随手关上了门。

  新生儿在隔壁房间，听到声音的冯晚秋走了出来，笑眯眯地说："阿洋你来了，快来看看你的小女儿。"沈洋河说："阿姆，你又得忙了，别太累，有事叫下面的人去做。"冯晚秋说："高兴忙。"

  沈洋河进屋，见这次找的奶娘很年轻，体态丰满，长相也不丑。冯晚秋对奶娘说："这是大少爷。"奶娘急忙行了一个礼："大少爷好，小小姐吃饱睡着了。"沈洋河走到摇篮前，见小家伙双眼紧闭，皮肤红红的，正握着小拳头睡得香。

  看过孩子，沈洋河跟着去了冯晚秋的院子，母子俩坐下。沈洋河说："阿姆，我刚才去看文静，感觉她的情绪不太好，我没空陪她，只能辛苦阿姆多开导开导她。"冯晚秋说："她是太想要个儿子，这次听说又生了个女儿，脸色立马就变了。我想这个奶娘如果可以的话，就多留两年，想让文静当个慈母有点难。"沈洋河说："我以为天下母亲没有不爱儿女的，没想到还真有不爱孩子的娘。"冯晚秋说："这有什么奇怪，世上什么样的人没有？你只不过不知道罢了。"沈洋河又问那奶娘底细，冯晚秋说是沈恒找来的，可以放心。照料沈芸儿的那个奶娘仍在，现在宅院里很热闹。

沈洋河给二女儿取名沈芸兰，胡文静听了后，没什么反应，只淡淡说了一声好。沈洋河在家住了一晚，又匆匆返回上海。

陈云霞带着一篮子适合产妇吃的食物和小孩子穿的老虎鞋、衣服、帽子前来探望女儿，见胡文静正靠在床头，出窠娘在伺候她吃鸡蛋长面，关心地问："这两天感觉还好吧？"胡文静说："就那样。"吃好面，陈云霞让胡文静躺下，出窠娘收拾好碗筷出去，陈云霞在床边坐下："女婿回来过吗？"胡文静一脸冷漠地说："回来过，住了一晚就走了。阿姆，我现在有些后悔嫁到沈家了。"陈云霞吓一跳，看看紧闭的房门，低声说："你瞎说什么？沈家不好吗？你那婆婆一看就不是厉害的角色，你生了两个女儿，人家一点都没嫌弃你，就女婿不在身边，可如果男人没本事，整天窝在家，又有什么好？"胡文静激动地说："阿姆，我不想住在这深宅大院，我做不到，我想去上海。为什么周姨娘可以跟着公爹，我不可以？我还是他沈洋河明媒正娶的妻子。"陈云霞见女儿情绪不太对，忙安抚道："你先好好坐月子，别落下了病根，之前你不是去过吗？再说现在有两个孩子，你哪走得了？"

胡文静越听心越烦，转个身，面朝墙壁，不再理会陈云霞。陈云霞叹了一口气，替胡文静按了按被角："你好好休息，阿姆回去了，过几天再来看你。"

陈云霞走出房间，又去看了两个外孙女，犹豫了一下，对冯晚秋说："亲家母，文静不懂事，你多担待些。"冯晚秋婉转地说："文静已是两个孩子的娘了，希望她以后多花点心思在孩子身上。"陈云霞尴尬地说："她是太任性了，都怪我，没有把她教好。"

见冯晚秋不想多说，陈云霞也不好意思多坐，告辞回家，心里很担心胡文静。在她眼里,再没有比沈家更好的人家。只怪自己以前太宠女儿,养成了她只顾自己的自私性格。现在只盼着女儿能早日真正懂事,不要这般不惜福。

光绪三十年(1904)的秋天,李思侠前往京师。在出发前,他请沈洋河、沈昆和陈修和一起聚了聚。李思侠开门见山地告诉大家,他这次去京师,是想给自己捐一个道员的官。"以后恐怕很少有机会跟三位兄弟一起聚了,今天我们一醉方休。"

沈洋河说:"你们李家生意做得这么大,有个官身也好,必要时可以护一护。来来来,祝思侠老弟步步高升。"沈昆和陈修和忙站起来,举起酒杯,向李思侠表示祝贺。

李思侠跟三位好友碰了杯,感慨道:"这些年我看了很多,百姓太苦,民不聊生,我想若我能当个官,是不是就有权为百姓做些事?也许你们会笑话我太天真,可我就是想试试。再说我没成家,没有拖累,若不行大不了回来就是。"沈洋河说:"思侠兄弟心怀凌云志,我想你的心愿一定可以实现。"沈昆问:"若当了官,是不是不一定会留在京师?"李思侠说:"有了官身,就是朝廷的人,肯定当不了京官,要去外地,到时候我给你们写信。"陈修和说:"我家有不少适合送礼的滋补药材,思侠兄可以带一点过去。"沈洋河说:"我们在京师有茶行,阿昆,你把地址给思侠,送礼,茶叶也可。"

"谢谢三位兄弟,我都记下了。来,我们再饮一杯。"李思侠举杯,真诚道谢。

几杯酒下肚,四个人又悄声讨论了一会儿时局。李思侠因京师有人,掌握的信息比较多,他认为这个国家需要大量引进西方的先进技术,这样才能进步。沈洋河和沈昆去国外留过学,见识过,对此纷纷表示赞同。陈修和说:"幸好你没有成家,去哪里都可以,不像我等,在上海还好,毕竟离宁波近,想回去就回去,若路远一些,好几年见不到家人也是常事。"李思侠说:"我早早就禀告过父母,先立业,后成家。"沈洋河想到自己的婚姻,心有所感地说:"好男儿何患无妻,思侠弟,祝此去京师,诸事顺利!"李思侠说:"谢谢各位兄弟,待我安顿好,我寄书信过来。"

酒足饭饱,四人互道珍重,沈洋河和沈昆回到茶行。沈洋河问沈昆:"你有考虑过成家吗?"沈昆摇头:"暂时没考虑,你和大少奶奶就一直这样吗?"

沈洋河一听,心就很烦。这大半年胡文静寻死觅活不想待在乡下,没办法,小女儿八个月的时候,他只好同意让她带着孩子来到上海。原打算让奶娘跟着一起来,等孩子再大点回去,结果胡文静坚决不同意,说奶娘长得太妖娆。无奈,他只好在上海重新找,可一时又没合适的人,被迫给孩子断了奶,他气得想骂人。现在母女俩住在沈公馆,有三个女佣伺候,可胡文静不管孩子,关注点依然在他身上,嫌他没空陪她,整天疑神疑鬼,他觉得再这样下去,这日子没法过了。"阿昆,你先不成家也好,遇上真正喜欢的人再考虑。"

"我也这么想。"沈昆说。不知怎么的,他突然想起那个土匪的女儿,那件事已成为他心底的阴影,让他一听到"成家"两字,头皮就发麻。

"我很羡慕修和,其实我跟他情况很相似,都是母亲在老家,娶了一位乡下姑娘为妻,只不过他妻子给他生了个儿子。听他说,他妻子很孝敬婆婆,还亲自带孩子,孩子养得非常好,写信来从不抱怨,是个真正的贤妻良母。"沈洋河说。他从不按胡文静那边的辈分称呼陈修和,主要是大家都是好友,更何况陈修和年纪比他小,他是万万叫不出"舅舅"来,一直喊名字。

沈昆说:"少爷,我觉得你还是跟少奶奶好好谈谈,若一直这样的话,太折磨人了。要么你纳个妾,少奶奶看到有竞争对手,说不定会反省自己。"沈洋河说:"别出馊主意,我现在身边连只母苍蝇都没有,她都不得安宁,若真纳个妾回去,还不知道会闹成什么样。再看看吧,若她一直这样,要么送回乡下,要么和离,没有第三种选择。我现在后悔让她生老二了。"沈昆说:"世无后悔药,我们只能朝前看。"沈洋河说:"一步错,步步错。"

沈洋河决定跟胡文静好好谈一谈。现在父亲基本上已不管茶行的事,他每天要操心的事很多,实在没精力去哄一个拖他后腿的女人。

晚上,沈洋河回到沈公馆,还没走进婴儿房就听到孩子的哭声,忙快速走了进去,见张婶正抱着孩子哄,看到沈洋河,她焦急地说:"大少爷,小小姐好像有点发热,送医馆看下吧。"沈洋河上前,一摸孩子额头,是有些烫,看左右不见胡文静,问道:"大少奶奶呢?"另一位叫李姐的女佣说:"上午周姨娘派人来请大少奶奶去听戏,这会儿还没回来。"

沈洋河强按住内心的怒火,接过张婶手中的孩子:"下午谁照顾的?何时发现小小姐不舒服?"李姐战战兢兢地说:"是我,小小姐下午在睡觉,我肚子疼,离开了一会儿,等我回来,盖的小被子掉地上了,可能受凉了。"沈洋河严厉地问:"另外两个呢?干什么去了?"李姐说:"一个被大少奶奶带走了,另一个奉命替大少奶奶买糕点去了,刚好都不在。"

见孩子啼哭不止,沈洋河这会儿顾不上别的,让张婶跟着,匆匆前往最近的医馆。医师一检查,又摸了摸孩子的肚子,得知八个月就断了奶,说:"这么小的孩子,肠胃很弱,没喝奶,在给她吃什么?"张婶说:"喝粥油。"医师说:"粥油不错,但不够,你们可以给她喝牛乳,不要掺杂别的东西的那种,最好是直接挤出来的鲜牛乳,煮开后给孩子吃。刚开始不要喂太多,看孩子适不适应。孩子今天有点着凉,回去用温热水给她反复擦,药就不用开了,下次注意。"

沈洋河向医师道了谢,付了诊金,抱起孩子和张婶回公馆。刚到门口,就看到胡文静从一顶小轿上下来,女佣扶着她朝里走去。沈洋河克制着怒气，走在后面。听到声音，胡文静转过头，见沈洋河抱着孩子走在身后，吓了一跳，心虚地问道："孩子怎么了？"沈洋河从她身边走过，胡文静三寸金莲走不快，在后面直喊。沈洋河没理会，把孩子抱到婴儿房，放到床上躺好，他吩咐李姐去端热水过来，对张婶说："孩子先交给你，我去去就来。"

张婶知他肯定要去找大少奶奶，心里暗暗叹气。她实在想不通，这大少奶奶怎么会对自己的孩子一点都不上心？"大少爷，你去忙好了，小小姐交给我，我晚上会守着。"

"你守着我放心，那三人得好好敲打一番。"沈洋河说完，走出婴儿房，胡文静也到门口了，她想进去看孩子，沈洋河一肚子气，他一把抓住她的手，把她拉到他们的房间，"砰"的一声关上了门。

沈洋河脸色铁青看着胡文静："给你两个选择，和离或回乡下。你若和离，我会给你一笔钱，保你下半辈子衣食无忧。若回乡下，你就好好抚养孩子，我不会亏待你。我给你三天时间好好想想，想清楚，告诉我答案。"说完，不听胡文静的辩解，拉开房门走了出去。门，又"砰"一声关上了。

胡文静坐在那里发呆。她想起第一次刚到上海，沈洋河就去了京师，留她一个人在沈公馆，她无聊就去找周姨娘，周姨娘带她到"丹桂茶园"看京戏。也是在"丹桂茶园"，她深切感受到人与人之间的不同，周姨娘告诉她，坐在二楼包房里听戏的不是达官贵人，就是有钱人家的太太小姐。包房里不但提供精致的茶点，还有人伺候着。普通人坐楼下大堂，长条凳，围着八仙桌而坐，虽也有点吃食，但没法跟楼上的比。京戏，其实她听不懂，但就是那一次，她喜欢上了那腔调。尤其是其中的一位旦角，听周姨娘说是个男人扮演的，艺名秦四。她被对方那妩媚的身姿给深深吸引了。她想，这世上怎么会有这样的男人？整场戏，她的注意力都在那位男扮女装的秦四身上。那两个月，她跟着周姨娘来听了多次。周姨娘是个戏迷,她喜欢戏班子里一个扮相俊俏、艺名秦六的小生,胡文静有感于周姨娘在她面前的坦率,也不隐藏自己对秦四的好感,两个人的关系因此变得亲近起来。回到宁波后她念念不忘在上海的日子,才会想方设法又跟着来。第二次到上海,她最开心的事就是和周姨娘一起去听戏,直到发现怀孕又回到宁波。这次来,见沈洋河每天忙于事务,她又和周姨娘熟门熟路前去老地方捧场。有一次,戏结束了,周姨娘让丫鬟去传话,说要打赏秦四和秦六,让两人卸了妆过来领赏。等了好一阵,两个长相英俊的年轻人由小厮领着过来,周姨娘很大方地赏了每人一张十块银圆票,胡文静跟着赏了五块,这是沈洋河给她的零花钱。当她的视线与秦四那双多情的桃花眼相碰撞时,胡文静听到了自己失控的心跳声。那是一双怎样的眼睛啊,柔情似水,那里只有一个她,仿佛她就是天下唯一的至宝,一种从未有过的欢喜与隐秘的紧张让她面红耳赤,她不由羞涩地低下了头。从那一刻开始,胡文静知道自己的心乱了。

回过神来,胡文静问自己该怎么办,她不想回乡下,也不想和离,眼下最要紧的是消除沈洋河的怒气。想到刚才碰到沈洋河抱着孩子从外面回来,胡文静赶紧站起来去婴儿房,才知孩子受凉了,难怪沈洋河发这么大的脾气。见张婶一遍遍给孩子擦拭,胡文静表示她来做,张婶没答应。胡文静又说要守着,张婶也就随她,反正不管胡文静守不守,她都要守着才放心。沈洋河又进来看女儿,见孩子安静了许多,对张婶说了一句辛苦,便转回书房去。胡文静眼巴巴望着沈洋河,见丈夫不理她,也跟了出去,沈洋河走得快,进书房,随手把门给关上了。胡文静吃了个闭门羹,气呼呼地回到婴儿房,坐在椅子上生闷气。

三天时间一晃而过,胡文静当然没有答案,她以为沈洋河没问这事就糊弄过去了,没想到吃好早饭,沈洋河把她叫到书房,神情严肃地问:"想好没有?"胡文静一惊,咬着嘴唇不说话。沈洋河说:"你没想好,那我替你选，你回乡下去吧，看在两个孩子的份上，我依然让你当这个大少奶奶，但你不能再留在上海。哪一天你想和离了，可以告诉我，我一定放你自由。"

胡文静见沈洋河是认真的，只好低着头认错，可沈洋河这次不想轻易原谅她。两个人就僵着，沈洋河没耐心，站起来说："你收拾一下，晚上坐船回宁波。"胡文静见沈洋河心意已决，只好先答应下来，等沈洋河去了茶行，她叫了一顶小轿，直奔别院去找周姨娘。

胡文静把沈洋河的决定告诉她，哀求道："周姨娘，我不想和离，也不想回乡下，你帮我想想办法。"周姨娘眼里闪过一道精光，她拍拍胡文静的手："大少爷有没有说若和离给你多少家用？"胡文静摇头："没说具体，只说保我衣食无忧。"周姨娘说："文静，你若这次去了乡下，以后再不可能到上海来了，你还年轻，日子还长，难道你愿意跟你婆婆一样，在那个宅子里孤独寂寞过一辈子？"胡文静就是因为想到了这点，才那么抗拒，她说："可如果和离回到乡下，我有再多的银钱，恐怕日子也不会好过。"周姨娘用手指点了下她额头，恨铁不成钢地说："你啊你，明明那么聪明，这下怎么突然糊涂了？谁说和离了一定要回乡下？你有钱，难道不可以留在上海？你让大少爷给你一套房子，再问他要一万两银子，你买几个奴仆，以后再也没有人管你，你想喜欢谁就喜欢谁，想过怎样的生活就过怎样的生活，不好吗？"胡文静一愣："这样可以吗？可一个人生活，我害怕。"周姨娘说："放心，你不是还有我吗？到时候有合适的人，你再嫁就是。"胡文静被她说得有些心动，脑海里不由自主地浮现出一双桃花眼，晃晃脑袋，又把不该有的念头甩去："我再想想。"周姨娘说："行，你好好想想。"

胡文静不敢多留，又坐轿回沈公馆。周姨娘看着她的身影，摇了摇头，骂了一句："蠢货。"

回到沈公馆，胡文静主动找沈洋河谈。沈洋河让胡文静有话直说，胡文静明确表示不想回乡下："你要和离可以，给我一套上海的房子，再给我一万两银子，我就同意。"沈洋河盯着胡文静看了几秒钟，忽然笑了起来："你在做梦。既然你不想和离，也不想回乡下，那就待着吧，只要你别后悔。"

沈洋河不信胡文静会想出这个和离的条件，他去问守门的安保，知胡文静白天出去过一趟，连仆人都没带，猜到这个主意定是周姨娘出的。他对安保说："以后不许大少奶奶出去。"吩咐好安保，沈洋河又去找张婶，把原先伺候胡文静和照顾小女儿的人全给换了。他白天不在公馆，得有可靠的人帮他盯着胡文静，他怕她被人哄骗，做出令人追悔莫及的事。安排好一切，沈洋河想到他和胡文静走到今天这一步，不禁为自己悲哀起来。

胡文静出不了沈公馆，只好消停下来去当慈母，可惜孩子和她不亲，这让她很是抑郁，人一日日消瘦下去。终于有一天，胡文静遇到常行来送信，她托他带个口信给自己的母亲，请母亲派人来接她回宁波，再不来，她就要郁闷死了。常行很犹豫，见胡文静确实瘦得不成样子，答应下来。

常行回到宁波，去了一趟胡家村，把胡文静的话转告给陈云霞。陈云霞大吃一惊，忙问常行怎么个情况，常行只说胡文静看起来很瘦，具体情况不清楚。陈云霞心急如焚，她回了一趟娘家去找戚氏，请她帮忙写封信给陈修和，让陈修和出面见见胡文静，问问到底出了什么事。戚氏答应了，写好信让常行马上再跑一趟。常行到了上海，把信交给陈修和，陈修和一看，这事他还真不能不管，于是就去找沈洋河，开门见山提出要见胡文静。

沈洋河不怕家丑外扬，把胡文静前前后后所做的事都说了一遍，"她不想回乡下,一开始也不同意和离,出去一趟后,就提了要求,让我给她一套上海的房子加一万两银子。若是你,你会答应吗?不是我不肯,我是为她着想,她有本事守得住那些钱财吗?我不让她出去,是怕她被人利用,做出什么错事,没想到她还是很有本事,把信传到宁波去了。"

陈修和没想到内情如此,说:"这样拖着也不是个办法,我想文静现在巴不得回到乡下,不然不会托人传信。是和离了送回去,还是不和离送回去,你定吧。"

沈洋河想了想两个年幼的女儿,说:"看在孩子分上,我愿意再给她一个机会,先不和离,我安排人送她回去。"陈修和说:"行,就这么安排,我劝劝她。"沈洋河说:"好。"

陈修和跟着沈洋河来到沈公馆,一个人去见胡文静,一见面,吃了一惊,问:"文静,你怎么把自己弄成这个样子?"

胡文静这段时间想了很多,脑子清醒了不少,倘若她真的听了周姨娘的话和离,拿了房子和银子,她一个小脚女人在人生地不熟的上海,结果会怎样,还真不好讲。可事无后悔药,她和沈洋河不会再有未来,因为她的心丢了,且再也找不回来。见陈修和问她,胡文静低着头说:"修和舅舅,我错了,我想回宁波。"

陈修和说:"你是想和洋河继续好好过下去,还是另有打算?"胡文静苦笑道:"你说我们还能好到哪里去?我做错了事,就要承担后果。修和舅舅,我想和离,但不会要他的房子和银子,两个孩子留在沈家比跟着我更好。和离后,我就找个庵堂修行,好好修下半辈子。"陈修和劝慰道:"那倒不必如此,既然认识到自己做错了,就好好改正,看在两个孩子的分上,洋河愿意再给你一次机会。"

"不用了,覆水难收。"胡文静摇头拒绝。

陈修和见胡文静心意已决,便不再劝,他去找沈洋河。沈洋河听了陈修和转达的胡文静的话,很平静地说:"我送她回宁波,会给她一笔钱。孩子是沈家骨肉,我不会给她。"陈修和说:"那我跟你们一起回去一趟。"

几日后,沈洋河和胡文静回到宁波。沈芸兰留在了上海,由专人照顾,沈洋河担心母亲年纪大了,孩子又太小,没精力管。陈云霞得知女儿要和离,气得晕了过去。一时间,两家搞得鸡飞狗跳。冯晚秋不想两个年幼的孙女没有了母亲,劝胡文静三思。可胡文静铁了心要和离,最后无法,只好同意。所有嫁妆归还给胡文静,沈家另给了胡文静三千两银票作补偿。陈云霞被气得病倒在床,胡文静自知理亏,闭门不出。沈洋河处理好相关事宜后,神情黯然地回上海,他没想到才短短几年,自己会跟胡文静走到和离这一步。站在船头,沈洋河看着一望无际的大海,思绪万千。

事隔半年,沈洋河决定把沈芸兰送回沈家村,他一个大男人实在照顾不过来,用人再尽心,总有疏忽的时候。还不如送回去,有母亲和李婶她们在,不会委屈了孩子,而且让两姐妹生活在一起,也有利于感情的培养。

冯晚秋见儿子把小孙女送回来,并不意外。沈洋河很羞愧地说了自己的难处,冯晚秋心疼地说:"罢了,你安心在上海,两个孩子阿姆会替你照顾好。只是你还年轻,总要再找一个,这次阿姆不再插手,你自己做主。"沈洋河说:"儿子不孝,让阿姆这么大年纪还辛苦操心。"冯晚秋说:"只要你好好的就好,阿姆不辛苦,乐意。"

回到上海,他认真反思了自己,这几年被后宅之事牵制了太多精力,实在不应该,还是静下心,全力以赴做生意要紧。至于母亲所说的再娶一房妻室,他不急,他不会再像第一次那般草率。沈洋河振作精神,想到李思文两年前去东北投资,参股的人都获利颇丰,偏那次他没参与,甚是后悔,赶紧给李思文写封信去,问问他还有没有其他投资项目,他不能只盯着茶叶这一块做,要拓展其他业务才行。

两个月后,沈洋河收到李思文回信,说他正准备投资一家上海轮埠公司,问沈洋河有没有兴趣,若有,可以参股。沈洋河当即去信表示要参股。金宝也写信来,说他在宁波江北岸开了一家金氏丝绸行,由专人打理,欢迎沈洋河回宁波了去看看。

"阿昆,男人还是应该专心搞事业,以前是我想岔了。"沈洋河说。

"现在还来得及。"沈昆笑着说。

"对,以后我不会再在后宅之事上浪费精力了。"

正说着,常行来送信。他对沈洋河和沈昆说了一件前两日刚发生在宁波的惨剧,镇海要举行赛会,参加的人都坐小轮船前往,由于搭乘的人太多,小轮船异常拥挤,不堪重负,在江心覆没,死了400余人。"沈少爷,阿昆先生,那天我本来也要去镇海送信,就是见人太多,没有上那只船,逃过一劫,不然我就再也没有机会来给你们送信了。"常行现在回想起来,依然怕得要命。

沈昆想起上次去京师路上遇到暴风雨,船差点翻了,对常行说:"当信客挺危险,你下次小心。这次运气好,一定是你阿爹在天上保佑你。"常行笑着回答:"我也这么想。"

信是沈恒写给沈洋河的,说陈云霞来到沈家,告知胡文静偷偷跑了,可能又去了上海,提醒他注意一下,若遇到了,拜托他劝胡文静回宁波。又说家里其他都好,让他不用担心。沈洋河放下信纸,现在的胡文静对他来说,就是两个女儿的生母,再没其他关系。他让常行稍等,自己去把提前准备好的一只包裹拿过来,那里有给冯晚秋的布料和两个孩子的一些东西。常行接过包裹,把它绑在胸前,犹豫了一下,说:"沈少爷,我刚才在茶行门口好像看到沈少奶奶了。"

"沈家早已没有了少奶奶。"沈洋河皱了下眉头,又问,"你没看错?"

常行想了想,变得不确定起来:"可能是我看错了,只是有点像。"沈洋河说："嗯,别管了,你去忙你的。"常行说："好,那沈少爷、阿昆先生,再会。"

常行走了。沈昆说："我出去瞧瞧。"沈洋河把信递给沈昆："你看看,恒伯写来的。"沈昆一看："原来真来找你了啊,那她怎么不进来?"沈洋河说："我从没见过这种女人,一点也不心疼自己的亲生骨肉。说起来,我还没找周姨娘算账,等哪天我找到证据,我看爹爹咋说。"沈昆说："换个角度想,周姨娘替你试出了胡文静那颗不安分的心。"沈洋河斜了沈昆一眼："那我是不是还要谢谢她?"沈昆嘿嘿一笑。

马路斜对面,胡文静正站在那里,盯着茶行门口,她刚才看到常行进去了。她记得这个地址,因为婚前她写了不少信给沈洋河,就是寄到这里。她不知道自己今天为什么会鬼使神差到这里来,来了,却没有勇气走进去。她清楚,就算进去了,沈洋河也不一定会见她。和离后,她在家闭门不出,可耳边整天是母亲的抱怨声,父亲的叹气声,她实在受不了了。她想跑,可之前在沈家积攒下来的私房钱以及和离时沈家的补偿款,全在她阿姆手上捏着。她只好装老实,然后时不时找借口从她阿爸那里要点钱,好不容易存到一百元,就偷偷离开胡家村来到城里,买了一张宁波到上海的船票。

到上海后,她在码头附近找了家旅馆住下。第二天,她去了丹桂茶园,要了一间包房。等戏结束,学着周姨娘的样子,说要打赏秦四,请他来一趟。秦四来了,见到她,微笑着说："少奶奶很久没来了。"她鼓起勇气告诉秦四,现在她是自由身,她喜欢他。秦四似乎被她的话给吓着了,劝她回家去,说她孤身一人在上海太危险,他只是一个戏子,不值得她付出那么大的代价。她问秦四,有没有喜欢过她,秦四摇头。她不甘心,问他,既然不喜欢她,为什么要用那种深情的眼神看她,秦四说他这双眼睛是天生的,所以才会去演旦角。秦四对她说的最后一句话是："不要把自己当成戏中人。"

"我这是自作自受吗?"胡文静喃喃自语,眼前一片茫然,不知该何去何从。最后,她还是决定去约一下周姨娘,虽心里隐约觉得周姨娘没安什么好心,可现在秦四明确拒绝了她,她也没脸再出现在父母面前,若想留在上海,就看周姨娘愿不愿意帮她了。她不能直接去找周姨娘,这事还得麻烦常行。

常行背着包裹出来,胡文静朝他招了招手。原来自己刚才没看错,的确是之前的沈家大少奶奶。他走过来问:"胡小姐有事?"胡文静听到"胡小姐"这个称呼,苦笑道:"小常信客,我又要麻烦你了,你能不能帮我送个口信到沈公馆别院给周姨娘,我给你钱。"常行说:"可以,说什么?"胡文静说:"你一定要见到周姨娘才说,不能让别人转告。你告诉她,我在轮船码头的四季春旅馆二楼三号房等她,请她无论如何要过来一趟。"

"好,我会帮你把口信带到。"常行说。

胡文静道了谢,摸出一只银角子给常行,常行接过,前往别院。胡文静叫了一顶小轿,回旅馆等周姨娘。

常行到了别院门口,让保安去传话,说有重要口信带给周姨娘。周姨娘不知是谁,走了出来,听了常行的转告,很意外。她以为胡文静和离回了宁波,不可能再来上海,眼下又是怎么回事?幸好这会儿沈儒行不在,周如花当即带着一个心腹丫鬟坐轿去了旅馆。

到了旅馆,敲开门,周如花让丫鬟在外面守着,自己走了进去,关上了门。胡文静一见周如花,上前拉住她的衣袖说:"周姨娘,你一定要帮帮我。"周如花嘴角抽了抽,在椅子上坐下,问胡文静:"说说看,你怎么回事?"

胡文静只好简单说了一下自己的想法,她无颜回去,想留在上海。"周姨娘,在上海,除了你,我也找不到可以帮忙的人。"她没有勇气去找陈修和。

周如花问:"你想要我怎么帮你?是帮你再找个男人,还是你准备出去做工,自己养活自己?对了,你身上带了多少钱?住旅馆不安全,若想长久留在上海,不如先去租个房子。当然,钱多的话,你也可以考虑买。"

"我现在身上还有几十块钱。"胡文静低着头说,"接下来要做什么,我也不知道。"

周姨娘说:"这些钱对普通人家来讲,不算少了,但对你来说太少了,先不说租房,你是不是还要雇个人,再添置物件,一番折腾下来,还能余多少?可是,你又能做什么呢?我看除了再找一个男人,你没有其他出路。"

"再嫁一个男人?"胡文静苦笑道,"哪有这么容易?"她之前还对秦四抱有幻想,这会儿明白是自己想多了,人家根本没那意思。

"如果你不在意男人的年纪,只要有钱或有权,运气好的话,应该找得到。"

"你是让我去做妾?"胡文静反问。虽是乡下姑娘,但这妻与妾的不同,她很清楚。

周如花不禁笑了起来:"做妾有什么不好?我年轻时的几个小姐妹都做了高门妾,衣食无忧,过得很不错。你看我,这么多年,老爷疼我,我有钱有儿子,比你的前婆婆不知道要好多少倍。再说,是你自己不想当沈家大少奶奶啊,现在落到这个地步,你还想挑什么?"

"如果当初不是你带我去那些地方,我又怎会好好的沈家大少奶奶不当?"胡文静想到自己的一腔真情托错了人,而这一切的源头就是周姨娘,不禁怨恨起来。

"你真是可笑,是你自己有了红杏出墙的心,现在倒埋怨起我来了。既如此,你找我干吗?"周如花站起来,气冲冲往外走。

"你不怕我去告诉沈老爷,你喜欢秦六的事?"这句话冲口而出,胡文静想收回已经来不及了。

周如花转过身,打量着胡文静,口气软了下来:"好了,你的事我会帮忙,你且安心在这里住着,我尽快给你安排。"胡文静以为自己握住了周姨娘的把柄,有些得意:"那就麻烦周姨娘了。"周如花说:"我回去了,你等我消息。"

走出旅馆,周如花气得发抖,这个蠢女人居然还威胁她!既然这么作死,她就好心送一程,也不枉曾经有过的那一份"婆媳情"。

没几天,周如花通过以前的小姐妹,给胡文静找了一门亲事,让她给一位年近六十岁的山西富商当填房。胡文静开始并不同意,可她很倒霉,身上带的银票被人偷了,只剩下几只银角子。周如花考虑到以后此事万一被沈儒行知道,自己要被迁怒,开口道:"我最后一次问你,你若不愿嫁给蒋老爷,就回宁波去,我送你一张船票。你若嫌蒋老爷年纪大,那我再托人给你找找,但估计最多只能当妾或者外室,像蒋老爷这样的机会不是说有就有。蒋老爷除了年纪大一点,没其他问题,他家的钱多得几辈子都花不完。不是我打击你,你又不是黄花闺女,怎么能既要这样,还要那样?你以为你长得国色天香?"

胡文静承认,周如花说的话虽难听,但有道理。她很矛盾,她嫁过沈洋河这样的男人,怎么可能看得上年老体衰的老头?就算不是当妾,年纪摆在那,能活几年?可是不嫁的话,回宁波吗?周如花见胡文静不说话,站起来:"我明天过来听回话,你不要,多的是要的人。"

这一晚,胡文静通宵未眠。她认认真真把自己这二十多年的人生回想了一遍,未出嫁时,有父母溺爱,出嫁后,丈夫除了不能给她情爱,其他该给的都给了她,而她要的就是那份情爱啊。遇到秦四后,迷恋他,现在想想,她迷恋的只是一个自己想出来的男人,而不是真实的秦四。和离后,她以为自己已死心,可还是忍受不了相思之苦,又偷回到上海,谁知竟遭拒绝。从小到大,她不缺吃穿,她只想要一个能把她放在心上的人,可太难了。真要嫁给一个老头吗?胡文静思来想去,还是不敢赌。她胆怯了,那一腔偷跑到上海的孤勇早已消失殆尽,她只想回家。

第二天天亮,胡文静背着包袱,结清了房费,幸好之前预付了,还找回来五角,不然就要流落街头。叫了一辆东洋车,让那车夫把她送到兴盛药行。她不想再见周姨娘,怕自己意志不坚定,改了主意。到了药行,陈兴广和陈修和都还没有来,胡文静就在店里等着。等父子俩来了,看到候在店堂的胡文静大吃一惊,急忙把她叫到经理室。陈修和焦急地问胡文静怎么回事,他也收到陈云霞的信,说胡文静又跑上海了,若来找他,就劝她回宁波。

"小外公、修和舅舅,你们不要问了,我身上的钱被人偷了,我想请修和舅舅帮我买一张回宁波的船票,以后我不会再做让阿爸阿姆担心的事。"胡文静语气里充满了悔意。

陈修和见胡文静不愿详说,猜想这段日子她过得不好,没继续追问:"好,你先去休息,晚上我派人送你回去。"

胡文静点点头,陈修和把她带去了后院,语重心长地说:"我不知道你经历了什么,但今天你能来这里,我很高兴,什么都不要想,好好睡一觉。"

"谢谢修和舅舅,我知道我错了。"胡文静低下头,恨不得有道缝让自己钻进去。

回到经理室,陈兴广皱着眉头说:"文静怎么回事?"陈修和叹着气说:"堂姐太宠她了,她胆子也真大,一个人敢来上海,算是运气好,不然被人卖了都不知道。"陈兴广想起胡文静的所作所为,很生气,骂了一句:"自作自受。"

周如花带着丫鬟来到旅馆,才知胡文静已离开,不知所终。周如花有些遗憾,不过想到以后胡文静的生死跟她都没有关系,她的脚步轻松不少。她现在诸事顺心,可不想为了胡文静的事惹怒了沈儒行和沈洋河,那就得不偿失了。

晚上,胡文静坐上了回宁波的轮船,同行的还有两名陈修和的小厮。她就这样静静地坐着,大脑一片空白。

第十七封信：命运的钟摆

"阿鹏说他很想阿爸，我每天跟着婆婆学规矩，是我自己要求的。太太很好，对我很关照，我很喜欢这个家……"

金花写给沈昆的信

…

这一日，沈洋河和沈昆正在办公室里忙，忽见伙计带着金宝进来。沈洋河和沈昆惊喜地站起来迎接："金宝兄，好久不见，你什么时候到的上海？"金宝笑着说："是好久不见，我昨天到的，收到管事来信，说上海最近在抵制美国货，所以过来看看。"沈洋河说："是的，快请坐。"

沈昆给金宝倒了一杯茶，打趣道："金大少越来越英姿勃发了。"金宝笑着说："你在说你自己吧？"

三人落座，谈各自情况。沈洋河说："我们茶行这两年出口国外的茶叶销量跌了很多，原因有多种。幸好去年跟着李大少投了轮埠公司，收益还不错。我想以后还是要多找几个投资渠道。金宝兄，你家丝绸行遍地开花，我要向你学习。"

金宝说："我们这几年丝绸销量比较稳定，马克先生那边每年也能销一些，这可是你送给我的生意。要说投资，我们要多向李家兄弟学。我二弟年后去京师开了一家丝绸行，前不久收到他的来信，说京师有各种传言，其中有一条是朝廷要废除科举，此事有利有弊，对寒门学子来说，他们想通过科举走上仕途就没机会了。"沈洋河说："若朝廷废除了科举，总会想出别的法子来选人。"金宝说："那倒是。不过我现在最担心的还是这时局，时局动荡，对我们这些生意人来说很不利。"沈昆说："想多么太平是不太可能，这些年就没消停过。"沈洋河说："你们不要太悲观，说不定也是机遇。"

金宝又问李思侠的近况。沈洋河告诉他，李思侠去了京师后，得了一个道员的官身，后来被朝廷派到湖北。"我也很久没有他的音信。"

金宝说:"现在他是官,我们是民,想再坐到一起品茶喝酒难了。"沈昆说:"这个没办法。"

说到抵制美国货,沈洋河表示在上海的宁波商人都很团结,一个呼,百人应,共进退。金宝觉得这样很好,出门在外,互帮互助太要紧了。

"阿昆哥,外面有个女人带着孩子找你。"有伙计跑进来,结结巴巴地说,"她说是你的妻子。"

沈昆的脑袋轰的一声响,一个不可思议的念头升起,他急忙站起来朝外走去。沈洋河和金宝一脸诧异,也跟着走了出去。

到了茶行门口,沈昆的视线落在门外一个风尘仆仆的女人和她拉着的一个小男孩身上,他们的身边还站着一男一女两个背着行李的中年人。虽说已过去了几年,可沈昆还是一眼认出来,那是跟他有过一夜夫妻之情的金花,他最担心的事还是发生了。

金花把小男孩拉到沈昆面前,用不太熟练的汉语说:"这是你儿子阿鹏。"又对阿鹏说:"这是你阿爸。"

小男孩皮肤黝黑,睁着一双黑亮的眼睛大胆地看着沈昆。沈洋河和金宝一看那男孩,一点都不用怀疑,这就是沈昆的儿子,因为父子俩几乎是从一个模子刻出来的。沈洋河想起几年前沈昆他们曾被劫到山寨的事,猜到了那个女人的身份,只好说:"先进来。"

金宝一见这情形,知道今天说不了其他事,趁机告辞。沈洋河随他,眼下最要紧的还是沈昆这事。在会客室,沈昆心情复杂,任谁突然冒出一个这么大的儿子,都要头晕。沈洋河对沈昆说:"你们聊,我回避一下。"沈昆说:"不用,你坐下来听听怎么回事。"又转过头对金花说:"你说。"

金花就磕磕绊绊说了沈昆他们逃走后的事。她阿爸气得要派人抓他们回来,被她拦住了,她是真喜欢沈昆,怕他被抓回来丢了性命。她猜到沈昆的身份是假的,也知他待不长,只是没想到新婚夜他就逃走了。后来她发现自己怀孕了，她阿爸同意她生下来。那时候她已从手下人嘴里，知晓沈昆他们这群人是从上海过来采购茶叶的，因为那手下无意中看到过其中一人的路引。如果不是因为他们山寨后来被另一伙人占领，她阿爸被箭射伤去世，她不会带着年幼的儿子到上海来寻沈昆。母子俩在两个忠仆的保护下，跟着镖局的人到了昆明，又辗转来到上海，打听到茶行地址就过来了。金花的汉语不好，但大概意思，沈昆和沈洋河都听明白了。沈昆心情复杂地问："你有什么打算？"金花从小生活在山寨，没学过那些三从四德，他阿爸也把她当男孩子养，身上有一股江湖儿女的爽气。她带儿子来找沈昆实在是被迫无奈，见沈昆问，反问道："你是不是又娶妻了？"又顿了顿说，"我不管你有没有再娶，阿鹏是你的儿子，你不能不认。至于我，你若认，我就跟着你；不想认，我走。"

虽说跟金花没感情，可事已至此，沈昆不可能不认："我未曾娶妻。我父母在乡下，你若愿意，我送你们过去和他们一起生活。你放心，我父母都是和善之人，不会刁难于你。"金花没意见，她指了指跟着她的两个忠仆："这一路全靠吴叔和吴婶照顾，我要带他们一起去你家。"沈昆说："可以。"见阿鹏好奇地盯着他，沈昆的心情非常复杂。

沈洋河见沈昆已有章程，就让他带这几位先回沈公馆去休息，什么时候回宁波由沈昆决定。沈昆这会儿是千头万绪缠在一起，理也理不清，站起来带着人走了。沈洋河坐在那里，心里对沈昆充满了内疚，他想还是一起回宁波一趟，无论从哪方面讲，这都是大事。

两日后，沈洋河和沈昆带着金花、阿鹏等人回到沈家村。沈恒和李小妹见到从天而降的大脚儿媳妇和孙子，目瞪口呆，而且那儿媳妇还是土匪出身，若不是硬撑着，李小妹感觉自己真要昏过去。冯晚秋对沈恒说："安排他们住在你们隔壁院子，照顾也方便，再拨两个小厮伺候。"

沈恒道了谢，带着人去安排了，沈昆跟着去帮忙。冯晚秋摇着头对沈洋河说："你和阿昆真是难兄难弟，不知道你们上辈子造了什么孽。"沈洋河说："阿昆是为了茶行才会在云南遭遇这样的事，幸亏他还没娶妻，不然更麻烦。"冯晚秋说："我看那孩子倒是机灵。"至于金花，个子不高，又黑又瘦，细看眉眼长得还不错，就是不知脾气如何。沈洋河说："先安顿下来再说。"

这时，丫鬟带着沈芸儿和沈芸兰过来，姐妹俩喊了一声"爹爹"。沈洋河摸了摸俩孩子的脑袋，拿出上海带来的糖果点心给她们吃。看着俩孩子，想起陈修和说胡文静已回宁波的事，开口道："阿姆，胡文静从没有来看过孩子吗？"冯晚秋说："没有来过。孩子的外婆倒来过几次，我也不拦着，大家见面客客气气的。前些日子她们外婆在我面前哭，说胡文静大概是鬼迷了心窍，好好的日子不过，不知道在折腾啥，她是白生了这个女儿。"沈洋河说："做人不能什么都要，但愿她没有后悔。"

安顿好金花母子，沈昆了解到那吴叔会些拳脚功夫，吴婶是他妻子，阿鹏由吴婶带大。他们都会讲汉语，只不过没这里的人流利。沈昆对吴叔夫妇说："既然来了，这里就是你们的家，平时你们有什么事，就去找我阿爸和阿姆。吴叔无事不要进后院，吴婶和金花平时有空可以带阿鹏去陪陪太太和两位小小姐。"他又对金花说，"阿鹏以后就叫沈鹏。太太是个非常好的人，但该有的规矩还是要遵守。你以后可以给我写信，若不会写，就慢慢学。"

金花这几天感觉像做梦一样，她习惯了山寨自由自在的生活，一下子到一个陌生的地方，很是拘谨，她怕出差错。她已知沈昆不是沈公馆的主人，也不是这个宅子的主人，但看得出来，至少可以算半个主子。她现在无依无靠，只能靠眼前这个男人，便点头，表示她知晓了。

沈恒把沈昆叫去，这事太突然了，他和李小妹到现在都不敢相信。沈昆理解父母的惊讶与意外，惭愧地说："阿爸，对不起，儿子让你和阿姆受惊了。"沈恒心情复杂地看着沈昆："罢了,谁会想到那金氏给你生了个儿子,你之前迟迟不肯成家,现在妻儿都有了,你阿姆也不用操心了。"

李小妹风风火火地进来,听到后半句,对沈昆说："你好好跟着大少爷干,家里的事不用担心。这娘儿俩都太瘦,得好好补一补才行。太太说了,这是高兴事,晚上一起吃顿团圆饭。我去厨房忙了,阿昆,你等会儿去陪陪,他们人生地不熟的,可怜。"沈昆说："好。"

晚上,沈恒一大家和冯晚秋、沈洋河坐一桌吃饭。冯晚秋拿出两匹布和一套首饰,还有一只金锁给金花母子当见面礼,金花很惶恐,不敢接,还是沈昆让她接,她才收下。对桌上的菜肴,金花很吃不惯,可初来乍到,她又不能说,只好勉强自己吃下去。沈鹏年纪小,又吃了点心,不饿,吃得也少。沈昆注意到了,回想起他在云南吃的饭菜,他想私下里还得提醒一下阿姆。

沈昆让金花母子早点休息,他现在还没准备好和金花重续前缘,能躲一天算一天。

在家住了几天,沈洋河和沈昆准备返回上海。沈鹏刚刚跟沈昆混熟,开口叫了他一声"阿爸"。沈昆百感交集,对金花说："你们好好待在家里,有事可以叫人送信到上海。"

金花看着沈昆,心里有很多话,可她不知该如何表达。在山寨时,是她强迫沈昆跟她成亲,中间又隔着这几年,说起来大家还是陌生人。她知道自己跟沈昆的差距,即便沈昆一辈子不进她的房,她也认了,为了儿子,她什么都能忍,她还要学很多东西。"我会给你写信。"

"好。"

回到上海,陈修和听说了沈昆的事,一脸的不可思议："我现在终于相信,原来真有千里姻缘一线牵。"沈昆尴尬地说："你就会笑话我。"陈修和说："还是要恭喜你当爹,回头我叫人送一份礼过来给你妻儿,你下次带回去。"沈昆说："那怎么好意思？"陈修和说："应该的。"接着，陈修和又抛出一个消息："我又要当爹了。"

沈洋河和沈昆连声道"恭喜"，陈修和觉得自己比眼前这两位兄弟要幸福得多。原本想纳个妾的心思，现在都没有了，至于以后会不会有，那谁知道呢。

沈宅。

金花是个适应能力很强的女人，在山寨时，因母亲早亡，父亲对她很是疼爱，没怎么约束她，只要求她识几个字，能说汉语。她现在非常庆幸当年没有拒绝。她知道自己此生再也没有机会回云南，若无意外，就要在这个宅院里度过一生。她明白，若想让沈昆从心底真正地接纳她，她还要好好努力。幸好她还年轻，才二十三岁，她还有时间。

冯晚秋和李小妹对金花这两个月的表现很满意，特别是冯晚秋，看着在一边带着三个孩子玩的金花，不由想到胡文静。正儿八经的儿媳妇对她只有敷衍，没想到这位外来媳妇竟这么有耐心陪她和孩子。冯晚秋对李小妹说："你比我有福气。"李小妹说："我们的福气都是太太给的。"冯晚秋惆怅地说："小妹，幸好有你一直陪着我。"李小妹的鼻子一酸："太太，小妹会一直陪着你。"

金花领着芸儿和芸兰过来，阿鹏跑在最前面，后面跟着丫鬟绿枝。

"金花，辛苦你了。"冯晚秋笑眯眯说道，朝三个孩子招了招手："没有出汗吧，绿枝，带他们过去吃点心，不要吃太多，等会还要吃晚饭。"

"好的，太太。"绿枝带着三个孩子去屋里吃点心。

"金花，过来坐，住在这里还习惯吗？"冯晚秋温柔地问。

金花行了一个很不标准的礼："谢谢太太，这里很好。"冯晚秋说："那就好，想吃什么，跟你阿姆讲，这里就是你的家。"金花很感动地点头，见婆婆陪着太太，她说："太太，阿姆，我去给阿昆写信。"李小妹说：

"去吧。"

等金花走了,李小妹哭笑不得地对冯晚秋说:"一个月要送三封信到上海,不晓得给阿昆写些啥,只是我看阿昆一时半会还接受不了她。"冯晚秋说:"早晚有一天阿昆会接受她。"李小妹说:"唉,我没想到阿昆会给我这么大的惊吓,看在阿鹏面上,不计较了,只盼着两人以后能好好过日子。"

"会的。我现在担心的是阿洋,都怪我,没给他找个好女人,现在不上不下,害得两个孩子没了娘。"冯晚秋自责地说。

"这不是你的错,谁会想到有人好好的大少奶奶不想当,非要作脓作血。太太,你要多保重身体,两个小小姐可全靠你了。"李小妹劝慰道。

"你说得对,现在有三个孩子,宅子里热闹多了。"

"是的,闹热点好。"

常行敲响了陈家大门,对守门的小厮说:"我明天去上海,麻烦小哥帮我去问下太太和少奶奶,有没有信件带过去?"

小厮让常行稍等,他去问问。戚氏一听常行要去上海,对张拂柳说:"你去给修和写封信。"张拂柳摸了摸自己微微突起的肚子,说:"好,那我去写几句,阿姆有什么话要带吗?"戚氏说:"你就跟修和说,家里一切都好。"

张拂柳去写信了。戚氏搂着白白胖胖的孙子陈继业,现在是有孙万事足。对张拂柳这个儿媳妇,她一百个满意,张拂柳话不多,稳重,安分守己,对她又很孝顺,心疼孩子。儿子回来,她就一心一意伺候丈夫,小夫妻虽然聚少离多,但感情不错。这不,儿媳妇现在又怀上了,她是巴不得儿媳妇再多生几个。

"阿姆,我信写好了。"张拂柳拿着一封信款款走来。

戚氏让丫鬟拿着信和七十文铜钱出去,交给常行。"你现在有身子,自己当心,别累着,让继业跟着我。"张拂柳柔声说:"继业调皮,辛苦阿姆。"

陈继业挣脱戚氏的搂抱,跑过来,盯着张拂柳的肚子,好奇地问:"阿姆,这里面装着妹妹是吧?"张拂柳笑着问:"继业,你喜欢妹妹吗?"陈继业晃着小脑袋说:"是啊,我喜欢妹妹。"

戚氏拉过陈继业的小手,哄着说:"乖孙,你阿姆肚皮里是弟弟,快说,说了阿娘给你糖吃。"陈继业看在糖的份上,改口说是弟弟,把戚氏高兴得合不拢嘴。张拂柳想笑,又不敢,任婆婆在那里自说自话。

怕陈继业缠着张拂柳,戚氏把他带走了,张拂柳回到自己房间,在窗前坐下。嫁到陈家这几年,张拂柳对生活很满足,比在娘家要好得多。她觉得老天爷很厚爱自己,给了她这么好的一门亲事。即便丈夫不在身边,可又有什么关系呢?她有儿子,吃用不愁,又不用操心家里事务,安安心心地当陈家少奶奶,平时看看书,带带孩子,替陈家开枝散叶、生儿育女就可以了。她又摸了摸肚子,婆婆很喜欢男孩,不过这一胎就算是个女孩,她相信婆婆也不会怎样,只不过若又是一个男孩,婆婆可能更高兴罢了。她不是没想过丈夫有可能在上海纳妾,若真要纳,她也阻止不了。她只要做好自己,相信丈夫也不可能轻易休弃她,她会牢牢握住手中的幸福。

坐久了,有些倦,张拂柳上床休息。她做了一个美梦,她与陈修和白头偕老,子孙满堂。

沈昆收到金花写来的信,虽然没几句话,字还写得歪歪扭扭,但他还是很认真给她写了回信。他不想骗她,很坦率告诉她自己的真实想法,现在没法接受,以后怎样,他眼下无法承诺。当然,如果她想走,他会送她银两,祝她幸福。两个人就这样,你来我往,保持着联系。

常行跑上海更勤了,因为信多。特别是阿昆先生的家信,一个月至少有三封。有一次常行去沈宅送信，碰到一个小男孩在门口玩，有两个妇人在旁边守着，他才知道原来那是阿昆先生的儿子，年轻妇人是阿昆先生的妻子。他还纳闷，阿昆先生何时成的亲，儿子居然这么大了。心里虽好奇，但常行不会随便去打听。

从上海回来，常行去鄞江桥送信。等他送完信，带着收来的信件坐夜航船回城。船至横溪桥时，已是下半夜，常行正昏昏欲睡，突然传来枪声，船上的人吓得魂飞魄散，蜷缩在船舱中一动不敢动。

船被迫停下，有多名黑衣汉子手持刀枪登上船，让众人把身上的钱和货物都交出来。常行内心非常紧张，这些信他可不能丢，脑子里快速想着对策，硬碰硬肯定不行，只能顺从。在刀枪的威胁下，没有人敢拿自己的性命开玩笑，一个个乖乖地把身上的金银、银圆掏出来交给劫匪。轮到常行，常行主动拿出身上的钱袋奉上，劫匪一把夺过，又踢了一脚铁皮箱："打开。"常行赔笑道："我打开，里面是几封信，没其他东西。"劫匪蹲下身，拿起信又问："里面可有夹着银票的？"常行摇头："没有没有，只是普通的家信。小人就靠送信赚点走脚钿，还请好汉高抬贵手。"那劫匪谅常行不敢说谎，大发慈悲把信扔回铁皮箱，顺手把边上一个客商带的一匹丝绸给拿走了。客商只能忍气吞声，不敢抗争。

抢劫完，这伙人坐上小船跑了。夜航船又重新动了起来，众人的脸上皆是一副劫后余生的模样。常行擦了擦额头上冒出来的汗，暗道了一句侥幸，因为他胸口藏着一封夹带着重要票证的信，若被搜走，麻烦就大了。现在只是钱袋没有了，那里只有他今天收来的资费，损失不算大。等确定安全后，船上的人一个个都大骂劫匪不得好死。船老大过来说，等天亮去县衙报案，让众人写下各自损失。众人写了，但心里不抱希望，只好自认倒霉。

这次事件给常行提了个醒，现在盗窃抢劫之事发生频率太高，普通信件遗失了还能补救，但那种夹着银票或重要票证的信件丢了，这个责任,可不开玩笑。若万一误了寄信人的大事,他的罪就大了,自己一定要万分小心才是。

看着铁皮箱,常行有了个想法,他去找铁匠,请铁匠帮他想想办法改装一下。铁匠想了半天,最后在箱子底部给他加了个夹层,若有重要信件,可以放进去,一般人不会想到。看着改装好的铁皮箱,想着有了这一层保障,常行安心许多。

这一年发生的大事,对常行来说,体会不深,他只听说朝廷废除了科举,新式学堂开始在各地出现。另一件事是全民抵制美国货,无论是上海,还是宁波,都搞得声势浩大,他从没有用过美国货,不知好坏,也不懂为什么要抵制。他关注的是跟自己切身利益有关的事,比如米价高了,洋钱升水了等。他现在目标明确,就是努力挣钱,以后娶妻生子,把常家的香火延续下去,其他的,他管不了,也没本事管。

光绪三十二年(1906)夏,沈儒行决定送沈洋江去日本留学。送他出国学习,让他做他喜欢的事,是沈儒行一直有的打算。只不过之前孩子年纪小,他不放心,才等到现在。更何况甲午战争之后,中国人去日本不需要签证,很方便,而且船票便宜,去日本留学的人很多,出去也不会孤单。

这一日,沈儒行在沈公馆置了一桌酒席,为小儿子饯行。

沈洋河看着已剪掉辫子,形象焕然一新的十八岁弟弟,心情有些复杂。他不待见周姨娘,对沈洋江却没意见。既为兄长,就要有兄长的样子,沈洋河从口袋里掏出一只小小的礼盒递给沈洋江,微笑着说:"洋江,祝你学业有成,早日归来!"

"谢谢大哥!"沈洋江笑眯眯地接过,打开,里面是一只精致的怀表,沈洋江在自己的胸口位置比画了一下,高兴地说:"我很喜欢。"

小时候,沈洋江不明白自己为什么会有两个母亲,长大些,才知道两个母亲的不同。原来,他的母亲只是一个妾,这让年少的他在很长一段时间内感到很自卑。后来他去了沈家村,发现那个母亲虽看起来有些冷漠,但实际上对人很温和,说话轻声细语,他很愿意亲近她。对大哥,他一直牢记父亲说过的话,兄弟一定要齐心,要团结,决不能出现兄弟相残的事来。大哥比他年长许多,平时也很少见到,不过在他心里,大哥永远都是大哥。

沈儒行很满意眼前这兄友弟恭的氛围,拿起酒杯喝了一口,对沈洋河说:"你可以考虑再找一门亲事了。"沈洋河说:"不急,慢慢找,省得悲剧重演。"沈儒行知大儿子现在越来越有主见,又转过头对沈洋江说:"出去好好读书,多学点东西回来。"

"爹爹,我会的,你放心。"沈洋江说。他去日本学医,需要六年,他想自己总要学出一点名堂才对得起父母对自己的期望。

"不要省钱,吃好点,身体最要紧。没钱了给你爹爹写信,知道吗?"周如花恨不得自己能跟着去,忍不住唠叨起来。

"我知道,有时间我会回来。"沈洋江说,"大哥,你有空也来看看我。"

"方便时去看你。""那就这么说定了。"

出发那天,沈洋河没有去码头送沈洋江,他不想打扰他们一家三口的温馨场面,因为那样容易让他产生一种错觉:他是个外人。想到沈洋江的新形象,沈洋河拉上沈昆去把头上的辫子给剪了。剪掉辫子,两人又去照相馆各拍了一张照片,等常行来送信,让他带回宁波。

常行见到沈洋河和沈昆的新形象,眼前一亮,他们仿佛换了一个人,显得更精神了。沈昆笑着说:"常行,我跟你讲,剪掉辫子好处多多,像你这样整日在外跑,不说别的,就是洗个头都要方便得多。"常行一想,对啊,尤其是夏天,这头发一天不洗就全是汗臭味,若变成短发,那就省事多了。可想到宁波城里短发的人很少,他又有些犹豫。沈昆也不勉强,拍拍他的肩膀,不再说什么。

回到宁波,常行送信到沈家村,冯晚秋和沈恒看到沈洋江和沈昆的照片,有些不明白他们为什么要把好好的辫子给剪了,只是剪都剪了,说什么都没用了。金花觉得剪了短发的沈昆更好看了,她按住乱跳的心,更加坚定内心的想法,给沈昆的信写得越发勤,内容也越写越多。她相信总有一天,沈昆会真正接受她。

常行跟阿牛和阿发说了剪辫子的事,问他们的想法,阿牛说:"现在剪掉辫子不再是什么大逆不道的事,这南来北往的客人中,我们也见过不少。反正我们爹娘都不在了,即便剪掉,也没有人骂。"常行说:"我是觉得剪掉后省事,我最烦编辫子,还有洗头发。"阿发说:"剪吧,都不用找剃头匠,拿把剪子直接就剪了。"阿牛说:"对,还能省下剃头铜钿。"

于是,三个人你给我剪,我给你剪,"咔嚓"一声,辫子就给剪下来了。然后你看我,我看你,一下子还不太习惯彼此的模样,指着对方,哈哈大笑起来。

夕阳西下,三人站在船头,晚风吹乱了他们的短发。这一刻,常行有一种从未有过的轻松,似乎他剪掉的不是辫子,而是某种无形的禁锢。

"对了,今天是吕大小姐的小女儿成亲的日子,小行,你要不要去瞧瞧热闹?"阿牛笑着说。

"是嫁还是娶?"常行好奇地问。吕大小姐的大女儿和二女儿都是招上门女婿,说好了,无论生男生女,第一胎跟娘姓,第二胎跟爹姓,第三胎姓吕。这方圆十里地,人人都说吕大小姐是个奇人,不但把三个孩子拉扯大,还让每个女儿都有事做。她怕女儿嫁出去吃亏,坚持要招婿,还真让她找到两个满意的人选,都是附近村庄忠厚老实又勤劳的后生。

"一样,也是上门女婿,张家村人,家里兄弟多,无所谓,听说种田是一把好手。吕大小姐真不简单,虽说有娘家帮衬,但换个人,我觉得根本做不到。吕老板还把老街的米店交给她负责,吕少爷都没意见。"阿牛感叹道。

"确实不简单。"常行说。

被阿牛挑起了兴趣,常行上岸朝老街走去。经过吕菊香家门口,见院门开着,他朝里看了一眼,酒席就摆在院子的天井里,男女老少有的站着,有的坐着,孩子们跑来跑去,欢笑声不断。他看到满头白发的吕老板坐在那里笑得合不拢嘴,心想,真好啊,好人有好报。

回到家里,常行幻想有一天自己也能这样热热闹闹娶媳妇。至于上门女婿这种事,他想也没想过,他答应过父亲,要为常家传香火。再等等吧,等他有钱了再去考虑娶妻的事。

第十八封信：改朝换代

「大少爷，听说上海已光复，仗打得很激烈，不知真假？宁波很平稳，家家户户挂白旗归顺，没有出现流血事件。我们在乡下影响不大，太太和两位小小姐都好，请放心。」

沈恒写给沈洋河的信

…

  光阴似箭,转眼到了宣统三年(1911)的夏天,常行三十岁了。虽说换了个皇帝,但他的生活依然没多大变化,还是到处送信送货。多年的省吃俭用,他慢慢存下了一笔钱,想成家的念头越来越强烈。他去找阿牛哥商量。

  去年,阿发哥成亲了,他娶了个寡妇,上了岸,不过白天还是在船上。对此,常行有些不明白,按理说不是哥哥先成亲吗?阿牛哥告诉他,就因为他是哥哥,所以才把娶妻的机会让给弟弟。

  "阿牛哥,你真好。"常行说。

  "谁让我是当哥的,这没什么。小行,你现在有条件成亲,可以托老街的花媒婆,让她给你牵牵线。"阿牛提议道。

  "好,阿牛哥,我有数了。"

  常行去老街找花媒婆,给了她二十文铜钱,说了自己的意愿,表示若成功了,一定会送上谢媒铜钿。花媒婆收了钱,一口答应会帮常行留意。

  离开花媒婆家,常行开始去收信,他现在没特殊情况,每个月去两趟上海,一次月中,一次月底。到了沈家村,沈恒交给他两封信,他已经六十多了,头发已花白,不过人很硬朗,还笑眯眯地打赏了常行两只银角子,因为他又当阿爷了,儿媳妇金花刚刚给他生了第二个孙子,让他非常高兴。常行向他道了喜,心想阿昆先生真是个好人,没有嫌弃那位太太。又想到了沈大少爷,两年前,在上海重新娶了妻,一年后生了个儿子,办满月酒时,他恰好去送信,还得了一把赏钱。两个小小姐长什么样,他没见过,只知道她们一直跟着阿娘生活。沈大少爷,哦,现在改口叫沈先生了,每个月会让他带包裹回来,吃的用的都有。他想,沈先生心里还是惦记着两个女儿的,只是不好接到上海去吧。说起来两位小小姐都是被她们的母亲所累,那位胡小姐也是,常行想不通怎么会有这样的人,明明是个享福的命,偏偏给作没了,听说现在在一个尼姑庵里带发修行,不愿再嫁人,把她母亲气得不想再认这个女儿。常行一边想着,一边快速朝下一个村庄走去。

    常行来到沈公馆,送上两封信。沈洋河听说金花又生了一子,忙派人把住在不远处的沈昆叫来。自从他又娶妻后,沈昆就搬出沈公馆住了。沈昆匆匆过来,看了父亲写来的信,知母子平安,放心了。沈洋河让常行明天不用到茶行来取回信,常行明白,阿昆先生肯定要回宁波,便告辞离开。

    沈洋河笑着说:"阿昆,恭喜你又当爹了,明天回去一趟。"沈昆说:"我去准备一下。"

    沈昆拿着信出了沈公馆,他在想自己跟金花的这个缘分。六年前,把金花母子带回沈家后,他除了每个月送去家用和书信,很少回宁波,他不知该如何面对金花,有一种逃避心理。他以为金花会受不了他的冷淡离开,结果并没有,反而是很努力地学汉语,学规矩,孝敬太太和公婆,几年如一日,他再也硬不起心肠,不想辜负了这个傻女人,终于进了她的房。现在金花又给他生了一个儿子,沈昆的嘴角微微上扬,不由加快了脚步。

    沈洋河叫来妻子谢芳菲,让她准备一份礼,明天让沈昆带回去给金花和新生儿。谢芳菲很年轻,长相俏丽,性格开朗,她家开钱庄,爷爷辈便从宁波迁到上海,她出生在上海,之所以拖到二十多岁才嫁人,主要是之前挑花了眼,一不小心成了个老姑娘。后有人介绍了沈洋河,她提出先见见,这一见就喜欢上了,不介意他比自己大十五岁,成为他的继室。过门一年,又生下沈家的长房长孙,深得公婆欢心。

"礼备得厚些。"沈洋河又补充一句。

"我顺道把给阿姆和芸儿、芸兰做的新衣服一并带回去。"谢芳菲说。

"好,你安排就是。"对谢芳菲这个小妻子,沈洋河总体还是比较满意的,她识大体,懂情趣。成亲两年,唯一一次吵架,就是有关芸儿和芸兰,他想把她们接到上海来读书,可谢芳菲不同意。她的理由是自己刚进门,年纪又轻,怕当不好这个继母,反而影响了夫妻感情。最后他妥协了,两个女儿从小生活在乡下,若接来,还不一定习惯这里的生活。再说,自家阿姆定也舍不得。后来这事就没有再提,东西倒是隔三岔五送去。不过让他惊喜的是,两个女儿读书都很用功,成绩很好,现都在宁波城里读中学,尤其是小女儿芸兰,非常聪慧,这让他很欣慰,他希望女儿们将来可以自立,而不是只能依靠男人。

谢芳菲上楼去看儿子沈天泽,即便有保姆和丫鬟照顾,她仍不放心,要时时盯着。沈洋河去了书房,桌上放着沈洋江从日本寄来的信,说他八月下旬或九月初回国。沈洋江自出国后,一直跟他保持着联系。三年前开始,沈洋江写信来,内容变了,时不时提到中国同盟会这个组织,又说朝廷这么腐败,早晚要被推翻。信虽然写得隐晦,但就是那个意思。当时,他不了解同盟会,但有关同盟会联合地方会党先后在各地发动的武装行动,他通过报纸都有所闻。恰好那时候李思侠也回到上海,说官场太黑暗,很失望,辞了官,开了一家利民木材公司,又开始风风火火做起生意。他们这几个人依然跟过去一样,有空聚在一起,聊生意,聊时局。

在聊天过程中,他感觉到李思侠思想激进,偏向革命。找了个机会,私下问李思侠了不了解中国同盟会这个组织,李思侠就跟他介绍了中国同盟会是个怎样的组织。沈洋河猜到了李思侠的身份,就跟他说了弟弟沈洋江估计也是同盟会的人。这个秘密,让他跟李思侠的关系变得更加紧密。随着了解的深入,他和沈昆、陈修和虽然没有加入同盟会,但只要在钱财上有需要,他们毫不吝啬。他没有加入,并非贪生怕死,是考虑到兄弟两人已经有一个提着脑袋在干这么危险的事了,他在外围可能发挥的空间更大。毕竟不管什么时候,钱都必不可少。

一个秋高气爽的日子,头戴礼帽,身穿长衫的沈洋江提着行李箱从日本回来了。他先去别院见了父母,沈儒行看着一表人才的小儿子,非常骄傲。周如花更是激动得泪流满面,抱着沈洋江哭了半天。沈洋江安抚好母亲的情绪,匆匆去茶行见沈洋河。兄弟俩久别重逢,竟一时不知该说什么。沈昆急忙倒茶,请沈洋江坐下。

沈洋河问沈洋江:"接下来你有什么打算?"沈洋江说:"大哥,我记得你有个朋友是开药行的,有坐堂医师,你能不能帮我介绍一下,我在日本学的是西医,我想再学点中医。"沈洋河说:"这个没问题,我跟修和说一声。"沈洋河迟疑了一下,还是问了出来:"洋江,你跟我说实话,你是不是同盟会的人?"沈洋江也不隐瞒,点头承认。沈洋河说:"那你自己当心,有什么需要大哥做的,尽管开口。"沈洋江说:"谢谢大哥,我明天要去一趟利民木材公司,你知道那地方在哪里吗?"

"在北火车站那里,是李思侠开的,你认识他?"沈昆想到沈洋江和李思侠都是同盟会的人,说不定认识。

"大哥,他就是你信中提到的那位朋友?"沈洋江问沈洋河。沈洋河说:"是的,多年好友。"沈洋江高兴地说:"太好了,我明天去找他。"沈昆说:"明天我陪你去。"

沈洋河没问沈洋江去找李思侠有什么事,他猜弟弟这次回国恐怕是带着任务。沈昆一样想到了,大家心照不宣。

晚上,沈洋江在沈公馆见到了新嫂嫂谢芳菲和小侄子沈天泽,他抱起孩子，感觉挺压手，笑着说："养得好壮实。"沈洋河说："你嫂子的功劳。"谢芳菲见丈夫这么给面子，心里很高兴，态度更加热情。

这一餐饭，大家都吃得非常开心。周如花看自己的儿子，连根头发丝都满意，以前在国外管不了，现在回来了，最要紧的事就是成家，对沈儒行说："老爷，阿江年纪不小了，你认识的人多，打听一下，有没有门当户对的大家闺秀。"

沈洋江不想打击母亲的热情，又怕父母乱点鸳鸯谱，再说眼下是紧要关头，哪有精力去考虑成家的事，忙说："我还年轻，还是先做事业，再说婚姻大事，不要着急定，我不想跟大哥一样有那么多波折。"

周如花听儿子提到沈洋河，又想到胡文静，有些气短，快速扫了沈洋河一眼："不会强迫你，若有合适的闺秀，到时候会提前让你相看。"沈洋江说："我刚回上海，事情多，想先去大哥朋友开的药行那里学一点中医知识，以后进医院。"

沈儒行见小儿子有打算，很高兴，说："好，不管你做什么，爹爹都支持你。"沈洋江说："谢谢爹爹！"

沈昆和沈洋江一起来到利民木材公司，对伙计报上名字，说找李经理。伙计赶紧去通报。没一会儿，李思侠从后院快步走来，见沈昆带着一位陌生的青年，略有点惊讶。他这个木材公司表面是做生意，实际上是中国同盟会在上海的一个秘密联络点。沈昆介绍道："李经理，这是我家小少爷沈洋江。"李思侠想到沈洋河曾跟自己透露过他弟弟的身份，忙朝沈洋江抱了个拳说："沈先生好！"沈洋江回以抱拳之礼："李经理，我来是跟你谈一笔采购白酸枝和榉木的业务。"李思侠一听，明白眼前这位果真是同志，笑着说："请随我来，我们去后院谈。"

"李经理，你们慢慢聊，我有事先回了。"沈昆知他们两人谈的内容他不合适听，当即告辞。

李思侠没挽留,笑着说:"好,阿昆兄,今日怠慢了,过几天我去你们那吃茶。"沈昆说:"随时欢迎。"

沈昆走了,李思侠带着沈洋江去了后院。沈洋江一进去,发现院子不算特别大,长方形,两边是二层的木结构楼房,四边墙角摆着花草,用月洞门把前院和后院做了一个分割。李思侠推开其中的一道门,请沈洋江上楼。到了楼上,两人靠窗而坐,很快有小厮送上茶水,又退下。

沈洋江喝了一口茶,向李思侠简单介绍了自己的情况。他在日本东京求学期间,同学里有一位中国同盟会成员,两人志趣相投,那位同学引导他加入了组织。沈洋江说:"我回国前,总部领导让我到上海跟你联系,以后你就是我的上级领导。"李思侠说:"现在上海情况很复杂,我们要做好随时参加光复行动的思想准备,你刚回来,先熟悉熟悉环境。我跟你大哥是多年好友,他虽没加入,但同样有一颗救国的心。"沈洋江说:"我明白。"

李思侠又问了沈洋江接下来对外的公开身份,沈洋江说了自己的打算。李思侠表示赞同,有陈修和在,很多事做起来就方便多了。两人聊了一会儿,沈洋江就回去了,约定随时联系。

沈洋河把陈修和请来,把他介绍给沈洋江。听到沈洋江要到他们药行来学中医,陈修和当即表示欢迎。沈洋河跟他暗示了沈洋江的身份,让陈修和必要时掩饰一二,陈修和让沈洋河放心。

十月十日,武昌起义的枪声拉开了改朝换代的序幕。当胜利的消息传到上海,李思侠和沈洋江他们非常激动,一个个斗志昂扬、摩拳擦掌,准备组织起义,同盟会中部总会、光复会上海支部和商团工会等积极响应。李思侠奉命组织敢死队,等待起义命令,沈洋江强烈要求加入。

"加入敢死队很危险,你确定一定要参加?"李思侠问沈洋江。

沈洋江毫不犹豫点头,反问道:"如果大家都怕,这敢死队还组织得起来？"

李思侠大笑，拍拍沈洋江的肩膀说："我是怕你大哥怪我。"沈洋江说："你放心，我大哥绝不会怪你。"李思侠的神情忽变得严肃，说："洋江，保护好自己。"沈洋江同样严肃地回答："李大哥，你也一样。"

十一月三日，陈其美等人在闸北发动了上海光复起义。经过一天一夜的激战，起义取得了胜利。

几天后的一个早晨，正要出门的沈洋河见到一个多月没见的弟弟时，伸出拳头，在沈洋江肩膀轻轻地捶了一拳。这段时间，他心里一直七上八下。沈洋江为了方便工作，平时住在沈公馆，这次出去这么多天不见人影，他一边要应付父亲和周姨娘的查问，一边担心沈洋江的安危，搞得烂头焦额。

"你平安无事就好，思侠呢？"沈洋河见弟弟瘦了很多，可见背后的辛苦，关心地问。

"都好，阿哥，让你担心了。"沈洋江强打着精神说，"我先去休息，很多天没好好睡了。"

"快去吧。"

沈洋江回到房间，草草洗漱完成，就一头倒在床上。没有人知道这一仗有多惊险，为了救出被清军扣留的起义领导人陈其美，他们敢死队和各路起义军一起，汇聚龙华镇，从四日凌晨二点开始攻打江南制造局，幸好这一仗打赢了，救出了陈其美，不然还不知结果会怎样。现在终于可以松一口气了，紧绷多日的神经松懈下来，沈洋江很快就进入了沉睡。这一觉，沈洋江整整睡了一天，起来吃好饭去找沈洋河，见他正在看信，问道："是宁波来的信吗？"

"是的，常信客刚送过来。我昨天在报上看到宁波光复的消息，说家家户户悬挂白旗归顺，官商均安，还有些不放心，今天看了恒伯的来信，才知是真的，如此甚好。"沈洋河把信递给沈洋江说。

"这几日轮船没停?"沈洋江接过信,边看边问。

"宁绍轮照常开班,不然常信客又怎么过来。我让他明天来茶行取信,也好让他们安心。"沈洋河说。

沈洋江笑了起来:"是我糊涂了。"

对于光复后的上海前景,沈洋江比较乐观,但沈洋河并不这样认为,他说:"现在应该是最容易出事的时候,是博弈,看谁手中的兵多枪多,你一定要注意安全。"沈洋江说:"我会小心。"

对于光复行动,沈洋江并没有讲多少,沈洋河也没追问。他明白,胜利不是那么容易得来,一将功成万骨枯,这里面还不知道有多少人会献出自己的生命,他只希望弟弟能平安。

上海光复后,李思侠变得更加忙碌,沈洋江跟着他在外面忙,沈洋河习惯了弟弟的神出鬼没。因清廷开始起用袁世凯,武昌为冯国璋所逼,情势严峻。上海方面决定招兵买马,以备调遣之需。李思侠一边代表李家带头捐出百万私财,用于招募新兵;一边联合在上海的宁波商人发起用于军需的募捐活动,沈洋河、陈修和等人纷纷响应,积极参与。

这一年的十二月,孙中山被各省代表选为临时大总统。

一九一二年一月一日,孙中山在南京宣誓就职,宣告中华民国临时政府成立,以一九一二年为民国元年。二月十二日,清宣统帝爱新觉罗·溥仪下诏退位。

常行没想到有一天突然一切都变得不一样了。当他在街上看到手臂缠着白布、短发的光复军,他想,或许以后的日子会好过一些。阿牛提着一条鱼和一瓶酒来到常行家,说民国了,晚上好好喝一杯庆祝一下。常行很高兴地答应了。

菜烧好,两个人坐在桌前开始喝酒。阿牛喝了一口,晃着脑袋说:

"真没想到,我有生之年还能看到这样的大事。"常行深有同感:"是啊,希望我们以后的日子越来越好过。"阿牛说:"你去催催花媒婆,要求不要太高,只要能生养,长得丑点没关系。晚上把油灯一吹,好看难看一个样。"

"嗯,我明天再去找花媒婆。"常行想着大冬天,倘若被窝里能有个女人,浑身上下不由热了起来。

窗外,不知何时下起了小雨,淅淅沥沥,似某种情绪,悄无声息地潜入黑夜。

一九一二年底,"宁波七邑信客联合会"成立,为防冒充诈骗,信客须向邮局登记,并携带代表身份的图章。常行想起四年前"宁绍"轮为了招揽旅客,给信客以免费搭乘统舱的优惠,导致信客人数激增,为了抢业务,各种恶性竞争出现,且人一多就鱼龙混杂,冒充诈骗事件时有发生,对信客的声誉影响极大。现在有了联合会,对像他这样正儿八经的信客来说是好事。

常行回到家,刚准备做饭,有客来了。拿了他两次好处费的花媒婆领了一个脸色苍白,拎着一只小小布包袱的女人走了进来。她对常行说,这位张娘子很可怜,年纪轻轻丧夫,现在公公病重,没钱医治,婆婆想把她给卖掉,问常行愿不愿意出二十元买下。如果常行不要的话,她另找买家。"虽然年纪大了一点,但你看她,屁股这么大,一看就好生养。"

常行见那女人一直低着头,再看她瘦得像麻秆儿,不知花媒婆是怎么看出她好生养。他有些犹豫,倒不是嫌弃女人嫁过人,而是二十元不是一笔小数目,他省吃俭用多年,拿是拿得出来,就怕买了此女,那婆家以后会来找麻烦,开口道:"那婆家关系断干净没有?"花媒婆说:"断干净了,都按手印画押了,这个你放心好了。"常行又问:"有孩子吗?"他想若生了孩子在婆家,恐怕没法断干净。

这时,女人抬起头,轻声说:"没养大,死了。"常行一愣,说了一句:

"抱歉。"

女人没想到常行会这么讲,有些意外。她大胆地注视常行,突然问:"你以前是不是去做咸货生意的洪家送过信?"

常行说:"送过。"女人很激动地问:"那你还记不记得,有一年,在洪家有个丫鬟撞了你一下,求你带个口信到上海?我就是那个丫鬟。"

这下轮到常行愣住了,说实话,那件事他记得,但那个小丫鬟长什么样,他一点印象都没有。那时候他年纪还小,哪敢盯着人家姑娘看。"是你?"

"是我,我叫小芸,你买下我好不好?我会做很多事。"女人哀求道。

"好,我答应你。"常行说。

花媒婆一拍双手,开心地说:"太好了,真是有缘分啊。"

很快,常行拿出二十二块银圆交给花媒婆,那两块是谢媒钿。花媒婆则把张娘子婆家写的那份表示愿意放儿媳妇自由,不干涉再嫁之类的契书交给常行,提醒道:"常行啊,这二十块银圆就当是你给张娘子的聘礼,不是她的卖身铜钿。"常行说:"是聘礼。"花媒婆说:"那就好,我就把这张娘子,哦,常娘子留给你了,我还要把银圆送过去。"

花媒婆扭着腰走了,屋里只剩下两个人。常行红着脸,一时手脚不知该往哪放,还是小芸主动开口道:"谢谢你买了我,我会好好跟你过日子,给你生孩子。"常行说:"你是不是还没吃饭,我去给你烧点吃的。我不是买,是娶,就是委屈你就这样进了我家的门。"

小芸的眼泪哗地下来了,她扔了包袱,双手捂住脸,趴在桌子上痛哭起来。常行慌了,等小芸情绪平静下来,说:"不要难过了,你跟我来,先去洗把脸,我煮饭给你吃。"

等洗好脸,一大碗热腾腾的饭菜下肚,小芸的脸色好了许多。常行认真地说:"我父母都已过世,家里就我一个人,你知道我是信客,平时我没多少时间陪你,我要赚钱来养家糊口。我对你没别的要求,只要你

第十八封信:改朝换代

安安心心跟我过日子就好。你太瘦了,这身子还得好好养养,养好了给我生个孩子,我就心满意足了。明天我去买点菜,请一位大哥来吃饭,让他当证人,以后你就是我常行的妻了。"

小芸的眼泪又下来了,哽咽着声音说:"我会的。"

这一晚,常行让小芸睡他的房间,他自己睡到另一个小房间,只是翻来覆去,一夜都没有睡好。小芸躺在床上,同样失眠了,她不敢跟常行说过去的经历,她怕常行会嫌弃她。当年,洪少爷去上海之前,把宅子里大部分的丫鬟小厮都给放了出来,只带走几个心腹。重获自由后,无处可去的她想去找点事做,结果碰到拐子,把她卖给山里一户人家。那家有个儿子,娶不起媳妇,买她就是为了让她给他家传宗接代。那是一段生不如死的日子,他们怕她跑了,把她关在屋里不准出去。她怀孕了,他仍没有放过她,第一胎没保住,第二次怀上,总算收敛些,结果生下来是个女儿,直到第三胎是个儿子,这家人才稍微放松些。她找准机会逃了出来,至于孩子,她管不了那么多。好不容易逃到山下,因身无分文,只好乞讨为生。遇到一热心大妈收留,她以为碰到好人了,谁知那妇人是个做皮肉生意的,把她给吓得又一次找机会逃走,结果昏倒在张家村一户人家门口。醒来后,发现身边睡了一个男人,是这户人家的痴傻儿子。她认命了,留了下来。两年后,生了一个女儿,三个月的时候,一场风寒夺去了孩子的命。再接着是她那个痴傻丈夫掉进河里淹死了。公婆打她,骂她是扫把星,现在又把她卖给了常行。想到常行,小芸早已麻木的心,生出了一丝希望。

天刚蒙蒙亮,常行就起床了。他先到渡口,跟阿牛哥约好请他晚上过来吃饭,他有老婆了。又去老街集市,买了酒,割了一块猪肉,又买了些蔬菜。回到家,小芸正在收拾家里。常行放好东西,对她说:"我去城里给你扯块布,给你做一身新衣裳,你在家好好休息。"小芸不同意:"你已经花了这么多钱了,我包袱里还有一套换洗的,下次再做吧。"常行说:"我以后多跑几趟,给你做身新衣裳的钱还是挣得到。"

一句话说得小芸又泪水长流,她没想到自己还能碰到这么好的男人,她早已是残花败柳,而常行从未娶过妻,还待她如此真心,越想越忍不住放声痛哭,似乎要把这些年所受的委屈都哭出来。常行不会哄女人,没办法,只会笨拙地拍她的背,好不容易等小芸擦干了眼泪,他才出门去城里。

晚上,阿牛很开心地当了常行和小芸的成亲见证人,看着两人在父母牌位前磕头,听常行说着"阿爹、阿姆,我娶妻了,你们放心"的话,阿牛的眼眶湿润了。

新婚夜,常行第一次搂着女人睡觉,心里想这大冬天被窝里有个女人真的不一样啊!

婚后半年,小芸肚子一点反应都没有,常行有点急,带小芸去城里看医师。医师把了脉,说小芸以前生产后没有坐好月子,落下了病,得用中药慢慢调理。小芸内心对常行充满了歉疚,常行想了一个晚上,想通了,对他来说,小芸很重要,若命中无儿女,他也认了,就劝小芸不要多想,先把身体养好。小芸无以为报,对常行更加体贴,夫妻俩过着清贫又温馨的日子,很是知足。

从那以后,常行送信送货跑得更勤了,他挣的钱很大一部分变成了药,进入小芸的肚子。钱没有白花,调理了将近三年,小芸终于怀上,把常行喜得傻笑了半天。

十月怀胎,一朝分娩。接生婆恭喜常行,说小芸给他生了个带把的,常行靠在墙边,双手捂着脸,泪水从指缝间一滴滴流了下来。他含着泪抬起头,看着六月的天空,喃喃自语:"阿爸、阿姆,我有儿子了,常家后继有人了。"

第十九封信：寻找春天的路

『阿爸、阿姆，当你们看到这封信，相信我已离开村庄。这十八年来，儿子在双亲的护翼下快乐成长，这是儿子的幸运。请原谅儿子的不孝，选择了这一条虽未知，却充满了希望的路。只有走出去，儿子才有可能成为一只搏击长空的雄鹰。还请双亲保重身体，耐心等待儿子平安归来……』

常安写给父母的信

……

1.

我叫常安，生于民国五年（1916）六月六日，今天是我十二岁的生日。

早上起来，阿姆给我煮了一碗长面，那面是甜的，碗底还埋着两只鸡蛋。这待遇，只有生日这天才有。平时，鸡蛋都被阿姆攒着，有半篮子了就拿到老街集市去卖掉，换些盐、酱油之类的调味品。阿爸坐在桌子边，笑眯眯地看着我，目光慈祥。他是三十五岁才当爹，而阿姆生了我以后再也没有怀上，阿牛伯伯说我是"独子皇孙"。听说我阿爷临死之前最大的遗憾，就是没看到阿爸成家，担心常家的香火就此断了，怎么也不肯合眼。阿爸一时不知该如何是好，还是隔壁阿婆提醒他，让阿爸在阿爷的耳边发愿，他一定会让常家的香火延续下去。阿爸照办了，阿爷果真闭上了眼睛。我不知道此事是真是假，不过阿姆倒是提起过，说我生下来后，接生婆对站在门外六神无主的阿爸道喜，告诉他，是个带把的，阿爸闻听后，高兴得在那里哭。由于我没有兄弟姐妹，小时候，阿爸和阿姆总是很紧张我，怕我出意外，护我护得很紧，现在才好些了。

"阿爸，你今天不用去送信吗？"我把一根面条吸进嘴里，边嚼边问。阿爸常行是个信客，我阿爷常走生前也是个信客，所以我在想，我长大了是不是也要去当一名信客？阿爸讲过，别看信客只是一个跑腿的人，但他像一座桥，连着家和出门在外的人。每次我过桥的时候，就会想到阿爸说的这句话。

"要去。"阿爸站起来，摸了摸我的脑袋，"吃好面赶紧去学校，不要迟到了,好好读书。"

我大口咬着鸡蛋,含糊地应了一声。相比村里很多没上学的孩子,我已经很幸运了。我虽年纪小,但也明白,不管将来我当不当信客,都不能当"睁眼瞎"。喝干净最后一口面汤,我抬起手臂,用袖子抹了一下嘴巴,刚好被阿姆看到,我怕阿姆骂,急忙拎起放在一边的土布袋:"阿爸、阿姆,我去学校了。"说完,像泥鳅一样,"唰"地溜了。

我就读的是一所乡村小学,由陈家村私塾改建。学校一共六个年级,有两位先生,其中一位是女先生,名叫沈芸兰。听阿爸讲,那是沈家的小小姐,师范学校毕业。阿爸说她不当沈家小姐,来当教书先生,非常了不起。我问沈先生的大女儿呢,阿爸说,沈先生的大女儿嫁给了阿昆先生的大儿子,说是青梅竹马,亲上加亲。

大人的事我搞不懂,还是继续说我就读的学校。由于每个班人数不是很多,老师又少,校长就把学生分成两个混合班,一到三年级初小班,由沈先生负责教;四到六年级高小班,由曹凌峰先生负责。这两位先生我都喜欢,只是沈先生有些严肃,我有些怕她,所以更喜欢曹先生,他很年轻,二十出头,戴着一副金边眼镜,皮肤很白,斯斯文文,对我们这群"皮猴子"特别有耐心。他让我们好好读书,要做一个能明辨是非,对这个国家有用的人。我把曹先生的话牢牢记在心里。

上课了,曹先生夹着本子进来,他穿着灰白色长袍,头发似乎有些长,贴着头皮,有几绺还垂到眼镜前。我想着还是我这种光头凉快。

"今天上算术课。"曹先生拿起一支白色的粉笔,在黑板上写算式。他把黑板分成三部分,分别对应四年级、五年级和六年级。他在给我们四年级讲解前,会先给五年级和六年级学生布置作业。给五年级讲解时,四年级和六年级做作业,就这样轮着来。

曹先生的声音很好听,他好像什么都懂,我很佩服他,也非常羡慕他,什么时候我也能像他这样博学就好了。

晚上,吃好饭,我背了几遍乘法口诀,又缠着阿爸讲送信的故事。我最喜欢听阿爸讲故事,次数多了,我发现阿爸讲同一件事情时,内容会有变化,给我感觉像是第一次听,很有意思。我想这或许跟阿爸的记忆有关。如果记性是一件衣裳的话,时间久了,就会出现破损。阿爸讲一次,等于补一次,像阿姆给我们补破衣裳一样,用的是不同的碎布料,补好了就跟新的一样。

阿爸说:"你反反复复听,不会听厌吗?"我摇着头回答:"听一百遍也不会厌。"

这时,阿牛伯伯来了,他住在我家隔壁,一个人一间小屋,是阿爸最要好的朋友。他每次看到我,都喜欢用那双老树皮一样的手捏我的脸蛋,我想躲开,但没他动作快,幸好他捏一下就松开了手。阿牛伯伯笑着说:"小安,看伯伯给你带来什么礼物?"我惊讶地睁大眼睛,盯着他那只藏在背后的手:"阿牛伯伯,你知道我今天生口?"阿牛伯伯说:"伯伯记得,本来早上要给你,有事给耽搁了。"说完,拿出一只"打煞胚"(木陀螺)和一根用细麻绳编的鞭子,放在我的手上:"拿去玩。"我向阿牛伯伯道了谢,高兴地说:"这个礼物我喜欢。"

阿爸对阿牛伯伯说:"阿牛哥,就你惯着他。"阿牛伯伯说:"我又没孩子,你说,我不疼他疼谁?"我仰起脸,对阿牛伯伯说:"阿牛伯伯,我长大了会像孝敬阿爸一样孝敬你。"阿牛伯伯眼圈有些红,哽咽着声音说:"好孩子,伯伯没有白疼你,去玩吧。"

我点点头,拿着"打煞胚"和鞭子,走到门口玩了起来。阿牛和阿发两位伯伯,我一直比较喜欢阿牛伯伯,对阿发伯伯亲近不起来,总觉得他整日阴着脸,有些可怕。直到有一次阿爸告诉我,阿发伯伯以前也是个爽快人,后来因为他讨的媳妇难产,孩子生下来了,可大人却没了性命,那个孩子最后也没养活,从此以后阿发伯伯脸上再也没有了笑容。

我才明白过来，觉得阿发伯伯很可怜，不再怕他。而阿牛伯伯一直没有成家，阿爸说当年人家是给阿牛伯伯说的亲，可阿牛伯伯想来想去，还是让弟弟先成家，谁会想到结果是这样。阿牛伯伯之前一直在船上住，有一年那条老船遇风浪散板了，阿牛伯伯只能上了岸，找些零工做。他没有跟阿发伯伯住一起，而是听从了阿爸的建议，买下了我家隔壁的一间小屋，和我们做邻居。阿爸说，这样等阿牛伯伯老了我们便于照顾。我听阿爸对阿姆不止一次讲过"阿牛哥跟我嫡亲阿哥没两样"这句话，印象很深。

　　在我记忆里，阿姆很能干，总是把家里收拾得干干净净，她的手很巧，会缝衣服、做鞋，饭菜做得很好吃。为了帮阿爸减轻负担，她还出去当出窠娘。阿姆每次当出窠娘，我和阿爸至少一个月见不到她，有时候还要两个月。阿姆比阿爸小两岁，可看起来比阿爸老多了，我想一定是她太辛苦的缘故。

　　我在外面玩了一会儿，进了屋。天热，动几下汗就出来，晚上的澡又白洗了。阿爸和阿牛伯伯两人坐在桌子边聊天，我扯过一只小板凳，跟着听。两人在说前几日发生的一件抢劫案，宁波宁象公司的"宁象"轮，开往象山途中遇盗匪八人，每人都手持木壳枪，把船上乘客所带的钱财抢劫一空，仅现洋就有六千多元。等各军警知悉，盗匪早已扬长而去。还说到这几日市内绸缎业、洋布业、海味、五金、钟表等行业，开始罢市，以抵制日货。"听说在江北岸发现了'红色反动标语'，署名是中华留日仙居学生联事会。"阿爸低声说。

　　"阿爸，什么叫'红色反动标语'？"我好奇地问，恨自己不能目睹。可惜我平时就在家里和学校，很少出去。至于日货，我知道，就是日本人生产的东西。

　　阿爸瞪了我一眼："小孩子别多管闲事。"我辩解道："我已经长大，不是小孩子了。"

阿爸没理我,阿牛伯伯见我这个样子,笑了起来:"小安,'红色反动标语',伯伯也讲不清楚。我跟你说,我们这里日本间谍很多,你阿爷当年有一次从上海回宁波的轮船上就遇到过一个假和尚。哦,间谍就是坏人,懂了吗?"我点头:"懂了,日本间谍是坏人。"大概是怕我打破砂锅问到底,阿爸又转移了话题,而我则把"红色反动标语"这事记在心里,想找个机会去问问曹先生。

2.

某一天,我趁课间休息,悄悄问曹先生:"什么是'红色反动标语'?"曹先生一惊,忙把我拉到一边,紧张地问:"你从哪听来的?"我不敢说是从阿爸和阿牛伯伯聊天时听来的,撒了个谎:"我是在渡口凉亭听人讲的。"曹先生说:"常安,有些人,有些事,我们不能只看表面。"我更糊涂了,想着哪天如果能让我亲眼看见那种标语就好了,实在太好奇了。

我在操场边碰到沈先生,她个子不高,剪着一头齐耳短发,身穿蓝色短袄,黑色长裙,黑布鞋。在我眼里,沈先生长得很好看,笑起来有一口洁白的牙齿。

"沈先生好。"我朝她鞠了一躬。

沈先生笑眯眯地回我:"常安好。"我突然想到同样一个问题,不知沈先生会如何回答。犹豫一下,我开口道:"沈先生,我可以问你一个问题吗?"沈先生说:"可以啊,你说。"我看了看左右,见没有人注意,上前一步,轻声问道:"沈先生,你见过'红色反动标语'吗?写的是什么?"也许我的问题太出乎沈先生的意料,我见她微微一愣,那双漂亮的大眼睛里装着诧异,忽一笑,说:"何为反动?只不过是站的立场不同。不过常安,你还小,不用去关注这些,等你长大了,自然会明白。"我"哦"了一声,对沈先生说的上半句有些似懂非懂,下半句明明白白,就向沈先生道了声谢回教室去。

放学回家路上,我磨磨蹭蹭,东张西望,盼着能看到一条红色的标语,可惜没有。回到家,被阿姆骂了一顿,她说现在外面很乱,让我不要乱跑。我嘴上答应得干脆,心里还是有些蠢蠢欲动,好想去外面看看。可瞧瞧自己的细胳膊细腿,又摸摸空荡荡的口袋,还是低下头乖乖听话。

天黑的时候,阿爸从外面回来了,他的脸色不太好,让我去请隔壁的阿牛伯伯。阿牛伯伯来了,阿爸对他说:"阿牛哥,明华老板和附近几个村的大户户主昨晚被绑匪劫走了,你听说了吧?据传,绑匪开价每人赎金二万五千银圆,一周后一手交钱一手交人。"阿牛伯伯说:"我也正想跟你讲这件事,这次麻烦大了,明华老板上哪去找这么多钱?"

阿爸说的明华老板是吕记米店的东家,我见过,很和气的一个男人。阿爸说明华老板年纪比他大,可我看来看去,还是阿爸老。阿姆说,那是因为阿爸整日风里来雨里去的缘故,不像明华老板坐办公室。我想想阿姆的话,觉得很有道理。

"我阿爹在的时候,经常说明华老板父子俩人很好,那时候我家欠了钱庄的债,利滚利,总是还不清。后来还是请明华老板作保,到仁安公所借到无息的银圆,才把钱庄的债还清。我当信客,明华老板一直很照顾我生意,他是个好人,一点老板架子都没有,希望他吉人天相,能逃过此劫。"阿爸叹着气说。

阿牛伯伯说:"唉,这世道,为什么遭罪的总是好人?"

"阿爸,阿牛伯伯,我也觉得吕东家是个好人,上次我跟着阿姆去米店买米,他还给我一块糕吃。"我插话道。想起那块绿油油的糕,软软的,咬一口,带着丝丝的甜,口水不知不觉多了起来。

气氛有些沉重,阿爸转移话题,对阿牛伯伯说:"阿牛哥,你还记不记得我们一起送金老板棺材去湖州的事?"阿牛伯伯说:"记得,那次实在是太遭罪。"阿爸说:"现在回想起来,像做梦一样。"

"送棺材?"这个故事我好像以前没听过,不由竖起了耳朵。

那一晚,阿爸坐在油灯下,跟我讲故事,有的我记住了,有的模糊了。不过不要紧,我知道,阿爸记得清清楚楚,有阿爷的,有他自己的,还有很多他们认识的人的。

明华老板和几位大户被匪徒绑走的事闹得很大,到处都可以听到各种议论,不少有钱人吓得魂都要没了。我第一次隐约感觉到,家里穷,好像也不全是坏事。晚上,喝野菜薄粥时,我突然发现这粥还挺香。

我嚼着一根野菜问:"阿爸,吕东家他们都被救出来了吗?"阿爸说:"这么大一笔钱,哪有这么快凑齐?"我又问:"那如果一周时间到了,钱还没凑齐怎么办?他们会杀人吗?"阿爸说:"应该不会,那些人求财,把人杀了,就一文钱都拿不到了。"我想想也是,便不再追问。

这时,阿姆说了一句:"平平安安最要紧。"我骄傲地说:"我知道,所以我的名字叫常安。"阿爸说:"你的名字还是当年沈大少爷帮忙取的。"

我没想到自己的名字是这样来的,阿爸口中的沈大少爷,现在被称为沈先生,我早在阿爸讲的故事里认识了。听阿爸讲,沈先生在上海生意做得很大。除了沈先生,还有阿昆先生、李先生、金先生、陈先生等人,他们在阿爸口中反复出现,语气里充满了崇拜。特别是李先生,据阿爸讲,是上海滩的风云人物,仗义豪爽,很了不起。我忍不住提了个要求:"阿爸,你下次去上海送信可不可以带上我,我还从没有去过。"阿爸说:"以后有机会。"

我开始每天想着"以后"。

等我再次在老街米店见到吕东家,已是一个多月以后的事了。我发现这位和气的米店老板瘦了很多,脸色黯淡,头发也不似过去那么顺滑了,有点像秋天路边的茅草。他坐在那里,脸上没有表情。我心里忽有种说不出的难过。

回到家里,我坐在桌子边发呆。阿姆走过来,问我在想什么,我说了遇到吕东家的事。阿姆叹了一口气,说了一句:"造孽。"我问阿姆:"为什么好人总要遭罪?"阿姆想了想说:"或许是因为好人不会欺侮别人,所以才容易被人欺侮。"我疑惑地问:"那是不是以后我们都不要当好人,免得被人欺侮?"阿姆说:"我们还是要做好人。"

阿姆的话,听起来有些矛盾,我又被搞糊涂了。算了,我还是去学校问曹先生,他一定能说清楚。

我去问曹先生,我们究竟是要做个被人欺侮的好人,还是做可以欺侮别人的坏人?曹先生认真地说:"我们要做一个正直、善良又强大的人,这样才不会被人欺侮,也不会主动去欺侮别人。"

我心想,当先生的果真不一样。后来我把曹先生的话跟阿爸说了一遍,阿爸赞同地点头:"做人要善良,但不能太软弱,不然人人都可以骑到你头上来。你先生说得对,要强大,要自己立起来。"

"要强大,要自己立起来。"我默念着这几个字,心里好像有些明白了。

"如果你自己立不起来,别人想帮你也帮不了。"阿爸又重复了一句。接着,阿爸举了吕东家大姐的例子。说吕大小姐当年带着三个女儿和离,她没有事事依赖娘家,而是去米店学习,送孩子上私塾,后来不但当了米店的负责人,孩子们也很有出息。大女儿和大女婿在城里开了绣坊;二女儿和二女婿在渡口边上开了一家夫妻小饭馆,生意很好;小女儿和小女婿则在东乡开起了米店,没一个好吃懒做,现在孙辈都要成家了。如果吕大小姐母女当年一直在娘家当吸血虫,她爹娘和阿弟哪会这么关照?

我听了吕大小姐的故事后,心有感触,默念:"要强大,要自己立起来。"

"小安，阿爸相信你一定可以做到。"阿爸投给我一个肯定的目光，让我信心自倍。

3.

暮春的一个夜晚，阿爸从外面回来，阿姆见他脸色很差，关心地问他出了什么事，阿爸说浙海关税务司的人早上抄了从上海开往宁波的"新江天"轮，把信客们带的三百余件私货都给充公了。他这次虽没去，但此事让他很后怕，以后带私货得慎重，万一被没收，这损失他可承受不起。

"阿爸，什么是'私货'？"我好奇地问。

阿爸跟我解释，那些大宗物品要办托运交关税，他们当信客的本来就赚点走脚钿，若交了税，钱就更少了，故而常常会把布匹之类的东西想办法偷偷带上船，这些东西被称为"私货"。准确的说法，应该是私运。"主要是税太高，才想着逃，现在这钱是越来越难挣。"阿爸向阿姆抱怨了一句。

阿姆劝慰道："只要我们一家人都好好的，太太平平，有钱饭吃干点，没钱喝稀点，日子再难，熬一熬总能过去。"阿爸叹了口气："说得也是，平安最要紧。"

我想起今天曹先生的表情也跟阿爸一样，很沉重，不知道他有什么心事，还是遇到了什么难事。这个时候，我又想，如果我现在是个大人就好了，我可以直接问曹先生，说不定他愿意告诉我。

"小安，阿姆这次要出去一个月，你阿爸在外头忙，家里的事就交给你了，每天放了学马上回家，不要在外游荡。"阿姆转过头，再次嘱咐我。

"阿姆，你这次是去沈家村对吧，我可不可以去看你？"我问。一个月前，就有人跟阿姆约好去做出窠娘，今天我放学回家，碰到那主家派人来通知，让阿姆明天一早就过去。

"你想阿姆了就过来,但阿姆最多只能跟你说几句话。照顾产妇事情很多,没空。"阿姆对我说。

这时,阿爸接过话头说:"三年前,沈家大小姐生孩子,叫你去当出窠娘,这次仍叫你,这是他们一家对我们的信任。"阿姆笑着回答:"是你面子足。"阿爸说:"是他们人好。我记得第一次去沈宅,是跟阿爹去的,沈家老太太过世,沈少爷叫我们去送报丧信,一晃这么多年过去了。"

我问道:"阿爸,沈先生和阿昆先生为什么不把他们的女儿和儿子接到上海去?"阿爸说:"沈家老太太还在,再说阿昆先生的小儿子已经在上海了,老家这边总要有人。我这两天每日都会去沈家村,沈家大小姐生了孩子肯定要去上海报喜。"

阿姆说了一声好,我也说了一声好。阿爸拍了一下我的小脑袋,笑骂一句:"调皮鬼。"

我朝阿爸吐了吐舌头,跑到自己的小房间去了,那是阿爸小时候住的地方。屋里的陈设还是老样子,一张单人床、一张小方桌、一把矮矮的竹椅子,还有一只木柜子。小方桌也是我的书桌,我很爱惜它,总是把它擦得干干净净。

夜深了,我躺在床上,隔壁传来阿爸和阿姆的说话声,断断续续,听不太清楚。不知不觉,我就睡了过去。

早上起来,才发现阿姆已拎着包袱出门去了,阿爸也不在。桌上留了一张纸条,是阿爸写的,说他要坐早晨的轮船去上海报信。我不是第一次一个人在家,把自己收拾好,拎起装着书的布袋,锁好门,朝学校走去。

我今天到得有些早,教室里静悄悄,没有人。我把袋子塞进课桌里,又跑出教室。经过曹先生的住处时,发现窗户开着,曹先生坐在窗前的书桌边,正低着头看书。我喊了一声:"曹先生早!"

曹先生抬起头,放下手中的书,微笑着问:"今天怎么来得这么早?"

我说:"我阿爸去上海送信,阿姆去当出窠娘,家里就我一个人。"

"那你要注意安全,特别是火,一定要当心。"

"我晓得。曹先生,你在看什么书啊?"

曹先生拿起那本破旧的书,朝我晃了晃,我看到那上面写着三个字"新青年"。我又问:"这是什么书?"

"这是本刊物,可惜现在已经停办了。常安,等你再长大点,若你还想看,先生就送你。现在里面的内容你可能还理解不了。"

"曹先生,等我过十六岁生日送我好不好?"

"好,先生答应你。"

晨风吹过我的脸颊,柔柔的,我不禁开心地笑了,我看到了曹先生眼中的光。

沈先生来了,她住在校外,一个人独居,只有休息天才回沈家村。我跑过去对她说:"沈先生,你姐姐生孩子了,你不去看看她吗?"沈先生惊讶地问:"我才得知,你是怎么知道的?"我得意地说:"因为出窠娘是我阿姆。"沈先生恍然大悟,说:"原来如此,等下午放了学先生就过去,你快去上课吧。"我点头,朝自己的教室跑去。

一个月后,阿姆回来了,她跟阿爸絮叨:"老太太很和善,每天吃斋念佛,平时照顾老太太的除了那位金花太太,就是沈大小姐,家里事务全是小沈管家在打理。看得出来,他们把老太太照顾得非常好。"阿爸说:"阿昆先生的阿爸老沈管家人也非常好,如果五年前没有出意外摔那一跤,我估计他现在还活着。他们这一家人真是忠心耿耿,太难得了。我想沈先生之所以同意沈大小姐下嫁给阿昆先生的儿子,也是图个放心吧,可惜阿昆先生的阿姆走得早了些。"

"是啊,小沈管家很能干,沈大小姐的性格也好,说话轻声细语。看得出来,老太太很喜欢这位孙女。孩子满月,老太太本来想办两桌酒席,被小沈管家给劝阻了,说非常时期,还是低调点。老太太现在最放心不下的是芸兰小姐,想想也是,当姐姐的都有两子一女三个孩子了,妹妹连亲事都没定。不过我看芸兰小姐跟大小姐是不一样,很有主见,她的心不在后宅,不然也不会出来当教书先生。老太太估计现在死了心,我们都劝她儿孙自有儿孙福,不要太操心。老太太说孩子大了,管不了。不过有一次,我听老太太在跟大小姐说,让大小姐答应,若芸兰小姐一辈子不嫁人,等她老了,两个外甥要照顾姨母。大小姐让老太太放心,她不会不管自己的亲妹。"阿姆一边收拾家务,一边说。

阿爸说:"这两姐妹从小跟着老太太生活,感情不一样。"

我在一边听得津津有味,盼着哪一天有机会跟着阿爸去上海,见见两位沈先生,不知道他们是不是跟曹先生一样亲切,可惜阿爸说带我去上海的话一直没有兑现。他不带我去,我又有啥办法?只能等机会。

4.

四季轮回,转眼,我小学毕业了。对要不要继续读书,阿爸征求了我的意见。我说不读了,我不想再增加阿爸和阿姆的负担。在村里,能像我这样读六年书的人并不多,更何况阿爸年纪越来越大,我已经过了十四周岁的生日,可以帮阿爸做点事了。阿爸想了想,同意了。只有曹先生听说我不去读初中,一脸惋惜,他说我成绩好,如果继续读的话,以后可以走出村庄,走向更远的地方。我跟曹先生说,我不想阿爸阿姆为了我这么辛苦,我已经长大,可以挣钱了。曹先生夸我是个好孩子,还让我有空常回学校看看,他这里有书,我若想看,可以借给我。我很高兴地答应了。

不去学校,接下来我做什么呢?我想过跟着阿爸送信,结果被阿爸否定了,因为政府要取消民信局,信客这一行早晚要失业。现在每天都在发生各类抢劫盗窃与枪杀事件,让人提心吊胆,生怕哪一日祸从天降,遭了殃。阿爸不放心我出去。最后,他去找了吕东家,问他老街的米店需不需要伙计,吕东家真是个大好人,他答应我去米店当伙计,每个月给我四块银圆,管中午和晚上两餐饭,说以后还会给我加。对此,我很满意。

就这样,我成了吕记米店的一名伙计。由于我算盘打得好,算账快,吕东家让我做账房先生的助手,每天负责记录卖出了多少米,都是什么品种,价格多少,总价多少,一项项记清楚。我很珍惜这份工作,不敢有丝毫的大意。我还见到了阿爸提到过的吕大小姐,老太太一头银丝,在脑后挽了个发髻,清清爽爽,看起来很健朗。她早不管米店的事务了,不过仍习惯每天到店里来坐坐。我们若哪里做得不对,她会很不客气地当面指出来。绝大多数时候她很和气,若家里做了灰汁团或米馒头之类的点心,她会拿些过来给我们伙计吃。大家都说老太太福气好,子孙满堂,女儿女婿又孝顺,令人羡慕。我听账房先生说,上次吕东家被绑架,把老太太给急坏了,不但把家里所有的积蓄拿出来,还让三个女婿与吕东家的孩子一起奔走筹款。吕东家被救回来后,对他大姐一家越发好了。

吕东家每天从城里回家,都会到老街来拐一下。这天他进来的时候,我刚好在低着头快速记账,他看了一会儿,很满意:"常安,做账一定要细心,千万不能搞错。"

我抬起头,一脸认真地说:"吕东家,我阿爸和账房伯伯都提醒过我,我会小心。"

"你阿爸和阿爷都是实在人,你年轻,好好学,以后会有很多机会。"

"谢谢吕东家,我会好好学。"

我看到阿爸背着铁皮箱从外面走进来,他昨天去上海送货,看到吕东家,阿爸忙打了声招呼,说:"明华老板好,我正打算买点米回去,然后去你家送信。这次我在上海碰到金宝先生,他要我向你问好,还叫我给你捎来一封信。"说完,打开箱子,从里面取出一封信交给吕东家。

"我很久没跟金宝兄联系了,他的丝绸行生意是越做越大。宁波的那家店我去看过,很不错。"吕东家接过信说,"说起来我能认识金宝兄,还是你阿爹的功劳。"

阿爸说:"上海丝绸行以前只有一间门面,现在有三间,听说在好多城市开了分店。"吕东家说:"他们两兄弟都很能干。"阿爸说:"是的。"

吕东家见阿爸准备买米,说:"最近市面上粮食少,价格高,你这次可以少买点,估计再过十天半个月,可以缓解紧张,价应该会下来,市府和各米商都派人出去采购了。"

阿爸听从建议,最后买了五升糙米。吕东家见时候不早,就让我跟着阿爸回家。我不肯,说要等打烊了再走。吕东家表扬我:"常安不错。"阿爸说:"全靠明华老板给机会。"

5.
深秋一个风雨交加的夜晚,我看打烊时间到了,就和伙计阿荣哥、阿九哥一起关上了店门。我们三人还没有吃饭,正准备去灶间煮点热乎的汤汤水水喝,忽听到外面传来了拍门声,有人在喊:"买米,买米。"

这种天气还有人来买米?心里虽疑惑,但我还是走过去,拉开了门闩,没想到伸进来一只手,重重把我给推开,我没提防,倒退了好几步才稳住,只见外面呼啦啦涌进来七八个黑衣汉子,他们手里都拿着刀,在油灯下闪着寒光。我的脑子"轰"一声:遇强盗了。我吓得魂都要飞了,只好缩在角落里,一动不敢动。店里每天收的货款,账房先生回家前都会存到钱庄,最多留一些作为找头备着的零碎铜圆,所以他们想找钱肯定找不到,但店后面的库房里有米,看他们要拿走多少了。

阿荣哥和阿九哥跟我一样,蹲在角落里不吭声。这群家伙进店后,翻箱倒柜,还把上着锁的账房间给破了门,搜查一通,也没发现银圆,只有几十个铜圆,气得他们把店堂里好好的柜子都给劈烂了。大概是不甘心白来一趟,他们踹开了库房的门,我们看不到他们在干什么,但可以猜到,不是在偷米,就是糟蹋米。不过眼下对我们来说最要紧的是保住性命,三个人恨不得有隐身术,省得被他们看到。

过了一会儿,他们气冲冲从库房出来,大概是恼羞成怒,有一个匪徒举着刀,朝我走来,我吓得心惊胆战,不敢喊也不敢动。当刀刃划过我的左手臂,疼痛让我一下子跌坐在地上,眼泪直流。泪眼蒙眬中,我看到匪徒朝阿九哥的肚子捅了一刀。阿荣哥也伤了右手。

匪徒骂骂咧咧走了,我们三人中,阿荣哥年纪最大,他迅速冷静下来,捂着伤口走到门口,朝外张望:"他们好像去砸钱庄的门了。"又转过头对我说:"常安,我去敲药铺的门,先想办法把我们的血给止了,还得求人去通知一声吕东家。"

我双腿发软,站都站不起来,右手捂着左手,整个人在发抖。我看到阿九哥倒在地上,血流了一地。"阿荣哥,不好了,阿九哥昏过去了。"我急得哭了出来。

阿荣哥一看这情形,顾不了许多,冲进雨中。我走到门口朝外张望,见匪徒的砸门声已惊动了左邻右舍,钱庄护院多,听到声音,一个个边大喊,边手执刀具直面匪徒,匪徒见势不妙,一声口哨,几个人很快就撤了,消失在雨夜里。

等闻讯赶来的阿爸阿姆和吕东家到米店,我和阿荣哥的手臂已请药铺的人包扎好了,只是阿九哥的肚子,药铺的人处理不了。吕东家一看这情形,马上请我阿爸帮忙。阿爸对人命关天的事没半点推辞,他见我精神尚可,让我不要怕,好好休息。吕东家借了块门板过来,又拿出油布盖在阿九哥身上。阿爸和吕东家带来的小厮一起,抬着阿九哥,三人直奔渡口而去。

阿姆紧紧抱住我,颤抖着声音说:"小安,幸好你没事,菩萨保佑。"

她要带我回家,我摇摇头,让她回去,不用担心,我要和阿荣哥守在店里。阿姆不放心,就留在店里陪我们,还帮我们收拾一塌糊涂的店堂。

我低声问阿荣哥:"阿荣哥,阿九哥不会有事的对吗?"

"嗯,阿九一定会好好地回来。"阿荣哥说。

外面的雨下得更大了。

第二天一早,阿姆回家去了,她昨晚守了我们一夜。吕老太太和她开饭馆的二女儿、二女婿听到消息匆匆赶来,见我们为了护店受了伤,连声说我们是好孩子。正说着,吕东家陪着警察来了,吕老太太对他说:"阿弟,损失就损失点,只要人没事就好。"吕东家忧心忡忡地说:"阿九还没脱离危险,我这颗心现在还悬半天高。"

警察让阿荣哥和我说一下事情的详细过程,做了笔录,还让我们签了字。吕东家告诉我,我阿爸还在医院看顾阿九哥。

吕东家挂出了暂停营业的牌子。店堂虽然有我阿姆帮着收拾过,但地上的血迹还在,当时阿姆想清洗干净,但阿荣哥说警察肯定要来,得留证据,故没动,那些砸烂的柜子也都放在一边,库房里的米袋被扎了一只只大洞,白花花的米全漏在地上,令人心痛。吕东家看着眼前的狼藉,欲哭无泪。我看到吕老太太已经在指挥女婿去挑水,清洗血迹。

"常安、阿荣,你们先回家好好休息,米店重新开业,我会派人来通知。放心,薪资照发。"吕东家从口袋里掏出两块银圆,给我们一人一块:"去买点好吃的压压惊。"

我一夜未睡,又惊又恐,身体已极度疲惫,拖着沉重的双腿回家。到家后,我没力气跟阿姆说话,一头倒在床上,睡得昏天黑地,直到饿醒。等我起来,天已黑了,阿爸刚刚进门,才知阿九哥没救过来,他的家人找吕东家闹。想到昨天还跟阿九哥说笑,今天人就没有了,我简直不敢相信自己的耳朵。

"吕家这几年真是流年不利。"阿爸跟阿姆说起以前的事,我一句都没听进去。这是我第一次体会到什么是死亡。

阿九哥的死给吕东家打击很大,听说他拿了不少钱给阿九的家人,才把这件事给解决。对我和阿荣哥的打击也不小,米店重新开业后很长一段时间,我站在店堂里常常会突然想起阿九哥。为此,曹先生还特意到我家来找我,跟我聊了许久。这是曹先生第一次将我当作大人,跟我讲了很多道理,说人要有见识,要去经历,才会真正成长。他说:"常安,我们可以一辈子当一只鸡,也可以努力让自己成为一只鹰,就看你怎么选择。民不聊生的环境,会让越来越多的人铤而走险。"

阿爸说:"现在可怕的是他们有了枪,海陆盗匪又多如牛毛。我想这跟那些警察太没用也有关系,每次发生抢劫杀人案件,警察十有八九破不了案,匪徒的胆子当然越来越大,越来越无恶不作。"

"政府要负很大责任,我们国家现在是内忧外患,一旦开战,最倒霉就是我们老百姓。"曹先生说。

"曹先生,什么时候我们才不用提心吊胆过日子?"我问。

"总会有那么一天。"曹先生坚定地说。

时候不早,曹先生回去了。我对阿爸说:"阿爸,我想去看看外面的世界。"

"好,等明年阿爸带你去上海。曹先生说得对,人还是要去见见世面才行。"阿爸似乎下定了某种决心。

"阿爸,你说带我去上海,都说几年了,还没有兑现,说话不算数。"我不满地嘀咕道。

阿姆从小房间走出来,忧心忡忡地说:"现在外面这么乱,你在我们眼皮底下都出了事,这次运气好,伤得不重,若有个万一,你让阿爸阿姆怎么活?"阿爸说:"我们又不可能陪孩子一辈子,以后还得靠他自己。"

阿姆沉默了,过了许久,轻轻叹了一口气。

冬天到了,我在阿爸和阿牛伯伯的脸上看到了浓浓的愁绪。十四岁的我,已经有了很多自己的想法。当了米店伙计后,我经常听到一些不好的消息,今天有信局的船被劫,明日有货船遇海盗。还有去抢尼姑庵、绑架富家子弟、抢劫大户等,听得人心惊肉跳。

我很担心阿爸,因为他每天在外面跑,遇到坏人的概率高。虽然现在有邮政,还有信局,但有些人寄信送货还是习惯找信客。阿爸特别感谢他们,说幸好还有人需要,不然他得另外去找事情做。又说他这么大年纪,找事做恐不容易,去当码头工,人家不一定要。想来想去,除了送信,竟想不出来还能做什么,很是沮丧。阿姆劝阿爸别多想,船到桥头自会直,等我长大成人就好了,再熬熬。

"阿爸,以前也是这样的吗?到处有坏人?"我问。我说的以前,是指阿爸年轻的时候。

"一样的。我还以为没了皇帝日子会好过些,谁知换汤不换药。"阿爸说。

我很失望,没想到这么多年过去,还是老样子。不死心,又问:"真的没什么变化吗?"

"有,辫子剪掉了,女人不用缠小脚,像沈家小姐这样可以出来当先生,以前根本不可能。"阿爸想了想又说,"也许等你到了阿爸这个年纪,真的会有一个不一样的天地。"

我不禁期待起来,那个不一样的天地会是什么样的呢?

阿牛伯伯提着一只小木桶进来,招呼我:"小安,这是伯伯刚钓来的河鲫鱼,拿去给你阿姆,晚上加个菜。"

我开心接过,兴冲冲去灶间,冬天有鱼吃,难得。阿姆正在烧饭,见我提着小木桶进来:"你阿牛伯伯又钓到鱼了?"我说:"是,有两条呢,阿姆，晚上喝鱼汤。"阿姆让我把鱼和水倒在一只木盆里，木桶还给阿牛伯伯。"你出去跟阿牛伯伯说，晚上就在我们家吃饭。"

我提着小木桶走到阿牛伯伯跟前："阿牛伯伯，阿姆说晚上请你吃饭。"阿牛伯伯说："你阿爸刚才请过了，伯伯不吃了。现在米这么贵，你们负担比我重得多，我不能来蹭你家的饭。"说完，阿牛伯伯站起来，接过小木桶准备回家去。

"阿牛哥，吃餐饭还是吃得起，我们还吃你的鱼呢，快坐下。就是晚上吃的是番薯稀饭。"阿爸说。

阿牛伯伯最终还是留了下来，他和阿爸聊天，我坐在一边听。

6.

"我跟你吕东家请过假了，明晚我们去上海。"在我十五周岁生日的前一天，阿爸对我说。

我很激动，终于可以去上海了。整个晚上我都兴奋得在床上翻来覆去睡不着，暗笑自己没出息。第二天早上起来，我喝两口粥，用筷子头在柔软的豆腐乳上戳一下，放在嘴里含那咸味，一边跟阿姆说长这么大了，我连宁波城里都很少去，这次到上海，一定要好好逛逛。

"好，回来跟阿姆讲讲上海是什么样的。"阿姆一边收拾家务，一边听我在那啰唆。

"阿姆，你要不要跟我们一起去？"我忽然想到我们一家人还从没有一起出去玩过，提议道。

"阿姆不去，你阿爸是要去办正经事，你跟着就是，别乱跑。"

我想想也是，便不再说话。一碗粥很快落肚，我走出家门去米店干活，但一整天我都处于兴奋状态，还不停看时间，从没有感觉到时间会过得这么慢。好不容易熬到阿爸来米店喊我，我兴冲冲地跟着他进城，踏上去上海的轮船。

阿爸说以前船的班次少,早上从宁波出发,晚上到上海,住一晚,第二天才能办事。后来船多,班次也多,既有早上出发的,也有傍晚出发的,上海开过来也一样。像他这种最喜欢傍晚出发,第二天早上到上海,办好事,晚上又坐轮船回宁波,可以省下住旅馆的钱。

一夜轮船,天亮到了上海。上了岸,我看什么都新奇。在一家名为"维多利亚"的影院外面,我看到墙上贴着一张已褪色的纸,上面写着"本院从三月一日起上映有声电影《歌女红牡丹》……"字样。我问:"阿爸,什么是有声电影?"阿爸摇摇头:"阿爸也不知道。"

我准备回去问问曹先生,说不定他知道什么是有声电影。阿爸带我来到金氏丝绸行,对伙计说:"金先生在吗?我来送信。"

伙计显然认识阿爸,很客气地回答:"金老板在办公室,我带你过去。"

来到金老板办公室,阿爸从铁皮箱里取出信,双手递过去:"金宝先生,这是明华老板叫我带来的信。"

金先生看起来年纪有点大,但很富态,我看到他有两个下巴,也许是我的目光太强烈,他笑着问阿爸:"这是你儿子?"

"是的,我儿子。"阿爸转过头对我说:"常安,快向金先生问好!"

我走上前,恭敬地行了一个礼:"金先生好!"

"我记得第一次见你的时候,你跟他差不多大,这么一说,三十多年过去了。"金老板又问道,"明华老弟都好的吧?"

阿爸说:"明华老板最近还好,就是我们那里现在很不太平,像他这样开着店的最招人眼。"金先生说:"到处都一样。我们在租界稍微好些,可也保证不了,说不定哪天就打仗了。明华老弟真不容易,没有兄弟帮衬,他儿子多大了?我都有些记不清了。"

"吕少爷今年十九岁,还在读书。"阿爸说。

"哦,对,我只记得他儿子最小。"金老板说。

阿爸说的吕少爷我认识，一个很斯文的小阿哥，他上面有四个姐姐，我很羡慕他有这么多姐姐。阿爸说他们吕家三代都是阴盛阳衰，每一代只有一子，其他都是女儿。

"幸好他的四个女婿都很能干，还有他大姐的三个女婿也不错，不然像上次明华老板被绑架，若没有他们四处奔走筹款，结果不敢想象。"阿爸说。

"那倒是。"金先生说。

金先生让阿爸坐会，他写封回信带去。我看到屋里有一把长长的椅子，看起来很舒服的样子，偷偷扯了一下阿爸的衣角，小心问道："阿爸，这是什么椅子？"阿爸低声说："这是沙发。"

我发现上海跟乡下完全不一样，这是另一个世界。我还在立信茶行见到了阿爸口中的阿昆先生，一个很精神的老头，他和气地抓了一把糖塞到我的口袋里，笑眯眯地对阿爸说："常行，算起来我们认识好多年了，老朋友了。"

阿爸一边把两封信拿给他，一边说："是的，阿昆先生，我还记得那年冬天，我跟着我阿爹第一次走进沈公馆，走的时候，你还给我们一袋包子吃。"

"真不容易，现在你们信客是不是没什么生意了？"阿昆先生关心地问。

"竞争太激烈了，政府又要取缔民信局，大家都还在观望。只能做一天算一天，哪天完全禁止了，再想想能做什么。这一行干不长了。"阿爸说。

阿昆先生摸摸我的脑袋，对我阿爸说："我看你儿子挺机灵，比当年的你还要机灵，如果想在上海找个事做，可以来找我。"

我很激动，手有点控制不住地发抖，盼着阿爸能顺水推舟把我留在上海，可惜阿爸没有听到我内心的声音，他向阿昆先生道了谢，说等我满十六周岁后,由我自己决定。我想开口,又怕阿爸生气,只好把话咽了下去。阿昆先生没有勉强,只是说这个承诺任何时候都有效,这让我对他的好感像铁锅里的滚水,直冒烟。

这时,外面进来一个身材高大的老先生,穿着一身挺括的黑衣服,我后来才知道那叫西装。阿爸对他说:"沈先生,小沈管家说老太太这次病得有些严重,让你尽快回去一趟。"

原来他就是阿爸常常提起的沈先生?我好奇地看着他,觉得他比那位阿昆老先生要严肃得多。听到老太太身体不好的消息,他对阿爸说:"谢谢你送信来,我晚上就回宁波。"

从立信茶行出来,阿爸又带我去了兴盛药行,我见到了陈修和陈先生,他给我的印象不像个生意人,倒像个教书先生。我读书的时候,每天去学校都要经过陈家大宅,很气派。

这一天,我学到了很多新词,见到了太多新鲜事物。大街上,有提着鸟笼的大爷,有穿着漂亮旗袍的小姐,有高鼻子蓝眼睛的洋人,有光着脚在马路上飞奔的黄包车夫,有热闹的戏院、茶馆,有四个轮子的汽车,还有以经营点心著称的"桂花厅"以及"南翔小笼馒头""五芳斋肉粽"和"宁波汤圆"等店铺,非常热闹,我的一双眼睛根本来不及看。曹先生的话果然是对的,人一定要走出来,才知道外面的世界是什么样子。我萌生了留在上海的念头,我想等明年过了生日,就跟阿爸提出来,我要到上海来做工。

7.

自从去过一趟上海后,我的心像长出了一对翅膀,总想着往外飞。我跟曹先生说了在上海的见闻,说了内心的愿望。曹先生鼓励我同时也提醒我,任何事不能只看表面,上海有富人,有洋房有汽车,但更多的是住在棚户里的穷苦人家。他顿了一下说:"其实任何地方都一样,富的只是少部分人，绝大多数的人辛辛苦苦干一年，依然食不果腹。"

我想起那些光着脚，穿着破旧衣服的黄包车夫，而坐在车上的是衣着光鲜的先生太太。再看看身边的人，一个村最多一到两个地主，其他都是穷人。我问曹先生："为什么穷人这么多，富人这么少？"曹先生说："这个问题不是三言两语可以说得清。我想总有一天，这天下会变得不一样，每个人都有饭吃，有衣穿，有钱花。"我被曹先生描绘的美好给迷住了，急切地问道："真有那么一天吗？"曹先生语气坚定地说："有的。"

告别曹先生，我回米店，脑子里一直想着曹先生说过的话，盼着那么美好的一天早日到来。

傍晚，沈先生来买米，我称好米，帮她送到家里。这不是我第一次去沈先生家，自从当了米店伙计，每次沈先生买米，都是我自告奋勇帮忙送。反正她每次买得不多，我背得动。沈先生住的地方离吕老太太家不远，三间屋加一个小院。院子里有一张圆形的小石桌，还配了四只石凳，沈先生说她最喜欢早晨或黄昏时分，坐在石凳上喝茶读书。院子角落还用破盆子种了花草，红红绿绿很好看。我把米送到厨房，倒进米缸，正准备离开。沈先生叫住我，她给我倒了一杯水，放在石桌上，让我休息一会儿，很关心地问我近况。

我说一切都好，想到沈老先生，忍不住说："沈先生，你去过上海吗？"沈先生说："去过。"我说："前两日我跟着阿爸去了一趟上海，见到了沈老先生，他看起来很严肃。沈先生，你为什么不去上海呢？我都想留在那里做工。"沈先生仿佛陷入了沉思，她抬着头，看空中飘过的一朵云，过了许久，她朝我笑笑说："比起沈家小姐的身份，我更喜欢大家叫我沈先生。跟孩子们在一起，教他们知识，我很开心。"我喝完水，抹一下嘴巴，脑子里浮现阿姆说过沈先生的心不在后宅的话，我好像有些明白了。

没过几天，阿爸说沈家老太太去世了，因是高龄，故称为"喜丧"。

那些报丧信，还是阿爸负责去送。我隐约记得沈先生的阿爷去世时，也是阿爸去送的报丧信，那时候我还小，但有这印象，原因是那次阿爸回家，带来一盒我从未吃过的上海点心。

阿爸说："老太太很有福气，闭眼前，儿孙们都在身边。"阿姆听了阿爸的话，突然说了一句："老太太守了一辈子活寡，我觉得她心里还是很苦。"阿爸沉默了。我想问什么叫守活寡，看了看父母的神情，还是忍住了，没问出口。

时局在悄悄发生变化，即便我不太清楚外面的世界怎样，可那种说不清、道不明的气氛给人一种沉重的压抑感。

有一天，我进城去吕记米店总店找吕东家，经过一运动场，见里面人声鼎沸。向外面的人打听了一下，才知是鄞县各界在此举行反日动员大会。我很好奇，走了进去，见里面全是黑压压的人。台上，有个年轻小哥在激情宣讲。目光扫过去，我好像看到了曹先生和沈先生的身影，再细看，又不知该看哪，人实在太多。想到今天是休息日，学生不用上课，两位先生确实很有可能进城。我怕耽搁事，不敢多停留，匆匆离开。我发现，不要说宁波与上海不同，就这城厢与乡下也大不一样。我悄悄观察，确实是穷苦人比富人要多得多。

我现在越来越喜欢有疑问去找曹先生，有时候他一两句话就能让我茅塞顿开。

八月的一天，镇海戒严了。

消息是阿爸去镇海送信时亲耳听到的，他跟阿牛伯伯说起此事时，眉头皱得能夹死几只蚊子。阿牛伯伯跟着发起愁来。

阿爸说："镇海口太重要了，我记得十几岁的时候，有一段时间也是因为戒严，大家都吓得晚上睡不着，怕外国兵舰打进来。"

"是的，还在水下埋水雷，我们撑船的都小心翼翼，怕一不小心遭上了。"阿牛伯伯大概是想起了年轻时的那些岁月，我在他的脸上看到惆怅。

"不去想了，真要来了也没办法。阿牛哥，今朝有酒今朝醉，来，一起喝杯老酒，解解乏。"阿爸给我一种破罐子破摔的感觉，他向阿牛伯伯发出邀请。阿牛伯伯没推辞，他回了一趟家，端来一碗臭冬瓜，阿爸又叫阿姆炒了一盘花生米，两个人就着两个菜，有滋有味喝起了老酒。

日子一天天过去，我的耳朵听到的全是不好的消息。某个地方发生三起劫案；海盗在镇海口外沥港洋面劫了一货船，船主被绑走，匪徒还向船主家人索银圆二万元；某富翁收匪徒恐吓信，索要五十万，若不缴就要不客气，把那富翁吓得魂飞魄散等。更要命的是，不断有信客所带洋钞被劫，这让我很担心阿爸的安全。我劝阿爸不要去送信，可阿爸不听，他说还走得动，等哪天走不动了想送也送不了。

秋风秋雨愁煞人，阿爸从上海回来，他对我们说，上海反日情绪激烈，很多商家都联合起来。他从沈老先生那里了解到打仗的可能性越来越大。

"阿爸，那我们该怎么办？"我问。

"如果真打仗了，在上海的宁波人估计很多要回来避难。"阿爸安慰我说，"上海有租界，有很多洋人，这仗若要打，应该也不会在上海打，但别的地方就难说。"

"阿爸，那你最近不要去上海，太危险。"我说。

"傻孩子，越是这样，这音信就越要紧。放心，阿爸心里有数。"阿爸不在意地摆了摆手。

我心里很忐忑，可也知道，若真有要紧信送，阿爸肯定会去，他就是这样的一个人。

8.

一九三二年一月,我从报上看到锦州失守,日军攻击山海关的消息,萌生了从军的念头。我刚向阿爸透露了这个想法,马上被他打断。他说我还太小,不适合从军,还警告我,不准在阿姆面前提,免得她白白担心。我哪敢提?若被阿姆知晓,恐怕她宁可把我的腿给打断,也不愿我去冒这个险。

中午,我去学校找曹先生,跟他说我想从军。没想到曹先生也不同意,他说:"你不一定要去从军,若我们真有一颗救国的心,可以做的事有很多。"我问曹先生:"那我能做什么?"曹先生让我不要急,不要一时冲动,先好好想想,想清楚了再去找他。我很慎重地点头,答应会冷静想一想。

从学校出来,碰到沈先生从外面进来,她还是老样子,不过脸上似乎有了细细的皱纹。我突然想听听沈先生的看法,便告诉她我想去从军。沈先生问我:"常安,你为什么想去从军?"我说:"我怕有一天打仗打到这里来,家没有了。"沈先生说:"常安,你有报国的心,很好,可你还太弱小,你得先保护好自己。回去吧,从军不能只凭着一腔热情。"

阿爸又去上海送信了,我和阿姆以为他会跟往常一样,第二天坐夜轮船回来,没想到竟没回,不知道被什么事给耽搁了。又等了一天,还没回,这下我和阿姆都紧张了。因米店人手少,我离不了,阿牛伯伯主动提出由他进城去打探消息,看是不是上海到宁波的轮船停航了。阿姆拜托他辛苦跑一趟。

晚上,当我回到家,阿姆告诉我一个惊人的消息,上海打仗了,一月二十八日午夜开始打,二十九日晚上暂停,上海到宁波的轮船爆满,大家纷纷逃命。"你阿牛伯伯说,你阿爸肯定是没有买到船票,菩萨保佑,让你阿爸平平安安回来。我真后悔,早知道让他坐二十七日的夜轮船过去，这样二十八日下午他就能坐船回来。"阿姆顿足，偏二十七日事多，赶不上傍晚的船，改成了坐二十八日早上去上海的船，不想竟遇到了这样的事。

我见阿姆一脸慌乱，心里跟着不安起来。虽然我不知道打仗是什么样的，但一定非常可怕，我学着阿姆的样子双手合十，希望阿爸平安归来。

第二天早上，我耷拉着脑袋去了米店。吕东家进城前习惯过来一趟，见我一副六神无主的样子，问我出了什么事，我跟他说阿爸去上海，遇到打仗，好几天还没回来。吕东家说帮我去拍个电报，问问上海的金先生，就是不知道这电报会不会受打仗影响。我很感激吕东家的热心，觉得他真是个好人。

吕东家进城去了，我盼着晚上会有好消息传来。等到米店快打烊，吕东家来了，跟我说电报拍过去了，但没回音，看明天会不会有消息，让我不要太焦心。我点头，心里的不安更加重了。回到家，我跟阿姆说，吕东家已拍电报给上海的金先生，等回复。阿姆这几天连做饭都没心思，我跟她讲了半天，她才反应过来，问我刚才说什么。我又重复了一遍，阿姆总算听明白，说一句吕东家人真好。

阿爸是在二月三日早上到的宁波，他很狼狈，胡子拉碴，头发上沾满了灰，眼睛里充满了血丝，神情很疲惫，身上衣裤也脏得不行。一开口，声音都是沙哑的，阿牛伯伯在隔壁，听到阿爸的声音，忙过来问情况。阿爸说："阿牛哥，我差点就回不来了，太吓人了。"阿牛伯伯说："回来就好，回来就好。"

阿姆急忙去烧水，阿爸坐下来，跟阿牛伯伯和我说了他这几日的经历。他二十八日傍晚到上海后，想着没有急着要送的信，就先去住旅馆，没想到半夜就听到有隐约的枪炮声传来，把住旅馆的人吓得够呛。第二天得知日本兵突袭了闸北，到处狂轰滥炸。大家都不敢动，他只好暂时躲在旅馆里。枪炮声一直到二十九日晚上八点才停，听说这是英、美两国领事出面调停的结果,中日两军达成停止战斗的协定。三十日开始,很多人都在想办法逃离上海,他依然把带去的信给送了。阿昆先生没想到他在这个时候会来送信,很感动。听阿爸说买不到票,阿昆先生派人出高价帮他买到了一张二月二日上海到宁波的轮船票,票钱都没有收,说是送他了。不然,他还不知道什么时候才能回来。

"沈先生他们都留在上海,说国难当头,他们不能躲到乡下过自个儿的清闲日子,要联合起来抗日。"阿爸红着眼睛说,"阿牛哥,沈先生他们都不年轻了,这么有钱,居然没有回宁波来躲一躲。我听阿昆先生说,这次阿拉中国军队特别勇,他们估计这仗还要打,有很多事需要他们去做。还说在上海的宁波人非常团结,有钱的出钱,有力的出力,没有人退缩,太了不起了。这次我还见到了沈先生的两个儿子和他的阿弟,还有阿昆先生的小儿子,三个年轻人,长得可俊了。沈先生说,现在的年轻人比他们年轻时候要优秀得多。他还说,只要年轻人立得起来,这个国家就有希望。"

我在旁边听了热血沸腾,恨不得马上去上海,去亲眼见见那场景,我想起了上次在运动场看到的情形,我想应该差不多。"阿爸,你在上海没回来,吕东家说拍电报给上海的金先生,问问有没有你的消息,可惜没收到回电。"

"肯定没收到。"阿爸说。

这一晚,因阿爸平安回来,我和阿姆终于好好睡了一觉。事后,我们得知,阿爸到宁波的那天,上海战火又再次熊熊燃烧,不由又惊又怕又暗暗庆幸。

9.

上海的战事在持续,到底什么个情况,像我们这种住在宁波乡下的人根本不清楚。消息多得耳朵都塞不下,但是真实的还是谣传,却没法辨别，反正人人提心吊胆，生怕哪天午夜醒来，忽然听到了枪炮声。米店生意比往日火爆，可能是怕哪天断了粮，有钱没钱赶紧囤一些。

我现在一有时间就去学校找曹先生和沈先生，问两位借书借报看。曹先生收藏的像《新青年》这一类刊物，一本本都让我快翻烂了。而沈先生那里居然有一本叫《前哨》的刊物，上面有一篇《为国民党屠杀大批革命作家宣言》的文章，看得我热血沸腾，又满腔的愤怒。每次看这些书报，我都是偷偷摸摸，做贼一样，怕被人发现，牵连到两位先生。看得多了，我感觉自己的思想在慢慢发生变化。

回到家听阿爸和阿牛伯伯讲大道理。阿牛伯伯现在每天会去渡口凉亭坐坐，听各位船客闲聊，有时进城去茶馆，那里真真假假的消息就更多了。阿爸也一样，在外面跑听到的消息总要多一些。吕东家对上海的战事非常关注，每次来米店，总是皱着眉头，一副心事重重的样子。有一天，他说和金先生已失去联系多日，通过邮局寄的信和电报都不见回复，不知他怎么样了。我回到家跟阿爸说了此事，阿爸犹豫着想说什么，看了看阿姆和我，最终还是什么都没有说。

这一天，米店打烊后，我不用值夜，就去学校找曹先生。我发现自从我跟曹先生说了从军的念头后，他不再当我是孩子。

守门的大伯看到我，笑着说："又来找曹先生啊！"

我点了点头，跟守门大伯打了声招呼，跨进门槛朝里走去。来到曹先生住处门口，轻轻敲了敲门。曹先生打开门，看到我，一点也不意外，只问我有没有吃过饭。我说吃过了，目光落在桌上的一盏灯上，还有一本摊开的书。现在城里已经有电灯了，但绝大多数人家照明仍是油灯，不过曹先生用的是"美孚灯"，比我家里的豆油灯要先进。我之所以认识这灯，是因为它还是我阿爸从上海替曹先生带回来的高级货。

曹先生把美孚灯灭了，对我说："出去走走，我有话跟你讲。"我屁颠屁颠地跟在他后面，走出学校。

外面天早已经黑了,春寒料峭,我猜曹先生的话一定非常重要,不然他不会带我出来吹冷风。来到渡口,曹先生面朝河流,突然问我:"常安,你家里养了鸡吗?"我说:"我阿姆养了两只会下蛋的母鸡。"

"你想想,如果你家的鸡窝倒塌了,你那蛋还能保住吗?"曹先生的声音很轻,但我还是听清楚了。

"那肯定保不住,如果鸡在窝里的话,那搞不好连鸡都要被压死了。"这点常识我还是有的。

"是啊,覆巢之下,焉有完卵?倘若国破了,你说我们这些小百姓会怎样?"曹先生转过头问我。

我一惊,细细琢磨曹先生的话,忽明白了他的言外之意,我说:"如果国破了,那我们就像那鸡蛋一样,随时就可能没了性命。"曹先生说:"对,所以我们得想办法,不能让那个窝塌了。"

"曹先生,那怎么做,我们才能保护这个窝呢?"

"常安,一个人的力量有限,只有把所有想保护这个窝的人都联合起来,力量才能强大,你愿意成为其中的一员吗?"黑夜中,我看到曹先生的眼睛特别亮,他就这样目光炯炯地看着我。

"曹先生,我想成为跟你一样的人。"我认真回答。其实这两年我已隐约感觉到曹先生可能不是一个单纯的教书先生,他应该还有其他身份,或许沈先生也是。这从两位先生暗中借我看的书籍,以及平时跟我交流的内容可以看出,曹先生是个有大抱负的人,他想人人平等,想让老百姓都过上好日子。而沈先生的梦想是希望有一天女孩子都能上学,能学本领,能有多种选择,而不是只有嫁人生孩子这一条路。我已长大,我想跟着曹先生一定不会错。

"常安,你看这水流,谁都挡不住,它的终点是大海。"

我看着夜色下的河流,悄无声息地流向远方。我想终有一天,我会跟着曹先生奔向更广阔的天地。

从那一晚开始，曹先生成了我亦师亦友的引路人，沈先生对我也更加亲切。阿爸看在眼里，但他什么都没有问。

四月初，当阿爸确定中日停战协议虽然还没有签，但这仗已经没在打了，他就迫不及待去了上海。这次，他带了满满一铁皮箱的信，其中有一部分是民信局的信，凡是有亲人在上海，没有不担心的，纷纷写信请阿爸带过去。阿爸说，政府几年前曾硬性规定，限期在一九三〇年将全国民信局一律取消。去年十一月又再次下令"凡民信局应逐渐停止营业，到一九三四年底为止"。可民信局为了维持生存，想尽办法对抗，哪怕邮局态度强硬，并采取一系列具体的取缔措施，想迫使民信局主动关门。信客群体跟民信局同属一个阵营，在邮局和政府的双面夹攻下，合作得反而更加紧密。

阿爸走之前跟我和阿姆都说了，这次可能要耽搁好几日，一是信多，二是怕一时半会找不到人，他让我们不要担心。阿姆了解阿爸的性子，不去阻拦，只提醒他万事小心，其他多余的话都没有说。话是这么讲，可当阿爸出了门，我看到阿姆眼中的担忧。

阿爸这一趟创下了去上海时间最长的纪录，七天后才回来。看他疲惫不堪的样子，就知道此行并不顺利。阿牛伯伯过来了，问他上海情况，阿爸坐在桌子边，语气沉重地说："日本人太坏了，炸了很多重要建筑。我听阿昆先生说，商务印书馆和东方图书馆被日本人刻意炸毁，那里面珍藏的所有珍贵古籍都被毁于一旦。他说那浓烟遮蔽了半个上海的天空，连十里外的法租界都有随风飘过来的焦黄的古籍残页。沈先生和金老板他们各有一家开在闸北的店给炸没了，死了好几个伙计。有些信我找不到人收，好多房子都炸没了，不清楚他们是活着，还是……那些信我又带回来，送回到寄信人手里。"阿爸的声音哽咽了，过了许久，他又补充道，"这么多天过去，我好像还能闻到空气里的血腥味，大街上还时不时能看到背着枪的日本兵。"

"唉,多灾多难,不知道哪一天能过上真正的太平日子。"阿牛伯伯摇着头对阿爸说,"这几十年,我们经历得够多的了。"阿爸说:"是啊,这么想想,我们能活到今天实属不易。"

我想象不出来被炮火摧残过的上海是什么样的,闸北区,上次阿爸带我去那个地方送过信,印象中很热闹。想起曹先生说过的那句"覆巢之下,焉有完卵",我第一次感到那些事跟我有关。

这一年的四月,除了阿爸月初去了一趟上海,回来后人变得很沉默,月底还发生了一件大事,军警当局在城厢各处抓了二十余名共产党嫌疑人,一时风声鹤唳。这个消息是我在米店时听一位顾客提起的。我想到曹先生和沈先生,心里有些不安。虽然两位先生从未说过他们是共产党,但我猜测曹先生多半是。因为他经常跟我讲革命道理;讲历史故事,说要以史为鉴;讲国难当头,每个人都不要妄想幸免。我想,如果这样的他还不是,那什么样的人才是呢?沈先生有没有别的身份,我不敢确定。可即便不是这个身份,至少也有关联。说不定沈先生也跟我一样,受曹先生影响,有进步思想。我承认,我很担心曹先生,决定等米店打烊了去找他。

晚上我来到学校,守门的阿伯告诉我,曹先生不在,下午他有事进城了,还没有回来。我只好回家,盼着曹先生平安无事。阿爸见我心神不宁的样子,问我怎么回事,我犹豫了一下,悄声说了自己的担忧。阿爸愣了一下,低声说:"你千万不要在外面乱说,不管曹先生是什么人,我们只要记住他是好人就行。"

我吊着的心一直等到重新见到曹先生才放下来,不过我没有跟他讲我的担心,我更不会问他进城去办什么事,我只是把听来的那个消息跟他说了一遍,问道:"曹先生,军警为什么要抓这些共产党嫌犯?"曹先生说:"因为他们怕,怕他们的政权被颠覆。常安,你还想去上海吗?"

"曹先生,我以前想去上海,只是单纯想去做工。现在我想在这里也没什么不好,再说这里有你在,跟着你,我照样能学到很多东西。"我说的是心里话,以前我只关注我们一家人有没有吃饱,是曹先生让我的目光慢慢变得不再短浅,我除了关注自家,也会去关注邻里,这一关注,发现穷苦人家真是各有各的苦。遇到天灾人祸,卖儿卖女更是常态。另外,我关注报纸新闻,发现盗匪越来越猖獗,仅宁波一地,杀人放火劫财绑架等案件已成家常便饭。只要是家中稍有积蓄者,就有可能成为匪徒的目标,搞得人日夜不得安宁,可见世道之乱。

"常安,你很好,先生没有看错你。"曹先生很欣慰地说。

我摸了摸脑袋,不好意思地笑了。

10.

十月的一天,又轮到我和阿荣哥在米店值守。天黑了,我们关了店门,门后用桌子堵着,这是前几年发生抢劫案后养成的习惯,不管有没有用,就算图个心理安慰也好。我把铺盖从后厢房搬出来,把两床席子并排铺在店堂中间,再放上薄被。两把砍刀放在门后的桌子上,万一有情况,也是一种自保。

夜渐渐深了,我和阿荣哥说了一会儿话,渐渐有了睡意,正准备闭上眼睛,忽听到外面传来嘈杂的脚步声。我俩赶紧起来,一人一把砍刀拿着,竖起耳朵听动静。我们米店的隔壁是一家新开的百货店,没几分钟,忽传来百货店伙计的尖叫声,接着有枪声响起,随后似有重物坠地声。

"阿荣哥,麻烦了,他们有枪。"我紧张地说。

阿荣哥颤抖着声音说:"常安,他们有枪,我们拼不过。走,我们赶紧从后门出去,吕东家说过,性命最要紧。"

我说好。两个人拿着砍刀,悄悄摸到后门,轻轻拉开门闩,我伸出脑袋左右张望,听到隔壁噼里啪啦的声响,回头跟阿荣哥说:"走。"正要跨出门槛,忽见隔壁百货店的后门开了,吓得我赶紧缩回脚,把门关上,背抵着门,心在胸口乱跳。我感觉自己的头皮发麻,双腿发软,倘若现在那群持枪匪徒冲进来,我和阿荣哥会不会就此丧命?正所谓怕什么来什么,前门果真传来了砸门声,真是前有狼后有虎。我想这会儿人都跑前门去了,估计后门没有人了,对阿荣哥说:"我们还是先出去报信吧。"

阿荣哥点了下头,快速跑过来,拉开后门,不顾一切往外冲,突然枪声响起,我眼睁睁看着门外的阿荣哥扑倒在地,也不知他伤到哪里了。我不敢跟出去,慌乱中拿着砍刀躲进楼梯下面的阴影处,听天由命。

大门被砸开,杂乱的脚步,翻箱倒柜的声音,我缩在楼梯角落,尽量把自己缩成一团,强行按捺内心的恐惧。我想,如果今晚我死在这里,最伤心的就是阿爸和阿姆,最遗憾的事是不能跟着曹先生去做有意义的事。我发现,我还是很怕死。时间在此刻变得极其漫长,不知道过了多久,直到那群人离开,我才惊觉浑身早已被冷汗浸透。当我确定安全,才慢慢爬起来,跌跌撞撞到后门去看阿荣哥。月亮高悬,我看到月光下的阿荣哥脸色白得像一张纸。我蹲下身,焦急地喊阿荣哥的名字。阿荣哥睁开眼睛,虚弱地说:"常安,子弹打到我腿上了,你赶紧去叫人通知吕东家。我刚才很怕那匪徒再开枪,只好装死。"

我连忙说了一声好,冲到前门,站在街上,高声大喊:"土匪已经跑了,有没有人啊,谁来帮帮我?"

听到土匪已经跑了,一家家紧闭的店门打开,值守的伙计们都走了出来,见到百货店和米店被洗劫的惨状,有人帮忙去叫吕东家,有人去通知百货店店主。我上前扯住药铺学徒阿七,哀求道:"阿七,阿荣哥的腿被子弹打到了,麻烦你看下。"

阿七跟着我来到后门,看了一下阿荣哥的伤口:"我去拿止血药粉,只能先给他包一下,还得赶紧送医院,把那子弹取出来才行。"

第十九封信:寻找春天的路

我把阿荣哥背到店里,让他坐在椅子上,阿七拿着药粉和纱布进来,我举着油灯,让他把药粉倒在伤口上,止住血,又用纱布包扎好。阿七又去隔壁看百货店伙计的伤势,我放下油灯,一次次站到门口看吕东家来了没有。幸好没有等太久,吕东家就带着家里的一个小厮气喘吁吁跑来,花白的头发被夜风吹得乱糟糟一片。吕东家进店,开口第一句话就问我们人怎么样了,听到阿荣哥的腿上还有子弹,他马上让小厮背着阿荣哥去渡口找船进城,让我守着店,他去报案,等警察来了登记好再收拾。百货店的东家也赶来了,他店里的两名伙计伤势非常严重,见吕东家要送阿荣哥进城,就跟着一起把伤员送走。四周围观的人都吓坏了,议论纷纷,大骂警察没用,都是吃干饭的饭桶。

此刻,我的耳朵已听不到邻里们的议论声,思绪飘得很远,我既庆幸自己又逃过一劫,又觉得这不是最后一次。我可以肯定,大家的心情都一样,当抢劫成为常态,谁也无法保证下一次会不会轮到自己。我想起了阿九哥,但愿阿荣哥的腿能治好。

警察第二天早上才来,我听他们发牢骚,说昨晚半夜一点,离这里不远的王家村里开酒坊的王老板被匪徒给绑走了,留下一张勒索大洋五千元的纸条。劫案频频发生,他们这些当警察的日子也不好过,整日挨上司的批。警察登记好,米店和百货店损失不算大,主要是伤到了人,性质就不一样了。

中午,吕东家回来了,说阿荣哥手术成功,好好养,他的腿能养好。我没回家,就在店里等着,阿爸和阿姆早上已来过,他们听说了昨晚的事,又惊又怕,毕竟比起上一次,这次有枪,更吓人。他们见我无事,才放下心来。阿爸继续去送信,阿姆陪了我一会儿才回家。我感觉吕东家一夜之间头发又白了很多,问道:"吕东家,这米店还开吗?"

"要开。这附近没米店,若不开了,大家买米不方便。常安,你回去休息几天,等店重新开了再过来。"吕东家见店堂已收拾过,知是我的功劳,"辛苦你了。"

我又问隔壁百货店两个伙计的情况,才知他们有一个没送到医院就断气了,另一个命是救回来了,尚不知要养多久才能好。我又去学校找曹先生,曹先生询问昨晚的情形,我详细跟他说了一遍,特别是当时的真实心理。我说:"曹先生,我发现自己很怕死。"曹先生说:"没有几个人不怕死,但如果有一天我们的内心有了为之终生追随的信仰,就不会怕死了。"

"真的吗?"我疑惑地问。

"真的。"曹先生坚定地点了点头。

11.

新的一年开始了。

阿爸年纪大了,他现在不像过去那样一天到晚送信,太累,身体吃不消。更何况我现在也能挣钱,家里生活还过得去。不过他还是时不时要去上海,政府对民信局的打压越来越严重,听说到明年年底,民信局必须停止所有业务。至于信客,阿爸说他们在一九二三年就向鄞县一等邮局申请注册挂号。一九三〇年,由于"宁绍"轮营业局面已打开,取消了对信客的优惠待遇,经"宁波七邑信客联合会"推派的代表与"宁绍"轮业主交涉,达成"信客以每年代销船票六万张为条件,允许继续享受免费搭乘之优惠"的协议。一九三一年,信客代销船票的任务增至八万张。有这部分业务,信客受影响的程度没有民信局大,但阿爸说前景不乐观,明年协议到期后,不知船方会不会续约,也不知会提什么要求。

我又一次劝阿爸换个轻松一点的事做。阿爸说现在还走得动,等走不动了再说。他还说了另一个理由,就是人在外跑,耳朵不会闭塞,万一发生什么大事,不至于抓瞎。

三月的一天，阿爸从上海回来，我见他脸色不太好，坐在桌子边发呆。我跑出去叫阿牛伯伯过来和他聊聊。阿爸一见阿牛伯伯，开口道："阿牛哥，李先生昨天去世了。"阿牛伯伯惊讶地说："李先生年纪不大啊，怎么回事？"阿爸摇头："阿昆先生说是生病，这两天应该会送回来，总要叶落归根。到时候我们去送一下。"阿牛伯伯说："好，我跟你一起去。"

我对这位从未谋面的李先生非常好奇，因为经常听阿爸提起，知道是个很厉害的人，十五岁就开始做生意，还当过官，打过仗。这样的人，对我来说，太遥远了。既然阿爸要去，我也想跟着去。

"阿牛哥，我有一种预感，这天下恐怕真要大乱了。"阿爸皱着眉头说。

"又要改朝换代？"阿牛伯伯问。

阿爸说："这个我不知道。阿昆先生跟我讲，现在不仅有内斗，还有外患，特别是日本人，一点也不掩饰他们的狼子野心，恐怕接下来要发生大规模的战争。"阿牛伯伯叹了一口气："我们一大把年纪，死了也就死了，可怜年轻后生们，到时候打仗没人了，像小安这样的搞不好要被拉去。"阿爸说："我担心的就是这个。"我接过话头："阿爸，曹先生说过，鸡窝倒塌了，窝里的蛋就会被打碎。他说人多力量大，我们要团结起来。真要上战场，我也不怕。"阿爸说："曹先生讲得对，只是小安，阿爸就你这么一个孩子，上战场的话以后不要再讲，这不是开玩笑。"阿牛伯伯说："到时候就怕由不得我们。"

因阿姆又去当出窠娘了，家里就我和阿爸两人。这一晚，我们父子说了很久的话。我第一次意识到阿爸并非目光短浅之人，事实上，他见多识广，我相信他的预感不是空穴来风，而是很有可能会变成现实。

很快到了李先生灵柩回宁波的那一日。大清早，我和阿爸、阿牛伯伯、吕东家前往镇海。到了那里，我惊呆了，码头四周简直可以用人山人海来形容，这位李先生究竟是个什么样的人？怎么会有这么多人来迎接他的灵柩?

突然,我听到了长鸣的汽笛声,运送灵柩的轮船缓缓驶来。顿时,震耳的礼炮声响起。一群穿着统一服装的孩子开始奏乐,那曲调低沉、哀伤,让人不由自主就泪湿眼眶。旁边有人说,那些孩子来自镇海孤儿院的西乐队。我想李先生一定是个非常了不起的人,不然不可能有这种场面。我转过头看阿爸、吕东家和阿牛伯伯,他们神情严肃地站在一边,我也不由收敛心神,任由那哀伤的曲调,从耳边滑过,穿过人群,飘向远方。

李先生出殡那日我没有去,阿爸和阿牛伯伯、吕东家都去了。听阿爸说送葬的队伍一眼望不到尽头,除了李家的亲朋好友,其他皆是乡邻,特别是受过李先生恩惠的人。可惜阿爸说不清楚李先生的具体事迹,但我记住了他的名字。

我越来越关注报纸上的消息。当我看到有位在上海读书的年轻人,因去年沪战发生,深受刺激,辍学回宁波,日夜忧愤国事,最后竟服毒自杀,留下数封绝命书,不禁惊呆了。我去找曹先生,问他,既然此人忧愤国事,为什么不付诸行动,从军也好,做其他事也罢,何必自杀?曹先生说:"可惜了,若有人开解他就好了。一个人若陷入绝望,很容易走极端。"我说:"曹先生,我阿爸说这天下可能要大乱,你觉得呢?"曹先生说:"一直乱,只不过接下来会更乱。"

我并不清楚要准备什么,但我相信曹先生,我想只要跟着他,一定不会走错路。

转眼到了九月,宁波莫名来了一场风灾。那风从午后开始刮,声音听起来无比恐怖。我从没有见过这么大的风,老街的商铺二层楼的屋顶好多都被掀了,瓦片乱飞,伤人无数,哀号声不断。大家不知是该躲屋里,还是应该跑到田野上去。风势到晚上依然不减,人根本出不了门,我和店里的伙计都没回家,而是守在店里,心惊胆战了一夜。

第二天上午,风渐渐小了,我打开店门,发现街上全是水,不由大吃一惊。刚好见有人蹚着水过来,我急忙问:"是发洪水了吗?"那人回答:"是的,就一晚上时间江水暴涨,很多地方都淹了。听说昨天下午有不少载客的船翻了,死了不少人。"

我不知道昨天下午阿爸是在家里还是出去送信了,万一在外,若遇这飓风……我不敢想下去,赶紧向管事的请假,脱了鞋子,光着脚,飞奔着回家去。一路所见,不由心惊肉跳,只见老街口那棵几个人才能合抱的树都被折断了,到处是倒塌的房屋。到了渡口,果然有不少被掀翻的船,熟悉的村庄变得面目全非。

到家,发现屋顶瓦片七零八落,阿爸和阿姆,还有阿牛伯伯正在清理碎瓦。我把手上的布鞋放好,跟着帮忙干活。阿牛伯伯说他活这个岁数,还是第一次碰到这么大的风。事后,阿爸跟我讲,他很庆幸昨天没有出去送信,风来的时候,他正和阿牛伯伯在家聊天。开始还以为刮一阵总会停,谁知根本开不了门,出不去。阿牛伯伯只好在我家待到晚上,风越来越大,听着外面哗啦啦的声音,两个人都感觉情况不妙,怕屋顶塌了。最后还是阿姆拿出两床薄被子,把我房间里的小桌子搬出来,一张桌子摊一床被子,上面压上凳子,阿爸和阿牛伯伯躲在大一点的桌子下,阿姆躲在小桌子下。幸好房子只是瓦片飞走,房梁未断,三人都没有受伤。阿牛伯伯住的小屋受损更严重,没法再住人。其他邻居家也一样,没一家幸免。面对这样的天灾,众人都欲哭无泪。

后来,我从报上知晓这场风灾给宁波造成了巨大的损失,被风吹倒的屋舍不计其数,死伤多人。连老江桥的铁索都被那些大船在风的撞击下给撞断了,浮桥四散。城厢里的电线杆多处被折断,电话电报电灯全成了摆设,更不用说稻田、盐场、船只等,都遭了殃。

因受灾的人家太多,几乎家家户户都需要修复屋舍,工匠们根本来不及干活,等轮到还不知何年何月。天气在一天天冷起来,等不了了,阿爸只好买来瓦片,让我爬上屋顶去修补。我是外行,照葫芦画瓢忙了好几天,总算把瓦片盖好。自家的房子修好后,我又帮阿牛伯伯一并整修好。我觉得以后若我不在米店做工,还可以去当个工匠。只是这一次修房子,花了不少钱,主要是瓦片等材料贵了很多,我家好不容易存下的一点积蓄,差不多都给掏空了。

阿爸坐不住了,他又开始像以前一样出去送信。我劝他不要硬撑,他说他撑得住,让我不要担心。我拗不过他,想到还是自己无能,让老父亲这么大年纪还为了生计奔波,不禁羞愧难当。

12.

一九三四年,一个秋风萧瑟的午后,我不知为何,心里总有种莫名的慌张,却找不到缘由。没有顾客,我站在米店门口,忽看到两个身穿黑衣的警察,我们私下都叫他们"黑皮",押着曹先生从街那边走过来。我瞪大眼睛,迎了上去:"曹先生,你怎么了?"

"一边去。"一个警察举起枪朝我晃了晃,威胁道。

"曹先生犯什么罪了?你们为什么要抓他?"我站在他们面前,质问道。

"他有共党嫌疑,莫非你也是?"警察上下打量着我,斜着眼睛问。

曹先生语气平静地说:"他只是我教过的一个学生,请别胡乱给一个孩子扣帽子。"

"曹先生,你冷不冷?"此时此刻,我不知该说什么,看到曹先生只穿一身单薄的长衫,冲口而出问道。

"不冷,没事,你不用担心,过几天我就回来。你有空的话帮我去喂一下那两只母鸡,下的蛋给你吃。你若嫌麻烦的话,也可以把那两只鸡抱到你家先养着。"曹先生好像不是去警察局,而是去走亲戚,他朝我眨了眨眼。

我知道曹先生养了两只母鸡，鸡窝就搭在宿舍外的墙角落，忙答应道："曹先生放心，我会照顾好那两只鸡。"

"走走走，再啰唆就把你也抓起来。"警察一把推开我，押着曹先生朝前走去。

"曹先生，我等你回来。"我朝着渐渐远去的背影，用尽全身力气喊道。

"好。"

前面的人拐个弯，消失不见。我呆呆地站在街边，手脚冰冷。我很想去找沈先生问问。可这个时候，万一沈先生做些什么，被那帮黑皮发现，岂不害了她？阿荣哥走了过来，他的腿走路还是有些影响，悄声问我："曹先生怎么了？"我摇头："不知道。"阿荣哥见我一副天要塌下来的样子，安慰道："曹先生是好人，肯定没事，你别太担心。"

我心不在焉地应了一声，脑子里反复在想曹先生为什么要托我照顾那两只鸡，为什么要朝我眨眼睛。突然，我想起他曾跟我说过的鸡窝与鸡蛋的关系，莫非有东西藏在鸡窝里？我不由紧张起来。越想越觉得有这个可能，白天不方便，我准备晚上去一趟。

好不容易熬到天黑，我在店里借了一只竹背篓，朝学校走去。门卫大伯见我过来，很惊讶："曹先生被警察带走了，你来做什么？"我说："曹先生临走前跟我说过，让我把他养的两只鸡抱到我家先养着，等他回来，我再送过来。"门卫大伯说："那你赶紧去，也不知道那帮黑皮搞什么名堂，把曹先生房间翻得一塌糊涂。幸好白天那两只鸡在后院刨食，不然恐怕要被他们抓去吃掉了。"

我快速朝里奔去。来到鸡窝前，先把两只鸡的鸡爪绑起来，放进背篓。又趴在鸡窝前，不顾臭味用双手去摸，终于在最里侧的稻草下面摸到一个异物。拿出来一看，那东西用黄色纸卷成圆柱状，比细竹竿粗些，约有一筷子这样的长度。我把那"棍子"塞进胸口，因我衣服上系了一根带子，不怕东西掉出来，背上背篓，出了学校，急匆匆跑回家。

阿爸见我大晚上背着两只鸡回家，忙问我怎么回事，我低声跟他说，这是曹先生的鸡，他被警察抓走了。阿姆把那两只鸡抱到我家鸡窝，引起一阵骚动。我犹豫再三，还是没有把那东西拿出来，我怕父母担心。阿爸说："但愿曹先生能躲过这一劫。"我说："一定会的。"

晚上，等父母在隔壁房间睡着了，我悄悄爬起来，点亮油灯，取出藏在被窝里的那根"棍子"，我很想打开看看里面究竟是什么，可最终我还是没有解开绑着的细麻绳。我想这是曹先生的东西，我无权打开。只是眼下把这东西藏到哪里呢？家里一目了然，还真找不到可以藏的地方。烙了一晚上的"饼"，苦思冥想，我终于想到了一个好办法：把此物塞进竹扫把的柄里。早上趁阿爸出门，阿姆去集市，我赶紧把家里的扫把找来，试了试，还真可以，而且不会倒出来。我又怕万一有人瞧到，得把口给封了。角角落落找了一圈，总算找到一段竹节，把它给塞了进去，整好后，我把扫把放在门背后，关上门，前往米店。

曹先生是在一个月后被保释回来的，据说是证据不足，警察局同意放人。阿爸说保释他的是陈家少爷陈继业，交了不少保释金。我跑去学校探望，见曹先生躺在床上，兴盛药铺的坐堂医师正在给他把脉。

"曹先生，你还好吧？"一个月不见，我发现曹先生瘦得脸上都没有了肉，眼镜也不见了，可见他在警察局里吃了很多苦。这段时间，我度日如年。每天回到家，第一件事就是去看那扫把在不在。现在曹先生回来了，我暗暗松了一口气。

"常安，我没事。"曹先生朝我笑了笑，"一会儿帮先生去抓药好不好？"

我自然一口答应。等医师把好脉，我跟着去药铺拿药。等我提着药回到曹先生那里，房间里没有其他人，我赶紧俯下身，弯腰在他耳边说："曹先生，鸡窝里的东西藏我家里了，什么时候还给你？"曹先生说："常安，谢谢你，你帮了先生大忙。我怕他们在放长线钓大鱼，东西先放你那吧,等我伤好了问你要。你阿爸阿姆知道吗?"我说:"不知道,我谁也没告诉,那卷东西我没有打开看过。"

曹先生显然很意外我居然没有打开看,他欣慰地说:"常安,先生没有看错你。"我不好意思地说:"这是我应该做的。曹先生,你休息一会儿,我帮你煎药。"曹先生说:"谢谢你,常安。"

等煎好药,让曹先生喝下,我走出曹先生房间,刚好碰到沈先生下课从教室出来,我感觉她憔悴了不少,打了一声招呼:"沈先生好。"沈先生说:"常安,你去看过曹先生了?他还好吧?"我说:"曹先生吃苦头了,那些黑皮太坏了。"沈先生突然说了一句:"国将不国,常安,你的那颗救国心还在吗?"我拍拍自己的胸脯说:"沈先生,那颗心一直在呢。"沈先生笑了笑,说:"好。"

回到米店,我对阿荣哥说:"曹先生肯定在牢里受过刑,我看他瘦了很多。"阿荣哥说:"那种地方不是人待的。"我想好了,回到家问阿姆要几个鸡蛋,送给曹先生补补身体。等曹先生养好身体,我把扫把里的东西偷偷还给他,至于曹先生怎么处理,我就不知道了。我自豪的是,我没有辜负曹先生的信任。

这一年的冬天特别冷。阿爸说,跟他十二岁那年的寒冬一样,河面结了厚厚的冰,把船都给冻住了。

有一天晚上,曹先生突然来到我家,我急忙请他坐。阿姆自觉去小房间回避,阿爸跟我一起陪客。曹先生开门见山地对我们说,他和沈先生准备去北平,问我愿不愿意同行。

"北平啊,我记得明华老板家的少爷就是考上了北平的大学。曹先生,你们是去那边工作,还是办事?去多久?"阿爸问。

"去工作,至于多久,暂时我没法回答你。常叔,常安在这乡下米店当个伙计太浪费了,北平不一样,如果你信我,就把他交给我,我会待他如亲弟弟。"曹先生恳切地说。

"小安,你有什么想法?"阿爸问我。

我承认,我的心在蠢蠢欲动,我想走出去,无论外面的世界怎么样,我都想去经历。"阿爸,我相信跟着曹先生,不会走错路。"

"曹先生,谢谢你重视我家小安。这样吧,你让我们商量一下,明天给你答复。"阿爸说。

"好,我们三天后出发,先到上海,再坐火车去北平。"曹先生说。

"曹先生,那学校没先生了怎么办?"我问。

"接替的人明天就到。"

"那就好。"

曹先生回去了,阿爸让我把阿姆叫出来,向她说了曹先生的意思。阿姆坚决反对,说外面太危险,我才十八岁,还没有成家,她不想我离开。阿爸却说起另一件事,他们联合会跟"宁绍"轮的协议到期后,船方不再续约,除非信客业出十万元保证金。联合会嫌此条件太苛刻,坚持反对,双方僵持不下。谁知轮船公司竟默许"茶房"(仆役)插手商旅递信运物,让他们这些信客腹背受胁,很多人已被迫无奈改行。阿姆不满地说:"你现在说这些干什么?"阿爸说:"我要失业了,现在形势是一天一个样。孩子已经长大,如果不出去,他这辈子就只能当个伙计;若出去了,说不定会有些出息。"阿姆反驳道:"那万一丢了性命呢?"说完,又赶紧朝地上"呸呸"吐了两口口水,接着又抹起了眼泪。

"小安,你跟阿爸说实话,你真想去吗?若真有万一……"阿爸说不下去了。

望着父母花白的头发,我心一酸,又硬起心肠,故作轻松道:"阿爸、阿姆,你们看到了,这四乡八镇没一天太平过,杀人放火抢劫,已成家常便饭。现在是乱世,乱世出英雄,儿子出去,说不定真能搏个前程回来。你们好好保重,等着享儿子的福。再说,连沈家小姐这样身份的人都不怕,我又怕什么呢?"

阿姆瞪了我一眼,哽咽着说:"我和你阿爸这么大年纪了,还能活几年?死了都没有人送终。"阿爸说:"我年轻时曾坐船走京杭大运河去过一次京师,印象很深。小安,你想去就去吧,你阿姆有我。"

"阿爸,阿姆,对不起。"我不敢看阿姆失望的眼睛,低下了头。

转日,我找吕东家辞去了米店的工作。吕东家听说我要去北平,让我替他带一封信给他儿子,我高兴地答应。吕东家还赠了我二十块银圆,当天晚上,我悄悄给父母写了一封信,"阿爸、阿姆,当你们看到这封信,相信我已离开村庄。这十八年来,儿子在双亲的护翼下快乐成长,这是儿子的幸运。请原谅儿子的不孝,选择了这一条虽未知,却充满了希望的路。只有走出去,儿子才有可能成为一只搏击长空的雄鹰。还请双亲保重身体,耐心等待儿子平安归来……"写着写着,眼睛被泪水糊住了。我很清楚,这一分别,也许就是永远。

写好信,连同十块银圆,我都放在枕头角落。我没私房铜钿,平时挣的薪资都交给阿姆用于家用,出门在外,不可能身无分文,余下的十块我要带在身上。

到了出发那日,阿姆大清早去集市买菜,阿爸叫我请曹先生和沈先生到家吃午饭,还叫上了阿牛伯伯。

这餐饭,我吃得不是滋味。在饭桌上,我忍不住问了沈先生一个问题,我说:"沈先生,你是沈家的小姐,你们家这么有钱,你为什么还要和我们一起去那么远的地方?你不怕危险吗?"沈先生微笑着回答:"因为先生想去看看外面的世界,想实现女孩子都能读上书的梦想。这个梦想听起来像痴人说梦话,可如果不去试,先生不甘心啊。"接着,她又很坦然地说:"从小到大,我都知道,我和姐姐没有母亲,她为了自己,抛弃了幼小的我们,可事实上她与我父亲和离后,过得并不好。幸好阿娘很疼我们,多多少少弥补了我和姐姐缺失的爱。读了书,我才发现,女人的出路不一定是嫁人生儿育女，还可以有别的选择。所以，常安，与你们同行，就是我的选择。"曹先生笑着说："芸兰姐，我最佩服你。"我对阿爸、阿姆说："有两位先生在，这下你们可以放心了吧！"

话虽如此，可我知道，儿行千里母担忧，阿姆面上不理我，背后却边给我整理包袱边偷偷抹眼泪，让我心里很是愧疚。阿爸看起来很平静，可好几次，我看到他坐在桌子边发呆。

离别的时刻终于到了。

阿姆躲在房间里不肯出来。我背着包袱走到门口跪了下来，朝屋里磕了三个头："阿爸、阿姆、阿牛伯伯，你们多保重，我走了。"

"去吧，自己当心。"阿爸转过头对曹先生说，"拜托了。"

"常叔，你放心，我一定会好好照顾常安，到北平后让他给你们写信。"曹先生双手抱拳，朝阿爸行了一个礼。

"小安，记着写信回来。"阿牛伯伯满脸的不舍，"你一定要好好的，知道吗？"

"我知道，你们多保重。"我跟着曹先生走了几步，回过头，没看到阿姆的身影，心头涌起一股酸涩，又装作若无其事的样子朝前走去。

来到渡口，我看到沈先生身着棉袍，戴着帽子，一身男士打扮，提着一只藤编的箱子站在那里，忙上前招呼。三人上了船，找位置坐好。等船离岸时，我忍不住走出船舱，站在船头，抬头看到阿爸、阿姆和阿牛伯伯站在不远处的柳树下，朝我招手："一定要记着写信来。"

"我会的，你们多保重身体，等我回来。"我拼命挥手，看到阿姆捂着脸在哭泣，阿爸和阿牛伯伯跟着抹眼泪。泪水渐渐模糊了我的视线，埠头越来越远，我再也看不到亲人们的身影。

"别难过，虽然现在是寒冬，但我相信，只要我们熬过这个季节，一定会迎来真正的太平日子。"不知何时，曹先生站在我身边，安慰道。

我擦干眼泪，把目光投向波光粼粼的河面，狠狠地点了点头："曹先生，我们想要的太平日子一定会来的，对吗？"

"对，一定会来，我们都要有信心。无论有多少未知的风霜雨雪在等着我们，常安，不要怕，你只要记住寒冬的背后是春天。"

"寒冬的背后是春天。"我一个字一个字嚼着这句话，抬起头，遥视前方，我看到两岸依然有绿意刺破这冬的阴霾。北风滚过河面，紧紧包裹着我，很快冻得我鼻尖发红，手指僵硬，但我的心越来越热，像沸腾的开水，燃烧这一江寒意。

"进船舱去吧，路还长着呢。"曹先生说。

我再一次回望我的村庄，它已隐身在烟波之外，但我知道，它就在那里，静静等待我在某年某月某一天，重新走进它的怀抱。

暮色降临，十八岁的我，跟着曹先生和沈先生，迎着十二月的风，踏上了一条寻找春天的路。

2024 年 7 月 15 日
定稿于宁波